U0501295

原乡祭

张厪弓　著

河南人民出版社

图书在版编目(CIP)数据

原乡祭 / 张棽弓著. — 郑州 : 河南人民出版社,
2021. 10
ISBN 978 - 7 - 215 - 12744 - 9

Ⅰ. ①原… Ⅱ. ①张… Ⅲ. ①回忆录 - 中国 - 当代
Ⅳ. ①I251

中国版本图书馆 CIP 数据核字(2021)第 135590 号

河南人民出版社 出版发行

(地址:郑州市郑东新区祥盛街27号 邮政编码:450016 电话:65788072)
新华书店经销   河南新华印刷集团有限公司印刷
开本   710毫米×1000毫米   1/16   印张 25.5
字数   300千字
2021 年 10 月第 1 版   2021 年 10 月第 1 次印刷

定价:68.00 元

前　言

　　抗战时期的河南大学，不同于京津三个大学播迁昆明合校，它基本在豫南、豫西山区流转。整整八年，千余师生，边逃难、边招生、边上课，是民国教育史出彩一页。逃难路上有支"随从小队"——河大教工子弟。"小队"男女娃们，15岁以下，人数时多时少，都同父母一样，跟定河大、不离不弃。1938年生娃儿是里面一"小群"，有璘璘（屦弓），还有小汝、王虎、士鲁、任林、陈莲们。起初迁徙频繁，"三八娃"还小；流迁至潭头后期（1943—1944），局势稍稳，"三八娃"们也五六岁了，能量渐大、动静渐多，"叫嚣乎东西，隳突乎南北"，成为寨街顽童一"小群"。

　　河大"三八群娃"有点儿"另类"：炮火烽烟中落生，流离播迁中长大，没有逃难之外的人生体验，没有流寓之外的家。既不同于有过战前宁静日子的兄姐，又区别于弟妹——逃难生涯让他（她）们"见多识广"。

　　譬如璘璘：

　　——打小习惯于"常在旅途"。黄尘蔽日的土路、浓荫如盖的密林、荆棘缠结的山道、乱石堆垒的河滩，都走过。跟深山伯叔学会布条裹茅草捻绳、打草鞋。1944年"五一五"日寇屠校、师生大逃亡，6岁璘璘脚踏草鞋、背个小背包，跟随父兄、爬山涉水，先逃豫南淅川荆紫关，再逃郧西麻池、陕西宝鸡宋家庄，居然"小步度量"一千多里路！

——饿肚子是常事。从会吃饭，就吃惯野菜。会辨认马齿菜、灰灰菜、山芹菜、山菠菜、苋菜，认识红薯叶、芝麻叶。麦麸、米糠、豆面、高粱面，不忌口、都能吃。1942年起大饥荒，跟爸妈兄姐"糠菜当粮"过了两三年。

——逃亡路上，见惯嗷嗷求哺的饥儿、形销骨立的乞儿、贫病无告的老幼妇孺、路边村头的饿殍；未满月遭寇机轰炸震聋双耳，10岁遭蒋机轰炸伤及肩背；目睹种种死伤惨象，有过惊惧、恐怖、绝望、濒死心理体验。小小年纪即有"人生无常"之忧；幼小心灵中，却也种下不惧横暴、不畏困厄、自立自强因子。

——混迹芸芸众生，结识各式人物。最熟悉河大教授伯叔及其夫人、熟识添灯油的校工王喜；仰慕青春勃发的大学生哥姐；结识质朴山民布叔布婶儿、刘叔刘婶儿和盲儿安财，关中大汉侯老师、渭塬乡民高叔、同窗满囤、难童院院长、教师、教官；患难结交的孤儿难友：锁子、海子、英子；接触重庆大员、乡绅阔佬、淑女贵妇、投机商、私盐贩、逃兵、僧尼、道士、神父；邂逅鸦片客油坊老板。

——城市文明初瞻，政治意识初萌。8岁东返开封、10岁南迁姑苏。目睹恶政腐败、民生凋敝、社会动荡。跟随大学生抗争游行，得知"江北有中共"。1949年年初，随母夜渡"国军"江防……

十年生命、十年阅历。两场战争，九死一生。穷野荒村，平原山城，严寒酷暑，千里逃亡；亲接士农商学兵，品味新旧两世情。生死、穷富、苦乐、爱恨，横暴与善良、虚伪与真诚、怠惰与勤勉、绝望与期冀……在心中不是抽象理念，是鲜活现实。

乾坤挪移，日月重光，结束璘璘们困顿逼仄、灰暗无望的生活，迎来空气、阳光和欢笑，赋予新生命理想。曾经的灾难苦厄、经眼人性种种，悄然化润为新人生滋养、转换为新三观"基壤"。决绝唾弃梦魇往日，忘情企待清明未来。不知从何时起，麋弓脸上常挂笑容了。

"你咋老是笑呢？"小伙伴周翔陆问他。

"你咋老是笑呢？"挚友刘玉堂问他。

麋弓总是笑而不语。他确实说不清为啥老笑。没错，笑是心灵绽放的花朵。璘璘笑对小伙伴、笑对老师、笑对身旁的人。他无比信赖共产党、忘情拥抱新社会。

1950年4月加入中国少年儿童队。作为首批"红领巾"，璘璘牢记使命："时刻准备着。"1954年10月，加入中国新民主主义青年团。作为新中国成立初期的中学生，麋弓执着实践"身体好、学习好、工作好"号召：

——忍受耳聋困扰、常怀重听焦虑，连听带看（老师口型）、聚精会神每堂课，十四个学期（1949—1956）不敢懈怠；潜心知识"海洋"，中外古今诗歌、小说、戏剧，6年阅读204册；

——认定"贵在坚持"，每日晨跑2000米赴校，荣获全班唯一"冬练优秀奖章"；全面打磨"野蛮体魄"，苦练速度、力量、灵敏、耐力；

——热心大小公益，"增益其所不能"。慰问志愿军、热心购公债、造林浚河、夜校扫盲、消灭"四害"、奋身救火……

难忘1956年3月5日的庄严宣誓：

"我们将百倍努力，向科学文化大进军！同全国人民一道，在12

年内，实现祖国对科学的巨大期望，赶上世界先进水平。我们将带领文明的祖国，站在科学大厦的峰顶，遥望美好的共产主义未来！"

青涩年华的"拿云心事"——时代的最强音！

书名曾几经改易。再三吟诵李贺《致酒行》名句："我有迷魂招不得，雄鸡一声天下白。少年心事当拿云，谁念幽寒坐呜呃。"（自度意译：兵火灾荒，几番魂断迷惘。金鸡啼唱，顿开朗朗天光！拿云揽月，好儿郎竞织梦想！忆念幽寒，已化作人生滋养。）发觉它的"苦厄迷惘—天地重光—初织梦想—笑忆苍凉"四境界，诗化地预示了璘璘十八载年华；其间境界转换与逻辑过程，是如此贴切、完美！又试用河南家乡话吟诵这四句："招不得（音读 de）""天下白（音读 be）""坐呜呃（音读 e）"，顺畅和谐、妙韵天成！李贺籍贯：唐代都畿道福昌县（今河南宜阳西）人氏，是位老乡！先人诗情、后胤人生，千载之下，竟如此默契！冥冥造化似早有"安排"吗？于是选定"少年的'拿云心事'"作正卷卷题。也许它不够响亮，可它教"三八娃"铭记初心、矢志不移！

目　录

卷首语

生命的原乡

一些回忆，好像过去做过的一场梦，被偶然留在记忆里；事实的有无，竟难确定了。

似梦的回忆，很有味道！

——《日记》

· I ·

五六岁时，听父亲说，老家在新野县新甸铺镇张店村，村头挨条河，叫白河。还说，相传很早以前，张氏祖先世居濮阳。某年闹灾，有一支族人拖家带口，自濮阳南下逃荒，来到新野地界白河边。族长对四个儿子说，一大家子走，受拖累，你们都大了，各自活命吧。说罢，将个铁锅摔成几瓣儿，分给儿子们，说："往后，是咱家人，就拼锅相认吧。"有个儿子就地留下，以后子孙繁衍，四里八乡称它"破锅张家"，住村叫"张店"。父亲还说，眼下，咱张店家里还有你爷爷、你奶奶，老两口守着一亩七分地过哩。我落生，爷奶是知道的。父亲往家捎信儿说："俺添了个儿子，恁添了个孙子，国家添了个壮丁。"爷奶自是欢喜。我却始终没能拜见爷奶二老；这辈子恐怕也无缘回张店了。可"老家新野张店"深烙脑海；无数次填写简历，"籍贯"一栏总这么写。

1950 年，张店搞"土改"、定"成分"。爷爷奶奶虽已过世，可外头还有这家的人呢，"成分"还是给定了：贫农。村里派人去开封问父亲：

"还回去吗？回去，就给地；要是不回，就不给地啦。"父亲说："不回啦。"

1983 年，堂弟诚一说，他 1969 年"下放"张店，看见家里房基地还在。大队干部谋事周全，说："张教授一大家子，万一要回来，得有地儿住。"就在我家房基中央种树为记，是棵桑树。堂弟两手合握示意，"已长得老粗啦"。堂弟回老家这事儿，又过去近五十年了，房基地不会再留，不知那棵桑树还在不在。每逢夜深人静，时而"望见"祖父手执桑杈，佝偻腰背，守护在一亩多地旁边；时而想见祖父长满老茧的手，在地里种满桃树、桑树——醒来都是梦。

从未一见的白河滩地，滩地上附载的祖父故事，我魂灵的原乡！

· II ·

1920 年秋，父亲走出张店去信阳上学，1924 年转开封上学；随后毕业谋职，1929 年同母亲结婚，都在开封。除新野老家以外，又有新"家"，在开封。随后父亲去北平、广州读书，回河南安阳高中、淮阳高中教书，再去北平燕大教书。前后八年，母亲一直"守"着开封西小阁 5 号那个"家"。大哥、姐姐、二哥，相继出生。这期间，父亲无论"漂泊"何处、也无论"漂泊"多久，末了总会回到开封——这儿是"家"啊。1942年年初，父亲应聘河南大学副教授。新野的乡亲们，又改称开封这家张店出去的人"教授张家"。

1938年5月1日（农历四月初二），我出生在母亲故里——杞县傅集村。母亲后来说我是"兵火命"——日本鬼子头年在卢沟桥放大炮时怀的我；说瞧着吧，你这辈子不缺"兵火灾"。我出生前俩月，自华北南下的倭寇，已尽占豫省黄河以北土地，逼近开封。母亲腆着肚子不良于行。淮阳中学执教的父亲，紧急返回开封，雇辆架子车把一众家眷送回杞县，避敌兵锋。开封这个"家"，没了。

我落生后第十八天（5月18日），日机来炸，母亲抱着幼婴、带着兄姐自傅集出逃。6月1日，杞县陷敌；6日，开封陷敌；9日，蒋军扒开花园口黄河大堤阻敌，洪水淹灌44县，杞县位当黄泛区中心，百姓死伤惨重。父母拉扯四个儿女，先随难民群，后跟着河南大学，奔逃荒原，颠簸山野，背井离乡，载沉载浮。还真应了"兵火命"！如果把俺这八载行程，浓缩成"蒙太奇"镜头，倒也煞为有趣：先是裹在褓褓中，母亲抱着逃；继而坐在竹篓里，父亲挑着逃；再是兄姐牵着小手逃；末了大些了，就自个儿背个小包跟着大人逃。1938年至1942年，"流窜"杞县、郾城、漯河间，留下的是行踪；1942年、1943年、1944年年初"躲藏"嵩县、潭头；1944年夏秋"逃奔"淅川荆紫关、湖北郧阳麻池，1944年、1945年"千里大逃亡"至宝鸡宋家庄、石羊庙，留下的就是脚迹了。8岁了，还不知啥叫"家"，只下意识认知：

"爸妈在哪儿、哪儿是家。"

居然活了下来、还长大了！

这个小幸运儿！

俄罗斯谚语说："幼年的记忆，像石头上的雕刻。"可我记事儿忒晚，4 岁以前似无记性。只留下些"远古"碎片，时而浮涌脑际，"花非花，雾非雾"，似梦非梦，亦真亦幻。积淀心田日久，纠织为千千结。童心又偏爱"选择性记忆"：滤愁留欢，去悲存喜；删略主题，专注细节；虚无大时空，独钟"小确幸"；淡忘日常创痛，牢记瞬间欢趣。

依稀记得几个"第一次"：

1942 年春，在漯河，第一次参加生计"劳动"——跟姐出城挖野菜。

1943 年秋，在潭头寨街，第一次看歌舞表演——河大学生的中秋晚会。

1944 年夏，躲在伊河南岸重渡沟山坡竹林里，第一次看到兵，一队人，提枪从坡下走过，疑是日兵，后说汤恩伯部败兵。

1944 年夏，在淅川县荆紫关，第一次看见汽车，是辆吉普。

1944 年秋，在荆紫关上小学了，教室是座庙庵；第一个村中玩伴叫安财，是个盲童。

1945 年初夏，在宝鸡石羊庙窑洞里上小学二年级，土墩为凳，膝上木板为桌，第一次有了课本。

1945 年仲夏，同斑哥一起，住难童教养院，做劳务童工、拉大碌压马路、抢瓜皮吃……

一块块记忆"碎片"，点缀个个村镇，暗灰色、略透微亮的漫漫时光——我懵懂岁月的原乡！

· Ⅲ ·

得知日寇投降，在石羊庙。"剑外忽传收蓟北，初闻涕泪满衣裳"，

"即从巴峡穿巫峡，便下襄阳向洛阳"（杜甫《闻官军收河南河北》）。听父亲为报信儿学生喜赋老杜诗、再随师生狂欢过后，当年 12 月底，乘宝鸡至潼关火车转乘汽车，返回开封。父母兄姐是久别归来，我和两个弟弟是新人乍到。8 年离乱终结。西小阁 5 号旧家已"物是人非"。开封的第二处家，安在财神庙街 38 号北厢房；后迁居北门大街 112 号正房，面积稍大些，是第三处家了。先进北财神庙街小学（读二下、三上；随母执教鹿邑，读三下），再转北门大街小学（读四年级）。还是城市学校好，教室明亮，桌椅整齐，比庙庵、比窑洞漂亮太多！

1948 年 6 月 20 日凌晨，解放军华野部攻进开封城。蒋军机接连三天，飞临开封上空，轰炸扫射，父伤右肩，我伤左臂，住房炸塌。保姆带领我和四弟，在蒋机扫射火舌下逃出东曹门，流浪郊野、乞讨数日；父母带二哥躲进徐姓友人家暂避。25 日，解放军主动撤离开封。河南大学奉南京教育部之令，南迁苏州复课。又无家可归的一家人，再次简装上路。

7 月底，溽暑时节，抵达苏州。学校分派我家到阊门区十梓街 74 号，房东张先生给腾出两间仓库。6 口人蜗居其中。这哪儿像"家"哟。小哥俩就近借读城厢小学（五上和三上）。1949 年 1 月中旬，三兄弟跟随母亲，趁夜自镇江一渔村偷渡长江，先期返回再度解放的开封。租得花井街 95 号——开封的第四处家。4 月 25 日，苏州解放，河大喜获新生。7 月，父亲偕大哥随河大自苏返汴；1950 年春节时分，姐姐随开封女中自赣返汴。离散逾年的 7 口人，在花井街的家，又团聚了。

"教授张家"，从此在开封扎下根。1952 年，迁平等街 40 号——第五处家；1954 年迁学院门 18 号、1957 年再迁隔壁 19 号——第六、第七处家。世道升平，学院门同西小阁一样，是"自家物业"了。1970 年"文革"期间，学院门西口建邮电大楼，19 号院落被征。命老母迁至延寿寺街 38 号——三小间沙土地面、上无吊顶、曝露梁檩的简易裸房。这第八处家，家人至今在住。

1949 年开国，开启崭新时代，宏图待展，充盈生气。那时节同谁交谈，会觉得出，人心是干净的，甚少后来的心机种种；行走街头，会看得出，人们眼睛是明亮的，甚少后来的疑惑、抑郁、调侃以至恐惧。如许情境中日渐长大，从 11 岁到 18 岁（1949 至 1956 年——小学五下至高中毕业）。

脑海里的青涩岁月，由"碎片"转化为"长卷"：

汴梁长居 8 年，流转 4 校，受教于诸位恩师——北道门第十七小学（五下至毕业），班主任关达美师、数学沈毓中师……东司门开封一中（初一、二），班主任刘天顺师、数学李雅书师……西关实验中学（初三），教导主任刘惟城师、班主任黄今明师……东司门师院附高（三年），班主任高中师、体育白新亭师……恩师们宵旰忧劳，呕心沥血，学生点滴在心。一拨接一拨同龄学友，得缘四方来聚，朝夕相伴，疑义相析，赛场较胜，齐歌共舞，情同手足。

羽毛渐丰一少年，眼界渐开，视野渐阔。校园之外，也关注时局世情，憧憬未来。1949 年 4 月 24 日，喜闻南京解放，同小伙伴赶排活报剧《王朝末日》；1950 年，为朝鲜战场的英雄事迹感动，积攒早餐五分钱，缝制慰问袋，献给志愿军；1953 年 3 月 9 日，全市学生冒雨聚会，追悼斯大林逝世；迎接"一五"计划隆重开局；1954 年，欢呼共和国宪法诞生；1956 年，欢庆农工商社会主义改造高潮。捕蝇捉雀"除四害"；夜校教课"扫文盲"；争创"三好""向科学进军"……一路高歌行进。

热衷于追问汴梁古城往昔。课读之暇，三五好友，流连坊巷寻古。悚然惊见，除龙亭、铁塔、相国寺、禹王台、繁（bó）塔等若干地面遗存外，经历无数次黄河灌城之灾，汴梁古都的"遗骸"，已整体深埋黄沙下！经多年考古发掘得知，在今日城下 3 米至 12 米深处，叠压着六层汴梁古城址，自下而上依次是：战国魏都大梁城、唐代汴京城、五代北宋东京城、金代汴京城、明代开封城、清代开封城。张择端《清明上河图》画面中心，那座高耸的州桥桥头，惊现在中山路街心以下七八米深处；传说鲁智深倒拔垂杨柳的相国寺后院，如今商号骈列，叫寺后街；魏国"夷（东）门监者"侯嬴，看守过的那座城池，如今更在十余米黄沙之下。临风回首，怅惘何似！

又与同窗热议开封的"帝都之运"。鄙意不始自战国之魏，而始于朱温。唐末宣武节度使朱温，使府原置开封，废唐建（后）梁称帝，仍然建都开封；随后，刘知远的（后）汉、郭威的（后）周、赵匡胤的（北）宋，以汴为都，相承不移；经赵宋 120 年经营，终于成就一代名都。然而，靖康初年，二帝被掳、皇京毁于金兵，百年繁华，瞬间落尽；遗臣孟元老追怀故都，只能情寄《东京梦华录》了。

百年名都，匆匆谢幕，固然"悲壮"。汴梁百姓，世代相继，将华夏中原人的精神品格——允执天地之中，静对八面来风；勤劳、淳朴、豁朗、笃实——传承发扬于今世，又为汴城之幸！

1957 年夏末，负笈进京前夜，母亲在寺后街"第一楼"为儿饯行；毕业后，留京供职。60 个年头逝去。可我对亲爱的故乡，心田一如当初，一直珍藏着那缕别时的缱绻、那份不舍的牵挂。

开封——河南，我生命的原乡！

· Ⅳ ·

《序卷·三娃的"兵火命"》，离乱与战火中的纪事，靠幼时记忆的搜寻和父母兄姐的旁忆。虽然脑力日衰，可有些往事，越到晚年，反而越发频现，尽管是些"碎片"。

1957．2．15 日记有如下文字：

　　元宵佳节过去了。它在我的生活中只留下一抹淡影。但它对我愈是淡漠，也就愈是激起我对孩提时代的记忆，自心底发出连串问话：依偎在父亲怀里天真地问，"爸爸，（跑得飞快的）汽车轱辘，是咋弄的"，那时光何处去了？脱得赤条条钻进老乡菜地，偷摘黄瓜、跳进水里啃嚼的时光何处去了？把"老百姓"读作"老百名"的幼稚岁月何处去了？正月十五提灯逛街，嘴里不停地念叨"盆儿灯，罐儿灯，出门一轰隆"的日子又何处去了？

　　"时间"真是个残酷的主宰。当一个人随年岁增长而觉察童年生活的珍贵时，那童年却已成永远无法追寻的记忆——只能招来无止的喟叹和眼泪。正是因为那些已化为记忆的片段，并不是全部的童年生活，所以我才特别宝爱它；寄予它的感情与怀恋也就时时增长，愈难忘怀。我童年的全貌，本是一幅悲惨画面，灰黑的基调。正是由于从中发掘出了几道金色光彩，它于我才有了意义。

这篇 18 岁写的《童年咏叹》，包含 4 个"碎片"，至今记忆清晰。它分别发生在 1944 年的荆紫关，1945 年的宝鸡，1946 年的开封，我 6 岁至 8 岁。那都是些"镌刻"于童心的美好瞬间。这篇日记感叹着十余年前事；如今把它录入《卷首语》，又在 60 年后了。来到人生边缘，再咀嚼这"碎片"，品味里面蕴含的"悲情式欢愉"，愈觉隽永！

《正卷·少年的"拿云心事"》，多凭日记记载。1952 年 12 月 18

日，14 岁的璘璘开始写日记。截至 1957 年 8 月 26 日负笈赴京，计得 14 册 112 万字。恣意挥洒的青春之心，"实录无讳"：记奋进亦记挫折，记欢悦亦记自责；有叙说，有心路，有惆怅，有焦虑；有少许"自恋"，也不免"偏执"。毕竟是"青涩岁月"！

"青涩岁月"，时值 20 世纪 50 年代前期：抗美援朝，统购统销，农业合作化、个体手工业和资本主义工商业公私合营，引起市内外联翩震动，校园亦有感知（参见《旧时巷陌》）。那只是汴梁小城内一介"青涩学子"的所见与所感。

"回首向来萧瑟处，也无风雨也无晴。"来到人生边缘，重读"青涩岁月"留下的日记，唤醒久憩心底的记忆：那真是些虽偶掠阴霾、却阳光朗照的年代；无数可爱玩伴、可亲学侣的音容笑貌、彼我互动；缕缕隐秘心绪；幕幕躁动情境……豁然复活了！每个场面与细节，原是公开"上演"的，岁月渐将它隐为"私密"了。现如今，忽发现：在那青春勃发年代，人心，竟是那样澄澈、静谧！至少学子群体是。

于是忽发"奇想"：依凭百万字日记，"重构"那岁月；再依凭苏醒的记忆，做些背景导语、后续缀语，沟通"今古"。营造些篇什，纪念伟业初兴年代，送同侪共忆、不忘初心，留后人分享、不懈前行。岂不甚好！

这"奇想"让我激动：一个来自中原的游魂，在外乡漂泊一生，终于可以"回家"了。

梦里乡愁——向我生命的原乡致敬！

序卷

三娃的"兵火命"

【导语】　"七七"事变后，华北日寇南侵，豫省形势危急。开封铁塔校园的河南大学，于1937年年底离汴南迁：文、理、法三学院迁鸡公山，农、医二学院迁镇平。1938年年底，文、理、法三学院亦迁往镇平。1939年5月，全校北迁嵩县、潭头。1944年"五一五惨案"，寇兵血洗潭头河大，全校师生再仓促南迁，到豫西南淅川县荆紫关。1945年3月，日寇发动豫西战役，河大经郧西远徙陕西，文、理、农三学院于5月抵宝鸡石羊庙。8月，日寇投降，抗战胜利，12月，河大返回铁塔校园。

珍珠港事件（1941年12月8日）后，父亲于次年1月离开任教的燕京大学，假扮商人返豫，在漯河同家人相聚。1942年初夏，父亲接得河大聘约，拉扯全家八口人，从漯河往西进山，来到嵩县。那时河大流迁豫南多年；自镇平北迁嵩县也三年了。县城里房舍有限，文学院只得更往西行，在百里外潭头镇。父亲去潭头上课，母亲带着五兄（姐）弟，先在县城落脚；待住房找妥，也来潭头安家。

"俺是中国人"

豫西深山里的潭头镇，北倚熊耳山，南邻伊水河，是块儿小盆地，风光秀丽，地势平阔，淡烟疏林之间，散布十数个村庄。河大各学院行政部门、师生家属、教室、实验室，分散安置在各农舍、公廨、庙宇里。

河大教工幼稚园，设在一地势平阔的小院。1943 年春，三娃（犀弓，小名璘璘）将 5 岁，赶上春季班招生。

"你也不小了，你大哥、姐姐 5 岁，都上大班了，"父亲说，"可你还整天疯玩儿。去上幼稚园吧！"

不由分说，为三娃报了名。

数日之后入园"考试"。母亲开始为三娃准备。棉袄棉裤穿了一冬，又脏又破，得换；棉鞋袜子，蹚雪踏泥一冬，得换；还有入园必备的手帕、罩衫等。深山里物资匮乏，镇里没个商店，咋办？母亲有办法。哥姐穿过的旧衣服，一番浆洗缝补，整旧如新；拿出以前攒下的小块布料、碎布头，跟房东布婶一起，打袼褙、做双千层底儿黑帮新鞋、粗白布新袜子、碎花布扦边罩衫；借用姐姐一块小花手帕，细别针别在罩衫左上角。衣装算是齐备啦。

"考试"前一天，父亲说："进考场得干干净净，像你这样脏兮兮可不行！"对大哥说："带你三弟去洗个澡吧。"

河大澡堂在丘塬，那儿有温泉。因为离家稍远，三娃从没去过——准确说，长这么大，还没进过澡堂呢！去澡堂洗澡，三娃既期待，又好奇，兴冲冲跟大哥登上丘塬。进得大门，入得大堂，先觉得一团热气，迎面而来；脱衣进得浴池，又遇水汽蒸腾如雾，只听池水哗响、人言说笑，不辨五指。雾气渐淡、渐散。三娃终于看清：满池子光头、光身子；却又认不出是谁。三娃怯怯的：从没见过这场面，不好意思看，又刺激、想看。大哥却习以为常，见怪不怪，先帮三弟入池。池子外圈水浅，让弟弟先坐外圈台阶泡着；自个儿去深水区，边泡边搓。待弟弟泡至浑身冒汗，大哥觉得行了，过来帮弟一通搓洗。好不舒服！

考试那天一大早，三娃穿戴停当。有孕在身的母亲，让 11 岁的姐姐领弟弟去应考。"考场"是间小屋。等候在门外，姐弟都有点儿紧张。屋内传唤三娃进去。姐慌忙开门，推弟进屋；没向"考官"示意，便慌忙掩门退出。"考官"是两位女老师。三娃乍然面对，心怦怦跳，怕怕的。

"张璘璘！"

老师唤他，听声音好熟。仔细看，原来是陈莲妈妈——钱姨！陈莲爸爸也是河大老师。望着"钱姨老师"，白皙秀丽的面庞，亲切依旧；想起小伙伴陈莲，比自己还小呢，都上中班了。陈莲平日娇滴滴，不合群儿，可就爱找三娃玩儿（钱姨说"璘璘好脾性"）。三娃悬着的心，立马儿放下了。

考试之后，钱姨来三娃家，绘声绘色，学说考试经过——

考场中央一长条桌，桌上放玻璃瓶、纸板。园长关老师唤三娃至桌前，神色暖暖的；俯身问话，柔柔的。

"你几岁啦？"

"5 岁啦。"

"爸爸啥名知道吗？"

"知道，叫张长弓。"

"爸爸在哪儿上课？"

"在文学院。"

"妈妈啥名？"

"孟华三。"

"谁带你来的？"

"姐姐。"

一番"盘问"过后，口令示意，做蹲起、蹦跳、伸举、抓握等动作。——"对答如流"、四肢"运转自如"，两位"考官"笑了。钱姨老师又招手，让娃儿坐桌前小凳上。三个深色玻璃瓶，放在面前。

"这仨瓶，一个没水，一个半瓶水，一个满瓶水。"钱姨老师说，"你来掂掂看：哪个轻，挑出来；哪个沉（重），也挑出来。"

"就问这呀!?"三娃心有不屑，仨瓶挨个儿过手，即刻判明，轻瓶、重瓶，分别挑出。钱姨老师点头赞许。三张纸板又摆面前。

"三块颜色不一样，是吧？"三娃点头。"你来说说，都是啥色？"又觉不屑，略微扫视，"红""黑""绿"一一指点。两位"考官"又笑了。片刻冷场。

"璘璘，你会唱歌吗？"关园长忽然问道。

"会唱。"三娃颇为自信。

"会唱啥？唱唱听听。"

"《渔光曲》。"

无须酝酿情绪，稚嫩的童音，开口便唱：

> 云儿飘在海空，
> 鱼儿藏在水中。
> 早晨太阳里晒渔网，
> 迎面吹过来大海风。
>
> …………

鱼儿难捕船租重，

捕鱼人儿世世穷。

爷爷留下的破渔网，

小心要靠它过一冬。

三段唱罢，二位"考官"拍掌说好。钱姨老师白牙微露，笑得真好看。

"谁教你的？"园长问。

"没人教。哥哥姐姐天天唱，听会了。"二"考官"大乐。

"张璘璘，你是哪国人呀？"

园长这一问，似乎有点儿深度。

"俺是中国人啊！"三娃有些讶异，心想："咋问这呢？"

"那你说说：是谁在欺负咱中国？"

"日本鬼子！"三娃应声回答。

"那你长大想干啥？"

"俺长大当兵，打鬼子！"

两"考官"频频点头。

"好啦，跟姐姐回去吧！"

拉开"考场"屋门，姐正在门口着急呢。牵手问弟："考你啥呀？咋唱起歌来啦？"三娃说了一遍。回到家，妈也问："考你啥呀？"三娃又说了一遍。妈听了，即兴发表"评论"：

"问问家里人，是看你傻不傻哩；蹦蹦跳跳，看你笨不笨哩；掂掂瓶子，看你精不精哩；认认颜色，看你能不能（河南方言"聪明不聪明"）哩。"喘口气又说：

"前边问的，那都是小班考题，你都 5 岁了；让你唱歌，那是大班

'加试'；问你长大想干啥，试你明不明理哩。"

爸也笑说："璘一落生，就跟他爷捎信：'国家添了个壮丁'嘛。"

两天后接到"入园通知"：三娃插入大班报到。"虎娃"发小任林、王虎、小汝、士鲁，也插班入园。

三娃朦胧觉得，园长那深度一问和自个儿的回答，像埋下一颗种子；往后，它在自己心田，长成了一棵大树。

寨场歌声

潭头的河大学生，男女一千多号人。乡亲都知道，哪儿有歌声，哪儿肯定有河大学生。尤其文学院，吹拉弹唱，人才济济，最活跃。"校园文化"来到深山，唤醒千年古镇，打开久闭的心扉；特别是山里的男娃女娃们，跟着大学生哥姐唱呀跳的，格外欢实。

1943 年中秋节将至。寨子里人人争说，学校在街心搭台子，要演节目过节哩！那时鬼子凶狂，国难深重，又连年遭灾，官府还不断增税，村穷人穷，谁有心思过节？学校一样是苦日子。可是眼见学生大哥进林子，扛着竹竿、抬着木板回来；学生大姐上山坡，采些山花、摘些松枝回来；校工大叔，提来电石汽灯，竿头上挂起来。熙熙攘攘，一通忙活。发现"情况"的二娃斑斑（檍弓），赶紧跑回家，尖声宣告：

"要演节目啦！要演节目啦！"

啥叫"演节目"，三娃当然知道：唱歌、唱戏呗，便跟着拍掌欢跳；两岁多的四娃（橘弓）起哄附和——他哪儿懂啥叫"演节目"！

中秋那晚，寨街火了。

生来没见过这么大场面！潭头镇十多个村的乡亲，奔走相告，扶老携幼赶来。寨场人头攒动，欢声如潮。街心"歌台"上数盏汽灯，照得寨场亮如白昼。村寨上空，皓月高悬，星海闪烁；村寨四周，远山魅影如黛，山风穿林的呼啸，从远山深处传来，整个村寨浸透深秋凉意。人们却心似火热。

寨场中央那大片人群，有蹲着、有坐着；外边儿的，都站着，还有的站在椅凳上，里外三层。二哥牵着三弟的手，混在男女村娃群里；璘璘瞅见泉生、汝生兄弟，士晋、士鲁兄弟，也在人丛中钻来钻去，寻找"最佳位置"。主持人学生姐，手持喇叭筒喊话了。人潮波涛渐渐平息。眼看就要开演，逡巡人丛的小哥儿俩，还在无望地寻觅。真是急死人了！二哥忽然急中生智，拉上璘璘，挤到"歌台"左侧——这儿是演员"入场口"，人少。无奈哥俩个儿太矮，还是只见人背，不见"歌台"。偶然回头，发现身后有几块石头，哥俩合力搬来，垫在脚下——哈，明晃晃的"歌台"，简直要把眼睛晃"瞎"！

单弦、坠子书、二胡独奏、平剧清唱，各具韵味。轮到《曲子西厢》，一生二旦——张生、莺莺、红娘上场。哥俩认识这三位"演员"，她（他）们昨晚还来家，让父亲给做表演指导呢——五年前，是父亲"南阳采风"，觅得此出《拷红》唱本。一位女教师随后登台，演唱民谣《亲家母》。本色的歌嗓，戏谑夸张的动作，博得乡亲欢喜：

> 亲家母，你请坐，且听我来说——
> 你家的女儿，嫁到我家来，
> 一张嘴光会说，什么也不会做，
> 一双绣花鞋，做了半年多。
> 啊啊——啊——啊啊啊……

《亲家母》一下子火了，村中久唱不衰；小哥俩"追风"跟唱，至今不忘。

河大附小歌咏队登场，引起一阵欢悦躁动。三娃看见姐姐（若华）出场，惊喜相唤。姐姐闻声，冲弟弟们笑微微招手。童声响起，一腔离愁别绪：

> 长亭外，古道边，芳草碧连天。
> 晚风拂柳笛声残，夕阳山外山。
> 天之涯，地之角，知交半零落。
> 一壶浊酒尽余欢，今宵别梦寒。

李叔同（弘一法师）的《送别》，民国时代传唱南北，是小学音乐课"保留曲目"，学生无人不会。两年后在宝鸡石羊庙窑洞，璘璘也学会唱《送别》了。

河大合唱队《歌曲组唱》是压轴节目。伴奏风琴登台，演员阵容庞大。小哥儿俩站在摞起的石块上，使劲伸颈仰头。只见指挥带领，20多人鱼贯登台，队列排作四行。前两排女声，竹布蓝夹袍；后两排男声，青灰装黑长裤。样式虽不齐整，色调也不均匀，但深山里的学生，能穿这样已不容易了。台上汽灯亮如白昼，演员个个精神饱满、青春洋溢。场子里一阵期盼的躁动。晚会进入高潮。

风琴奏响《毕业歌》序曲，场子里一片寂静。忽见指挥棒落、歌声骤起，如惊雷炸响，震慑全场：

> 同学们，大家起来，
> 担负起天下的兴亡！

....

我们今天弦歌在一堂，

明天要掀起民族自救的巨浪！

巨浪！巨浪！不断地增长！

同学们，同学们！

快拿出力量，

担负起天下的兴亡！

专注聆听的人们，乍脱《送别》的离愁别绪，一颗颗激动的心，随着
"巨浪"升腾！升腾！！

《流亡三部曲·松花江上》的曲风，换为舒缓哀婉的慢板，男女各
两个声部轮唱，如泣如诉：

....

我的家在东北松花江上，

那里有我的同胞，

还有那衰老的爹娘。

....

九一八，九一八，

在那个悲惨的时候，

脱离了我的家乡，……

流浪！流浪！……

哪年，哪月，

才能够回到我那可爱的故乡？

....

东北—中原，松花江—黄河。同一时空，同样情境，同样遭遇。家国情怀，人伦亲情。听者心中最柔软的那个地方，被这哀婉的歌声抚摸、触痛了。

《流亡三部曲·流亡曲》的曲风，又转换为急促、跳踉，迷茫、苍凉。

> ············
>
> 流浪、逃亡！逃亡、流浪！
>
> 流浪到哪年？逃亡到何方？
>
> 我们的祖国已整个在动荡，
>
> 我们已无处流浪，也无处逃亡。
>
> 哪里是我们的家乡？
>
> 哪里有我们的爹娘？
>
> ············

流浪、逃亡！到哪年？到何方？悲怆的哀诉，居然也唤醒五龄娃儿的记忆，鼻子一酸，流下泪来；看二哥，也流泪了。

《救亡进行曲》琴声奏响，曲风再次陡变，转换为奋起战斗的火热召唤：

> 工农兵学商，一齐来救亡，拿起我们的刀枪，
>
> 走出工厂田间课堂，……
>
> 走向民族解放的战场！
>
> ············

铿锵激越的《义勇军进行曲》最后唱响，为伟大民族的生存，奏起决战号角：

> 起来！不愿做奴隶的人们！
> 把我们的血肉，
> 筑成我们新的长城！
> 中华民族，到了，最危险的时候！
> ⋯⋯⋯⋯⋯
> 起来！起来！起来！
> 我们万众一心，冒着敌人的炮火，
> 前进！前进！前进进！

人心沸腾了！村寨沸腾了！

"打倒日本帝国主义！"

"还我河山！"

台上振臂高呼、台下齐声呐喊。寒鸟惊飞，群山回声隆隆。

散场的人流如潮，挤倒小哥俩。脚下石头也歪倒，砸伤三娃儿左手，中指指甲盖儿脱落，血流不止。眼见泪珠挂三娃脸上，居然没哭出声。二哥用衣角包着三弟的伤指领他回家。农民出身的爸爸，懂点儿"偏方"，连天各处跑，寻找生猪苦胆，带胆汁包裹三娃儿伤指。隔几天换一新鲜猪胆，手伤不久痊愈；大约一年后，新指甲长成。往后何时抚摸这颗中指，总会想起潭头那寨场歌声。

难忘寨场的歌！几十年来，兄（姐）弟传唱，同学传唱，集会传唱。它已然扎根心灵——铸为民族魂魄。

逃脱在日寇屠校前夜

【导语】 1942 至 1943 年，日寇在太平洋战争中节节失利。敌参谋部为挽救败局，1944 年 3 月制订《一号作战计划》，发动豫湘桂战役，希图打通从中国东北到东南亚交通线。"河南战役"是它的第一阶段，目标夺取洛阳。4 月 18 日拂晓，豫北日军发兵，强渡黄泛区，22 日陷郑州。洛阳守卫战指挥、第一战区司令长官蒋鼎文、副司令长官汤恩伯，临敌畏怯，初战即溃。5 月 7 日洛南屏障龙门失陷，"国军"八十三师、八十五师败兵，顺伊河两岸逃向嵩县、潭头。9 日，山西垣曲日军南渡黄河，直插洛宁，再东向合围洛阳。10 日洛宁失陷，11 日伊川失陷；敌机飞临嵩县上空侦查示威。

危急时刻，河大校方未及时因应。直到 11 日中午，突然发现火逼家门，校委会才仓促决定，嵩县（医学院）师生立即西撤。次日，嵩县沦陷。15 日，寇兵铁蹄踏入潭头镇，血洗河大。

日寇启衅河洛，警讯纷至沓来，搅动山乡的宁静，潭头镇街一团扰攘。战火越烧越近，人心越揪越紧！

嵩县失陷，百里外潭头这边，也必须撤离了。然而村寨内外，云山雾罩，瓢泼大雨，从早浇到晚。人心充满焦急与无奈。

13 日，豪雨仍无收歇。人们越发焦躁不安。父亲从寨街急匆匆进家报信儿：

"镇上来溃兵啦！汤恩伯的部队，顺着伊河上来，正在敲老乡家门，讨吃呢！"

又低声对母亲说："快了！鬼子很快会到！"

　　兄姐闻声，面色苍白，蜷缩屋角，惶恐不已；姐姐紧抱襁褓中的五弟；母亲将三娃四娃紧搂入怀。全家无奈又无助。房东听得报信儿，布婶站当院顿足大恸：

　　"老天爷呀！这可咋办！"

　　布叔蹲在墙角，一声不吭，一筹莫展。

　　14 日，大雨还在下，是第三天了。连阴雨拖延鬼子西进，也延宕人们西逃决心。父亲又从学校带回讯息：

　　"县城撤回的学生，那些腿快的，跑到大青沟（注：在潭头西南 20公里处）了；家属也有逃到重渡沟（注：在潭头西南 15 公里处）的。"

　　"有学生躲往北山，看见鬼子骑兵身影了。"

　　这条讯息最是惊悚。

　　"冒雨也得走，不能再等了！"父亲决断说，"今天晚上必须走！"

　　一大家子逃难，没有布叔相帮不成。父亲请布叔来屋相商。布叔怜爱地望着一窝小娃儿。去年盛夏，院子里乘凉聊天，布叔曾给母亲开玩笑：

　　"大嫂子，我说恁真福气！再过十年二十年，娶进五房儿媳妇儿，孙男弟女一大群，恁得掌多大个家哟！"

　　布婶笑着附和："谁说不呢！"

　　如今这窝五男一女，大的十四，小的刚一岁，倒先成了一堆包袱！

　　布叔又说了：

　　"张教授，乱世逃命，东西少带，娃儿最要紧！"

　　这话正对父亲心思。1940 年，母亲带着三儿一女，逃到郾城，肚子里怀着四弟。眼看鬼子兵又要扑来，母亲准备再逃漯河。父亲那时远在北平，鞭长莫及，心急火燎捎信儿说："再难，也得把孩子都带上，一个不能少！"这离乱岁月，又过去 4 年，4 个娃儿变成 6 个了。

"对！都带上！"父亲说。

母亲却想得更细。她在为几个小娃儿发愁。从潭头向西逃，崇山峻岭，山陡沟深，大人行走都难；三个大孩儿还将就；三娃儿6岁，四娃儿不满4岁，五娃儿刚1岁，咋走？布叔布婶懂得母亲心思。

"嫂子恁别愁！"布叔手指当院："恁看那是啥！"

那是两个竹编吊筐，各带四根吊绳，系在竹扁担上；筐里铺着旧衣被做软垫，筐上各带一条桐油布，雨天当伞。

"一个扁担两个筐，三娃儿坐一头，四娃儿五娃儿坐一头。恁看咋样？"

"真难为布哥，想得周到。"母亲抱着五娃儿，展眉笑了。

好在季候渐热，衣物可以少带。母亲为每人取一身备换衣装，分打几个小包袱，交代给哥姐。父亲只管收拾自己的书、稿。他把一条桐油粗布铺开，抱来床底下那堆纸本，仔细捆成一个大包裹。

布叔叼支旱烟锅，在旁看父母忙碌。

"这是啥？"他手指大包裹问父亲。

"这是曲子稿。"父亲说。

1938年暑假，父亲随淮阳高中逃至宛西。避难间隙，走访南阳乡里曲子艺人，拜师交友，录下这几百首鼓子曲词、曲谱。准备等打完仗，把它整理成书。随后北上应聘燕大，父亲就把这批曲稿留下，托付给母亲。母亲从郾城奔漯河，再从漯河奔嵩县，一个女人，一路逃难，拉扯一群娃儿，还要背着一堆稿。妈知道：孩子和曲稿，都是爸的命。至今6年了，一直带在身边。

"我说张教授，这一路往西，山越走越陡，沟越爬越深；天又下雨。"布叔掂掂油布包说，"这都是纸，容易泡坏，不带也罢。留下来，我给看着吧。"

父亲略作思忖，点点头。墙角有只柳条箱，他去打开，取出一个纸包，捧到布叔面前：

"这是一方砚台，"父亲说，"是汉砚，据说刘秀传下的。"布叔接过，打开包纸，石砚半尺见方，漆黑透亮。

"南阳古玩市上淘换的，"父亲做捧送状，"给恁老弟，留个念想吧。"

"这是古宝贝！俺承受不起！俺给恁留着。"布叔逊谢，重新包好，放置木桌上。

"这儿还剩着点儿粮食，"母亲手指床后屋角，那儿有个秫秸席粮囤，里面百多斤玉米，"留给布哥、布嫂吃吧。"

"不用，不用！"布叔摆手；又对着一堆衣物、书籍抡臂："俺都给恁看着。"

布婶端来刚熬的玉米糁粥，两家人一起用过晚饭。布叔起身，到门前探望天色，对爸妈说：

"傍黑儿了，雨不下了。正好动身。"

东方传来零星枪声，是县城方向。空气骤然紧张，迫使一家上路。布叔挑起两个竹筐，仨小娃儿筐里坐着；大哥、二哥、姐姐各背小包，后边跟着；父亲母亲同样是肩背手提。大人小孩一大溜儿，急匆匆出得小院，踉踉跄跄往南走。

雨季伊河水从西山急泻下来，在镇南二里打个弯，再向东、向北流。这儿的河道又窄又陡。河水来时，湍流漫槽；河水去时，又露出河底石滩。一行人来到河边，夜幕初垂，雨停一阵子了。布叔放下扁担挑子，去河边查看，回来说：

"河水泻啦，蹚河能过；咱一个个过吧。"

泻后的河道，宽不及数丈，水不及膝。布叔下令挽起裤腿。他挑起担子,头一个下河,大哥二哥上前,各护一只坐着仨弟弟的吊筐;父亲护着母亲和姐姐,一起蹚过河去。

河谷里夜色愈暗。河卵石微泛白光,黑魆魆山影如壁。山风吼着,顺河谷刮下来,飕飕地凉。娃儿们嚷"冷",母亲忙给添衣。毕竟过了河,多了些"安全感"。一路疲惫发作,筐里三个小娃儿,竟然睡着了。喘息片时,布叔又带领"难民",沿着河岸小径,跌跌撞撞,走走停停,摸黑溯河西上。

走了大约一个小时,来到一户人家,户主布叔认识。深夜敲门,听说是河大教授一家"跑反"来了,年轻的主人夫妇,热情接待住下。

布叔说:"再往前走,就是骆驼岭了。大人、娃儿们睡一觉,等天明,再去重渡沟躲着吧。"

15 日清晨,天气晴好。主妇看望几个小娃儿,格外怜爱,拿出白面掺上玉米面,烙馍给娃儿吃。娃儿们饿坏了,个个狼吞虎咽。主妇心疼地说:

"看把娃儿给饿成啥啦!"母亲连声道谢,在旁直抹眼泪。

近午时分,一家子正待上路,忽然枪声大作,还是东边传来,像炒爆豆。父亲、布叔出门张望,东方一团烟火腾空;侧耳细听,觉得枪声很近。布叔连声大喊:

"鬼子进潭头寨街了!咱们快走!"

顾不上仔细拾掇,布叔挑起担子,老少互相扶携,狼狈上路。爬骆驼岭,攀刘岭,过午来到羊胡子坡。一条坡长满羊胡子草,油绿光滑;再往上,是密密竹林。正爬坡的工夫,听见坡下的来时路上,隐约传来聒噪喧嚷声、脚步杂沓声、枪械碰撞声。

"会是鬼子兵吗?"爸爸惊问。

"鬼子,不该这么快。"却也不敢大意,布叔迅即示意:

"上坡！躲林子里去！"

挑着担子转过头，布叔领着上坡。每登一步，两只悬空竹筐，就猛烈荡悠着。筐里五娃儿在酣睡；三娃儿、四娃儿，仿佛对危机有感，小手紧抓吊绳，睁大两只眼睛，恐惧张望。坡陡草滑，母亲踉跄滑跌走不动，就和姐姐为伴，抓草跪膝，向坡上蹭。

小群士兵来至坡下。一家大小，抱着坡上山竹趴着，透过林间疏影，依稀数得七八人，灰色军服，衣帽不整，疲沓而行；枪杆上吊着的鸡，扑棱着翅膀。这几天三娃儿感受风寒，恰在这紧要时刻，禁不住咳嗽连声。

"哎呀！小祖宗！"

母亲闻声扑来，伸手捂住三娃儿嘴。三娃儿憋闷，使劲去掰，却掰不开那大手。万幸！咳声停了；坡下没有察觉。三娃儿憋青了小脸，大口喘气。

"'河南四荒，水、旱、蝗、汤。'汤恩伯的兵没种！打不赢鬼子，跟老百姓一起逃，还抢东西！"

望着散兵远去，父亲忿忿地说。从军服颜色，他判定是国军。

从竹林出来，磕磕绊绊接着走，擦黑儿赶到重渡沟。这儿的竹林面积大得多，各户乡亲散居林子里。医学院的教工家属，早先从县城撤离到此，如今散居老乡家里。刚来这八口人，也安排住进乡亲家。父亲打听得知，校委会日前决定，全校师生员工，将再度往宛南回迁，到淅川县荆紫关会合；教工南迁的行李，学校给雇请挑夫。

三四个日夜，四十里相送，布叔要回了。他其实一直惴惴的，心里惦着潭头：不知家里啥样了。父亲突然说，他也要同布叔一起，回潭头一趟——不为别的，只为取回那包鼓子曲稿。

"荆紫关，五六百里。离乱岁月，这一去，潭头恐怕再难回来了！"

同布叔动身前，爸对妈说。妈默默点头。

四天以后，父亲背着油布包裹着的曲稿，风尘仆仆，回到重渡沟。他满腔愤怒，讲述血案情景、痛陈日寇暴行：

"五一五"惨案纪念碑（潭头镇）

> 鬼子兵进潭头，不为别事，专冲河大来！这群兽兵，专找河大教授、学生，又抓又杀，火烧理化实验室。为啥？就为不许你上课！眼瞅着流亡多年，可河大师生硬骨头，躲山里来，再难，还是要上课。他杀人放火、烧房子，想干啥？是想断我文化根脉、亡我家国种族啊！

"五一五血案"——心中永远的痛！

【缀语】　5月15日晨，日寇进占潭头镇。一天之内，河大师生16人被害：躲往北山的学生，6人遭枪杀；助教商绍汤、吴鹏，法律系学生朱绍先、辛万灵4人，与敌搏斗牺牲；文学院学生孔繁韬和一女生痛斥敌寇暴行，遭刺死投入水井；化学系学生刘祖望、医学院女生李先识、李先觉姐妹，义不受辱，投井自尽；医学院院长张静吾夫人吴芝蕙，遭敌兵刺破心脏惨死。张静吾博士被俘，跳沟逃脱；他的侄子张宏中被敌刺破食道；农学院院长王直青被俘，跳崖脱身；20余名学生在北山被俘。25 人失踪。化学实验室被敌人放火烧毁……

张静吾著《九十年沧桑》，这样回忆这段遭遇：

"我（自嵩县）到潭头几日后，某日下午，正在校长室开会，忽然有人进来说，敌人离此只有二三十里路了。于是大家一哄而散，各自逃生。"……"回到窑洞内，我说快走，不料日兵已到大门口。我马上用日语说我是医生，因我在东京时知道日本人很尊重医生。""这样我们就被俘了。"

"有一日兵带刀来说，今晚杀头行不行？我说随便。"……"忽听人群中有一声音说，你还不赶快跳沟里！我就毫不犹豫，也不管沟有多深，就跳下去了，谁知有树把我挡住了。我就趴下装死，一动也不动。"……

（香港泰德时代出版有限公司，2008 年版，第 76 页）

一位西方政治家，痛斥日本法西斯：

"这是我所知道的最凶残、最无耻的民族。"

俊大油坊

【导语】　"五一五屠校惨案"后，劫后余生者在重渡沟聚拢。溽暑时节，璘璘家八口，凑干粮、备草鞋，跟着河大人，再从重渡沟出发，踏上又一程迁徙之路。一个多月里，经栾川、过西峡口、攀爬老界岭，纵穿苍莽伏牛山，来到淅川县荆紫关镇。

璘璘深为这程跋涉骄傲：爬山涉水五六百里，可是俺自个儿一步一步量过来的，再没坐挑筐；光重渡沟的伯叔们给俺打的草鞋，就穿烂十几双。沟口出发那天，俺刚六岁零一个月。不过俺得说，俺的小包袱，自个儿背不动，是 14 岁大哥替俺背的。

荆紫关在淅川县城西北 70 公里处。雄关的西门，濒临丹江一泓清流；丹江西岸与湖北郧西县为邻；关北与陕西商洛县为邻。所谓"鸡鸣听三省"，正是此关。一隅粗得偏安，来到夏末秋初。权充教室的山间农舍里，陆续响起读书声。流亡的河大像只"不死鸟"，居然又开学了！

房东是位油坊老板，姓董；油坊字号：俊大。油坊铺面临着大街，六联门板，黑漆滑亮；柜面几座黑瓷油缸，一势排开。搁到山区小镇里，这俊大算得上一号买卖。家安在油坊隔壁。三位兄姐平日去上学，五弟不离母怀，潭头的幼稚园散了。没了大人管束，三娃儿正好带着三岁多的四弟，整日价（jie）在铺前，窜来窜去疯玩儿。

铺面街人来车往，十分热闹。一天，有个绿色"铁屋子"，沿着大街跑过来，停在油坊铺面前；"屋门"里下来个当兵的，提个大桶走进油坊。不大会儿，这兵又费劲提桶出来，像是装满了花生油。他把油桶放进"屋"，自个儿再坐进去，"嘟嘟"一溜烟跑了。

"这是啥家伙？"心中充满好奇。爸爸回家，向爸"质疑"。

"这是汽车。"爸爸笑说。

"汽车？咋跑恁快？"逃难这几年，四里八乡到处转，俺见过牛车、马车、洋车，见过独轮车、架子车、太平车，就是没见过啥"汽车"。

"汽车跑得快，它有气轱辘呀！"

"气轱辘是咋弄的？"

"轱辘上有个胶皮圈，里面打着气，看见啦？"

"是有圈黑胶皮，鼓鼓的。"

"就靠这打着气的皮轱辘，汽车才跑得快。"

从此明白了啥叫"汽车"。爸爸懂得可真多！

董老板住油坊后院。日出时分，出院摘门板开业，总会见俩小娃儿，在门前快活玩耍。一来二去熟了。一天早晨，老板站在铺门前，笑盈盈招唤俩娃儿：

"你俩过来，看这是啥？"他龇着金牙，戴个大金镏子的手指，捏着一块儿吃食儿，在娃儿脸前晃。娃儿们好奇接过。

"花生饼。"璘璘说。他认得此物：花生榨完油，剩下油渣饼。那些大圆饼，锅盖一样大小，一摞一摞，就在油柜后面墙旮旯堆着呢。这饼特硬，每口只能啃下一小粒儿；可是真筋道，嚼着真香！那年月，闹旱灾又闹蝗灾，青黄不接，大人小孩儿就没吃饱过。娃儿们"早饭"稀汤寡水，没啥"干货"，肚子老咕噜叫。于是，早晨的一小块儿花生饼，成了俩娃儿每天的期盼。

一天，老板手里吃食儿换样啦：那饼黑而薄。笑问娃儿："这是啥？""芝麻饼。"璘璘大声答，接过来就是一大口。别看璘璘小，心里明镜儿似的：那瓷盘子大的芝麻渣饼，又薄又脆，嚼着更香更解馋。平时，老板都把这饼放在后墙木柜里锁着，它肯定更金贵！顺嘴转着舌头，舔食着饼渣儿，娃儿们生出新的期盼："天天吃块儿芝麻饼，该多好！"可是往后，给的还是小块儿花生饼。

"老板抠门儿。"娃儿们忿忿地。

又一天日头西斜，近后晌儿了。老板从铺里出来，牵上俩娃儿小手："跟我来。"娃儿们乖乖跟着来到后院，进了正屋。屋里有张大木床，床的边栏带雕花儿；床上一只炕桌，桌面镶块青石板；石板上一套烟具——银杆烟枪黄铜锅，琉璃烟灯带丝网，透着气派。老板上了床，斜躺下，擎起烟枪，点亮烟灯，装烟对灯，眯起眼睛，嘶溜嘶溜地吸，悠悠地喷，一脸舒服得意相。

"过来点儿。"

老板伸手，把三娃儿拉近床边；深吸一口，冲娃儿脸"噗"地喷去。顿时，一股奇香涌入鼻孔，直冲娃儿脑瓜顶！

"香吗？"

"香。"

接着又一口，喷给四娃儿闻。数口过后，小哥儿俩晕晕地，打着晃儿回的家。接连几天，天天如此。璘璘有点儿上瘾了，一到后晌儿就想"闻烟儿"。回家还跟兄姐显摆说道。妈知道了，好一顿训斥：

"你不学好，还把你弟给带坏！"

从此不许再去铺面前玩耍。没饼吃、没烟儿闻，璘璘心里"难受"又"难熬"，总惦记着铺子里那渣饼、后院那喷烟儿。

年底，家从镇中心董家，搬到山根儿刘叔家，离开了俊大油坊。1945年季春，学校再迁陕西，全家收拾行囊，别了荆紫关。时日又过去好久，妈问、哥姐也问：

"还'想'吗？"

"不'想'了。"

"白色诱惑"，终算解脱。可那烟"香"、那饼香，一辈子记得。

俊大油坊，璘璘的"冤家"！

盲童安财

住在关西山根儿的刘叔，给张教授一家腾出两间厢房。刘家门前有棵大槐树，浓荫匝地，树下卧一巨石。搬家那天进村来，瞅见一男孩儿，在大树底下巨石上袖手坐着；一条大黄狗也蹲石头上，紧贴着男孩儿。他叫安财，刘叔的儿子，十二三岁的样子，同三娃大哥年岁相当。从镇街搬来，大人小孩儿带行李，脚步杂沓，动静有点儿大。

"谁呀？"巨石上男孩儿仰头"张望"，微露不安。

"安财，我是张老师"，父亲日前认门儿来过，"俺一家人给恁做伴来啦！"

"咦——张老师呀！"

安财摸索着下地；大黄狗也跟着跳下，冲客人摇尾巴。

"爹——，张老师他们来啦！"

安财欢声回首，向院子里报信儿。刘叔、刘婶闻声，从院子里迎出来，麻利地帮忙卸车，很快安置停当。安财不吱声，一直在旁静静站着。大哥上前拉着安财手，自报小名：

"我叫瑟瑟。"

再——介绍妹、弟。安财喜悦伸出小手，仰首"望"天，在几个新伙伴身上，挨个儿轻轻抚摸；还学着大哥，重复客人小名。璘璘个儿矮。安财轻轻抚摸脸蛋，使劲"睁"大眼睛，似在想象这娃儿相貌，稚气的话音儿低而柔：

"恁是璘璘。"

三娃这才看清楚，这位小哥，俩眼窝瘪瘪的。安财不幸，从小双目失明。瘦瘦的身板，穿件旧袄，袖口涕泗锃亮；衣肘磨破，补着新补丁；缅裆裤臀后，也补着两块大补丁。小哥默默握起三娃小手，"冰凉"小手顿感暖意。三娃昂着头，一直好奇盯着小哥那眼窝，随他牵着走进院子。外来的四兄弟，同这位山中少年，很快成了好友。

时序来到深秋，树叶黄了飘落了。安财带上大黄，踱来厢屋，默默地倚着门框。每逢来找小哥仨（二娃、三娃、四娃）玩儿，小哥照例这姿势。安财觉出小哥仨挨近身旁，就从夹袄兜里，踅摸出一把红薯干儿，捧给小哥仨："吃吧，可香啦！"四个小孩儿快活大嚼。吃罢红薯干，安财说：

"咱们玩'拉根儿'吧。"

"啥叫'拉根儿'?"

安财并不答话,领去一条弯曲小路。大黄在前头撒欢儿跑着。他从小带大黄走这路,太熟了。小路尽头是片杂树林,树枝光秃秃,满地细碎落叶。再前行,是阔叶林。轻走轻踩地试探,脚下软软的,觉得落叶积层够厚了。安财便俯身捡拾落叶,揉抻着、估摸着,判断根茎的柔韧与长短:硬的短的扔掉;软的长的,撸去叶片,留下根把儿,装进衣兜。

安财向哥儿仨示范"拉根儿"玩法。他自个儿拿一条根把儿,递给二娃一条;两人、两条根把儿,弯作圆圈,互相勾连;各自搋紧两端,同时发力牵拉,"噗"一声脆响。再看手里的根把儿,安财的没断,二娃的拉断了,一赢一输。安财又选两条根把儿,同三娃再玩一遍。

"好玩儿!好玩儿!"哥儿仨乐了。

安财随手摸起两片树叶,一片枫树叶,一片桐树叶。他说这两种叶子大、根把儿结实"劲道"(韧性好),拉着有劲;核桃叶、银杏叶,拉根儿也中;短把儿的,不能玩儿。娃儿们细看,两种树叶的根把儿,果然长些,有韧劲;用力抻抻,怪结实。记住它们的形状,学着安财的样子,哥儿仨也俯身捡起来。安财夹袄下襟,娘给缝的那两个大方兜里,不大会儿就装满了;哥儿仨的夹袄没兜,二哥索性脱下夹袄,用来装根把儿。四人满载而归。

"弹药"备足,就躲进安财屋里,大玩"拉根儿":十根一局;十条根儿都拉断者,这局算输;断的少者,这局得胜;十局一盘。看谁累计赢的盘数多。四个熊孩儿杀得昏天黑地!别看安财瞅不见,选根把儿、勾套圈儿、拉根儿,倍儿溜。傍黑儿,娘来唤安财吃饭,看见他屋里遍地断根儿,冲安财一顿嗔骂;小哥儿仨悄悄溜走。

根把儿再多，也经不住"连番鏖战"。四个小孩儿想个点子：只要在家，白天抽空去林子里捡，晚上躲屋里拔。二娃后来去上学，安财就带着大黄，约上三娃、四娃去玩儿。三娃、四娃力气小，安财礼让：自己并不发力，只让对方用力拔，居然互有输赢。后来，"拉根儿"游戏成为张家的"保留节目"。三娃、四娃直到上小学、迁宝鸡、回开封，一直同各个时期的小伙伴，群聚"拉根儿"，算把这山里游戏"发扬光大"了。

迎春花开的时候，林间小溪解冻了，山雀欢叫起来了；春日暖阳，焐化树下巨石上的积雪。初春时的安财，习惯正午出门，戴一顶"马虎帽"（从头顶罩到脖根儿的棉帽，只帽前"开窗"，露出俩眼睛），坐在巨石上。他一边晒太阳，一边"左顾右盼"，留意行人过往——这是在谛听呢！别看安财眼盲，一双耳朵可灵了，刘叔说比大黄的耳朵都灵。"左顾右盼"听"步音儿"——来人只要迈大步、出声儿，安财大老远就能分辨谁来了；小嘴儿即刻"王伯""李叔"，亲热叫着打招呼。要是悄悄靠近他，只要是村里人，安财用鼻子"闻味儿"，也能认个八九不离十：

"栓柱儿，恁去哪儿?"

"二妮儿，恁回来啦！"

声儿柔柔的，听着让人舒服。也不知这"特异功能"他是咋"练"成的。别看安财瞎，真可人疼，大人小孩喜欢他！

安财手脚也勤快。大清早，张家娃儿们还在厢房睡觉呢，就听见房后传来吆喝声：

"嘚儿、驾！……"

"吁——！喔——！"

那儿是刘叔家一副碾子磨——石磨盘带着碌碡碾子。刘婶儿一早就赶着毛驴儿来，碾"扁食儿"（麦片儿）、磨"苞谷糁儿"（玉米糁儿）。安财给娘打下手：走在驴套后面，沿着反时针方向，边赶驴、边用小炊帚扫磨盘边缘；左手往里扫着，右手在磨盘边儿摸着，摸摸麦片儿（或苞谷糁儿）扫净没有。房后那声脆嗓儿，是安财吆喝"指挥"驴呢；大黄就蹲在碾道旁边，守着，像给毛驴"监工"。

每天晚饭过后，张家娃儿们又会看见刘叔扛一捆青棵，安财与大黄跟在爹身后——那是去帮爹铡青饲料呢。铡刀摆在畜棚小院。刘叔把秸秆撂在铡刀旁，顺手提起刀把。安财蹲着，撮起小把秸秆，一寸一寸递进刀口；刘叔跟着下面的递进节奏，"唰！唰！"一刀一刀往下铡。铡完一把，安财再送一把，爹接着铡。一捆长长秸秆，不一会儿就切成一堆碎料。大黄一直蹲在安财后头，瞅着，又像给爷儿俩"监工"。安财刀下递青棵，盲眼不看刀，完全凭感觉。三娃好奇地问：

"你又瞅不见，咋不怕铡手呢？"

安财说他有准儿：两手递进秸秆时，手底下都让铡刀底座挡着呢，怕啥？

夏天，小喜鹊会飞了，山里药草该熟了。安财一人踱进林子，身后跟着大黄。他摸弄着棵叶形状，判别各种药材，说是爹从小教他的本事。等挖药材回来，安财会拿棵甘草，泥土、根须捋捋，递给娃儿吃。娃儿搁嘴里嚼，甜丝丝的，就冲安财笑；大黄也抻着舌头摇尾巴。

最难忘大黄死去那天。老死的，在一个大热天。安财哭够了，就坐爱犬"身旁"；张家哥儿仨站一边儿，陪着他。安财抚摸大黄的脸，昂首"望"天，瘪眼窝里两行清泪，默默在流。泪流没了，起身摸回场院，扛一把铁锨出来。张家哥儿仨用竹筐抬着大黄，陪安财一起去林子深处，把它葬在那片阔叶林地。

自从大黄死后，安财人整个蔫儿了，话也少了。像以前一样，每逢天气好，没啥事，他还会出来，坐在巨石上，听鸡鸣狗叫、人来人往。只是沉默着。虽知是熟人，或有致意，却不再搭话了。

【缀语】 20世纪90年代，姐姐若华从北京、二哥檍弓从郑州，先后到荆紫关去，想探望房东一家。二位回来告诉璘璘，荆紫关变样了，不认识了；刘叔、刘婶都不在了，安财也不在了。找到一位刘氏后人，比较年轻，对刘叔一家没啥记忆；也说不清楚自己和刘叔啥关系。哥姐告知他家的电话，璘璘多次打过去，一直没人接。又是十多年了，至今惦念着。

跟姐挖野菜

【导语】 自打四岁有记忆，三娃儿记下两件事——"跑反"和"找吃儿"。"跑反"不用说，生就的"兵火命"；"找吃儿"，灾年里寻找可食之物，尝试果腹之法，同样是大事。每天睁开眼，见父母不是张罗逃难，就是在为"吃"愁、为"吃"忙。

"跑反"和"找吃儿"，如果是两部戏，那时代和那省域，是它演出的舞台背景。

40年代的中原，敌我交争，兵火没有消停过；水、旱、蝗、匪之灾，可巧也没有断过。1941至1943这三年，豫省天灾之酷，百年未遇。1941年水、旱、风、雹、虫相继来袭，全省（共111县）92县受灾；1942年自春至秋无雨，全省"呈大旱之象"，民间储粮用尽，树皮草根为食，饥民1000多万；1943年豫西豫北特大蝗灾，豫东两遭水灾，灾民至3000万，200多万人饿死，出现人食人；1944年春夏，说是灾情稍缓，仍有42县蝗灾，疫病大流行，百姓求医无门，陷于绝境。

那年月，人祸加天灾，河南人的命，忒贱！

在幼年三娃儿眼中，姐姐像个"大人"。从会叫人起，就叫她"大姐姐"，其实只年长三娃儿六岁。其中缘由后来才明白：姐早年在家，一向听"大人"使唤。大哥，"头生子"，父母娇惯；姐姐行二，女孩儿，下面又偏是一窝弟弟：从一个添到四个。身处如此"序列"，想不让妈使唤都难！

首要任务是带弟弟。母亲肩承着大堆家务：抚育襁褓，照料儿女，做饭、洗衣、缝缝补补，没完没了。姐就自动帮妈做些家务。三弟是她带的头一个弟弟。听妈说，生三娃将临盆，是姐去傅集街里请的接生婆，一溜小跑去的，她还不到六岁。三娃断了奶，就由姐带着玩；三娃自个儿会玩了，姐又接手带四弟。妈在郾城生四弟，在潭头生五弟，也是姐去请的接生婆。1945 年年底，姐接手带五弟玩儿时，已到宝鸡石羊庙了，那年她 13 岁，考上了"七七联中"。

姐第二大任务，是挖野菜。三娃跟姐一起的最早记忆，就是跟姐出城挖野菜。1942 年春在漯河，赶上青黄不接，一家人常为吃啥犯愁。妈对姐说："城外灰灰菜该出芽啦，你去看看；能挖，就挖点儿回来。"

姐扛上小筐，拿把小铲，手牵三弟出发。城外是一片小麦地。麦该返青了，天旱无雨，墒情不好，苗还差一半多呢；出来的麦苗，也黄皮寡瘦、耷拉着。人饿得没劲，都懒得侍弄庄稼了。田埂地边，灰灰菜也少。却见大人小孩，成群结伙扛着筐，四处找野菜，像群没头苍蝇。除了灰灰菜，蒲公英的幼苗，嫩嫩的，也能吃，如果待它长出茎秆、绽开黄的白的小花，结出圆圆的绒球，那就老了，不好吃了。

姐领着三弟，像找宝一样，在麦垄间、田埂边来回搜寻。偶有所见，便双眼发亮，雀跃而上，将那丛翠叶纷披、挂着灰茸的宝物铲下，轻轻放置筐中。三娃窜戏在畦垄间，帮姐姐找。

"这儿有一棵！"那边欢叫。

姐赶去看，有点像，却不是。三娃并不气馁，继续戏耍着，欢叫着。小筐装满，牵弟弟回家。母亲把新采的灰灰菜摊席上，择好洗净，热水焯过，兑入粥锅，熬成玉米糁菜粥，一家人喝。每天都这样。

有一天，照常跟姐去城外。走到城根儿空场，见一堆人围着一领破席片，席边一摊血，席下躺个死人。围观的说，官府刚枪毙的；有说是个土匪，有说是好人。姐姐听了，拉上弟弟往回走。往后，再不出城挖菜了。为啥？恶心，也害怕。

全省都在挨饿。不久，父亲从北平回来，瞅见全家人挨饿。

"山里缺粮，更缺盐。"爸对妈说。

在去河大报到之前，父亲设法买到一袋大盐（未经加工的原盐），约有10多斤，带往嵩县。后来还托人朝山里带过盐。在潭头两年岁月，全家八口吃粮，就靠拿盐去找乡亲淘换原粮：换玉米，换高粱，换红薯、红薯干；遇上谁生病，兴许还能换回一点儿小麦或白面。有一天清早起来，妈发现盐布袋开个口子，盐粒儿撒满地；顺着印迹找，直通墙角耗子洞。

"老鼠偷盐吃了！"母亲觉得好笑。

"老鼠也缺盐啊！"父亲语含怜悯。

加工原粮的日子，大哥二哥最快活。房后就是刘叔家的石碾子。他俩推碾子带扫磨盘，不大工夫，玉米就成了玉米糁儿。把糁儿过一遍细罗，是面；再过遍粗罗，是糁；罗底最后剩的，是"棒糁儿"。也能把红薯干碾成红薯面，小麦碾成扁食。大娃、二娃兄弟出工推碾的日子，姐姐格外勤快。她会扛个大筐，领三弟扛个小筐，一起去到后山坡、丹江边。那儿的野菜才叫多哪：灰灰菜、马齿菜、野苋菜、山菠菜、山芹菜……山坳里、山坡上、滩涂上，到处都是！这在平原县郊，哪儿见过？

母亲常跟刘婶学，烹饪野菜的本领见长。灰灰菜、马齿菜、山菠菜，都能做菜粥、蒸玉米面菜团子；开水焯了，也能搁盐搁醋拌着吃；野苋菜、山菠菜、山芹菜，还能炒着吃。哥儿几个爱吃菜团子，姐姐爱吃拌野菜。炒这类野菜不搁油，发干发柴，除爸妈吃，娃儿们没人爱吃。

不过在荆紫关地界，凡属"野菜饭系列"，哪一种也别想跟"红薯饭系列"比！红薯是宝都知道；红薯叶是宝并不都知道。常年在平原地界，人不吃红薯叶，都拿它喂猪。可在潭头，红薯叶却能蒸、煮、炖、炒，厨功不限；或荤或素，配伍不忌，做成各种"美味佳肴"。红薯叶借盐提味，吃起来不干不柴，肥嫩鲜香。倒是有一忌：红薯叶同红薯，别搁一锅煮粥，淅川话儿说了——"靠味儿"。三娃偏爱红薯叶粥，四娃偏爱红薯粥。姐领着三弟，去刨过的红薯地里，捡回过漏下的红薯头、红薯叶之类；妈择洗干净，掺进玉米糁粥里，黄糁儿搅绿叶儿，盛给娃儿们喝。

入秋有一天，刘叔逮一只狍子送父亲。母亲用它跟蘑菇、红薯叶一锅炖，加几盘野菜；刘婶捧来一坛自酿高粱酒，两家人合着品尝。刘叔醉了，安财扶回的。这在大灾之年，是绝无仅有的美事；后来传开，成为"荆紫关饮宴史"一盛事，久久为人乐道。

荆紫关地处伏牛山南麓，接近丹江水源地。教工家属的乡野饭食，于是有了新"风味"、生出新"格局"。1944年7月迁来，正是仲夏季节。老乡说，关西二里到丹江，风景好，林木好，江水好，找野菜，去那儿吧。便跟姐来到江边。

果然别样境界！丹江碧波，从数十里外的北山汤汤而来；中途河汉纷生，滋润一片丘野，也发荣一派丽景。江边有个禹王宫，传说当年大禹治水，指挥部设在这里。禹王宫一带森林茂密，杂花生树，草长莺飞。四下里野菜、蘑菇应有尽有；蒲公英已老，马齿菜、鸡油菇、金线菇正多。林外丘田间，还有片芝麻地，棵枝劲挺，泛出青绿，籽粒渐饱，格外引人注目。

真开眼啦！姐弟俩从没见过这般风景。"满地黄金"，却只认马齿菜。手脚麻利地挖呀，很快装满两筐，急着回家报信儿。第二天，大哥二哥、三娃四娃，都跟姐跑江边来了。妈说了，那金黄鸡油菇、长得像扫帚苗的金线菇，"最名贵好吃"，可别放过。姐就领着三娃四娃，钻进松林，专找鸡油菇、金线菇。

大哥二哥却带着抄子（纱网），提着桶，直奔河汊捉鱼去。河汊水浅，清澈见底，鱼儿倏忽来去。哥儿俩挽起裤腿，蹚来蹚去下抄子。鱼儿灵动如梭，一旦受惊，瞬间游走，了无踪影。捕鱼无所斩获，脚下却有新发现：哥儿俩来回蹚水，踢动河边卵石，惊扰了憩息石下的螃蟹。丹江螃蟹螯大盘厚。本该装鱼的木桶，却装满了螃蟹回家。母亲满心欢喜，打理"晚餐"，主菜是清蒸河蟹，配素烧两金菇。下课回来的父亲，一边剔尝蟹肉，一边笑儿子捕鱼得蟹，是"失之东隅，收之桑榆"。

其实仲夏时节，捕河蟹早了点儿，还没长成呢；要品尝膏香肉肥的丹江蟹，得在中秋以后。那时秋高蟹肥，芝麻也收割了。这里又得插说南阳人的"灾年菜饭"。原来宛南人家，割芝麻都要留芝麻叶吃。若说野菜属下品，红薯叶属上品；够格称精品的，也只有芝麻叶！在宛南乡亲眼里，芝麻油、芝麻渣饼、芝麻叶，同样金贵，都一个字："香"。芝麻叶不需借盐出味，自具天然醇香；叶子又劲实、耐嚼，越嚼越香。饥荒年月，要是谁家能喝顿芝麻叶玉米糁咸粥，这家孩子准像过节了；如果能吃顿芝麻叶汤拌杂面条，那更像做梦了！

在荆紫关仅得暂驻半年。三娃依稀记得这期间，家里喝过一顿芝麻叶玉米糁咸粥。那是 1945 年年初，年关将至，刘叔一束芝麻叶相送。母亲把它用刀切碎，掺进玉米糁粥里，撒把盐末，一人一碗；搭玉米面饼子、红薯叶团子，过的年。至于芝麻叶汤面条，先前只见俊大董老板家吃过，白面面条，不是杂面。春节过罢、脱棉换夹时节，一家大小便随河大，先越伏牛，落脚郧西麻池；再翻大巴，穿秦岭，踏上长迁宝鸡的艰辛旅程。

【缀语】　1945 年 3 月 19 日，日寇第十二军一一零师步兵第一三九联队为右翼，从临汝出发，步兵第一六三联队为左翼，从登封出发，向宛西进犯。豫西南鄂北战役大幕拉开。22 日，敌袭南阳。30 日，淅川沦陷，荆紫关危在旦夕。河大校方紧急决定，全校迁往陕西复课。

敌踪诡秘，变起仓促，和一年前在潭头相似。幸而自救启动及时，师生员工未遭伤亡；第五战区第八十九军将士，在荆紫关顽强阻敌。4 月 5 日拂晓，宛西之敌全线溃退。时已接近 14 年抗战尾声。日寇直至投降，也未能师越雄关、饮马丹江。

新世纪来临。想不到 70 年后在北京，喜逢"南水北调"中线完工，竟然喝上了丹江清水！感恩，抗敌英烈；感恩，淅川乡亲。

渭塬窑洞小学

【导语】　1945 年 3 月，河大师生偕百余家属，告别荆紫关，经郧西，过商洛，翻山越岭 800 里，4 月中旬抵西安。陕省河南同乡会会长、《千唐志斋》主张钫同当局洽商，全校宝鸡安置。文学院分驻石羊庙镇，从这里西南行20里是宝鸡，南行5里濒渭河。

宝鸡地处渭河冲积平原，古代是西周王朝核心区。"周原膴膴，堇荼如饴。"（《诗·大雅·绵》）民朴物阜的姬周故里周原镇，同石羊庙相邻。"周虽旧邦，其命维新。"（《诗·大雅·文王》）河大流亡办学七年多，始终不离豫省；时值胜利前夜，竟出省远徙，来寻宗周源头，莫非昭示古老华夏将"浴火重生"，豫省首学命运，也将有转机么？

眼前的现实，却依然艰辛莫测。

久违了，平原黄土地！三娃儿的平原记忆，还是三年前自郾城逃亡漯河那途中。蔽天的黄土烟尘，带着焦糊味，呛人鼻口；哭喊、詈骂与呻吟，混杂在灰烟中，飘荡远去。如今置身渭北高原，那些被山区避难岁月冲淡的平原记忆，在七岁三娃脑海，蓦然回归。

眼前的渭河汩汩东流。关中大地一派晴和。古老的黄土高原，享受初夏暖阳的爱抚，沁出黄土味与草棵味混杂的淡香。天际远处的青坡上，羊群悠闲嚼食青草。瓦蓝瓦蓝的天空下，放羊娃亮嗓吟唱，一曲"信天游"响遏流云，高亢而苍凉。数羽灰色的鸽子，随这歌声的伴唱，在青坡白云间任性翻飞。大千一派祥和自在，着实让三娃们着迷。这群南来的远客，显然已经忘却：他们那身挂着"征尘"的敝衣，还带着一股"战地硝烟"气味呢！

石羊庙南一里有个宋家庄，我家分住庄里两间闲置房。大哥和大姐，一个高一，一个初二，读"七七联中"去了。"联中"在宝鸡，管吃又管住。家里的六口两老四小，两间房凑合着住。这"联中"可不一般。那是"七七事变"后，开封多所中学要疏散，相商合并为"联中"，一起迁离。先从开封迁信阳，再迁南阳、镇平；最后出省，迁来宝鸡。开封这所"联中",流亡八年,也招生上课八年,像河大,又像"西南联大"。尽管它小不起眼。

哥姐走后,家里还有俩学龄儿童:二娃斑斑、三娃璘璘。时局不稳,河大子弟小学随校四处迁徙,时办时停;斑斑、璘璘哥俩的学业,也时断时续。来到陕西,农历三月天了。斑斑续读小五,在石羊庙;璘璘续读小一,在宋家庄本村。

璘璘的"学校"是一孔窑洞,在村北高坡上。一位老师,姓侯,在破窑里办"复式班"。全班算上璘璘,共九个学生,从小一到小三都有。开学俩多月了。璘璘来插班,小一生俩变仨;还有小二生四个,小三生两个。璘璘初至,侯老师怕他认生,先来家访。侯老师高个儿,30岁左右,本地人,粗喉大嗓,性格豪爽。他嘱咐璘璘父亲,得给孩子备一块木板,一块石板,一块儿石笔,上课写字、算数用。木板、石板、石笔,镇上有卖。木板尺半见方,半寸厚,包边儿;石板八开纸大小,镶木框,带背绳;石笔是块儿滑石,在石板上写,比粉笔好用。

璘璘背着石板,小手紧握夹袄兜里那小块儿滑石(笔),胳肢窝夹着木板,爬上高坡,去上课。窑洞教室开在阳坡,洞口木制一门二窗。进门竖排三行墩儿凳,土坯垒死的。八位同学,一人一凳坐着,膝头都垫块木板,像个桌面;石板放在"桌面"上。窑后壁抹着一块胶泥"黑板",侯老师正在讲课。璘璘迟到了。看见这位"新生"进门,老师立即停讲、招呼:

"新同学到了,大家欢迎!"

人人腿上垫着东西呢,不便起立,就齐刷刷扭过头来,行注目礼。

"告诉同学:你叫啥名。"

"我叫张屪弓。"

半年前在荆紫关，父亲领璘璘进河大子弟小学。入学前对他说：

"你上小学啦，不能再用璘璘小名；改叫学名吧——叫张檿弓，记住。"随手把三个字写在纸上，给三娃认。

"'檿弓'，是啥意思？咋这么难写！"三娃儿反复练习着写自己的学名，尤其是那个复杂的"檿"字。

"'檿'哪，是一种桑树，叫'檿桑'，是做'弓'的木材。"爸爸为三儿娓娓道来：

"据传咱们张家的老祖宗，是制弓的能手，帝王就封他当'弓官儿'，专管做弓；还赐他姓'张'。"

"古代用弓箭打猎、打仗，古人就研究做弓材料。后来发现有七种木（竹）材，适合做弓。"

"这么多呀！哪七种啊？"

"你听好：第一等，柘木，你大哥就叫'柘弓'；第二等，檍木，你二哥就叫'檍弓'；'檿桑'是第三等；第四，橘木，你四弟叫'橘弓'；第五等，木瓜，咋能叫'木瓜弓'呀，咱不用它；第六等，荆木，你五弟叫'荆弓'；第七等是竹竿，你如果再添小弟弟，就该叫'竹弓'啦！哈哈！"

"张檿弓同学，"璘璘的回忆让侯老师打断，老师指着面前一个土凳说，"你是一年级，过来头排坐。"

他到头排安稳坐定，学同学们的样子：桐木板垫膝头上，石板放木板上，再仰头看黑板。黑板上粉笔竖写三行大字：

上学

来来来，来上学，大家来上学。

去去去，去游戏，大家去游戏。

三娃儿依旧看着同学，有样学样，掏出石笔，把三行字逐个"描"在自己的石板上。他猜第一行像题目，后两行像课文；又发现"上""大"两个字，自己认得。那是荆紫关上头一课，老师在黑板上写"人手口，刀牛羊，上下大小"，里面有"上"和"大"。

阳光穿过门窗，满窑洞明亮起来。还未及进入情境，下头堂课了。"字还都不认识呢，"三娃儿有点着急。侯老师看出他的心思，走来安慰：

"不急，不急，慢慢会好。下面两堂，二、三年级的课，你不用听，坐后排温习生字去吧。"转身介绍两位"同班"："这是高满囤，这是秦留柱，本村人。"又嘱咐满囤、留柱，"你俩领张�弓去后排，帮他认认生字。"

满囤和留柱俩男孩儿，各穿一身黑土布夹袄夹裤，稚气又敦厚。冲三娃儿只一笑，麻利儿帮他拿起木板、石板，牵他来到末排，齐齐土墩儿上坐下；再把木板、石板递给璘璘。第二堂是小二的课，四个二年级生头排坐。侯老师在前面大声讲，满囤、留柱在后面小声"讲"——指着石板上的字，教三娃儿认。坐在中间的俩大班孩子，也在不停地交头接耳。各讲各的，互不相扰。看看侯老师，依然滔滔不绝，仿佛并不介意。窑洞里，好热闹！第二堂下课，头排小二生，改坐后排去复习；轮到两个小三生移坐头排，听第三堂课。九个学生三个年级，在教室里"轮盘转"。

太阳直射窑洞，照亮里墙。正午，放学了。三娃儿于是明白：这就叫窑洞"复式学校"。

农历五月天，关中塬上麦子黄熟了。三娃儿同侯老师、小伙伴，也都熟了。算术课上，三娃儿和小伙伴，都喜欢老师讲"急转弯"题。

比如有一次，侯老师问同学：

"树上停着五只鸟，猎人用枪打下一只鸟，树上还有几只鸟？"

又问：

"一张桌子四个角，木匠锯掉一个角，桌子还剩几个角？"

同学初听题目：心想"打下一只""还有几只"，"锯掉一角""还剩几角"，就都去用减法；侯老师启发学生：你自己就是"猎人"、就是"木匠"，你打完了、锯罢了，树上咋样？桌子啥样？同学仔细一想，个个恍然大悟！"侯老师讲题，真有趣！"

小伙伴们更喜欢上国文课。侯老师会讲故事。有一次讲《三侠五义》、"五鼠闹东京"，整整讲了三堂课。九个孩子一块儿听，讲的人津津有味，听的人如痴如醉。末了，侯老师还出题目"考"同学：

"'三侠'各叫啥名？"

"'小侠'叫啥名？"

"'五鼠'叫啥名？"

"南侠的宝剑叫啥名？"

"你喜欢哪个侠？"等等。

这些怪题，真是难住了几个小一、小二娃娃！璘璘倒记得仨"侠"叫啥："南侠"欧阳春、"北侠"欧阳德、"御猫"展昭，记得展昭用"巨阙剑"；可"五鼠"叫啥说不全，只记得"锦毛鼠"叫白玉堂。那两个"高班"小三生却难不倒，啥"侠"呀、啥"鼠"呀，对答如流。下课回家，璘璘把这趣事儿讲给爸爸听。爸爸笑道：

"侯老师年富力强，身材魁梧；又'侠肝义胆'、一身'侠气'！当此危难之秋、求才之际，他不愧是个人才！"

侯老师还和学生相约，去"拜码头"。

"啥叫'拜码头'？"

"去就知道了。"

逢个星期日，侯老师领着九个学生，去到北邻李家湾村。李家湾是石羊庙的原名。村里有座关帝庙，庙里供着一石羊，又叫它石羊庙村。驻庙道士马鹏，外号"马神仙"，同侯老师相熟。得知师生今天来"拜庙"，马道士早早庙前迎候。

石羊（宝鸡石羊庙）

一行人进得庙门，便看见那只盘角石羊，跪卧神龛前。应侯老师请求，学生娃儿们聚精会神，聆听"马神仙"娓娓述说。那是奇妙的"石羊神话"：

> 很久很久以前，有十只神羊从天而降。这群羊不做好事，专偷吃地里的庄稼。农民们非常生气，拿起棍棒驱赶它们，赶跑九只，打伤一只。这只受伤的羊心生愧悔，跪地化为石羊。以后，石羊为悔罪，年年祈祷风调雨顺，五谷丰登；祈祷四方平安，天下太平。农民原谅了它。后来把它奉为神羊，请进庙里供着，逢年过节，为石羊上香挂红。……

听罢道士讲的故事，娃儿们心生感动，纷纷上前，轻轻抚摸石羊。

"老师，咋不拜码头呢？"娃儿们问。

"摸了咱村的石羊，不就是'拜码头'啦！"

侯老师与马道士相视而笑；学生娃儿们乐了，回头再去挨个儿摸一遍。

6月中旬开始放暑假。父亲送斑斑、璘璘，到鄜县清湫难童教养院，临时"插班"；俩月之后接回家，正好赶上日本鬼子投降。抗战胜利了！苦难熬出头了！秋后，三儿璘璘接着上窑洞学校，升班念小二。

一场入冬大雪过后，整个渭北高原，一片银白世界，与万里青天相接，无边无际。塬上的雪后冬景，如童话一般，实在漂亮！可是白毛风一刮，又浑天白地，村庄变成一大冰窖。大人们都躲在屋里"猫冬"，只苦了念书的娃儿们。

璘璘去高坡上学，路过高满囤家。上个学期每天清早，他都顺道叫上满囤一起走。满囤家那只名叫大黑的黑狗，同璘璘也熟了。这个学期开始还行，大黑看见璘璘来，照样出门，摇尾相迎。后来天气渐寒，璘璘脱夹衣换上棉衣，大黑竟然不认他了。起初见到棉装璘璘，先是狂吠相迎；待近身闻出气味，又会摇尾而退。及到立冬过后的一天，璘璘"光板儿棉袄"的下摆、"光桶儿棉裤"的裤脚，都已曝露棉絮；两只棉鞋后帮一齐开线，鞋不跟脚，如穿拖鞋，走路留下两行印迹。邋遢的璘璘，大黑不再认同！一天早晨来到高家门前，大黑猛然狂怒扑来；璘璘急忙跑向高坡。大黑穷追不舍，咬住璘璘鞋帮不放。脚后跟血流不止，雪上一行血迹，璘璘坐雪地大哭。

哭声惊动主人一家。满囤爹急忙出门喝退大黑，抱起璘璘进屋，一番护理、安慰。随后，满囤陪爹送璘璘回家，又是一番赔礼。侯老师听满囤报信儿，得知璘璘遭狗咬，停课来家探望。

当天晚间，大黑挨主人一顿棒揍。

父亲笑对璘璘说："大黑把你当成小乞丐了。"

璘璘养伤期间，传来河大校方决定：年底东返开封铁塔校园。年底，还没到寒假呢，三娃儿告别窑洞小学、告别侯老师和小伙伴们；也告别了广袤苍凉的渭北高原。

【缀语】 1953年初秋，糜弓升高中。父亲取出一张纸，又为儿子写下两段"糜弓"的出典原文：

《新唐书·宰相世系二下》："张氏出自姬姓。黄帝子少昊青阳氏第五子挥为弓正，始制弓矢，子孙赐姓张氏。"

《周礼·冬官考工记·弓人》："凡取干之道七：柘为上，檍次之，糜桑次之，橘次之，木瓜次之，荆次之，竹为下。"

父亲还取出一枚自己弃用的象牙图章，请刻工磨平，新刻四个篆字"张糜弓印"赠三儿。糜弓珍存宝用至今。

清湫难童教养院

【导语】 1937年秋至1938年秋，日寇沿平汉路南下北进、沿陇海路西进，侵占豫省大半土地；蒋军扒花园口制造黄泛区，如雪上加霜。失去生计的老百姓，扶老携幼、背井离乡。随之连年水、旱、蝗灾，偌大中原哀鸿遍野，出现一波又一波难民潮。河南省善后救济分署调查报告（1946）说，抗战数年间，"豫籍难民流亡外省者有五百余万人"。这一股难民大潮涌向何方？大多只能西出潼关，涌入陕省。

难民中许多儿童，尤其那些失怙孤儿，衣衫褴褛，食不果腹，啼饥号寒，无依无靠，在死亡线上挣扎，或成路边饿殍。这类悲惨景象，在漫漫逃亡路上，璘璘见得太多！

1939年秋，重庆的中华慈幼协会，委派留美归国的王文光先生，在陕西郿县槐芽镇清湫村，创办难童教养院，收容沦陷区难童。教养院教、养并重，供给衣食；同时开展儿童力所能及的生产自救。经费来自慈幼协会从各方募捐的钱物；政府也给些资助。抗战胜利以后，清湫教养院停办。

1942年在潭头，流亡中坚持办学的河大，由"省立"升格"国立"；办学经费依例由"省拨"改由教育部"国拨"。河大辗转豫西期间，来自重庆的经费尚可按时拨付。1945年春夏，许是迁离本省的缘故，河大至陕数月间，"国拨经费"未能及时到账，教工生活颇受影响。

6月10日放暑假，哥姐自宝鸡回来，五儿一女都在家吃饭。八口之家，日子捉襟见肘，越发无奈。

初至石羊庙，父亲即得知郿县槐芽镇清湫村，有一所难童教养院；随后又听说，院里难童多从河南来。"我家孩子也算难童啊。"便找着老打听，说石羊庙离清湫不过百余里；清湫离铁路也不算远。父亲于是起念：暑假期间，能不能送斑斑、璘璘去教养院待些时日；如果能去，家里少两张嘴，紧巴日子许会缓一缓。于是致函教养院。院方居然复函，答应收容张家兄弟，但以暑假俩月为期，孩子须参加"生产自救"。"男孩儿干点儿力气活不算事儿。"父母喜出望外！母亲便忙着为儿准备些换洗衣衫。

塬上窑洞小学先已放假。哥姐自宝鸡返家次日，父亲便领着斑斑、璘璘启程。战时陇海线只潼关以西通车。宋家庄村南三里，有个陇海底店站。爷儿仁兴冲冲赶到底店，乘上东行火车。车厢里空荡荡，没啥人。要知道，往东横穿渭河平原，过西安，进潼关，就是沦陷区啊。这年月，谁没事儿去那儿找事儿；再说了，国军也不让你进关呀。

璘璘却一直兴奋着。他不知教养院何等去处。自听妈说要同二哥一起送教养院，就心存好奇，满怀期待。坐在火车简易木椅上，凭窗向外张望。飞一般向后闪退的沃野，是片刚收割的麦地，像位产后的妇人，享受着夏日骄阳抚慰；铁路南侧不远处，可见东去的渭河，汛期初至，浪花翻飞，闪着激滟波光。

"啥样小伙伴会来接呢？"

璘璘猜想着。车行130里，郿县站停车；再行20里，抵常兴镇站。扫视站台，没有见小伙伴接车，便有些懊丧。站台员工说，南去清湫村，有10里路要走；其间还得乘摆渡过河呢。三娃听说乘船，又起兴奋；那一丝失望，瞬间抛至脑后。

过渭河四里，就是清湫村。村外一片平房院落进入眼帘。一位路过老乡指说，那儿就是难童院。三儿璘璘手牵二哥，紧跟着爸爸，忐忑着走进平房院落。

院子里好热闹！一位灰军衣老师，领一群十几岁娃儿们，个个头脸汗涔涔，两手脏兮兮；汗湿的衣衫有些怪：几个男孩儿穿着花衫，是女人穿过的，大一些，不合身，倒无啥破损。斑斑问一花衣男孩儿"干啥去啦"，说去拉大碌轴轧马路了，从工地回来，吃后晌饭。灰衣老师问询父亲，知是送孩子入院。先嘱咐娃儿们去洗手擦脸，转身带领爷儿仁来到办公室。

一张老式条桌旁，三个人正在议事。父亲自报姓名。一人起身相迎，自报姓马，副院长；又介绍年龄大的那位是总务主任，姓戴；年轻的是薛老师。璘璘同哥躲在父亲身后，听大人说话。

薛老师问"张教授好",说自己"河大毕业,农学院的"。

"你是哪届?"父亲惊喜相问。

"(民国)卅年(1941)那届。"

"啊,是在潭头。到这儿教啥课?"

"农业常识。"

居然有同事与这位"家长"有缘,副院长、主任、教官便不再"生分",同父亲开聊。副院长说:"教养院这六年,太不容易。"主任说:"大后方募捐难,政府也难。"丁教官当过兵,负责"军体训练"和"生产自救",话最多:

"墨索里尼死啦,希特勒死啦,日本人在太平洋净挨打;中国这场仗也该胜啦。"

各位点头,赞同他的分析。父亲见天色不早,从手包中提出一串儿五香卤豆腐干——细麻绳儿十字捆儿、串儿顶搁红纸小签儿那种——托付戴主任保管;再叮嘱儿子几句,便起身告辞。副院长送客。主任牵过哥儿俩,软语抚慰,细细交代作息时间、睡觉的地方、打饭的地方;顺道领着哥儿俩去宿房。

教养院宿房分男童女童。男童睡两间大房:10岁至15岁算大班,一号房;6岁至9岁算小班,二号房。斑斑10岁,算大班;璘璘7岁,算小班。

戴主任说:"你们兄弟俩不用分开啦,都去一号房睡吧,好有个关照。"

头一夜还真出事儿了。一号房是大通铺,挨前后墙铺两排谷草箔席,睡两溜儿十七八个男孩儿;通道中央,夜里放只大木桶,当尿桶。正值上弦夜,窗外月暗星稀,睡房一片鼾声。夜半,璘璘尿急,睡眼惺忪起夜;朦胧中觉得,对面一大个儿,也从草铺起身。两人同时走近尿桶,相对而立。璘璘举鸡欲尿,忽觉一股热流当胸滋来;又顺腹部蜿蜒而下,游走腿部、脚面、脚跟。璘璘激灵惊醒,忽然明白,登时尖声呵斥:

"你滋俺干啥?"

热流依然不绝如缕。喝斥声惊醒众娃儿,纷纷坐起。斑斑见是亲弟受欺,裸身而起,冲向大个儿,当胸就是一拳。热流中断:

"你敢打我!"

大个儿悻悻转身,回敬一拳。草铺上众娃儿坐定,兴冲冲观看俩娃抱摔;房角数娃儿起哄架秧子,可劲儿喊打,也不知他们在给谁鼓劲。斑斑终究个儿小力弱,渐落下风。

"戴主任来啦!"

众娃儿群里忽一声喊。璘璘看喊者,不是别人,正是白天同哥对话那花衫孩儿——他虽然光着身,但面相还记得。花衫孩儿的机敏与果断,制止了一场宿房大战。

"锁子,这事儿是你不对。"

花衫孩儿凑近叫锁子的"肇事"大个儿,平心静气数落他。锁子心知理亏,自回草铺卧下。斑斑连忙回铺,穿上短裤,拿起布单给弟擦身。将燃的大战,居然告停,观战娃儿们,甚觉扫兴,纷纷各自睡去。

清早6时半,铃声唤娃儿们起床。那个花衫孩儿——众娃儿唤他海子——指挥众娃儿,抬尿桶,整理宿房,做操跑步。张家哥俩也跟娃儿们一样,听海子号令。璘璘觉得怪:昨夜锁子滋我那事儿,咋没人再提呢,像没有发生过。

9时开前响饭,哥儿俩跟着大班孩儿,去饭点儿打饭。饭点儿就在厨房外。露天摆个条桌,两个厨工站在桌后。桌上一锅米粥、一盆咸菜，一个砧子、一把刀，一摞笼屉、一摞粗瓷黑碗。每层笼屉里，一盘新蒸高粱面馍圈圈，像条卷龙盘着，娃儿们叫它"黑龙"。娃儿们鱼贯前行，挨个儿领饭。厨工给每人切一段"黑龙"、夹点儿咸菜，盛一碗米粥。娃儿们10人一堆儿，蹲成圈圈，在院里就地吃喝。然后是小班男娃儿、女娃儿们，排队前来领饭。如果一块儿"黑龙"不够吃，可再去要，厨工还给切。三娃儿瞅见夜里滋他那大个儿锁子，竟然又找厨工两回，加领两次"黑龙"夹咸菜——他饭量真大！

饭后"生产自救"。女童班去喂鸡、喂兔；男小班去菜园拔草；男大班干力气活——拉碌子轧马路。县里新修一条公路，村北沿河而行。教养院觉着工地近便，就同路政局签合同：轧路小工活计，由大班难童包干。路基上，工人先铺好碎石面，小工接上去拉碌子，把路面轧实轧平；工人再上，浇沥青。

论年龄，璘璘该随小童班去拔草。可他想跟哥去拉碌子轧马路，不想跟小班拔草。斑斑去问海子；海子问丁教官。

"拉碌子可累了！"教官瞄一眼瘦瘦的璘璘。

"俺能拉！俺能拉！"三儿璘璘犟犟地。

"那中！跟你哥一块儿去吧！"

老师准了！三儿璘璘一蹦一跳，随哥跟大班出发。

听到河水哗响了，看见一溜儿长路基了，望见圆滚滚的包铁皮碌子了。璘璘跟着哥哥们朝碌子跑去。头一次见这大家伙，得仔细瞧瞧：哇！碌子比璘璘高，两端圆心镶铁轴，两轴上各接铁梁前伸；前驾一副拱形木辕；两根铁梁上打满圆洞，一条条粗绳、细绳从洞中穿过。童工们一拥而上，驾轻就熟，说着笑着各就各位。海子提起左梁根一条粗纤绳，搭在肩上；让斑斑、璘璘在自己身前，各套一条细纤绳。一大个儿走来，两臂轻舒，驾起木辕。他是谁？啊，没错，是锁子！

锁子脖颈加双肩扛起木辕，两臂跨搭两边铁梁，双手抠紧梁头，炯炯前视，颇有大将之风。身旁左右两根铁梁上，穿绑着一条条粗细纤绳，一绳套一娃儿拖（dèn）着，两排十七八个娃儿，像一群跟随大将出征的兵。

"伙——计——们——拖——紧——绳——呀！"锁子稚气的尖嗓儿，喊起号子。

"叫——碌子——跑——起——来——呀！"众娃儿们齐声呼应。

尖亮的童音呼号，轰隆隆碌子滚动，把平展展的渭塬唤醒了！工地上，大河边，干着活的工人、手拿图纸的技术员、来来往往的行人、卖吃食的小贩，都向轰隆行进的巨碌，投来关注的目光，倾听群娃儿的呼号。锁子扑身驾辕，娃儿们拖紧纤绳，碌子来而复往。一段路面轧平了、瓷实了。

纤绳大军里，数璘璘小，10岁以下就他一个。他个儿矮，捯腿儿慢，跟不上大军步伐；肩上那根细绳，跳上跳下、忽紧忽松、不给劲。流大汗的哥哥们都明戏：权当个小龙套带着玩儿，不差他那点儿力气。可璘璘扛着条细绳、认认真真来回跑，也能忙个灰头土脸一身汗：

"俺也自救啦！"璘璘怪得意。

时近正午，骄阳似火，工地上热气蒸腾，路基上没有一丝儿阴凉，童工们人人汗流浃背；肚子里饿得咕咕叫，也真没劲儿了。

"伙计们！歇啦！"

还没等海子口令落声儿，娃儿们早撂下纤绳撒丫子跑啦！朝哪儿跑？冲（chòng）路边瓜摊儿！原来有几个瓜农，天天来工地卖西瓜。娃儿们吃不起瓜，却钟情食客丢弃的瓜皮。拉碌子往来过瓜摊儿，回回总要瞄那丢弃的一片瓜皮；闻听歇息令下，抢瓜皮大战便开场。身高腿长的娃儿，又总会抢得先机。

这一次，还是那几个娃儿得胜。锁子虽说个儿高腿长，其实没啥大优势。因为别的娃儿撂绳，比他卸辕快。不过，无论是谁抢得先机，又都会按规矩来。你看得胜的那几个，正在把自个儿的战利品，一两块儿、两三块儿，分给几个空着手的小伙伴吃呢。

锁子这次还行，总算抢到两块儿。他手捧鲜货，来到张家哥儿俩身旁，一块儿递斑斑，一块儿递璘璘：

"吃吧吃吧。"锁子咧大嘴、得意又歉意地笑着。哥儿俩抬头瞧锁子，信他的诚意，接下鲜食儿。

"那你吃啥？"二娃儿问。

"我常吃。"锁子搓着两只手，心满意足的样子。

"来，给你。"一块儿翠绿瓜皮，杵到锁子眼前。是海子。他手举两块瓜皮，笑对锁子说：

"原准备给他哥儿俩的，你倒抢先了。来，咱俩一人一块儿。"

四个男童围坐在瓜摊儿旁。锁子、海子各捡一薄石片儿，先帮新来兄弟、再给自个儿，噌噌刮掉外层绿皮儿，留下里层青肉。四个娃儿有滋有味儿，边嚼边聊生平。

"锁子，恁哪年生？"斑斑问。

"俺（民国）廿年（1931）生，今年14（岁）了，"又指指海子，"俺俩同岁，他小俺仨月。"

"听口音，都是河南人，恁老家在哪儿？"

锁子说："淮阳。"

海子说："俺俩一村。"

提起老家，话长了。两位同村小哥，进入往日回忆，交互诉说着。仿佛不是说自个儿，像是说别人。听得出，已经出离痛苦了，声音却还低沉。

（民国）廿七年五月花园口大水，眨眼就冲到俺村。地淹了，场院淹了，牲口棚淹了，屋子也淹了。人躲不及，都冲走了。俺俩一人抱着一棵老槐树，爬上去，才没死。后来大水退，大人给抱下来。海子家死三口，锁子家死四口。家里没人了，就在四里八乡游荡、要饭一年多。先是进的收容站，又送教养院。五年了，教养院是家；男娃儿、女娃儿，都是弟弟、妹妹。

"那你咋还用尿滋俺？"

三娃突然责问。他想起昨夜那事儿，心里还委屈着。

"俺看恁爸爸戴副眼镜，恁哥俩穿得齐整，就想吓吓恁。"锁子不好意思笑了。

戴主任手里那串儿卤豆干，总共 10 块儿。父亲临走对儿子和主任都有交代：哥俩每人每天顶多吃一块儿。收工回来，手脸洗罢，斑斑去找戴主任，领出两块儿卤豆干。下午 3 点，打来后晌儿饭，斑斑拿着豆干对弟说：

"送锁子、海子一起吃，咋样？"

弟点头。斑斑就去找锁子、海子，递给两人一块儿。两人见是卤豆干，锁子接过闻闻，说真香；海子也接过闻闻，就同锁子商量：

"英子病了，给英子吃咋样？"

锁子点头。英子才 6 岁，没爹没妈，刚送进院来，正发烧在女童宿房躺着。斑斑听罢，对弟说：

"这一块儿也送英子吃吧！"

弟点头。海子拿着两块儿卤豆干，到女童宿舍给英子送去。第二天，斑斑又给英子送去两块儿刚领来的卤豆干。戴主任那儿还剩 6 块儿。哥俩每天去领出两块儿来；再掰成小块儿，给拉磴子的众娃儿分尝。看着小伙伴慢嚼细咽的样子，哥儿俩心里特舒服。

数伏了，树上蝉儿开始聒噪，中午尤其叫得欢。难童宿房的娃儿们，躺在草席铺上，又闷又热，又挨蚊子叮、臭虫咬，午觉哪儿睡得着。锁子从自个儿铺草下，摸出个小布袋塞腰间，对小哥俩说：

"反正睡不着，走，跟我开荤去！"

三个娃从草铺爬起，悄悄出院朝南走，来到近邻桃园村。村名叫桃园，其实满眼柳树。老远就听见柳树林子里，无数蝉儿"知了！知了！"大合唱；可走到林子跟前，忽然静下来，没声了。

"唧鸟儿（蝉俗名）都在树上瞅咱哩，看咱来干啥，"锁子悄悄说，"咱不用搭理它。"便弓下腰身，仔细瞅着土板儿地，四处趸摸。哥儿俩觉得奇怪：

"恁找啥？"

"俺找爬叉（蝉幼虫俗名）窝哩。"

锁子懂得"唧鸟儿经"。他说母唧鸟儿尾后带尖管，插进树里能下子儿；这些子儿来年变幼虫，爬下树，钻土里，变成蛹；蛹睡土里得好多年，才长大成虫；再出洞爬上树，展翅飞走，留下空壳。那爬叉，就是要出洞的唧鸟儿虫。

"爬叉烧烧吃，肉可香哩！"

锁子啧啧赞着，来到一棵老树旁。仔细查看树身，发现上面趴着几个唧鸟儿皮（蝉蜕），便转身离去：

"这儿的爬叉虫，都变唧鸟儿飞走啦。"

哥儿俩贴近老树旁，也看那蝉蜕的样子：一层棕色薄壳，壳背一条裂缝儿。锁子手指裂缝儿说："爬叉虫变唧鸟儿，就从这儿飞走。"

一棵小树旁两个土洞，锁子看了，判断有戏，顿时兴奋起来。麻利儿捋起短裤腿儿掏鸡，对准两个洞口，一泡热尿浇进去；再伏身细看——两只深褐色肉虫，鹌鹑蛋大小，湿湿嗒嗒，扭扭捏捏，差不多同时露出头，扒洞口上观望。锁子眼疾手快，瞬间一一拿下！

"它在洞口停住，是害怕哩，出手得快；慢了，就缩回去了。"

锁子咧嘴笑着，叙说擒拿秘诀，随手把战利品递给璘璘捧着。看着手心儿里鼓涌的爬叉，璘璘怯怯的。

渭塬黄土板儿，土质纯净细密，适合蝉蛹发育。一个又一个虫洞让锁子找到。他先叫斑斑过来，说："浇它！"又让璘璘过来，说："浇它！"自己趴在洞口，专抓露头唧鸟儿虫。末了，三个娃都没尿了。锁子找一破瓦罐，到林后水洼舀水接着浇。太阳毒晒，三个光上身的男娃儿，晒得后背生痛；再看那一个个爬叉，胖嘟嘟，鼓涌着，挤成一团。三个熊孩子，开心又得意！

锁子带哥儿俩去林子里，捡一大堆枯枝败叶；又到村外躲个僻静地儿。他从腰间取出那个布袋，掏出火镰、火石、火绒；又撅木棍做成三双筷子，一人一双。

"开荤啦！"

锁子欢叫着，火镰擦火石，点着火绒，引燃小堆儿篝火；木筷儿夹起一只爬叉，在火上转着炙烤。小哥俩有样学样，也夹爬叉火上炙烤。那棕色渐转焦黄，微微渗出油亮来。

"熟啦！"锁子喊着，将美味送至嘴边，呼呼吹气，入口大嚼。你一只，我一只。

"真香！真香！"仨孩儿大快朵颐，一身热汗！

熄火回院的路上，锁子问："恁俩多少天没吃肉啦？"哥儿俩望望，又想想。弟弟说："是在荆紫关，吃的狍子肉。"哥哥说："不对。你忘啦；从荆紫关出来，住在（郧西）麻池，俺跟大哥天天下河抓鱼，妈给咱炖着吃。"弟弟说是。

"哎呀，小半年以前啦！"锁子不屑；又拍拍腰间小布袋，狡狯一笑：

"恁咋不早点儿来找俺？"

身后柳树林子里，又响起群蝉聒噪，那声儿听着凄厉，璘璘觉得还带些愤懑与悲凉。

开荤过后不久，教养院迎来一件大事——上边来人视察。

视察前几天就开始忙：男娃儿、女娃儿洗睡单，洗衣衫，扫房子，扫院子；睡房铺新草，席子喷洒敌敌畏；厨房里，灶台炊具、锅碗瓢勺、笼屉抹布，一律过水儿；末了，娃儿们一个个都得剪发、擦澡、剪指甲。视察前一日，马院长趁着开后晌饭，站在院子里，大声对吃饭娃儿们说，明天好好表现啊。

次日，前晌饭后，四五十个难童干干净净、整整齐齐，挥着红绿三角小纸旗，院外列队欢迎。男童小班和女童班 30 多个娃儿，人人穿上院里新发的白色短袖罩衫，奶声奶气喊欢迎，格外惹人怜爱。

四位大员到了，两男两女，说是重庆来的；两位县里的官陪着。俩男士四五十岁，一位戴副墨镜，一位上唇蓄须，都戴顶灰纱礼帽，白吊带裤配白衬衫，脚下黑皮鞋，向娃儿们微笑挥手。一位阿姨 40 来岁，头戴白洋布配红绢花遮阳帽，湖蓝真丝短袖旗袍，棕色长筒丝袜半跟儿鞋，素颜示人；一位小姐 20 多岁，头戴粉色草编配绿绢花遮阳帽，身穿熏衣紫真丝短袖裙衫，肉色长筒丝袜高跟鞋，帽下墨镜红唇。多情的"草帽小姐"笑意盈盈，向娃儿们飞吻不停；"布帽阿姨"则亲切慈祥，挨着个儿抚摸娃儿们小脸。当"布帽阿姨"戴金戒指的肉嘟嘟小手，轻触璘璘脸颊时，先是一股玫瑰淡香飘来；瞬间又让璘璘分明感知：那柔软的温暖，传递着爱意。

骄阳下，四位大员踱步院内，先参观宿房、厨房、办公室；再来至院外，视察菜园、猪厩、兔笼、养鸡场，兼带观望四处环境。马院长彬彬有礼，戴主任酬对得宜，丁教官照应周全。巡视既毕，已是后晌用饭时间。

应对贵宾莅临，今日安排提前开饭，趁院外视察间隙，厨房分饭已毕。回返院来的贵宾，猛然瞅见院子里蹲满男女娃娃们，围作一个个圈圈，等待着。男女贵宾大为感动，趋前探看：只见每个孩儿身前一碟一碗，碟里是韭菜炒鸡蛋、白面蒸馍；碗里盛着白菜汤。

一声长哨响，戴主任下令开饭。娃儿们早已迫不及待。璘璘饿极，拿起白面馍就是一口。在贵宾和领导注视下，娃儿们风卷残云，吃下这顿特制美餐。临了儿，马院长又一声哨响，宣布下一个"节目"：贵宾向本院难童隆重赠送维他命丸；先请贵宾亲自服侍每个孩子，服下第一粒。场院里一阵欢悦骚动。四贵宾各执一瓶一勺，开始巡回喂丸。

璘璘蹲着耐心等待。少顷，"草帽小姐"袅袅婷婷而来，停在璘璘身旁：

"请张开嘴"，小姐柔声说，"好，好，就这样——"

一缕浓香飘入鼻孔——是紫罗兰香吗？继而一只纤手，翘起小指、擎勺伸来。红色钻戒，在手指上闪光。勺子递至嘴边，半透明的丸粒，微微颤动着；随即滑入口中。

"喝汤！喝汤！"

听从小姐柔声提示，一口白菜汤，冲丸下肚。

"OK？"美丽面孔漾起笑意。

璘璘不懂其意，呆望着漂亮的红唇。

秋季开学前，父亲如约来至清湫，接哥俩回家。仍然是那列火车，仍然是简易木椅，可心情已不同来时。此刻的璘璘满腹惆怅，闷闷不乐。他想念锁子、海子、英子，想念那群没爹没妈的小伙伴。

又过了仨月，塬上秋风吹起，树叶萎黄飘落。海子、锁子给小哥俩捎信儿说，淮阳老家有信来，说鬼子投降了，伯叔们催他们回家去；还说教养院准备散了。想起难童小伙伴、想起在清湫的日子，璘璘心里，又难受好一阵子。

【缀语】　抗日战争期间，无论在敌后，还是在大后方，教授与教员同老百姓一样，都在艰难度日。父亲为暂纡一时之困，送俩儿子进难童教养院，实为无奈之举。1945 年暑假两个月，哥儿俩聆受教养院多方教诲与接济；也与命运多舛的同龄者相伴，共同践历最弱势群体的遭际，体认社会底层的生活，经受自救谋生的淬炼。这些，已然凝聚为生命的财富。

随父回家不数日，日寇投降。家庭生活却窘困如昔。父亲随即向校方申请补助。学校查实"确系家境清苦"，遂拨付补助费 3 万元。近年，方西峰同志自南京第二档案馆拍摄一案卷相赠，方才得知这笔补助费，出自光复之后的教育部：父亲先向学校汇报、学校审核报部，提出补助申请；部里批复、责由学校垫付、父亲签据领钱；学校凭签据报部，请求还垫。整个过程，历经两个多月。相关公文案卷一宗，附录于后。

渭塬归来（1946 年于开封）

［附录］国民政府教育部案卷

（全宗五·案卷号 2659）

1. 国立河南大学代电　　中华民国卅四年十月二十八日（中华民国卅四年十一月十六日送交）［印钤：国立河南大学卷鉴］

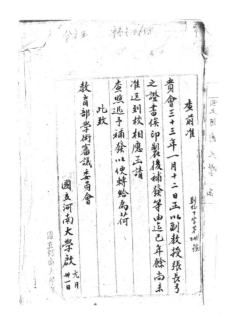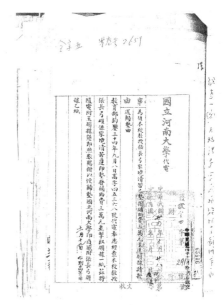

民国教育部案卷

2. 事由：为覆本校教授张长弓，家境清苦，已垫拨补助费三万元，呈送领据，请拨

3. 还归垫由

4. 教育部钧鉴：三十四年九月八日高字四五三六八号代电奉悉。经查：本校教授

5. 张长弓，确系家境清苦，遵即垫发补助费三万元，并掣取领据一纸。兹特

6. 随电附呈领据，恳即照数赐拨，以便归垫。〔国立河南大学印〕酉感。附张长弓领

7. 据乙纸。十一月十九日午到高等司

古城飘落照

【导语】 饱经八年忧患的河大，于 1945 年年底回归汴城铁塔故园。父母兄姐熟悉的那座西小阁 5 号宅院，物是人非，无复旧观。而在乡间出生、山野长大的璘璘，初瞻省城格局，惊见街市人流，反倒好生新奇。乍然亲近城市文明，璘璘似有所思：往后，也许不用再"跑反"啦?!

时代与现实却出乎璘璘意料。

国家在胜利的民族圣战之后，随之揭开光明与黑暗两种命运决战序幕。劫后重生的开封，弊政肆行，百业凋敝，民不聊生，民怨沸腾。怒涛发自民间，一浪高过一浪；蒋家马仔困坐愁城，朝不保夕。古汴垣像面小镜子，映射着时代新变局。璘璘这个稚弱生命，临岸亲观历史大潮的新波，感受、思索、被动应对，应接不暇；某个潮头涌来，触动生命之舟，身不由己的璘璘，依然随着习惯于颠簸"跑反"的家人，载沉载浮，继续漂呀漂。

古城运数改换的键关，于 1948 年仲夏嗒然开启。6 月 17 日，陈毅、粟裕、张震麾下的华东野战军第三、第八纵队，兵临汴垣城下，向曹、宋、南、北四关发起攻击。其时守城的蒋军：整编第六十六师师部率第十三旅，担任城区、曹关、西关防御，以龙亭、华北运动场、省府为核心阵地，师部在龙亭；整编第六十八师第一一九旅一个团，为城南预备队；省保安第一旅、第二旅、另三个保安团，守卫省府，防御南关、宋关。总指挥省主席刘茂恩，实际指挥六十六师师长李仲辛。

18 日黄昏，城郊守军败退城内。夜半 24 时许，华野八纵先头营突破新南门；19 日 1 时许，三纵突击营爆破宋门、突入城内；9 时许，八纵又突破大南门、西门。蒋军城垣阵地全部崩解，入城华野各路，向纵深穿插。19日全天，双方在市内展开激烈巷战。

城垣全面失守，巷战渐落下风，开封会是又一座将告丢失的省城。南京的蒋总裁心急如焚，20日登上专机，亲临开封上空督战，命令空军"东海""黄海""渤海"三大机群，使用燃烧弹，狂轰滥炸；又令城内守军发射燃烧弹，四处纵火，妄图制造火海，阻遏华野攻势。秉承总裁之命，20日至22日接连三天，蜂群般的青天白日军机，对这个40万人的城市，实施饱和大轰炸！攻防战异常惨烈，普通百姓伤亡惨重。尽管招数用尽，终究未能挽救汴垣败局。

开封第二个家——财神庙街38号，是个伤心地。刚刚落下脚来，满身远尘未洗，接连两起丧事，让璘璘哀痛不已。

1946年年初，临近农历年根儿，璘璘跟随兄弟们，正盼着头一个太平年呢，父亲带回不幸消息：段伯伯去世了。段凌辰教授是父亲同事兼挚友，多年患难与共啊；他的几个孩子，在艰难岁月里，是张氏兄弟的好伙伴。璘璘跟父亲去吊唁。目睹伯伯闭目安卧棺中，再也听不见他欢快的笑声；不到两岁的幼子，趴在棺上反复说"爸爸睡着了"。望着可爱的段家小弟，璘璘想：没了爸爸，天塌了呀！他以后可咋办呢！事后多日，还在惦念他。

接着是五弟玢玢（荆弓）的死。玢弟的命好苦啊。1943年潭头出生，刚一岁多，就挑着、抱着，夜渡伊水，逃荆紫关，逃郧西，逃宝鸡。逃一路，病一路。落生就没奶，妈用米汤喂大，严重营养不良，瘦得皮包骨。病痛难受，整天哭，最后死于伤寒。过年时发的病，赶快送河大医院；持续高烧不退，终于体弱扛不住，年后就不行了。来人间受一遭苦，还不知人生咋回事，就走了，只活了三年。

　　玢弟出殡那天，全家哭得死去活来，尤其是妈妈。坟在医学院西墙外小树林，去铁塔路上必经过。璘璘每次过那儿，都要去看看，添点儿土，抹回泪。在坟前，想起玢弟苍白的小脸和难得一见的苦笑。回家对妈说"俺想小玢"，妈又陪着掉回泪。璘璘还不到八岁呢，已常怀忧郁、懂人生无常了。

　　玢弟死后，母亲要走了，到鹿邑县中学教书去，1946年暑假接的聘书。她终于从抚育玢弟的三年辛劳中解脱；不、不，是从连续抚育六个孩子的辛劳中解脱！母亲酷爱教师职业，从1928年起就做小学、中学教员。可是1930年大哥出生，中断了她的教师生涯；连续六次妊娠，一直操劳至今。8月临行前，母亲对小哥仨说，妈走后，姐姐给你们做饭吃啊；自己要学会洗衣裳啊。璘璘亲见妈妈辛劳，懂得她的心，平静送妈带着四弟去鹿邑，尽管心里舍不得。

　　母亲领四弟走后，璘璘升级读小三、哥、姐三人住校读中学，父亲还是忙着教他的书。没人管束的璘璘，一时像极自由的小鸟。他交得三个好伙伴：靳松岭（行大）、牛维新（行二）、陈洪有（行四）。四人结为把兄弟，课余游耍，形影不离。八年沦陷，古城满身疮痍，曾经亲历的三位小兄弟，一一讲给璘璘听：最常去的铁塔，中腰一处偌大残缺，是日本鬼子大炮轰的；曹门内至宋门内的东大坑，是花园口决堤潴留；市中心的鼓

小哥俩（麑弓和橘弓　1947年于鹿邑）

楼，原有巍峨楼阁（上悬"声震天中"巨匾），被鬼子炸平，只剩基座；皇宋龙亭的楼殿伤痕累累，孙中山铜像大衣下摆，留下日寇的弹洞；大相国寺楼亭残破，廊庑凋零，乞丐成群，骗子、小偷、黄牛出没，堕为污秽渊薮。璘璘心头的阴霾，层积愈重；无根的斑斓幻象，日渐褪去。

走进北门大街小学校门，左侧有座旗台，一根旗杆。每星期一早晨，全校师生齐聚，升国旗、唱国歌，璘璘颇觉新奇。青天白日旗早认得；国歌也常听。可歌词始终听不大懂。如今又听到那两句唱："树叶飞泄（夙夜匪懈）""注意是葱（主义是从）"。它究竟是啥意思呢？璘璘想问个究竟。四兄弟就在旗台下交头接耳。靳老大说"秋天到了，树叶飞落哩"；牛老二说"那不是树叶，是葱"；憨厚的陈小四只会点头。听得兄长解说，立刻想到段伯、玢弟的死，母亲、四弟的远行，落叶纷下、秋意日深的悲凉，充盈璘璘心头。

"谁在说话？不许乱讲话！"

班主任谢老师低声呵斥，上前询问。两位兄长支支吾吾，璘璘无忌供出实情。谢师胆儿小，觉得事儿大，上报训导处；训导主任以"不敬国歌"罪名，判"主犯"靳、牛二兄长，教室门前罚站一小时；张、陈胁从，减半受罚，陪站半小时，以儆效尤。在教学二楼三（1）班门前，同学嬉笑来往、指指点点；四兄弟倚墙鹄立、面面相觑。刹那间，铁塔残阙、龙亭大殿弹痕、残疾乞丐哀诉、黄牛银元叮当作响……和着"树叶飞泄"的暮秋败相，在璘璘脑海交织，愈觉悲凉。这人生第一罚，至今确记未忘。

一个周末，姐姐从开封女中回家，说北平一位女大学生，遭美国兵强奸；还说北平大学生、中学生，抗议美军暴行，都上街游行哩。这消息很快传遍开封各校。1947年元旦过后的一天，璘璘在自家门口，望见河大学生上千人，顶着寒风走来，喊"打倒美帝"，浩浩荡荡大游行。路边的学生、市民，踊跃加入队中；璘璘也加塞儿进去，随哥姐们边走边喊。队伍经过北土街、南土街；折向鼓楼街、寺后街、中山路。沿途无数市民从家里拥出，挤在马路两侧声援。人潮汹涌，呐喊声声，震动千年古城！回转家来，璘璘心潮难平，想起当年潭头的寨街晚会，想起同哥姐、乡亲一起喊打倒日本鬼子的情景：

"日本人走了，美国人咋又来了呢？"璘璘不解。

东坑的冰化了，坑边垂柳绿了。街市物价老是涨，市民三餐难继，日子难熬。弟弟们吃不饱，姐姐心疼，可也无奈。一天，爸爸回家来说，学生过不下去了，要罢课；老师支持学生，准备停课罢教。璘璘看见大学生哥姐们，又喊着新口号游行：反饥饿、反内战、反迫害。爸爸带回教授会的《罢教通告》，上面写着：

> 任教有心，治生乏术；食少见粮，衣难蔽体；终日所忧，唯在米盐。

在动荡与焦虑中，古城之春不经意地远去；东坑垂柳匝地，夏日悄然来临。父亲一日回家来，神情严肃、脸色难看。

"军警竟然来学校抓学生了，"他气愤地说，"抓走70多人呢。"

为营救被捕学生，教授会发起担保活动，爸爸积极参与其事。随后那些天，姐弟们日日关注营救进展；父亲陆续带回新消息："×××出来了！""×××出来了！"可到末了，还有三个河大学生，竟然被军警秘密杀害，他们是：查禄鑫、杨怀伸、朱侠。得知三人死讯甚晚，在双十节过后。噩耗传来，人神共愤。璘璘仿佛又看到潭头"五一五"的残暴，闻到一股血腥味。

时近 10 月末，省市当局忽然大张旗鼓，周知全市：家家扫除、整饬市容，驱遣闲杂，煞有介事；却不说缘由。稍后，民间风传：10 月 31 日，老蒋生日，他将亲莅汴市庆生。河大师生沉浸于烈士祭奠之哀，当局却在筹划庆生。坊间于是风评：这三条带血的生命，恰似马仔献给主子的寿礼。

不料月尾那天，出了怪事：沿街连排商号，挨个儿铺门紧闭；家家大人小孩，叮嘱不可出门。如此肃杀情景，出于官府之令，还是市民的自发？没人说得清。璘璘好奇，由大门缝隙外觑街市，果然空无一人，只听凄厉呼啸的阵风，吹起枯黄败落的枝叶，一团团当街滚动。悻悻然独自来汴，观赏这萧索景象，不知某人作何感想？

转眼到 1948 年阴历年根儿。《中国时报》的字里行间，正邪交战的天平，渐渐倾向正义一方。一个偶发事件，又使古城璘璘，亲瞻烂政将亡一兆。某日中午，璘璘和四弟陪母亲（已自鹿邑返汴，聘为河大图书馆职员），在行宫角山河书店对面路口（当时汴市马路，既无斑马线也无红绿灯），自西向东穿行。刚走到马路中央，一辆绿色吉普，从南边高速驶来。母子猝不及防；吉普紧急刹车。巨大惯性继续前行，车前杠撞倒四弟，把他卷至车下。母亲与璘璘大惊，冲去车前；数十路人见状，一片惊呼，纷纷围来。吉普已停下。司机开门，是位身着军服的红唇卷发女郎；右门下来一位腰间佩枪军人。那军人快步绕前，拨开围观众人，护卫女郎身边。女郎扫瞄观众，神态淡定。围观者七嘴八舌急喊：

"赶快救人！"

璘璘得众人相助，将四弟从四轮间搀出；惊魂未定的母亲，连忙上前查看四儿伤情；四弟头部流血，惊吓啼哭。算是万幸：在被撞瞬间，四弟仰面倒下，双手反扣紧抓汽车前杠，被倒拖前行，后脑勺擦伤，腰部撞伤。

"快送人去医院！"

众人催喊。女郎见孩子并无大碍，衣兜里掏出圆镜，当街整补妆容。

"还不快去医院呀！"

众人怒喊。许是怕激起众怒，女郎收起小镜，眼色示意警卫，打开后车门。母亲叮嘱三儿一番，便扶四儿一起上车；女郎得观众提示，启动吉普，驶向河道街医院。望着绝尘远去的军车，一知情者眦目低声说：

"知道她是谁？刘茂恩女儿！"

听是河南省主席千金，众人七嘴八舌，又一通臭骂。璘璘身旁一位老人，慈眉善目，甩出一串冷冷的嘲谑：

"烧包（即得意、显摆，开封土话）吧！烧包吧！看还有几天好过！"

老人还真没说错，古城蒋家班大限转眼到了。进入6月中旬，城里风声日紧。一天傍晚，房东秦伯手摇蒲扇站街口说，一个乡下伙计回城，说他看见朱德部队了，正从商丘那边开拔西来。璘璘听罢，回家说给父亲，问朱德是谁。父亲说是共产党军队司令，嘱璘璘莫再声张。璘璘听爸爸这么说，心里有些不安。

17日凌晨，东城、南城外枪声大作。父亲惊醒大叫"攻城了"，起身闭紧门窗；全家人惊慌穿衣，挤在父母卧房，细听远近枪声，谁也不说话。母亲搂紧两个小儿子。璘璘心怦怦直跳。时过不久，天上传来飞机轰鸣，继而是炸弹响。父亲说"轰炸了"，赶紧要孩子们都钻到桌子底下。房屋受气浪冲击，剧烈晃动。惊惧的心，提到嗓子眼。入夜，全家一宿没睡。

18日一整天，城里枪炮乱轰。全家人不吃不喝，屋里猫着。傍晚，东门（曹门）方向响起密集枪声。离家近，听得真，又一宿没睡。19日凌晨，隔墙传来奔突声、拼杀声，忽远忽近，已然短兵相接。"巷战了，"父亲说。10时左右，咚咚咚咚，响起猛烈敲门声。听得出前院秦伯去开门。我家住后院正房，随敲门声、开门声，人人神经紧绷，望着窗外。隔着一进过门，听前院一阵骚动；少顷，一位十六七岁、着军衣军帽小战士，端枪至前后院之间的过门，站定，稚声高喊：

"院子里的人都出来！"

老少男女顺从走出，站立屋檐下；保姆叶干儿（开封娃儿称保姆为干娘，干儿是缩略语）也站立一旁。头一次看见共军，璘璘颇忐忑。

"你，过来。"小战士指令父亲前去。父亲是后院唯一的成年男人。

"你是干什么的？"

"河南大学教授。"

"啊，教授。请你跟我去学校一趟。"

事后知道，这场战事中，河大先是蒋军主阵地，嗣后又成解放军攻打最后据点——龙亭的主阵地。小战士的部队从曹门入城，先占河大；再一路巷战，来到北门大街。小战士让父亲跟他去学校，是要43岁的父亲，证明自己的身份。

哥姐从枪炮声判断，自家院落正处于北门巷战重心区。父亲被挟去不久，多架次军机陆续飞来，连番轰炸。全家钻在桌下，更为父亲安全担心。时近正午，父亲突然踉跄归来，脸色苍白，倚立过门，白衬衣血里呼喇。亲人们吓坏了！母亲忙扶父亲进屋坐下。右肩深度枪伤，距颈动脉仅数厘米，好险！兵荒马乱，医院已去不得。哥姐、叶干儿，七手八脚，找来白布、热水，帮母亲给父亲擦拭、包扎。父亲饮些水、稍稍安定。

"爸爸疼吗？"两小儿心疼父亲。

"爸爸不疼。"父亲抚摸安慰孩子，开口述说惊险历程：

> 迎着枪声跟小战士出门，穿过豆芽街、明伦街，来到河大，万幸，一路没出事儿。河大门卫给做的身份证明。转身回家，到医学院门前，是个空旷地带。不巧遇上飞机，青天白日的，追着两人扫射。我肩膀中弹，倒下；小战士没打着，跑了。

当日后晌，飞机又来炸，璘璘正巧如厕。厕所露天，炸弹溅起砖块飞来，崩伤璘璘左臂。忙回屋内，母亲惊瞧伤势，心痛不已，为儿清创、包扎。父亲看宅屋危险，说孩子无论如何再也不能家里睡，命大哥去同房东商量。秦伯痛快答应：让叶干儿带三弟四弟，进他家地下防空洞躲躲。防空洞在前院，半地穴，四五平方大，上支竹木棚架，外覆油毡、黄泥。

天儿一擦黑，叶干儿领小哥俩，抱条被子进洞来。房东夫人和两个女儿已坐在里面。俩大人四个孩子，听着外面时密时疏的枪声，局促一处，各怀心事，相对无语。连天战火，数日焦虑、惊惧、伤痛与饥饿，小哥俩又困又乏，很快睡着了。

20 号战况愈发激烈。天刚蒙蒙亮，机群飞来狂轰滥炸（后来得知，此日蒋总裁亲自飞汴，临空指挥）。邻院燃起大火，气浪掀翻防空洞棚架。房东夫人惊慌失措，两个女娃儿惊惧大哭；叶干儿忙牵小哥俩钻出洞子，躲屋檐下，扑掸灰土。秦伯风风火火，走进院来，发布街巷消息：

"匣子（收音机）里老蒋说了，三天内炸平开封城！"

"攻进城的兵，在巷子里喊，曹门开着哩，让老百姓出城躲躲。"

人群噪嚷声、人流涌动声，自街头阵阵传来。情势急迫，事不宜迟。房东夫妇拉上女儿，就要出门。四弟哭着，执意去后院找爸妈。刹那间又一声巨响，从后院传来，黑红烟焰随即腾空。眼看自家房子挨炸，想起屋里亲人，小哥俩嚎啕大哭！叶干儿已无暇它顾，被子披肩头，牵起哥俩，冲出院门，追随人流，朝曹门方向跑去。

人流拥上东坑小径。径宽二尺余。小径上下、水坑内外，浮（伏）尸甚多，有穿军服的士兵，更多是便衣的百姓。有的已肿胀腐败，令人想起日前的曹门激战。距曹门不远了，又来数架军机，青天白日标志，清清楚楚；瞬间是疯狂扫射，暗红火舌，清清楚楚。有逃人在前面倒下。叶干儿撩起大被，死命罩向哥俩头顶，跨过具具伏尸，一路狂奔，冲出曹门！

果然东郊无战事，内外两重天。三人陡然松弛下来，茫然东行，以为离城越远越安全。近午行至一村落，村边一条桌，桌边一口饭桶，桶旁两位执勺军人；近旁老小数人，或蹲或立，端碗吃喝，都像出逃至此未久。

"老乡！走累啦；来，歇会儿吧！"

一声亲切召唤，叶干儿如闻乡音，牵小哥俩快步近前；小战士会意，麻利儿端碗盛饭。哥儿俩早已饥肠辘辘。接过绿纹儿搪瓷碗细瞧，热腾腾汤面条上，漂着碎碎葱花儿。哥儿俩狼吞虎咽，各吃两碗。

"这个兵真凶！"昨日小战士挟父离家时，璘璘曾想。

"这些兵真好！"吃罢两碗汤面条，璘璘观感变了。

离开临时接待站，叶干儿领着哥儿俩、扛着薄被，继续走村串乡。娃儿饿了，干娘上门讨要；天黑了，村外寻棵大树，大被一铺，照料哥儿俩睡下。叶干儿就一边坐着、守着，仰望星斗，直到天亮。叶干儿家在北郊，一大家子，如今不知咋样了？两个黄口小儿，那时只认干娘当妈，哪会知干娘心事！

三人东郊流浪，且行且驻，整四天。时时停下，张望故城。总见西天烽烟处处，枪炮声、爆炸声隐隐传来。只能失望地继续乞食、流浪。22 日晚，照例露宿树下。夜半，七岁的四弟哭醒，坐起。

"娃儿，咋啦?"叶干儿问。

"想俺妈。想回家。"

"城里还炸着哩!"

一番安抚，好不容易哄四弟睡下；干娘一声长叹。

23 日清晨，西边枪声停了。

"不打啦?"

"先别慌，再等等看看。"

等到中午，西边当真没再响枪，飞机也没来。

"走吧，乖，咱回家。"

回到北门大街 112 号的家，天色已黑透。敲开大门，秦伯迎出，随手递来一纸留言，妈的笔迹：

"爸妈住在东棚板街××号徐爷爷家。"

璘璘认识徐爷爷，是外祖父姻亲。叶干儿领着，连夜寻去。地穴出事当天，后院住屋也炸毁。父母与二儿檍弓从瓦砾中逃出，奔前院寻找小哥儿俩和叶干儿。只见地穴塌毁，人不知去向，父母从此日夜难寐。曾经数次命二儿出城寻找无果。如今突然平安归来，母亲抱着两小儿喜极而泣；拉着叶干儿手千恩万谢。

"张太太，您看，俩孩儿没事儿，俺得回去啦。"干娘如释重负，已经无心恋栈，漏夜返乡走了。

112 号的租屋塌了，第三处家没了。寄人篱下，风雨飘摇，归宿何在? 在战事暂歇的沉闷寂静中，举家深陷困惑与彷徨。

【缀语】　20 日晨，当一老二小冒着弹雨、相互扶携、逃向曹门时，他们不会想到，老蒋就在天上督战呢；当一老二小流浪者，结伴东郊做四日游时，又不会想到汴垣之战，即刻又来到尾声。21 日夜至 22 日晨，西北隅之龙亭、华北运动场攻防，是汴垣最后一战。龙亭高台的激烈肉搏，持续了五个小时；龙亭最终易手，宣告汴垣之战结束。六天激战中，蒋军指挥李仲辛战死，参谋长游凌云被俘；总指挥刘茂恩，化装成教授，狼狈逃出城外。22 日午后，国军飞机来开封上空盘旋侦查，报告总裁称："龙亭附近，遗尸甚多……全城已无我军符号……城内沉静。"

从当时双方兵力数量看，蒋军尚略具优势。汴垣之战甫毕，蒋某即令邱清泉兵团、区寿年兵团迂回汴垣，欲寻决战。攻占汴垣城池的华野首脑，固知蒋军必将反扑。在消灭四万余人、占领汴垣三日后（23 日晨），华野诸纵随即悄然撤至汴垣城郊，再谋"运动歼敌"；而张氏小哥儿俩，又恰于 23 日夜，自东郊返回城内。也算是有趣的"换防"！

26 日，蒋军邱清泉、刘汝明部重进汴垣，已是空城一座。待到四个月之后，即 10 月 24 日，解放军兵不血刃、再度进入古城汴垣。"中国的形势现已进入一个新的转折点，即战争双方的力量对比已经发生了根本的变化。人民解放军不仅在质量上早已占有优势，而且在数量上现在也已经占有优势。"（毛泽东《中国军事形势的重大变化》1948 年 11 月 14 日）

姑苏去复归

【导语】　华夏教育有个自古相传的好传统：公私学堂，春秋开讲。无论酷暑严寒、季节代序，也无论兵燹战火、社会治乱，凡是传授文化知识的公家黉学、私家讲肆，但届春初、夏末，一律准时开学，灾劫不改！权力不去干预它，政治不去中止它，因为它关涉吾华文明传续，关涉华族子孙后辈品格与素质养成。整个民族约定俗成：尊重并坚守这一传统，千年不易！这样的教育传统，在世界各国、各民族中，不说绝无仅有，亦属罕有其匹！正是赖有这个好传统在，吾华古老民族文化，得以赓续日新而免于中绝；也赖有这个好传统在，吾华灿烂多元文明，得以发扬光大、免遭败灭。

为这一神圣传统的坚守，北大、清华、南开迁昆明，燕大、武大、金陵大学迁成都，北平师大迁兰州，浙大迁贵阳湄潭，河大流迁豫陕间，各自做出现代版诠释。不承想三年之后，1948 年 6 月的河大，再次面临同样抉择。但这次的时代背景已不相同：彼时乃值民族危亡、外御其侮；此次系明暗两途当前、"兄弟阋墙"。

南京教育部的河大南迁苏州复课令，几乎与总统专机飞临汴垣督战同时。既成事实是：当汴垣沦为拼杀战场时，汴垣一隅的河大，已完成当年招生报名、考试与录取，发出了新生入学通知书。此时该咋办？河大何去何从？姚从吾校长面前三条路：要么全校师生连同图书仪器，先期同华野一起撤离汴垣，暂迁解放区；要么执行南京教育部命令，南迁姑苏复课，以后相机返汴；要么停办解散。

第一条路不现实。相传陈毅司令员得知几位河大教授与若干学生，将随华野撤往解放区时，曾动情表示："欢迎！越多越好，都搬去也欢迎！"他深知这所豫省首学，对豫省乃至新中国未来的价值。可仗还在打，全校随军西迁，不可能。

第三条路，等于自毁黉学，更不可取。

只有第二条路现实可行。河大是高等学府，是教书育人之所，不是政府机关，不是军事部门。春秋开讲的传统不可违，校方必须为3200名师生的生计、前程负责。等因奉此而依遵部令，南迁姑苏复课、日后相机回汴，该是当时最合逻辑、最合理、也经得起历史考问的选择。至于出令者的动机，另当别论。

苏州市与市民，得知河大远来，全城热诚接纳：

"姚校长（从吾）、马训导长（非百）对校舍房屋已觅定六处，计有沧浪亭河南会馆（三贤祠），通和坊湖南会馆，中正路顾家祠堂，及怡园、狮子林贝家祠堂，平江路混堂弄杨家祠堂等六处。但该校原有六院十七学系……所有租借房屋，大部为情借，屋主对河大流离来苏殊表同情，租金方面格外低廉。"（1948 年 8 月 12 日《苏报》）

也就在 6 月下旬，友人来徐府，对卧床养伤的父亲说，开封成战场了，仗不知啥时停；"上边"要河大迁苏州，老师学生都过去，秋后在苏州复课；已经有师生结伴动身了。这信息让父母陷入长考。如今，鏖战前景未可知，家中已无隔月之粮；寄人篱下非久计，却已无"家"可归；作为河大双职工，舍河大别无生计。双亲于是决定，听学校的，尽早启程，自汴赴苏。好在前尘未远，当年跟随河大，迁潭头，迁荆紫关，迁宝鸡，颠踬道途，备极艰危，始终患难与共、不离不弃；"河大到哪儿，家就在哪儿"，学校认同感益发强烈。乱离时代的家庭，对变动不居的生活，已经习惯。父亲对母亲、也对儿女说：

"教书匠，不给学生上课，还能干啥！"

璘璘听说要去苏州，"咋个走法？苏州啥样儿？"太多过往的经历，让他既不安，又期待。父母却是把这次南渡，当作曾经"千里流徙"的续篇。

7 月中旬，同以往每次迁徙一样，全家一起上路（父母偕四兄弟，共六人；姐姐若华跟随开封女中，先已避难离汴）。衣物多毁于战火，仅三个行李包随行。其中有件水獭领、绿军呢大衣，是国际救济署分配鹿邑县中的物资，母亲抓阄获得。原是件军上衣，改做小孩儿大衣穿，是璘璘最爱，从瓦砾中捡出、免于火劫。

师生员工及眷属百余人同行。仍是乘陇海线东去。车厢中部洞开大门，内无座椅，铁窗高又小，似通气孔，称作"闷罐子"。几十人连同行李，挤作一堆儿，时值盛暑，闷热难当。附近似将有战事，火车运行很慢。走不远，停一会儿，下车饮水、透气。两天后抵达浦口，换乘轮渡过江至南京。一群孩子，第一次身临宽阔江面，叽叽喳喳，拥在船舷旁，看船侧翻起的浪花——那江水，淡绿色。须同教育部酌商苏州安置事宜，滞留南京数日。暂住新街口附近一学校，街心有孙中山先生青铜坐像。南京号称长江三大火炉之一，那年盛夏奇热，骄阳把路面沥青晒软，璘璘行走路上，布鞋被粘掉。

抵苏州，学校分配住十梓街 74 号。张姓房东是位百货商。临街二层小楼，坐西朝东，住着房东一家人；楼后一条五米穿廊，通后院两间平房，各约 $20m^2$，原为仓库，腾给我家住。母亲安排里间做父母和小哥儿俩卧室，外间做会客室兼大哥二哥卧室（打地铺）。两间房各有东窗开向楼后天井，平房无西窗，房内极暗，白天须开灯。无厕，一只红漆马桶置内室角落。无厨房，妈妈买只煤油炉，在天井做饭。

穿廊尽头出后门，下濒苏州河。路西各家民房，后山墙皆临河。妈妈和各家主妇一样，每日自后门缘石阶下至河面，上午洗米、洗菜，下午洗衣，晚上刷马桶。河中随时有行船经过，船家竹篙撑船，喊着各式号子，穿行河面。出后门下石阶，跳进河中游泳，是哥儿几个最惬意的乐事，二哥檍弓泳技最好。

房东四个孩子，两头俩男，中间俩女，与江北四兄弟年龄相当。

尽管整日磕头碰面，起初却生分：江北孩儿主动搭讪，江南孩儿怠答不理。这是咋啦？江北孩儿不明白。后来，江北兄弟出门，总会碰见几个邻家半大孩子，冷眼斜睨、指指戳戳，嘴里不干不净：

"刚伯您（江北人），哇得类（坏得很）！"

乍听，不懂他说啥；听多了，回去跟爸爸学说。

"那是骂人哩——咋？跟人家吵架啦？"

兄弟们这才明白，人家苏州孩儿，跟咱外来人隔着心哩！

房东女主人，妈让叫她张姨，40多岁，白皙皮肤，婀娜身姿，特漂亮，极和善、慈祥。张姨爱自己的孩子，也关爱江北兄弟。张姨有一手好厨艺，火腿米糕、鲜肉馄饨最拿手。时不时会端出一盘米糕，递给9岁大女儿庆云，或盛上一盆馄饨，递给6岁二女儿庆星：

"送后院去！让阿囝尝尝好弗好气（好不好吃）。"

8月末，江南张家老大燮元，要去上海交通大学报到；江北张家老大柘弓，要去上海同济大学报到。都是新生，两家同喜。张姨不言声儿，让燮元买两张火车票，两人像兄弟一样，一起上路。稍后，櫽弓到句容上中学去了。家里剩下俩江南囝，陪着俩江北囝。小学9月才开学呢。于是，捉迷藏呀，看电影呀，游虎丘呀，逛元妙观呀，四个小伙伴整天疯玩。地域隔阂？九霄云外去啦！

一天晚饭后，囝们过穿廊到后院找囝们：

"博相相好弗啦（玩玩去好吗）？"庆云手里晃着电影票："《三毛流浪记》！"

乡野长大的小哥儿俩，来苏州前没看过电影。开封中山路有家大陆影院，可离家远，世道乱，父母没心思让孩儿去看。苏州就不同了：挨着影业大本营上海，同国际接轨快；几家影院在市内扎堆儿。

"孩儿去看看电影，开视野，长知识，"父亲说，"少吃点儿没啥，

临别小影（前：星元，后：橘弓，

中左起：檕弓、檍弓、庆云、庆星（1949 年于苏州）

电影不妨多看些。"尽管手头紧，只要说看电影，母亲掏钱从不抠。多是同房东二囡一起去看。像国产片《天涯歌女》《马路天使》《一江春水向东流》，外国片《人猿泰山》《魂断蓝桥》等，都是在苏州看的；陆续认得不少当红明星：中国的赵丹、周璇、韩兰根、尹秀岑，外国的卓别林、奥黛丽·赫本、费雯丽、秀兰·邓波儿。

　　影院在观前街附近，步行 20 分钟可到。影院旁一冷饮店。两家小伙伴有惯例：每次看电影，互请影票与冷饮小吃。璘璘依例选得四支奶油棒冰（苏州冰棍名称），人手一支，快活进院落座。整整两个钟头，三毛的悲惨遭遇，王龙基的精彩表演，赚足小哥儿俩眼泪。放映结束，走出影院，脸颊还挂着泪痕。三毛挨冻受饿、流氓欺侮、阔太取笑的情节，在璘璘脑海反复回放；他不由得想起安财，想起锁子、海子和英子，想起苦命的玢弟，想起路边那些饿死的囝囝。

　　天色不算太晚，四个娃儿观前街头溜达。一家商号，匾名"松鹤楼"，厅堂灯火通明，客人进出如潮。一位绛唇粉面少妇，手挽金丝眼镜先生，从堂门走出。只见一小儿，七八岁样子，蓬头垢面，衣衫褴褛，当路堵住少妇，作揖乞讨。

"滚开！滚开！"眼镜男厉声怒斥，挥手驱赶。

乞儿并不气馁，回转身来，寻向另一位阔太。目睹此情此景，三娃正为乞儿难过，却见四弟转身去追乞儿。追至松鹤楼门前，四弟仔细端详乞儿小脸；又转身失望而归。

"你去看啥？"璘璘问弟。

"俺看他像三毛，去看看，不是三毛。"

四弟把电影当真了。

一个大学 3000 多人，千里大迁徙，拥进一个中等城市，要住，要吃，要办公、上课，实难安置。学校为此，忙了七八九三个月。校部在怡园，文学院在沧浪亭。国文系就在沧浪亭西侧三贤祠（纪念该亭初建者北宋苏子美、曾居此亭的南宋名将韩世忠、重修此亭的清初宋荦）内，顺十梓街东行可达。河大迁苏后，经费紧，图书亦未全部运来，图书馆精减职工，母亲未获续聘，便专心料理家务。

父亲惜时如金，7 月底就自个儿在家开始忙。白天，卧室变工作室。两张大床占去室内大半空间，一副桌椅局促一隅。早饭后，父亲照例在桌上摊开稿纸（一种用半透明油光纸印制的红格横式稿纸），将书和资料堆在床上，伏案读写，直至中午。他的《中国小说史》和《中国戏曲史》两部书稿，在开封未写完，如今着手续写。他工作时，家中必须保持安静，小哥儿俩总被母亲打发到户外玩耍。9 月初，柘弓去上海同济大学读书，檍弓去句容县中学读书，小哥儿俩转入城厢小学，家中一下子安静下来。在屋后河上传来的号子声中，父亲完成了这两部书稿。以后返回开封，三娃又在父亲的听香室书房，见到过这两部书稿，他似乎还在修改，始终未付梓。后来又常见桌上摆一摞讲稿，许多参考书；其中也有父亲的两本著作：《中国文学史新编》（1937 年开明书店版）、《文学新论》（世界书局 1946 年版）。璘璘猜想，父亲在准备给学生开文学史和文学理论方面的课哩。

10 月，师生在姑苏粗得安顿，正式开学。国文系复课稍晚，在 10 月底。父亲去三贤祠授课，开始忙。那时，小哥儿俩分别插班五年级、三年级，已经度过半个学期。两兄弟清早去上学，有时会同父亲一道出门。目送父亲身着长衫，戴一副黑色圆框眼镜，手提一个黑色皮包，向沧浪亭匆匆走去，就像以往在潭头、在荆紫关、在宝鸡、在开封时，目送他匆匆出门去上课一样。在璘璘童年记忆里，爸爸似乎没有其他嗜好，总像在忙于工作、思考。长期置身战乱动荡环境，他从不怨天尤人，不唉声叹气。面对种种艰困、灾厄，始终恪勤敬业，默默践行对学校和学生的承诺，守护职业道德与尊严。

说来甚巧，河大文学院国文、历史、教育三系，一年级百余名新生的宿舍、食堂和教室，都安排在十梓街一线民房中；63 号是个男生宿舍。这些新生大多来自豫、陕、甘农村，朴实敦厚，被命运驱遣江南。张教授的农家秉性，易让姑娘小伙儿亲近，课余走动渐多。一来二去，小哥儿俩也同大哥大姐们熟了。

某日，璘璘来 63 号串门儿，赶上几个哥姐练歌。这是支歌咏队，固定钟点练唱。璘璘喜欢哥姐们唱的歌，经常踩点儿来，听哥姐唱。他觉得这些歌特别有劲，同潭头时河大歌咏队唱的抗日救亡歌味道不一样：少些忧郁哀伤，多些明丽欢快。听着听着，璘璘也能跟着唱了：《团结就是力量》《解放区的天》《你这个坏东西》《我们是民主青年》《你是灯塔》等，都会唱了。

"'解放区'是啥？"璘璘问。

"共产党当家的地方。"学生姐悄声说。

"在哪儿?"

"在北边儿。"

哥姐们唱《你是灯塔》特有意思:

> 你是拉米(音符,下同),照耀着拉拉拉兜嗖嗖。
>
> 你是拉米,掌握着米来米兜西拉。
>
> 年轻的拉拉嗖拉米!
>
> 你就是兜来米,你就是拉拉,
>
> 我们兜来米来兜来米,中国嗖啦嗖发米;
>
> 我们拉西兜西拉嗖拉,人类嗖啦兜西拉——!

歌词里夹着音符,璘璘不知其意;后来又听哥姐小声唱,明白了:

> 你是灯塔,照耀着黎明前的海洋。
>
> 你是舵手,掌握着前进的方向。
>
> 年轻的中国共产党!
>
> 你就是核心,你就是力量,
>
> 我们永远跟着你走,中国一定解放;
>
> 我们永远跟着你走,人类一定解放!

歌词改唱音符,据说是为防备特务偷听。真是特殊时代、特殊环境下发明的歌咏妙法!

姑苏岁月里,小哥儿俩无忧地享受着城市文明的滋养;呵护爱子的双亲,却在陋室中、油炉旁、菜市里,艰难承受着城市生活的重压与煎熬。母亲失去工作，父亲独力担起家计。世局动荡，乱象迭出。党国大鳄操弄，币值一日数贬，物价一日数涨，黑市"黄牛"猖獗。法币改关金，关金改金圆券，百姓那点可怜的积蓄，越改越缩水。父亲上、下半月两次支薪回家，母亲都要立即上街购买粮油日用品，担心钞票再贬值。璘璘上街理发，母亲用手帕包裹大叠纸钞给他，钞票已类废纸，用来擦屁股也嫌硬。

在苏州，家中一个大学生，两个中学生，两个小学生，五个孩子的生活费、教育费等，一份教授工资碍难支应。父亲的师友：朱芳圃（河大国文系教授）、郭绍虞（河大国文系兼任教授，父亲在燕大国学研究所的导师）、顾颉刚（苏州社会教育学院教授，父亲在燕大国学研究所的老师，苏州人）、白寿彝（父亲的燕大国学所同窗）诸先生，先后来家做客，目睹家中窘况。不久，郭绍虞在上海同济大学、顾颉刚在苏州东吴大学，各为父亲谋得几个钟点的课。父亲为了养家，每周往来苏沪两地，奔波三校之间。同济的课安排在周四上午。每周三晚间，父亲乘火车赴沪；周四上午上课，下午乘车返苏。璘璘曾经随父亲去上海，寄宿郭绍虞家。次日父亲上课，要他在郭家玩耍，不许上街，下午一起返回苏州。来去匆匆，旧上海留给璘璘的印象甚浅。

两校兼课虽不无小补，但仍难解生计窘困。1948 年年底，母亲接到开封亲戚来信，说人民政府通告招聘中学教员。家乡来信让母亲心动，想回开封重整旧业，连夜同父亲商议。那时候，江北三大战役已至尾声，两军隔江对峙；老蒋将要下野，两边酝酿"和谈"。父亲说，偷渡过江，太不安全，反对母亲北返。父母争辩的声音惊醒璘璘，便卧床静听。

"这样的日子，我再也过不下去了！"

母亲归意已决。父亲只好妥协。双亲商定：父亲继续在苏州上课，并关照在上海读书的大儿；母亲带领小哥儿仨回汴，争取春节前过江。

危廷将亡，时局乱哄哄、一团糟。《苏报》消息：上海棉纺业大佬荣德生遭绑架！父亲指着大字标题说："瞅瞅，向企业家动手劫财了。"《苏报》消息：长春郑洞国将军殉国！父亲说："瞅瞅，东北要丢了。"12月底，学校也传出惊人消息：校长姚从吾教授辞职飞去台湾，教育部任命教务长郝象吾教授代理校务；郝氏敦请医学院院长张静吾教授、文史系主任马非百教授，合组三人组，管理学校。

人心浮动！人心思归！三人组形同虚设。

1949年年初，寒假到了，二哥檍弓从句容返苏，小哥儿俩退了学。决心返汴的一批员工学生，相互串联，悄悄打探渡江北返的路线和地点。1月中旬的一天，母亲偕三子，与河大同行员工结伴，乘车悄然离苏。一行辗转来到镇江县江边一渔村，请渔民相帮摆渡过江。合租多只乌篷船，绳索连在一起，由一艘机船牵引。

夜幕降临。母子四口与国文系学生樊英中，五人同乘一艘乌篷船，悄悄启航向江北驶去。夜空寒星闪烁，江面静极了。回望南岸，灯火点点，渐行渐远；探望对岸，漆黑一团。忐忑不安，期待着，也恐惧着。船行很慢，却极安稳。中途从一艘高大军舰旁驶过，一位国军兄弟，在甲板上刷牙。机船马达声响，当然会引起江防注意，可他对民船似乎并不介意。南岸灯火渐远渐隐，璘璘睡着了。不知行驶多久，忽听船家高喊：

"瓜洲到了！"

璘璘睁开眼睛。听得岸上群鹅"嘎嘎"欢叫。离船登岸，晨光熹微，遥望东方，天色渐亮。

【缀语】 回到小别7个月的开封，仿佛觉得离去很久，毕竟此间经历了太多事情。母亲在河大校园，参加师训班学习两个月，分配至新街口开封师专任教。1949 年 4 月 25 日苏州解放，军管会接管河大。历经沧桑的中原首学，江南迎来新生。7 月 9 日，父亲偕大哥，随河大六院十五系千余名师生一起，从苏州返回铁塔校园。随开封女中流亡江南一年有半的姐姐，于次年元月回到开封。全家人在花井街 95 号的家重聚——以后再没有离散的、真正的团聚！

正卷

少年的"拿云心事"

【导语】　1949，乾坤挪移，华夏梦醒！

璘璘哥儿仨跟母亲夜渡江防返汴未久，即 1 月 21 日，蒋介石南京下野，假意中止 22 年独裁统治；1 月 31 日，解放军开进北平，三大战役结束，命运大决战胜负底定；2 月 5 日，南京行政院宣布南迁广州；4 月上中旬，代总统李宗仁派团抵平，国共和谈，达成《国内和平协定（最后修正案）》；4 月 20 日，南京政府拒绝中共八项条件，和谈失败；4 月 23 日，百万大军渡长江，当晚占领南京城。

时局发展之快，出人意料！

1949 年 2 月初，开封北道门小学开学，璘璘入学接续姑苏读五下。时距 11 周岁，尚欠两个半月。璘璘此刻仿佛"天眼"忽开。他热烈移情新时代，无比信任共产党。对所有的远程规划、近期目标、奋斗口号都坚信不疑、衷心服膺。自然而然地、毫不犹豫地，把小学生的当下要务：读书、健身、公益等，都同这些规划、目标、口号相连。忘我去做学校要求、老师交予的一切事。时时感应社会声息，常会有逾越年龄的言行。小学生的日常学习与生活，居然浸入些政治化味道，怪也不怪。

入学不久，校长庄佩兰、教导主任关延祯和班主任关达美（"二关"是亲姐妹）等一起议论璘璘，让他偶然间听到：

"这孩子，咋有点儿早熟啊。"

这"早熟"不是指生理发育，是说他"总想些大人才想的事"；"早熟"是同开封城里长大的同学相比。

可他毕竟还是个乳臭未干的小儿。新社会的发展历程，不会径情直遂，而是曲折前行；面对前未曾有的大事业，探索与实践中的疏失不可免。领袖非神，他屹立时代潮头，为民众导航引路；主观客观种种，亦不免功过对错。所有这些，璘璘同全体大小公民一样，将会在以后漫长日子里，去经受、体认、品味、感悟。他需要继续增长自己的阅历。

毕竟，懵懂岁月渐远。璘璘不乏青涩岁月赋予的纯朴与天真。他也同小伙伴们一起，尽情歆享新天地童年的欢乐。

"这孩子早熟"

中原春早，北道门小学迎来新时代第一个学期。璘璘自江南返汴不过一个月、汴垣再解放（1948 年 10 月 24 日）也不过三个半月。人们的心绪，还没有跳脱动荡岁月；璘璘也还带些夜渡江防的亢奋。校园里的新秩序、新教纲，有待确立。校长、主任和老师，刚从"师训班"学习俩月回来，匆匆开学，忙碌着，也兴奋着。

开学那天，同学齐集校园，听庄校长在领操台上讲演。还没有扩音设备，校长讲些啥，璘璘听不清楚；但末了有段话激情洋溢，他记住了：

"新时代，得有新气象！往后，咱们要唱新歌，跳新舞，文娱活动一定要热闹活跃!"孩子们使劲拍掌。

音乐老师步世绂、体育老师张天兴二位,是全校"文体总教练"。下午四点半至五点半,"自由活动"。第六节下课铃声一响,孩子们像小鸟出笼,从教室拥向操场,五个一堆儿,十个一伙儿,分别开练。整个校园沸腾啦。瞧啊,张老师领的腰鼓队,每人腰系红绸带,斜挎羊皮小鼓,手里俩木槌儿,小鼓敲起来,秧歌小曲儿唱起来:

> 嗖啦嗖啦兜啦兜,嗖兜啦嗖米来米,米啦嗖米来兜来,来嗖
> 米来兜啦兜……

进三步、顿一步,踩点儿秧歌扭起来。飘动的红绸带,映着红扑扑小脸,个个热汗涔涔。

璘璘还参加步老师带的合唱队,在教导处西屋练歌。步老师教唱的歌:《团结就是力量》《解放区的天》,璘璘在苏州就学会了;新歌《我们生长在天山上》,他格外钟情:

> 我们生长在天山上,快乐又欢畅!
> 轻轻地飞哟,慢慢地舞哟,
> 像自由的鸟儿一样!……

璘璘觉得,这支歌营造的情境,鼓动着自由快乐的人生天性。

"我会唱《你是灯塔》。"璘璘对步老师说。

"好,你唱一遍听听。"步老师欣赏他"自荐"的勇敢。

"我先夹带音符唱一遍,再唱一遍词。"老师、同学惊奇地望他,"夹带音符咋唱?"对此大感兴趣。

仿佛回到苏州十梓街 53 号。璘璘先音符歌词混唱、再正唱；随后讲述前一种唱法的来历。

"张麋弓不简单，还当过地下革命学生呢！"步老师笑说。

4 月下旬，大军过江，形势急转直下。24 日，璘璘到学校听得南京解放的消息，忙跑去教导处。

"有事吗？"关延祯主任问。

"我想看看报纸。"

关主任把全校唯一一份《河南日报》递给他。消息果然是真的；报上还说代总统李宗仁、参谋总长顾祝同、行政院院长兼国防部部长何应钦，狼狈南逃广州。璘璘忖度：下面该解放苏州啦。他开始惦记这个熟悉城市的命运，天天往教导处跑；关主任天天拿报给他看，不嫌烦。

战局如摧枯拉朽。4 月 27 日苏州解放；5 月 3 日杭州解放；28 日上海解放。璘璘览报，情不自已，忽然想起潭头寨街，学生哥姐的活报剧《放下你的鞭子》。于是心生一计，去找班主任。

"关老师，咱班排个活报剧吧！"

"啥活报剧？"关老师莫解其意。

"庆祝南京解放呀！"

璘璘对关老师说，剧名就叫《王朝末日》，故事发生在"总统府"，共四个人物（依出场先后为序）：顾祝同、何应钦、李宗仁、蒋介石；班上同学既当观众，又当群众演员。

"啥情节呀？"关老师笑问。

"剧情分三幕，"璘璘说，"一是'垂死挣扎'，二是'狼狈逃窜'，三是'失魂落魄'。"曾经的亲见亲历：落荒的汤恩伯部败兵、骄慢的省主席千金、松鹤楼前的金丝眼镜男、呼号行进的河大学生、十梓街民房里的歌声……一一浮现脑际，给了他设计剧情的灵感。关老师觉得，璘璘的剧情设想靠谱：

"谁来演哩？"

随即帮璘璘确定演员："大个儿"黄普庆演顾祝同；"小白脸"高春安演何应钦；"小个儿"璘璘演李宗仁；"瘦猴儿"袁国淼演蒋介石。关老师总导演。

几个"要角儿"凑一起，七嘴八舌出主意、边排边演，不过个把小时，三幕戏搞定。一周后正式演出。教室前半部腾开桌椅作剧场，后半部坐观众。

第一幕：顾、何二将军饮酒作乐、飞扬跋扈；"打过长江去！解放全中国！"忽听吼声传来，又惊慌失措、强作镇定。

第二幕：冲锋号响、炮声大作，两将军进退失据、抱头鼠窜。

第三幕：躲在溪口的老蒋，养尊处优，窥测形势；听报南京失守，跌坐地下，瑟索发抖。

讽刺谐谑的基调，夸张滑稽的表演，全班轰动！黄普庆用多样的肢体语言，把颛顸骄狂又胆小如鼠的顾祝同，演得活灵活现，被全班一致推选为"最佳明星"。

四好友（左起：黄普庆　张麛弓　袁国淼　高春安　1949 年）

编演活报剧成功，引起学校关注，让璘璘担任学生会秘书，帮助会长（一位小六学长）做事：负责同学卫生保健。"学校买了几种药，全让我保管。我在低年级同学中很有'威信'。他们打架跌伤的时候，总是哭哭啼啼找我；我是有求必应，从不拒绝，虽说不怎么高明。"

（《日记·1956 年 12 月 8 日》）

秋高气爽时节，迎来开国盛事——祖国新纪元开篇！

刚升小六的璘璘，在 9 月 22 日清晨上学路上，听街头电线杆上的大喇叭，播送毛主席《在中国人民政治协商会议第一届全体会议上的开幕词》：

> 占人类总数四分之一的中国人从此站立起来了。
>
> ……
>
> 我们的民族将再也不是一个被人侮辱的民族了，我们已经站起来了。
>
> ……
>
> 中国人被人认为不文明的时代已经过去了，我们将以一个具有高度文化的民族出现于世界。

三长句的宏大气魄，民族前景的美好展望，给璘璘以强烈震撼！

10 月 1 日中午时分，璘璘与小伙伴们打着腰鼓、扭着秧歌，从北道门出发。在欢庆开国大典游行队列中，步行至北书店街，伫立晋阳豫老号前，静听喇叭里直播毛主席天安门讲话：

小六学生（1949 年秋）

> 中华人民共和国，中央人民政府，今天，成立了！

领袖的声音，璘璘终生难忘！他由此确信：国家和民族的不幸已然远去，以后必会是金色坦途。

校园西端竖起乳白色崭新旗杆，学校迎来第一面五星红旗。几位同学组成"国旗班"，市里发下铜鼓、铜号。"国旗日常是我和另一位同学升起来，全校师生在台下站着，我竟一点也不害怕。有时也打铜边鼓，给号手做配音。虽说（铜号的）高音，（铜鼓）顶不起来，配得也确实不坏。"（《日记·1956 年 12 月 8 日》）

1950 年元旦将近。关老师出作文题《元旦感想》。这题目引发璘璘思绪。略作思忖，自觉胸有成竹。倒叙笔法，开门见山，先抒发 10 月激情、赞美祖国前程；继而回顾虽短暂却艰辛的人生；再回到当下，自我激励结尾。全文字不满千，当堂完成。

不承想这篇小文，先在班里、又在校内外引起轰动。一周后的课堂上，关老师要璘璘起立，朗读自己的《元旦感想》，再让同学点评。结构、文笔、内容，并获称赞；首段"抒发当下"之后，用"我抚今思昔，不禁感慨"九字承接，转入次段"往日回顾"，更获赞赏。

学校筹备《墙报·元旦专号》。璘璘的《元旦感想》入选，通知他把作文本交给郭老师。教珠算的郭老师是书法家，毛笔字极棒，学校墙报由他一手书写。璘璘走进备课室交作文本，老师们交口笑问：

"'抚今思昔，不禁感慨'，这词儿谁教你的呀？"

"是爸爸，还是妈妈？"

"没有人教。"璘璘不好意思。

"从书上看的？"

"想不起来了。"

北道门小学北邻延寿寺街西口。此处丁字路口，路西一面高墙——开封专区政府大院东山墙，墙下人来人往、南北分流，从河大西上，进市区必经此处。《墙报·元旦专号》，就张贴在这面山墙上。一天放学回到家，爸爸说，看见你写的《元旦感想》啦。随即质问道：

"你咋能自称'小作家'呀？"

　　璘璘一头雾水。交上作文本，便不再关心，并不知墙报写些啥、张贴何处。听爸爸询问，忙到街头墙前细看。只见《元旦感想》排在墙报头条，题目大楷竖写，题下小楷署名"十二岁小作家张厘弓作"。作文本无署名，不知哪位老师加的。

　　此后"名声"就传开了。以后的日子里，凡遇要文章的时候，总是叫我去写；写出之后，就拿去让郭老师抄在校报上（似乎只有他那手毛笔字，才与我的文章相称）。当时与我"齐名"的，是位较我低数级的小姑娘，也姓张，人称"小画家"。（《日记·1956 年 12 月 8 日》）

中国少年儿童队登记表

　　过罢元旦，学校为筹建少年儿童队大忙。中国少年儿童队诞生于开国大典后的 10 月 13 日（注：1953 年 8 月 21 日改名为中国少年先锋队）。北道门小学 1950 年 1 月建队，属全国头批之列。作为新中国首批少儿队员，璘璘"与有荣焉"。他被小伙伴选作少儿队大队长，积极参加、参与组织各种文体活动。

　　在一次学校运动会中，60 公尺第一名被我夺取。事前张天兴老师估计，必是严新志第一，我却落下他很远。跳高我是第三名，次于孙庚白和姜鸿昌。为这次胜利，爸爸还叫妈给我煮了两个鸡蛋作庆贺。（《日记·1956 年 12 月 8 日》）

　　璘璘心里明白：能跑能跳，得益于多年逃亡路，身体其实没那么棒。一大疾患是双耳重听。耳患起自出生 18 天遭遇的日机轰炸。那次炸弹的气浪，冲倒怀抱襁褓的母亲。待日机飞走，母亲忙从地上抱

厥弓的红领巾（1950—1953 年）

起三娃，只见双耳孔流血。豫陕逃亡七年，不得医治，流血变流脓，耳膜大穿孔，听骨遭腐蚀，病况严重。自陕返汴，诊断为重度乳突炎，再治已晚。为保护脑部，右耳做乳突根治术，从此没了鼓膜和听骨。

　　"俺成个小聋子了。"

　　河大医学院手术后，璘璘纱布缠头，委屈落泪，独自出院回家。

　　璘璘又是幸运的。入学不久，关达美老师就发觉他听力差，询问得知原委，特意安排他坐在第一排。

　　我的座位在头排中间靠右的位置，左邻是"小白脸"高春安。上课时，我总听得木鸡似的入神，高却在身边玩得津津有味。有一次，

沈毓中老师批评他，要他学学张屧弓。他果然安分多了。

（《日记·1956 年 12 月 8 日》）

沈老师教算术课。璘璘数学一直较差，课堂上更不敢走神儿。璘璘体会，坐头排离老师近，能边听边观察老师口型；看口型就得紧盯老师的嘴，不敢愣神儿，更不能走神儿。所以他上啥课都得专心。一次上语文课，趁关老师背身板书，后面有人故意出洋相，逗全班同学哈哈笑。关老师转身停讲，正色喝道：

"你，黄普庆；你，袁国淼！"听到老师点名，俩捣蛋孩儿嬉皮笑脸站起身。

"你看看哪、你看看！"关老师怒了，"班里让你们俩搅成啥啦——一锅粥！"耳听训斥，捣蛋孩儿低下头。

"咋不学学张屧弓，看人家听课多用心，"老师给捣蛋孩儿树榜样，"一堂课下来，人家头不带歪、身子不带动哩！"捣蛋孩儿满面羞红。

课下，同学寻璘璘开心："'头不带歪、身子不带动哩！'"璘璘心说："你是不知道：听课可真累！"又对好伙伴、俩捣蛋孩儿说：

"我要是有恁那好耳朵，说不定比恁还能闹！"

五一劳动节到了。新中国第一次、小学时代唯一一次五一节，又是璘璘 12 岁生日。节日里，全校队员集体学唱《中国少年儿童队队歌》。步老师将报上登的队歌歌词，请郭老师墨笔大字写出，张贴于黑板，支在领操台上：

我们新中国的儿童，我们新少年的先锋，
团结起来，继承着我们的父兄，
不怕艰难，不怕担子重！

为了新中国的建设而奋斗，

学习伟大的领袖——毛泽东！

毛泽东——新中国的太阳，

开辟了新中国的方向。

黑暗势力已从全中国扫荡，

红旗招展，前途无限量！

为了新中国的建设而奋斗，

勇敢前进，前进，跟着共产党！…………

百多名男娃和女娃，身穿白衬衣，佩戴红领巾，齐集操场。他（她）们跟随步老师的领唱、指挥，引吭高歌。每唱熟一段，覆盖歌词，"考"自唱。小孩儿记性好，三段歌词很快烂熟。初夏的和风，抚摸一张张笑脸。崭新理念的种子，悄悄植入小伙伴心田。

队歌学会了，庄校长接着讲解歌词要义。璘璘粗粗记下四条：学习领袖毛泽东，跟着中国共产党，努力学习和锻炼，长大建设新中国。这正是三段歌词的大意。

小学毕业生（1950 年夏）

整个青涩岁月，它是璘璘的"航标"。

【缀语】 在以后长达13年（六年中学、四年大学、三年研究生）的求学生涯中，以及为时更长的服务岁月里，璘璘始终谨记这四条，努力遵行。虽不尽如人意，但如果自评，及格60分，应该有的。

"阵营"认同

【导语】　抗战期间，有"同盟国"和"轴心国"。中国与美、苏、英、法等为同盟国，德、意、日为轴心国。同盟国阵营是抗战期间的与国归属，全民共认。璘璘耳濡目染，也跟着父母兄姐"认同"。

二战以同盟国获胜结束。接着是冷战时代。在中国，蒋家依仗美援，重启剿共战端；中共则"别了司徒雷登""一边倒"。新中国的诞生，恰在冷战初现时刻。开国大典之后不久，周恩来总理即衔命赴莫斯科，于 1950 年 2 月 12 日，同苏联最高苏维埃主席团全权代表安德烈·维辛斯基，共同签定《中苏友好同盟特别协定》。协定前言宣称其宗旨：

"加强中华人民共和国与苏维埃社会主义共和国联盟之间的密切合作，共同防止帝国主义用任何形式上的侵略行为，以及勾结日本帝国主义的再起，以建立亚洲新秩序，巩固中苏友好合作关系。"

第一条明示"同盟"缘由："缔约国双方为防止帝国主义之侵略，及共同应付第三次世界大战"。

（见《中苏外交档案解密》，中国青年出版社）

中苏两国之结盟，是为防止帝国主义侵略、防止日本帝国主义再起、建立亚洲新秩序、共同应付第三次世界大战。其间包含 20 世纪 50 年代初，中苏两国对世界形势的严酷判断。1950 年初夏，朝鲜半岛战争爆发，朝鲜军队南进，直抵釜山；仲秋，美国怂恿联合国，拼凑十七国联军，美军登陆仁川；领袖"保家卫国"令下，志愿军过江参战。两个新"阵营"于焉成形。

这场战争持续三年多，志愿军参战两年九个月（1950 年 10 月 25

日至 1953 年 7 月 27 日）。以 1951 年 6 月 10 日为界，入朝作战分两个阶段：前期是战略反攻，历时七个半月；后期是战略相持，历时两年零一个半月。反攻阶段连续五大战役，将气势汹汹的敌人，从鸭绿江边一直驱赶至三八线，将战局稳定在三八线附近；迫使敌人由战略进攻转入战略防御，接受停战谈判。

对于这两个敌对阵营，当时不知美韩如何称谓；我方起初自称"和平民主阵营"，称对方为"帝国主义侵略阵营"。如当时的《时事手册》刊文：

◆一九五二年国际形势回顾

一、和平民主阵营的胜利和进一步壮大（下略）

二、帝国主义侵略阵营的失败和进一步削弱（下略）

（《日记·1952 年 12 月 31 日》）

后来又把两个对立阵营，分别称"社会主义阵营""资本主义阵营"。从此以后，地球这个扰攘世界，让壁垒分明的两个"主义"简化了。

先为两大"敌对阵营"，后为两大"对立阵营"。璘璘同他的小伙伴们，很快又跟大人一道，坚定地认同新"阵营"。他们确定了新时代里自己的"世界观"。换句话说，这"世界观"也可称"阵营情结"吧。

"（1950 年 6 月 25 日）朝军打过三八线南进"的爆炸新闻传来，刚熬过小升初考试的璘璘，正同黄普庆、袁国森等一干伙伴，恣意地玩乐宣泄着；"（1950 年 9 月 15 日）美军仁川登陆"新闻再传来，璘璘已被开封一中录取，编入初一（3）班。时过不久的一天，在校园西小院的教室里，班主任刘天顺把一幅《中国地图》挂黑板上，激动地通报：

"给同学们报告一个消息：（1950 年 10 月 25 日）中国的志愿军开过鸭绿江，去'抗美援朝'了！"

刘老师手指中朝边界那条江，启发一群十一二岁孩子，"俗话说'唇亡齿寒'呀"，又指指自己口部，"朝鲜好比嘴唇，中国好比牙齿，朝鲜如果灭亡了，咱们中国是不是就危险啦？"

"是——！"孩子们齐声应答。

"所以呢，咱们就得派兵去'抗美援朝，保家卫国'，对不对呀？"

"对——！"孩子们齐声应答。

半岛战事，开始牵动璘璘的心。校门外是东大街。出校门西行，临街北墙有个木框阅报栏，里面常年张贴四版《河南日报》，邮递员每天早晨撤旧换新。璘璘和同伴就午饭后前来，寻看朝鲜新闻。

初一学生（1950 年秋）

战略大反攻时段，恰同初一学年重合，璘璘记忆深刻。尤其历时 49 天的第二次战役（1950 年 11 月 6 日—12 月 24 日），半岛渐入严冬，气温愈降，战线拉长，后勤不继，弹药、衣装、粮饷均缺，许多战士冻伤，战况极其惨烈。小伙伴日日看报，天天揪心。魏巍的名篇《谁是最可爱的人》发表，同学争相阅读。还哪里坐得住呀，校园沸腾了。

"慰问我们最可爱的人！"

团市委发出号召。各校各班纷展其能、妙招迭出：有的书写慰问信，有的捐赠棉手套、棉袜、棉鞋垫；当时 1000 元（合今币一角）可买一颗子弹，有的班发起"节省早点钱，捐一颗子弹打美帝"活动。

初一（3）班的决定是：每人捐个慰问袋。璘璘回家，把班里的决定告诉母亲。

"那你想咋办?"母亲问。

"俺想买条毛巾,妈恁帮俺缝个慰问袋吧。"

"里面装啥呢?"

"俺早饭不喝豆沫、丸子、胡辣汤了,用热水泡馍吃,"璘璘说,"每天能攒500元(合今币5分)喝汤钱,买些手帕、牙刷、牙膏、小圆镜装进去。"

母亲笑了:"我看,中。"

当晚买回毛巾缝慰问袋,还穿条扦边布带儿做束口绳。这布带儿,是妈从针线笸箩里找块儿碎花布缝的。

日后聊天,说起慰问袋的事。母亲说:

"恁看人家常香玉,还捐架飞机呢——香玉号!"

对璘璘这拨孩子来说,1952年的"中苏友好月"活动,强化了他们心中的"阵营认同"。这年11月7日是十月革命35周年纪念,国家决定开展"中苏友好月"活动。璘璘坚持写了30多年的日记,首篇就始于这年11月5日;连续数日的内容,又都同"中苏友好月"相关:

◆中苏友好月

(开封市教育局)李局长报告(摘要)

一、苏联三十五年来的成就。

二、苏联人民的幸福生活。

三、三年来苏联对中国的援助。

四、学习苏联,学习马列主义。(下略)

(《日记·1952年11月5日》)

◆ (1)人民政协全国委员会举行报告会,钱俊瑞报告"中苏友好月的意义和工作"。

（2）叶季壮率我国商务代表团，到莫斯科谈判明年中苏间的贸易问题。

（3）苏联是世界上文化教育最发达的国家。

（4）全国人民热烈迎接"中苏友好月"。

（《日记·1952 年 11 月 6 日》）

◆ （1）庆祝十月革命三十五周年，热烈开展"中苏友好月"活动。

（2）学习苏联青年爱国主义精神，积极工作，努力学习，迎接祖国的伟大建设时期。

（3）深厚的友谊，辉煌的前途。

（4）中苏友协三年来成就巨大，会员已达三千多万。

（《日记·1952 年 11 月 7 日》）

◆ （1）纪念十月革命三十五周年，首都各界举行庆祝大会。毛主席莅会，全场热烈欢迎。

（2）感谢苏联，学习苏联。

（3）纪念十月革命节，迎接祖国建设。

（4）学习苏联知识分子的榜样，积极参加祖国建设。

（《日记·1952 年 11 月 8 日》）

毕竟是个 14 岁的孩子。1、2、3，干巴巴，篇篇日记像时政要闻，主题都是"中苏友好月"。"社会主义阵营以苏联为首"，"苏联的今天是我们的明天"，"共产主义＝苏维埃政权加全国电气化"。日记特意记载：古比雪夫、斯大林格勒两大水电站建成后，将可发电 200 亿瓦，"用这些电力，可以造 1300 万辆汽车，可以造 16 万架飞机；可以织布 60 亿丈，给全世界人民每人制作 17 套衣服；可以烘烤 17，600 亿斤面包，给全世界人民每人每天一斤，可吃四年"。（《日记·1952 年 11 月 5

日》）真是些天文数字！少年忘情地抄写着。仿佛遥见一座辉煌圣殿，在广袤的西伯利亚那边悠然涌现，全世界人民将会围绕圣殿，劲舞欢歌。

伟大事业的领导者是斯大林。12月18日是他的生日，璘璘记载："昨日庆祝斯大林七十三岁寿辰。"（《日记·1952年12月19日》）。时过不久，坏消息接踵传来：

◆今天下午一时，我听到了一个惊人的不幸消息：进步人类的伟大领袖、世界人民的导师、敬爱的斯大林同志，在三月一日患了严重的脑溢血症。他失去了知觉，右肢麻痹，脉搏每分钟仅三十六次，病情很严重，苏联把九个一级医生派去给他诊治也不见好。我真担心！

（《日记·1953年3月5日》）

◆斯大林元帅的病情仍不见好转。我的心更沉重了。他的病是为全世界人民的幸福而得的，也是为我们。怎么不叫我替他害（病）呢！

（《日记·1953年3月6日》）

◆惊人的消息，我不相信你。听到了广播，我心如刀割。我悲伤，又难过。但我要振作起来，擦干眼泪，忘掉悲伤，化悲痛为力量。一切为了继承斯大林的遗志。安息吧！巨人！

谁像尘埃那样跌落在地上，
谁什么时候受过压迫，
他将为光明的希望所鼓舞，
会站得比一切大山更高。

——斯大林

（《日记·1953年3月7日》）

璘璘这天的日记，特出一幅加黑框《讣告》：

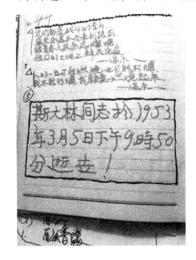

讣告

**斯大林同志于 1953 年 3 月 5 日
下午 9 时 50 分逝世！**

◆今天是斯大林同志的葬礼日。开封市全体同学们到华北运动场聚会哀悼。每人佩戴黑纱，很严肃地开会。广播里说，斯大林同志的遗体装入水晶棺，与红场列宁的水晶棺并排放下。我们像一队小卫士屹立会场，在暴雨中站了两小时。为了斯大林，湿一身衣服有啥。

（《日记·1953 年 3 月 9 日》）

暴雨淋头，浑身透湿，气温又低。鹄立队列的璘璘，难忍膀胱膨胀，热流喷涌而出——尿裤了。返回路上，小伙伴周翔陆、陈洪有，也说自己"憋不住，尿裤了"。63 年过去，许多细节忘却，这小插曲却记得清。

经历斯大林去世，璘璘似乎又成熟些，"阵营认同"的意识明显强化。12 个"阵营内"兄弟之邦的领袖、6 个"阵营外"兄弟党的领袖，构成璘璘心目中的"导师群体"：

◆世界各国的人民领袖和共产党领袖，每个新中国青年应当记住，他们是我们优秀的导师：苏联——马林科夫，中国——毛泽东，朝鲜——金日成，越南——胡志明，蒙古——泽登巴尔，波兰——贝鲁特，捷克——萨波托斯基，匈牙利——拉科西，保加利亚——契尔文科夫，罗马尼亚——乔治乌·德治，阿尔巴尼亚——霍查，（民主）德国——威廉·皮克，美国——福斯特，英国—波立特，法国—多列士，日本—德田球一，意大利—托里亚蒂，西班牙—伊巴露丽。

（《日记·1953 年 6 月 25 日》）

有关兄弟国家、兄弟党的消息，也不断出现在"时政要闻"式日记中：

◆捷克斯洛伐克的国家法庭，开始审讯斯兰斯基版国案主犯。

（《日记·1952 年 11 月 25 日》）

◆越南人民军解放奠边府。

（《日记·1952 年 12 月 13 日》）

◆加黑框《讣告》：捷克斯洛伐克总统尤里门特·哥特瓦尔德同志于 1953 年 3 月 14 日逝世！

（《日记·1953 年 3 月 18 日》）

◆我们又失去了一个伟大的朋友蒙古共和国主席布曼增迪同志。

（《日记·1953 年 9 月 27 日》）

◆（民主）德国的四周年国庆过去了，同时进行了四年一度的总统选举，德国人民的伟大领袖、七十七岁高龄的威廉·皮克总统，再次当选德意志民主共和国总统。

（《日记·1953 年 10 月 11 日》）

◆苏联克里米亚地区，由俄罗斯共和国划入乌克兰共和国，地图要更改了。

（《日记·1954 年 3 月 4 日》）

两大阵营对立，促使璘璘关注资本主义国家人民正义斗争。在 20 世纪的冷战时期，美国共产主义者朱利叶斯·罗森堡和艾瑟尔·格林格拉斯·罗森堡夫妇，被美国反动当局以间谍罪横加迫害、悍然处死，震惊世界。日记的记述摆脱干巴巴的"要闻"式，字里行间听得到主人动情的心跳：

◆沉痛的消息，惊人的消息：罗森堡夫妇被万恶的美帝国主义者处决了！消息来得是这样突然，我正在与同学谈话。我愣住了，什么也说不出。美帝国主义不顾世界人民半年来的强烈反对，竟用电椅处刑！又是一笔血债，要用血来还的！坚持正义和真理的罗森堡夫妇，永垂不朽！

（《日记·1952 年 6 月 20 日》）

（斗争）是为了和平、幸福与孩子们天真无邪、玫瑰般的笑。——艾瑟尔·罗森堡

（《日记·1953 年 3 月 11 日》）

◆国际学联代表大会于 8 月 29 日在华沙开幕。国际学联总书记贝林格作报告，指出学联与学生的任务：（中略）这是全世界每个学生的任务、每个青年的任务，因为它的目的是：反对战争，争取和平。

（《日记·1953 年 9 月 1 日》）

国际学联代表大会闭幕了。决议：用和平协商的方式解决国际争端。选出了国际学联新主席：乔·贝林格，书记：尤里·贝利。

（《日记·1953 年 9 月 8 日》）

◆法国反动政府悍然逮捕世界民主青联总书记雅克·德尼。我们决不允许法国反动政府迫害我们青年的领导人，要求释放雅克·德尼的运动已逐渐展开。

（《日记·1954 年 2 月 21 日》）

20 世纪 50 年代，亚非拉人民反殖民主义斗争高潮迭起。璘璘视线东向，深情遥望拉丁美洲：

◆我认识了一位新的人民领袖、革命战士——路易斯·卡尔洛斯·普列斯铁斯。它是杰出的巴西人民领袖、巴西共产党总书记。在

巴西每一家佃农的陋屋中、在无地农民的窝棚里，都可以看到这位巴西人民敬爱的、被称作"希望骑士"的照片。这位全拉丁美洲最伟大的政治活动家的一生经历，就是一部巴西人民革命的历史。它曾领导着勇敢的普列斯铁斯纵队，为打击敌人而作了二万六千里长征。正如作家乔治·亚马多所说："它的演说，在笼罩巴西上空的法西斯主义和反动势力的阴间气氛中，为人民照明了道路。"

（《日记·1953 年 10 月 14 日》）

璘璘又视线西向。非洲殖民地兄弟们，前赴后继的不屈抗争，唤醒自己的"国耻"记忆，他满腔激愤，挥笔写下 70 行长诗《致非洲》。诗写在 50 年代末。乍别青涩年华的诗人，依然保有青涩年代的情怀：

一

你醒啦，阿非利加！
自由之神，在每个清晨，
把你的门扉敲打。

刚果河的狂涛，
卷去殖民者的洋房；
阿尔及利亚是一团火，
把生锈的锁链烧化。
"独立"的呼号像旋风，
回荡在"黑暗大陆"的上空；
东大西洋波涛上，
腾起一片红霞。

你醒啦，

阿非利加！

二

我的黑人兄弟，

你做了五百年奴隶。

漫长的黑夜已到尽头，

再不能让罪恶的筵席延续。

非洲啊，

你应该还记得：

一个葡萄牙王子，

曾经怎样把你的祖先，

劫往里斯本的人口市场，

随意处死他们，

像宰一头山羊；

你应该还记得：

远来的英国强盗，

抢光了你的橡胶园，

又用二十一颗黑人头颅，

装饰血腥的花坛；

你应该还记得：

你的祖父惨死在

美国种植园主的皮鞭下，

他们的骨骼，

营造了美丽的佛罗里达。

是你非洲的宝石和钻珠，

镶嵌了维多利亚女王的皇冠；

是你几内亚湾的咖啡，

把巴黎财主喂得大腹便便。

殖民者的绿色铁甲虫，

昼夜在你胸膛上横行，

散布贫穷饥饿的瘟疫，

强奸非洲古老的文明；

绅士们还企图扼杀你的精神，

说教着"白人优越"的怪论；

来福枪弹是铁的法律，

愚昧你甚至不用马太福音。

啊，非洲！

你有多少先人在地下怒吼！

为了教育后代男女，

你把这一切牢记心头！

三

东海的晨曦已喷薄了呀！

希望的鸽子已飞来了呀！

东风盛吹的日子里，

地狱为殖民者洞开大门。

战斗呀，兄弟们，

把战鼓擂得更紧。

让撒哈拉的每粒沙子，

都变成复仇的子弹；

让每棵枣椰的树干，

化作一条条长剑。

为了你的石油，

不再成为洛克菲勒的美酒，

为了你的铀矿，

不再被嗜血狂魔制造核弹杀人，

为了你的绿洲，

不再成为冒险家的乐园，

为了你的子孙，

都能享有金色青春，

为了阿非利加灿烂文明的再生，

为了和新世纪一道前进。

射击再猛烈些吧，非洲！

在黎明已经到来的时候！

为了永远的自由，

握枪的双手，不要发抖！

1959 年 3 月 23 日

【缀语】 如今，两大阵营对立已不复存在。60 多年来，世上各种性质、不同规模的战争与冲突，尽管从未停止，但是和平与发展，已然成为时代主流。地球是人类唯一的故乡。为实现伟大复兴的中国梦，我国如今在对外关系上，讲"亲诚惠容"，讲"互利双赢"，讲"打造人类命运共同体"；对侵我主权者、企图亡我者，针锋相对跟它斗，也力争"斗而不破"。各国面对新时代，既要谋发展，又要作贡献，先须立足自力更生，把自己的事情做好。中国作为世界第二大经济体，责任重大！

反思半个世纪前，璘璘那"阵营情结"：寻与国，认领袖，悲喜缘于斯，甘苦寄于斯，何其执着而天真，思之忍俊不禁！

"这个少年啊，曾经有多少宝贵的光阴与精力，在所谓'阵营求证''阵营认同'中耗费了。"

"他耗费的那些光阴与精力，只需拿出一半来，他那糟糕的学业，就不难有所改观——那正是祖国召唤：蓄积才智、准备劳动的季节啊！"

年已耄耋的璘璘，回望前尘，最想说的，就这两句话。不过，他并不后悔。

少年悦读季

【导语】　璘璘喜欢书。日常（课外）阅读养成习惯，是从苏州返沪以后。父亲的书斋听香室，先吸引了他。可爸爸的书架上基本是专业书；也有文学作品，大都不适宜十岁孩子。璘璘漫无目的、逮啥是啥：《封神演义》《花间集》《南唐二主词》，朱生豪译莎士比亚、傅雷译巴尔扎克，一通乱翻。父亲笑说："这些书，你看还早。"让他去找大姨。

大姨是省图书馆职员。1949年春开学不久，璘璘去刷绒街省图见大姨，说想借书看。大姨说去儿童阅览室吧，那儿有连环画，小学生都能进去看。璘璘说不想看连环画，想看小说。大姨说借小说得凭借书证，中学生才能办证，你还不够格呢。可经不住软磨硬泡，还是破例作保，给他办了个证。璘璘从此成为忠实的省图小读者。

这"忠实"二字可不是虚夸！小学那最后一年半，未做借阅记录，不去说它；中学六年，从1950年9月到1956年8月，璘璘留有在省图全部借书记录：初一至初二，66部；初三上期61部，下期55部；高一8部；高二7部；高三7部。共计204部，都是文学作品（不含课业参考书）。借外国文学作品较多，大部分是苏俄、东欧的；中国的少些，50部左右，约占1/4。小说为主，兼含人物传记、报告文学、诗歌戏剧。随笔写一些读后感、书评，三四十篇吧，或长或短，都在日记里。

20世纪50年代初，是个特殊的历史节点。

那时节，血火岁月，前行未远：第二次世界大战，正义斗邪恶，东方主战场在中国，西方主战场在苏联；国内战争，光明斗黑暗，打出新中国。这两场战争，熄火未久，烽烟初歇，记忆犹新。那时节，地球上新营垒又隐然成形：两大阵营，东西对峙，新中国决然"一边倒"；鸭绿江那边，战火再起，天下震动。内外大势，为我民族与家国，昂然竖起新民主主义航标、社会主义阵营认同。

那时节，在民众的浩瀚心海中，拾掇山河，追忆峥嵘，礼赞正义，仰望崇高，缅怀英烈，又是天然的"集体无意识"，青少年群体尤其如此。小升初刚一个多月，就送志愿军壮行，高唱"保和平，卫祖国，就是保家乡"，雄赳赳跨江而去。璘璘同小伙伴一起，听广播、读报纸，逐日关注江东战况；省下三分零花、五分早点钱，购置牙刷牙膏毛巾诸物，装进母亲手缝的布口袋，慰问最可爱的人。

浓烈的政治氛围，炽热的社会情境，左右着璘璘们的悦读趣向，那是必然的。

1950 年初秋，父亲送璘璘一个 64 开、150 页，正面红漆、背面黑漆硬皮小本，作为升初中礼物。璘璘视如珍宝，捏紧小本的纸脊，用蓝水钢笔郑重写下"秋一三张犀弓"六字——终于有了属于自己的、正式的、可以在里面随意写点啥的本本了！可他起初还真不知该在上面写点啥。

如今打开这册已经 67 岁"高龄"的本本，前面 4 页、末后 2 页，写满书目及书号。是璘璘初一至初二在省图书馆、初三在实验中学图书馆，翻检卡片柜抄下的。凡已借阅的书，书名前面均做"√"记号，未加"√"者不曾借阅。内含省图书馆藏书 94 种，"√"勾借 56 种；实验中学馆藏书 30 种，"√"勾借 15 种。略举示例：

河南省图书馆：√320·4/S661《为新中国而奋斗》（宋庆龄），√313·15/F183《可爱的中国》（方志敏），√891·73/Y615《绞索套着脖子时的报告》（伏契克），√891·73/K255《俄罗斯童话》，√861·73/J286《普通一兵》（儒尔巴），√891·73/A236《保尔》，√807·8/P635《上尉的女儿》（普希金）……（《读书录簿》第 1—4 页）

实验中学图书馆：√894·8/2354《绞刑架下的报告》（伏契克），√823·3/4417《普通一兵》（儒尔巴），√815·5/3711《白求恩大夫》，√815·5/7712《诺尔曼·白求恩片断》……（《读书录簿》第 154 页）

示例显示：伏契克《绞刑架下的报告》的两种版本均有借阅；分藏两馆的《普通一兵》均有借阅。这两本书各借读两遍。璘璘还把他初三两个学期借读过的书名，分别逐一记在小本本里（《读书录簿》第 81—84 页，详见下文）。

有趣的是，小本后面还写有两篇"读书笔记"：《〈普通一兵〉读

初二生（1951年夏）

后》（500字）、《〈我城一少年〉读后》（1700字）。儒尔巴著《普通一兵》是传记小说，主人公沙什克（即黄继光式英雄马特洛索夫）；西蒙诺夫著《我城一少年》是话剧小说，主人公谢尔盖。沙什克和谢尔盖的人生经历类似：战前，普通一少年；战时，红军一战士，荣膺"苏联英雄"。

沙什克、谢尔盖的少年时代，尤其引起东方少年的兴趣。《读书录簿·读后记》津津有味地做叙述式介绍：

◆沙什克是个流浪儿童，父母都死了。他想偷果园的梨，被一百多岁的老爷爷捉住。老爷爷很爱他，给他讲故事，教他要诚实。"相信良心"这句话，深深印入小沙什克的心坎。他被送进教养院。但他想游历、当英雄，先后从七个教养院逃跑。最后，他改变了。当他开始变好时，战争开始了。他参加步兵学校学习，入了团。在黑森林争夺战中，他勇敢地爬到敌人地堡跟前。可他受了伤，也没有任何武器了。他毫不犹豫地用自己的胸膛，堵住敌人机枪口，以青春和生命赢得胜利。（《读书录簿》第152—150页）

◆谢尔盖在学校不守纪律，顽皮。但他大胆、活泼、坦白、率直、热情，富于幻想。后来他加入军队，受到严格军纪的锻炼，成为一个勇敢的坦克兵。他对祖国无限忠诚。在同西班牙法西斯的战斗中，他荣获"苏联英雄"称号。（《读书录簿》第146—139页）

一个偷果园、七次逃跑；另一个顽皮、不守纪律。璘璘于是明白：英雄的过去可以并不完美；普通孩子也能成为英雄。在一个憧憬未来、崇拜英雄的中国少年心中，这该是多么实在的人生激励。透过沙什克和谢尔盖的故事，璘璘发现北方那邻国，是个崭新的国家——新天新地新气象，新的社会新的人，它和曾经的旧时故国故人迥然不同、令人神往！

这是璘璘最早的读书笔记，写于 14 岁。这个硬皮小本，记载着图书目录、借书记录、读书笔记，却没有题名，且称它《读书录簿》吧。

1952 年秋，璘璘自一中转入实验中学。这位初三学生，于 11 月 5 日又自购一册 64 开、110 页的红漆软皮小本。起初准备用它记些时事摘要、逸闻趣事之类。如开头有这样一条，记一个趣闻，加自己的评论："天下文章属三江，三江文章属敝乡，敝乡文章属我弟，我弟请我改文章。注：自高自大的荒谬诗句。"（《日记·1952 年 11 月 11 日》）。随后，小本文字变调。璘璘郑重宣告："今日开始做日记。"（《日记·1952 年 12 月 8 日》）璘璘的阅读纪事及读书心得，从此移出《读书录簿》，成为日记内容要点；日记里的阅读纪事显示，小主人越发热衷阅读"北边"、结识新友：

◆女游击队员卓雅，战斗敌后，不幸被俘，面对绞架，她慷慨赴死，年仅 17 岁。

（《日记·1953 年 7 月 15 日〈卓雅和舒拉的故事〉读后》）。

◆女英雄古丽雅的一生，达到四个高度：三岁在电影中扮演小女孩，得到第一次工资三个卢布；学校学习，成绩平平，有优等有劣等，她不懈努力，以全优结束十年学业；为改掉好发脾气、不守纪律的缺点，她报考军校，接受严格锻炼，光荣加入共青团；残酷的战争开始，她离别爱子和小刺猬，开赴前线，在一次战斗中，毫不犹豫地献出年轻生命，达到光辉顶点。

（《日记·1953 年 9 月 25 日〈古丽雅的道路〉读后》）

◆六一儿童节，斑哥以《我的儿子》相赠。是柯歇伏娃写她英雄儿子——奥列格的回忆录，从出生到殉国。奥列格出生后，母亲从没有说过鬼、狼吓他，没有打骂过他；可也从未饶恕他的错误。说服，使他成为诚实的孩子。他与古丽雅一样，酷爱大自然，爱作诗、读诗。他还没有成人，却做出成人也难办到的伟大事业。他天才的组织才能，给敌人毁灭性打击。他昂首挺胸，引吭高歌，向矿井跳下，鲜血流洒克拉斯诺顿，宝贵的青春献给人民。十六岁！多么年轻啊！还有那么长的岁月、那么多的诗歌等待你——英雄！

（《日记·1954年2月2日〈我的儿子〉读后》）

奥斯特洛夫斯基的名著《钢铁是怎样炼成的》，在中学生中广为流传。初三下学期，璘璘初次借阅；半年后升入高中，从北书店街新华书店购得一册。"这部小说我看过了，但是我仍要买它。因为它能教育我、教导我怎样斗争，怎样生活。我要好好读它，一遍又一遍。"（《日记·1953年10月2日》）同窗小伙伴，纷纷把主人公保尔的语录，当作"人生格言"传诵。璘璘也将他最喜爱的保尔名言，郑重抄入日记：

◆我们蓬勃的生活不会再老，
我们战斗的青春不会再消。
让蓬勃朝气永世灿烂，
让周围到处是可爱的微笑。

人的一生可能燃烧也可能朽烂，
我不能朽烂，我愿意燃烧起来。

人最宝贵的东西是生命，
生命于我们只有一次。
人的生命应该这样度过：

当他回首往事时，

不因虚度年华而悔恨，

也不因碌碌无为而羞耻。

这样，他在临死时就可以说：

我整个的生命与精力，

都已贡献给世界上最壮丽的事业——

为人类的自由和解放而斗争！

（《日记·1953 年 3 月 6 日》）

在中学同窗中，捷克作家伏契克的名著《绞刑架下的报告》，与《钢铁是怎样炼成的》齐名。如《读书录簿》所记：此书的两个版本，璘璘都读了。初读是老译本，在初二；读新译本，已升初三。

◆开始《绞刑架下的报告》第二次阅读。这本书我已非常熟悉了，无论是它的气魄和内容。如今重新读它，感染力仍是那么大，真是百看不厌！我愿意记下伏契克的诗和他的话：

当太阳和星辰的光，

都黯淡下去、都黯淡下去……

随后灵魂离开了肉体，

升向天堂、升向天堂……

那里没有黑暗胁迫我们，

那里照耀着光明和晨曦。

人们，我爱您，你们要警惕啊！

伏契克诗

我记着您的名言，伏契克！

像铭刻在我的心上。

（《日记·1954 年 2 月 11 日》）

说来颇有趣：璘璘阅读意大利女作家伏尼契的名著《牛虻》，得益于《普通一兵》《卓雅和舒拉的故事》《我的儿子》的"介绍"！

◆我正在仔细地阅读我心爱的书《牛虻》。我懂了它为什么对马特洛索夫、卓雅、奥列格起了那么大的影响，为什么能予人以那么大的战斗信心和勇气。

（《日记·1954 年 2 月 12 日》）

璘璘阅读的眼界，其实也并未离开故土。《秋三乙读书目录》记载他读过的书，其中包括中国小说《三国演义》《郭沫若选集》《叶圣陶选集》《张天翼选集》《殷夫选集》《柔石选集》《刘胡兰小传》《新儿女英雄传》等（《读书录簿》第 81—84 页）。班主任黄今明师在《目录》后面批示："再选出若干本，作为精读书籍。"（《读书录簿》第 85 页）璘璘于是去学校图书馆，借来《新儿女英雄传》再读：

◆午睡睡不着。当然也有其他原因，就是《新儿女英雄传》又引我进入迷境。我被吸引住了。杨小梅、牛大水、刘双喜、高屯儿、黑老蔡，这些英雄们是那样纯朴、坦白、忠实、厚道。对革命对人民无限忠诚、永不变节的英勇气概，和下流坏张金龙、何世雄、郭三麻子等坏蛋相比，一是重于泰山，一是轻于鸿毛。

（《日记·1953 年 6 月 17 日》）

璘璘爱读书，父亲自然欢喜。他经常关注璘璘阅读趣味的"动向"，唯恐他读"坏书中毒"。

◆到省图借了三本书：《生命的胜利》《莫洛博士岛》《少年维特的烦恼》。回到家，爸爸一一看了，把后两本书扣下来，说你读这书太早，有悲观落后情绪，不叫我看。嘱咐我以后借书要详加审查，最好多读苏联作品。

（《日记·1953 年 6 月 6 日》）

"爸爸，您应该知道：俺读苏联作品还少吗？"璘璘心有不服。越不让看，越想看。在去省图还书之前，还是把郭沫若译《少年维特的烦恼》，悄悄浏览一遍。

啊，原来维特为失恋自杀！

可怜天下父母心！爸爸的干预，璘璘有点儿理解了。

忧郁的篝火
——告别少年季

【导语】 1953 年，"一五"开局，新中国大建设开篇。去年（1952）秋，开封一中校址改为河南师院附高，升初三的璘璘，随全年级转入实验中学。实中教导主任刘惟城，抗战时期河大学生领袖，曾偕同邓子建（邓拓）等同学加入"民先"（中华民族解放先锋队），擅长演讲，辩才无碍。实中校长空缺，刘主任实掌校务，尽展长才，惯以演讲引领群生。

刘师两周一次，作"半月时事"演讲。1953 年年初的一次，刘师在讲台上综论国事，璘璘随在日记本中做记录，不惮其详：

◆2 月 12 日，国家开始向各地划拨经费，启动 1953 年的建设。要求做到收支平衡。收，要比 1950 年增加两倍；支，要比 1951 年增加 233%，共计 2334911 亿元（合今币 233 亿多元）。其中国防支出，只占 22.58%；工业建设支出：674000 亿多元（合今币 67 亿多元），尤其是重工业——钢铁工业和化学工业。今年计划改建 13 个原有工厂，新建 8 个，有炼钢厂、汽车厂等，和 9 个发电厂、15 个发电站。

新建阜新露天煤矿，挖土量 5 亿 5 千万立方。鞍山钢铁厂工人有

20 多万，它的一个冶金厂就方圆几十里。鞍山附近的镁矿，亚洲第一。西北到处是石油，成了油海，还发现一个大煤田。天山、内蒙发现的煤矿，储藏量 2 亿多吨。甘肃有铜矿，秦岭也有铜矿……

（《日记·1953 年 3 月 14 日》）

刘师这位综论高手，实为思想工作能手。他说出的每一个数字、每一项巨大工程，台下的孩子们都闻所未闻、惊叹不已。把国家宏图与学生任务做巧妙连接，才是刘师本意。在这次演讲前，刘师还有一次演讲，说他参访北京的感受。认真的台前小听众璘璘，心怀景仰，笔录近乎速记。

刘师说：

◆60 人组成的河南省教育参观团，这次到北京 21 天，参观了男三中、四中，女一中、三中，师大男附中、女附中。北京人口二百六七十万。六个学校各多达二十八九个班。城内学生一律走读，有的还实行二部制，操场都很小。但是，北京学生的政治认识都很高。他们明白为什么要好好学习、锻炼身体：就是为了建设祖国、保卫祖国。他们把学习和健身，当成任务来完成。

我们今天的主要任务是啥？就是学习。我们的学习必须不断地进步才中……

（《日记·1952 年 12 月 8 日》）

细讲过程是铺垫，末了这段话，才是刘师用心。参考北京市中学的《学生守则》21 条，实中很快制订出《学生守则》22 条。3 月 2 日开学典礼，刘师让全校同学讨论《学生守则》。璘璘把《学生守则》要点概括成四条：（1）努力学习，掌握科学知识。（2）每天做体育运动，锻炼身体。（3）注意个人卫生和公共卫生，爱护公共财物。（4）团结友爱，尊敬老师，爱护学校和班级名誉。（参见《日记·1952 年 12 月 8 日》）

示以荣景，责以担当，律以规矩。师尊高妙的引导，将一群叛逆期的孩子，悄然引入人生新航道。璘璘即将 15 岁。

15 岁，人生新驿站，少年季迈向青年季。羽毛渐丰，心智尚昧，筋骨愈壮，稚气未脱；将放歌而喁嚅，欲勇进而趑趄。来到生命蜕变季节的璘璘们，不免生理与心理的种种纠结。

◆决定祖国命运的狂风暴雨，

带着它胜利者的傲笑，

远去了！

关系中国未来的丰沛春雨，

闪着它历史性的辉光，

洒落了！

淋濡着突降的春雨，

我们会变得坚强；

拿出力量来，

迎接这考验！

（《日记·1953 年 3 月 18 日》）

刘师两场演讲，唤起璘璘的诗情，在红漆软皮日记本上，率意写下这几句。

激情背后却是忐忑。一旦面对现实，璘璘心头，乌云如磐——他正在为学业发愁：比起初一初二来，初三面临毕业，课程更多，内容也加深、加难了；尤其糟糕的是，不争气的双耳听力，还在往下降。

本学期共 11 门课：政治、语文、代数、几何、物理、化学、历史、地理、生理卫生、音乐、体育。璘璘最害怕数理化，尤其数学；也怕俄语。记得初二上学期，代数期末考，李雅书老师硬给他 59 分，不让及格让补考。璘璘问李师为啥，李师说你上课老看小说、不注意听。可是，敬爱的李师您哪里知道，是您讲课声音细弱，俺听不清楚，心才散了。无奈心想，寒假甭玩儿了，赶紧温书吧。还好，补考100分。如今三年级，更难对付：代数和几何两门同开啊。

◆今日为代数编班，进行摸底测验。我差不多都忘光了，题做不出。一定会把我编到乙班去。

（《日记·1953年3月11日》）

我果然被分到代数乙班上课。

（《日记·1953年3月14日》）

乙班是慢班，10余位数学差生在这儿扎堆儿。璘璘几何比代数稍强些，但也怵。作业多的时候，璘璘偶尔耍个小聪明：

◆今天有两节自习，没作业可做。明天有几何，却没有自习。三甲班今天上几何。我和刘大年去三甲，打听留的几何作业是啥，得知都是复习题。等明日课后再做，会没有时间，交不了作业；今日有空堂，又是复习题，何不先做了。就费两个钟头把题目提前做完了。只怕老师明日批评"赶作业"。

（《日记·1953年6月5日》

◆今日上几何，课后留的作业，我们昨天先做完了。韩长禄老师并没有吵（批评）我们，又给加了五道题，是下一节新课的。做这些题，先得预习新课，反而等于进度加快一堂课。

（《日记·1953年6月6日》）

真叫偷鸡不着蚀把米，自讨苦吃。

物理课定律多，璘璘总犯难；物理老师也不待见他。

◆上物理课时，我和暴忠诚争论电流计是根据啥原理做成的。争了半天也没得出答案。课后就大胆地问老师。你猜张立功老师说啥？

他说："讲了半天,你咋还不知道电流计是啥原理做成的呢!"掉头而去,不再答理我。我也不再问了。心里真烦:难道学生功课不懂,就不准问吗?

(《日记·1953年6月4日》)

其实还是因为讲电流计那堂课,璘璘走神儿、没听清。

那时俄语学习,没有录音机听发音,全凭师生口耳相授。这对双耳重听的璘璘,更是难题。

◆黄今明老师又提问我了,叫我俄译中、中译俄。我都译错了,得2分。我已得三个2分了。弄得一整天情绪很坏。

(《日记·1953年6月8日》)

◆今日上俄文课,果然不出所料,又叫我了。我心慌意乱地上了讲台。黄老师口说,我写,默单词。我慌得头脑一片空白,手拿粉笔,一个字也写不出来。随后冷静下来,认真听老师说,再仔细想,又都写了出来。不过有两三个错,得4分。

(《日记·1953年6月12日》)

◆今日有五堂自习,只有一门作业。可是我心里总好像有一个大石块压着,放不下来。啊,明天又要考俄文了!我时刻为俄文考试担心:我能考好吗?

(《日记·1953年6月16日》)

学业压力,接踵而来,无时宽宥。短短一年光景,僻处古城西北角落的这座实中校园,在璘璘心中刻下俩字——忧虑。不是没有舒心时刻,也有,大致是在操场上。少年好动,璘璘爱玩。只有上体育课、身体锻炼、体育比赛时,常罩阴霾的童心,方才注进些阳光,展露欢颜。

实中有大小两个运动场。大场子在校门外,地势开阔,跑道平坦,适宜足球、垒球、田径各项；小场子在后院，球架、球网骈列，是篮、排球专属领地。

体育尹老师，东北人，40多岁，矮个儿汉子，操场上喜穿白衬衫、吊带裤。按教纲授课之外，喜抓他擅长的棒球、足球，让同学自愿参加。每天晚饭后，六点半左右，留意听吧：一准儿听见大操场一声长哨——尹师在召唤他的勇士们，来一场棒（足）球赛。

◆棒球使我着了迷。每天黄昏吃过饭，像有什么东西吸引着我，自动走向前面的大操场。尹老师指挥着我们，兴趣十足地打起来。一直打到天黑看不见球，蚊子出来叮人了，才肯罢休。

（《日记·1953年7月6日》）

鏖战结束，大汗淋淋，一张张年轻脸庞，映着夕阳辉光——那情景好美！跟着尹师、伙同玩伴，璘璘学会了旋转发球、持球触杀、滑步上垒；也学了足球的三角短传，懂了啥叫"越位"。

比起足球垒球，璘璘更爱篮球。"球龄"可追溯至北道门小学。那时伙同黄普庆、袁国淼，合组"小皮球三侠"，打遍全校无敌手。来到实中，小皮球升级篮球了，同陈庭荣、陈洪有组队，还是三人。庭荣是发起者。大肚汉陈庭荣，曾经一顿晚饭吃进八个半馍馍，震惊饭场，名扬全校，得雅号"八个半"。

◆晚上和"八个半"到龙亭散步。他说要组织球队，叫我参加，说"咱们把别班的队都打垮"。我听了好笑，说："把别人的队打垮，没那么容易，人家也天天练呐！"

（《日记·1953年6月14日》）

两人一起找陈洪有，他也乐意。篮球小队从此开张，要么挑战，要么应战，常有战局。下午四点半，自由活动时间到，放眼后院三个篮球场、六个篮筐，六人围一个，捉对厮杀，烟尘四起、天昏地暗。

尹师体育课有特点：经常以考带练、以赛带练，课堂考试多、大小比赛多。比赛有校内的，也有校外的（如全市中学国防杯排球赛）；有单项赛（如篮球、跳高、中长跑等），也有综合赛（如田径、冬季锻炼等）。

◆今天下午体育课考跳高。班上前20号先考，实行淘汰法。尹师说，一来测验同学成绩，二来也让同学们知道：跳高裁判应该咋当。20人经过几轮淘汰，愈来愈少，最后剩下段树森、陆彦儒、刘存智和我四人。我跳过了1米20。再升1米24，我三次没过，被淘汰。段树森跳过了1米24。陆彦儒第三次跳……不幸的事突然发生，陆彦儒的胳膊摔脱臼！同学们都呆住了。尹师沉着地把他带走。陆彦儒好胜，硬要与段树森竞争。

（《日记·1953年7月9日》）

◆今日体育课测验百米。我的成绩是14.5秒，达到了优秀标准。（《日记·1953年5月7日》）这是璘璘头一个百米纪录。

实中1953年春季田径赛，安排在4月7日至9日三个下午。

◆今日下午的田径赛，先赛长跑。比赛结果，我们班的大个儿组总分倒数第一，小个儿组倒数第二。我参加小个儿组跑，跑得不快，输了。

（《日记·1953年4月7日》）

◆下午我又参加乙组一百米赛跑，得第四，没取上名次。我先和第三并着肩跑，但到终点时他占了先。前天赛跑也是与他挨着跑。

（《日记·1953年4月9日》）

春季田径赛，秋三乙班没取得啥好成绩。先期开展的冬季锻炼活动（1952年12月—1953年2月），璘璘有幸荣获一枚奖章。冬练是综合性锻炼，要求参加者每日长跑、做双杠两臂屈伸、单杠引体向上等。它贵在坚持。璘璘坚持仨月，特别认真。单双杠等不是问题，长跑尤其做得好。那时家住曹门里平等街。参加冬练以后,璘璘改走读为跑读,每天早晨跑着去上学。背书包走出家门,相继跑过曹门大街、东司门、东大街、西大街、新街口、前营门,跑进终点——学校大门,总长约 2000 米,用时 15 分多钟。

寒假后,冬练验收。尹师问璘璘:

"你从家跑步来上学,咋证明呢?"

冬练参加者多是住校生,每晨在学校操场跑圈;走读生很少参加冬练。无怪尹师质疑。

"俺能证明。"

证明人叫李桂楷,三丙班同学,也住平等街,我家错对门。桂楷家开商铺,有辆英国凤头车,他骑车上学。我要跑读,商请桂楷骑车跟随;冬练验收,又请桂楷来做见证人。这次学校核实成绩,人多项目多,一直拖到盛夏,费时四个多月。

◆冬季锻炼结果终于公布了,我全优。全校共有 570 多人参加冬练,仅 11 人全优,三乙班只有我一个。

(《日记·1953 年 7 月 13 日》)

市里的冬练验收,耗时更长。审核、通过、批下来,居然在八个月之后——又一个冬季即将来临!这时,璘璘已从实中毕业,成为附高秋一(1)班学生。

◆快上晚自习了,在操场碰见蒋士鲁。他一看见我,就急忙说:"冬练优秀奖章发下来了!"我的视线连忙转向他的胸前,看到了那枚红色的、闪着光亮的铜牌——美丽的奖章!士鲁转身向他的教室走去。我的心再也按捺不住:我是天天在盼着它啊!

我没用一分钟马马虎虎吃了晚饭,就向实验中学跑去。心里急如火燎,不顾汗珠流淌,巴不得飞起来。很快看见熟悉的校门前那灯光、看见整齐的排房了。我兴奋地跳进教导处，看见沈主任。他亲切地问候我。我的心更急了。不一会儿尹师进门。他取出我的奖章，递给我。我佩戴在胸前……

（《日记·1953 年 11 月 1 日》）

荣获这枚奖章，64 年了；冬练的座右铭——"贵在坚持"，一直镌刻在心。

少年儿童队员的队龄到 15 岁。璘璘们转学实中时，多半尚未超龄，可三年级已经没有少儿队组织。三乙班几位稍大的同学，如鞠伟生、吴玉堂、陈福顺，一二年级先后入了团。一群仍滞留"少儿时代"的小弟，自然备受团组织与兄长们关注，包括璘璘。

◆红五月开始了，我国第一个五年计划的第一个五月……今日又恰是我的 15 岁生日。

（《日记·1953 年 5 月 1 日》）

不知是否在执行团支部帮扶计划，璘璘好友、班长吴玉堂，特意在五一前后，多方表达对小弟的关切。

◆昨天晚上，吴玉堂约我谈了一个钟头。我决定参加团小组生活。今日是我真正走向团的大门的开始。决不要停滞不前啊！看哪，团正在向我招手，我怎样回答她呢？努力吧，只有努力。（《日记·1953 年 4 月 29 日》）决定参加团小组生活，当然来自玉堂的鼓励；下决心不断努力，也是接受了玉堂"老犯冷热病"的批评。

◆我以后一定要帮助同学，把同学的困难当成自己的困难。糜弓，你要警惕，千万不要再落后。你不是要争取入团吗？（《日记·1953 年 5 月 3 日》）"要帮助同学""不要再落后"，同样来自玉堂的谆谆叮咛。

◆今日"五四"青年节，下午放假开庆祝会，举行新团员入团宣誓。有十四个同学入了团。随后是朗诵会。二丁班牛传章朗诵得最好。（《日记·1953 年 5 月 4 日》）列席入团宣誓大会，是一次难忘的教育。

　　◆本来打算去听团课，因名额有限没去成。回来叫吴玉堂再给我讲讲。（《日记·1953 年 5 月 17 日》）

　　毕竟来到毕业前的两个月。好友耳提面命唤起的一腔激情，随着吴玉堂被航校录取、提前离校，渐趋沉寂；又相继出现两个情况——俄语毕业考，只得 64 分；升学体检听力，右耳 0 米，左耳 1 米，均不合格（合格线为 3 米）。这将影响升学啊！自卑感强化，内心越发忧虑。刘惟城师得知璘璘的窘境。惋惜之余，他想起开封师专曹文甫老师。

　　"曹老师耳聋，戴着助听器呢！"刘师兴奋地给璘璘出主意，"你去找曹老师，借戴试试看。要是能听清，就借用一天，重测听力、争取合格！"

　　璘璘带着刘师写给曹师的信去师专拜见曹师。试戴效果甚佳。璘璘兴奋，曹师也高兴，说："快去吧，戴几天都中！"刘师旋即向市招生办说明情况，申请重测获准。赴人民医院戴机重测：右耳 3 米，左耳竟达 4 米！体检表听力结论更改为："正常（助听器矫正）。"终于在中考前，喜悦领到准考证。

　　在毕业前的惶遽与期待中，三乙班小伙伴没有忘记：自己的最后一个六一要到了。詹家璬、孟祥鹏倡议："咱们城外来一次节日篝火晚会吧！"周翔陆说："咱们先去济汴水闸玩玩儿吧！顺便给六一晚会探探点。"一众欢呼响应。

　　◆晚上与詹家璬、周翔陆、崔大中、侯承田、陆彦儒、武志强、孟祥鹏、陈洪有到济汴闸水门洞去玩。水很清洁，很多同学跳水里玩。水很浅，但很毒（注：即水流很急），非常惊险。不过和瀑布比着还差得远呢。我们又从城头跳到城外。周翔陆、孟祥鹏、陈洪有下水游泳，我也玩了水。天很黑才回去。走到半路，又捉了一只水鸡玩。

　　　　　　　　　　　　　　　　　　　（《日记·1953 年 4 月 26 日》）

一次傍晚郊游，感受不错，也给六一篝火晚会踩了点、探了道。众人决定：篝火晚会，就到济汴闸外的野地去办！

◆本来准备今天下午到水门洞办篝火晚会、做寻找宝藏游戏。可恶的天气陛下，刮起很大的黄风，大家无可奈何而作罢。

（《日记·1953 年 6 月 1 日》）

临时决定改至 6 月 4 日。三天后，篝火晚会成功举办。当晚的盛况，次日因功课拖累，日记未能细载，一直深藏心底。经过岁月沉淀与发酵，四年后的一天，忆起那一场渗透着忧郁的欢乐，朗然重现于日记：

◆渠里的水静静地、静静地，没有一点声响，正像四周旷野的死寂。一个又一个月夜和黑夜，我们曾在这里度过自己童年生命最后的时光。那天，在这一无所有的旷野大地上，我们少先队员燃起熊熊篝火。一群戴着红领巾的稚童，围着它又唱又跳。火光的红色，在每个胖脸蛋上忽闪闪跃动；脸庞血色的红艳，同它映在一起。

"时刻准备着！"我们喊……

这日子已哪里去了啊？这活力已哪里去了啊？梦幻般的回忆，得不到空虚心灵的回答；美好的时光，徒然令人叹惋、凄怆！

（《日记·1957 年 4 月 28 日》）

篝火晚会后第二天的日记，却只是与晚会无关的寥寥数语：

◆现在我非常担心。万一不能上高中，该怎么办呢？

（《日记·1953 年 6 月 6 日》）

简单一句话，正是那幅篝火欢乐图的背面。它同样真实。不过，这真实一直神隐暗处，直到四年后的回忆——仍然是一番喟叹。所谓"空虚心灵"，既是忆者的瞬间叹惋，又是"篝火少年"隐秘心境的凄然返照。

心中那堆篝火，始终闪烁着忧郁。

【缀语】 那时的璘璘觉得，通过了测听，领得准考证，开启人生花季之门的钥匙，已然在手。两天的中考还算顺利。

◆考试的第一天。上午：语文、理化；下午：政治、动植物。语文有点小错，《荷花淀》的作者忘了。作文《青年学生怎样为祖国建设作好准备》，不难组织材料去发挥，只是关于锻炼身体方面，一字未提，最吃亏。理化居然一点问题没有，只是交卷不算早。政治更没问题了，题容易到极点，朝鲜停战谈判我方首席代表也问，这算问题吗？至于动植物，我最不满意的是，有的问题根本不懂：什么紫丁香、石竹、夹竹桃，别说学，听也没听说过，当然不会答。按照新课本出题，把我们学的课本扔掉了。

（《日记·1953 年 8 月 23 日》）

◆考试第二天，最难过的一关。数学在七门中最难。一敲上课铃，我就开始紧张：心跳加快，呼吸急促，有种恐惧感。发下卷子，看了一遍，稍微缓和些。算术二题，代数四题，几何四题。结果，我错了三题：一道算术，两道代数，其他还有小错。是我考得最不满意的一门，顶多六十多分。中外史地没大问题，有小错误。俄文呢，也不满意；但比数学强点，大概八十分左右。

升学考试过去了，紧张半年多的神经也该松弛一下。录不录取先别管，休息几天再说。

（《日记·1953 年 8 月 24 日》）

9 月 7 日，附高确定并告知录取分数线：77 分。9 月 11 日，璘璘接到附高录取通知书。

◆最后一天暑假。我为自己已是高中生而自豪。我的知识将会更丰富，学问会加深。但是心中又有一点胆怯：三年，我会平安度过吗？学习任务是否能完成呢？也只有回答：必须能。

（《日记·1953年9月20日》）

把学习当作任务，璘璘的人生识见有提升；那"一点胆怯"、对三年能否平安度过的隐忧，仿佛又像冥冥中的预警：聋儿花季的青春不是坦途，

初中毕业（1953年春）

它将布满荆棘、坎坷、风涛、暗礁。又毕竟不乏成长的些许自信。两年半以后，他再度回首，表明心迹：

◆《鼓手的命运》中，谢尔盖依这样说："现在是14岁。到17岁，我的少年生活也就过完了。"我现在恰巧17岁，我的童年算是过完了。只是我的儿时不是在摇篮、推车中度过，是在战火中。我认为一棵即将长成的乔木，不必抱怨它幼苗时期的风霜。

（《日记·1955年2月13日》）

初中毕业证书

青年悦读季（上）

【导语】 暗许阅读"向古典进军"，在初三暑假。两个月后，在河南师院附高秋一（1）班教室黑板旁，贴出一年级上期课程表，每天上午四节、下午两节，12门功课排得密麻麻。数学尤其吓人，代数和平面几何两门同开，外加物理、化学、制图；五门文科和体育课还没算。璘璘有些气馁，兀自思忖：能贪婪阅读的日子，恐怕没有了。

高中的校园生活，果然像打仗。做不完的作业，几乎占去全部课余时间；想去趟省图，颇难抽身，课外阅读竟成奢侈之梦。幸而教语文课的高中（名讳如此）师，要求学生读课外书，算是给自主阅读留下一线生机。

高一上头堂语文课，高中师就说，只读课本不行，每学期每人至少还要看两本文学书、写两篇读书札记。璘璘觉得这有啥难，便在校图书馆借得郭沫若《革命春秋》和《闻一多选集》。两书读罢，璘璘觉得郭先生"早年思想落后"，不愿为它写札记；闻先生某些诗文还喜欢，却写不出札记（参见《日记·1954年2月22日》）。还是去省图借书、读古典吧。

读法英古典

得闲去省图借古典，在半年之后，已升高二。外域小说久仰法国古典。首次选得司汤达的《红与黑》、巴尔扎克的《欧也妮·葛朗台》。高中时段的阅读趣味，虽从童稚阅读蜕脱而来，但境界已然提升。看打仗、寻热闹、图好玩儿的孩童心态褪去；追怀英雄的热情亦渐降温。年齿增长、视野渐阔，越发期待在阅读中，感受历史风云、了解社会世相、认知人间百态。无声的阅读年轮，悄然展示小青年璘璘在青春初至的岁月，精神成长、情怀作育的轨迹。

合评《欧也妮·葛朗台》与《红与黑》那篇日记，是上交的头篇阅读作业：

◆《欧也妮·葛朗台》故事的社会背景，是18世纪初期的法国，资本主义刚刚开始兴起。一些商业投机者，积攒巨额资金，寻找机会向新的方向发展。特别是乡村资本势力渐渐兴起，企图转向城市。一些竞争失败者，远涉重洋到海外谋生。葛朗台老头和查理，就是这样的人。

《红与黑》的历史背景，却是资本主义发展到了所谓"繁荣昌盛"阶段。一些金融巨头开始明争暗斗，把社会秩序弄得一塌糊涂；教会势力开始没落，被压迫阶级受苦受难，没有出头之日。这里的代表人物，是德·瑞那市长、哇列诺和于连。

这两部小说，都尖锐深刻地揭露了当时法国社会世道黑暗、制度不合理。小说着重于揭露上层阶级的丑恶，可能是因为作者生活在上层社会，对下层人民生活不够了解的缘故吧。总的来说，司汤达、巴尔扎克是不错的。

对书中的众多人物，我同情《红与黑》里那位愚蠢的于连·勃黑尔和德·瑞娜：一个是有远大理想但缺乏能力的青年，一个是纯洁的市长夫人。他们都是被压迫者。他们的爱情就像查理和欧也妮·葛朗台的爱情一样，不能实现。

（《日记·1954年10月26日、29日〈红与黑〉〈欧也妮·葛朗台〉读后》）

评论相当肤浅，观点或失允当。日后重读这文字，不免生出些感慨。不难看出字里行间的理性与冷峻，以及力求用新史观分析作品的努力。不知这种文评个性缘自何来。须知乍升高二的璘璘，还没有学过世界历史课，也没有学过历史唯物论呢！也许得自平日对理论性文字的关注吧。阅读趣味的偏颇，由此初露端倪：过于注重作品的理性解析，失忽彼我（璘璘与主人公）的心灵对话。这一偏颇持续久远，颇令"享受阅读"失味，给"阅读人性"留下遗憾。

对英国古典的阅读，始于奥斯丁。

◆《傲慢与偏见》就要看完了。奥斯丁给我一幅 18 世纪英国中层社会的面影，并给了一帧 X 光照片式的说明，犹如巴尔扎克所描绘的法国社会那样。不过，奥氏作品的社会和阶级意义，要小得多了。她叙述伊丽莎白和贵族公子达西的婚恋过程，又叙述另外一对恋人，借以发表自己对婚姻问题的见解，批判当时英国社会流行的坏风俗。由此客观地给了读者一幅当时英国社会的影像。威廉爵士这个人物，使我知见英国的老资产阶级已在没落；一些新兴资产阶级，由于老一辈的熏陶和新意识的激发，较之前辈更蓬勃地发展起来。

（《日记·1955 年 5 月 21 日〈傲慢与偏见〉读后》）

阅读奥斯丁，同样着重理性解析，失忽与书中人物的心灵对话，一如阅读法国古典。随后日子里，受制于繁重课业压迫，对英国古典又有些快餐式阅读，《读后记》也是寥寥数语。

◆把过去千辛万苦搜得的课业参考书抛在一边，读起莎士比亚的《第十二夜》来。的确情随境迁了。多么精彩的语言花朵，不读太可惜！这么多古典文学作品放在面前，求之不得，不读是种缺憾！

（《日记·1955 年 10 月 9 日》）

◆无意之中借到杰弗利·乔叟的《坎特伯雷故事集》。他的文笔近似另一位大师亨利·菲尔丁。翻译者叫方重，不认识，文字却修饰得很好。很高兴借到又一本丰美的文集，可以"大吃"一顿了。相信可以从中学到很多东西。

（《日记·1955 年 11 月 4 日》）

◆今天看了 150 页拜伦的《唐·璜》。这不是个好译本，中文句子很不上口。不过仍可从中看出拜伦天才的光辉。他的语言活泼精练。我特别喜欢这样两句：

"听着晚风顺着树的枝叶向上爬的声音，是甜蜜的。"

心曲何等细腻！

"宁愿要两个 25 岁的年轻人，不要一个 50 岁的老头子。"比喻多么有趣！

（《日记·1957 年 2 月 19 日》）

读俄罗斯

璘璘初学俄文、结识俄罗斯文学的引路人是守勤郝师。整个中学六年俄文课，蒙郝师授课五年（初三俄文是黄今明师）。那时俄文每周四节，一学期 18 周 72 节。屈指算来，共 10 个学期，璘璘有幸聆听郝老师 720 节课！郝老师知识丰富、循循善诱。他不止讲课文，课上课下经常穿插些俄罗斯和俄国文学介绍。从郝师那里，陆续结识"俄罗斯文学之父"诗人普希金，以及莱蒙托夫、马雅可夫斯基、伊萨科夫斯基；小说家托尔斯泰、屠格涅夫、果戈里、契诃夫、涅克拉索夫、高尔基、奥斯特洛夫斯基、肖洛霍夫；文学理论家车尔尼雪夫斯基、别林斯基、杜博罗留波夫、斯坦尼斯拉夫……遵循"导读"指引，璘璘居然或多或少、或深或浅地将以上作家的作品（四位文学理论家和肖洛霍夫除外），几乎涉猎一遍！郝师说"普希金是现代俄语的缔造者之一"，这句话深深印在同学脑海，一度引发"读普希金热"。

高二暑假，璘璘得空重读《普希金诗集》：

◆普希金那美妙诗句的深邃魅力，支配我一整天，就像美丽的龚佳罗娃"支配"普希金一样。熟诵着它,忘却一切。已不陌生的诗篇,现在读起来,仍是那么亲切、新颖,令人激动;简洁明快的句式、高超的抒情技巧,令人叹服。决心踏实地学习诗人,把理智之灯举得高些、再高些。

(《日记·1955 年 7 月 17 日》)

合上《普希金诗集》,去北书店街逛新华书店。发现外文书架上一本《苏联新诗选》,收有现代诗人伊萨科夫斯基(Исаковский)作品,当即欢喜购得。第一次手捧俄文原版书,璘璘忽发奇想:学俄文五年了,何不选译一首试看呢。伊氏的《Ты по странеидёшь……》被选中。埋首数日,完成译文:

《你在祖国的大地上走着……》

你在祖国的大地上走着,任意地走,
为着自己尽情地漫游。
你面前是安息的瀑布,
是渐渐消隐的冰状烟雾。

你在祖国的大地上走着——
按照你的意志改造古老的森林、土地和江河,
用双手把沟通海洋的运河展延,
将大海的条条崖岸永远接连。

你在祖国的大地上走着——
哪里都是你的道路。
在你面前,是母亲——大地,

像柔软的地毯铺向远处。

这是集体农庄

辽阔的园圃。

甚至在那里：在飘荡着野生花草香味、

有着干枯的森林和水塘的地方，

你走过那里——也会留下踪迹：

绿色花园开始喧嚣的嚷嚷。

夜星和霓虹的美丽彩光向你闪烁，

你的道路比"宇宙之途"更加遥阔。

你在祖国的大地上走着，任意地走，

为着自己尽情地漫游。

1955 年 7 月 30 日译毕

伊萨科夫斯基译毕，假期还有一个月。璘璘的"俄罗斯悦读季"，又从现代重返古代——瞄向古典小说。展开省图借来的《在俄罗斯谁能快乐而自由》，顿时进入大手笔所绘农奴社会的世相情境。

◆涅克拉索夫的《在俄罗斯谁能快乐而自由》，描绘19世纪中、末叶俄国农村和农民生活，是部很好的书。用一句设问："在俄罗斯谁能快乐而自由？"引展出一幅俄罗斯农民生活的全景画卷。七位主人公是几个牵线人，他们是俄罗斯贫苦农奴的典型。

作者抓住那个时代的基本特征，把刚刚得到"解放"的奴隶们那粗犷的、有时有些谦卑的性格，描画了出来；还有巴林的丑恶嘴脸。人物有农奴、地主、村正。有农妇玛特罗娜和不屈的老人沙维里、村正克里木，有智慧的小伙子伊米尔、吉铃，有省长夫人等。俄国社会各个阶层，相当完备了（还有玛特罗娜的工人丈夫）。作者始终抓住当时的社会矛盾毫不放松，尽情地将一切丑恶和真理揭露无余。我感到特别好的，是作者对俄国农村风俗的熟悉、对农民生活的描写；以及借由玛特罗娜、沙维里之口，对这个不合理社会，提出的尖锐控诉。故事的转折也处理得很好。缺点实在不容易发现。

（《日记·1955 年 8 月 5 日》）

整个中学时代，持续不断的种种"俄罗斯阅读"（以及歌曲、舞蹈、电影欣赏等），不知不觉凝聚为心底的"俄罗斯情结"。当十月革命四十周年之际，这"情结"终于化作百行长诗，猛烈喷发：

《献给十月革命四十周年》

一

俄罗斯遥远的过去，

我不大熟悉，

只是知道，

西伯利亚的寒风，

在冬天的每个夜晚，

都狂暴地冲击，

流放者的木屋；

乌拉尔矿山的工人，

顶着昏暗的油灯，

在坑道里，

绝望地喘息……

我好像听到过，

在沙皇亚历山大的铁笼中，

普希金曾伏在窗口，

向窗外的黑暗世界，

喊出庄严的宣战；

我好像听到过，

涅克拉索夫沉痛的声音，

从木犁旁传来：

"在俄罗斯，

谁能快乐而自由？"

一个酒精中毒的农夫，

死在他的脚边。

我好像听到过，

天才的莱蒙托夫，

唱着不屈的战歌，

把一腔热血，

洒在沙皇宝座下。

最后，我终于听见了——

高尔基的"海燕"欢乐的鸣叫，

马雅可夫斯基的"炸弹和旗帜"。

二

伟大的列宁，

无产阶级的领袖，

高举革命大旗，

照亮混沌的俄国。

他用党的雄辩声音，

从车间里唤出制造工人，

从车轭下唤起贫苦农奴，

从船舱里唤醒黑海水兵。

他教他们应该如何生活，

教他们为了这生活，

必须拿起来复枪，

去和阶级敌人肉搏。

布尔什维克英雄们，

用鲜血浇灌胜利之花，

人类历史的航道中，

燃起第一盏社会主义灯塔！

三

夏伯阳，萧尔斯，

我是多么想念你们。

是你挥舞雪亮的马刀，

率领一群红色骑兵，

踏遍库班辽阔的草原，

和人民和列宁一道，

保卫了年轻的苏维埃共和国。

我是多么想念你们啊，

达维道夫和你的兄弟。
你们五十万无产者的儿子，
遵照党和列宁的指示，
把一生献给了俄罗斯的农村，
使祖国到处飘起新生活的炊烟。

我想念你啊，
头发花白的安格林娜妈妈。
三十年前，你用姑娘的双脚，
启动拖拉机，
为千万姐妹的未来，
开辟广阔的天地。

我多次阅读古丽雅的书，
并在生活中遵循她的脚步；
我的日记本中有丹娘的照片，
也记着保尔钢铁的声音；
奥列格，邱列宁，
我心目中灿烂的群星，
如今，
都已熟睡在祖国母亲的怀中。
斯达哈诺夫们啊，
阔日杜布们啊，
莫斯科，
列宁格勒，

朝朝暮暮、时时刻刻,

我想念你们!

四

四十年了,

四十岁了,

苏维埃的生命正年轻!

马克思的思想,

列宁的旗帜,

像火把一样,

从俄罗斯,

烧燃了俄利诺科草原,

烧燃了亚平宁半岛,

烧燃了中国,

烧燃了巴尔干。

伟大的四十年啊,

你照亮了全人类的心田;

你把旭日般的未来,

赋予多难的世界。

1957 年 11 月 15—24 日

这首诗是在北京师范大学新一教室完成的,用了连续 10 个夜晚。那时入学刚两个半月。

读古希腊

古希腊戏剧是西方文学样式的源头之一。璘璘的古希腊阅读却晚得多，是借由一次偶然机缘。20世纪50年代初，开封市文化馆设在大相国寺藏经楼上。这里距学院门的家较近，璘璘常来，主要是读报。事有凑巧：

◆在馆内发现一套"万有文库"，王云五主编，颇多好书。一面兴高采烈地借读，一面相见恨晚……

借了石璞译的《希腊三大悲剧》。上册为埃斯克拉斯（即厄斯启拉）的《阿加麦农》，下册有沙福克里斯的《安体哥尼》、尤里比底斯的《米狄亚》。我把《阿加麦农》看了一半，说亚各王阿加麦农如何为了海仑后而渡海讨伐特洛伊。起锚前，修士用风暴阻难他，迫使他不得不把爱女杀掉，以息大海狂澜。在国内，他的妻子克丽特姆勒斯，一直坚贞地等他。为了保护他的王位，她把儿子赶到国外，对丈夫可算做到忠贞无贰了。谁知爱女被杀的消息，就要刺激她、酿成大灾呢！

翻译文笔不坏。这是两千年前的戏剧，但已经有了美丽的叙述方法、突出的人物形象和复杂的故事情节。特别动人的是，故事中细腻的心理描写（以克后的"烽火"为最突出）。另外，也觉得戏剧和宗教、传说关系密切。可见当时希腊文化的发达。

本书《前言》写道，若两千年前没有埃斯克拉斯，不仅不会有沙福克里斯和尤里比底斯，即使歌德和易卜生也不会有呢。可见作为悲剧之最早名著的埃斯克拉斯作品，对于世界文化宝库与戏剧发展史的意义了。

应该有始有终地把这些妙品看完，这对个人的提高很有帮助。

（《日记·1957年7月28日》）

◆埃斯克拉斯、沙福克里斯、尤里比底斯，三人一次比一次升高一级，终于推动悲剧的创作水平，达到辉煌的峰巅。埃斯克拉斯还只能使自己的构思、因而使自己的人物，拘于宗教与神秘之中。他们全听天命活动，似乎自己并没有主观意识、自己并不是生活与命运的主宰者。他们的作为是违反人伦之常。沙福克里斯已能摆脱这圈限了。他的人物已成了真正的命运执掌者。安体哥尼以为自己必须埋葬兄弟，以为永恒而无形的天法，非人为苛法所能抗拒，于是他做出了自己愿意做的事。尤里比底斯则更把戏剧的思想内容与现实结合起来、把剧情与生活联系起来，并按照生活现实的发展可能，去写自己的戏。米狄亚在她那种处境下，只有以报复去对付她的丈夫，而解生则完全是一个小人。尤里比底斯已会进行细致的叙述和细腻的心理刻画了。他的成就已很接近现代戏剧的水平。莎士比亚说：沙福克里斯写主人公的性格与思想所可能允许做的事；尤里比底斯则写生活现实中的必然发展。

（《日记·1957 年 7 月 30 日》）

　　璘璘的西方古典文学阅读，就这样以虔心回望它的源头而告结束。随后进入大学，以历史学为业，少有闲暇再去阅读西方古典文学了。

"焦虑的进取"
——学业篇

【导语】　"一五"开局那年还有件大事：提出"过渡时期总路线"。领袖第一次完整表述总路线，是当年 6 月 15 日一次党的会议上。高中生起初不懂啥叫"过渡时期"、啥是"总路线"。半年后，"总路线"宣传进学校。12 月 24 日那天，璘璘跟秋一（1）班同学，静坐教室，聆听屋角小喇叭，陈主任在里面详解"过渡时期总路线总任务"。他先讲为国家发展确定一个过渡时期的必要性、正确性；再讲过渡时期总路线的特点，是社会主义工业化和对农业、手工业、资本主义工商业的社会主义改造同时并举，工业化为主体，三大改造为两翼，相互适应、相互促进、协调发展；总路线的实质，是将生产资料的资本主义私有制，改变为生产资料的社会主义公有制。（参见《日记·1953年12月24日》）

陈主任是依据中宣部《总路线宣讲提纲》做的报告。《提纲》说，从中华人民共和国成立，到社会主义改造基本完成，是一个过渡时期，时间可长达十五年；这条总路线是照耀各项工作的灯塔。落实到学校，即今后多少年里，附高各项工作都将在总路线灯塔照耀下展开。

聆听陈主任报告五天以前，璘璘先聆听另一场报告：

◆下午六点半，我去旁听三年级团课。张恒渤老师报告的题目是《伟大的时代，青年的伟大任务》。他谈到过渡时期青年的任务。他说，从1953年起需要十五年、即连续实行三个五年计划，我们国家才能进入社会主义社会。今日的青年要做好准备，为这伟大时代的伟大任务贡献力量。俺即刻联想到自己：十多年后，当我走向社会时，祖国这艘社会主义航船将会起航；那时我们将成为国家建设骨干。这是多大的责任啊！为了那一天，现在必须好好学习，当今青年的任务，就是学习。

（《日记·1953年12月19日》）

张恒渤是地理课老师。他给团员上课，主动配合党的工作重心，专讲过渡时期的青年任务。列席旁听的璘璘，从中深切感知：过渡时期、总路线——这些当红音符，已然谱写为时代主旋律！

转年（1954年）春天，校领导郑重推出战略性部署——全校开展争创优秀班、争做优秀生活动。

◆优秀班条件：（1）各科学习成绩全部为四分五分的学生占全班80%；（2）劳卫制测验合格的学生占全班60%；（3）全班80%的学生做到《学生守则》各项要求；（4）文娱活动开展得好；（5）响应党的号召，各项活动开展得好。

◆优秀生条件：（1）学习成绩无三分；（2）劳卫制测验及格；（3）不迟到、不旷课；（4）响应党的号召，积极参加各项活动；（5）做到《学生守则》各项要求。

（参见《日记·1956年3月6日》）

争创优秀班、争做优秀生，像是在求知的无涯海途上，用浮标设定两条航道；两个五条，犹如两条航道上各自燃亮五盏灯，划分航道为五个区段。凡参赛航艇，无论单人划、团队划，均凭五段决胜负。条件一同，机会均等。选手间的智力良窳、体能优劣等等，一概不予考虑。

竞争不怜悯弱者。博弈不相信眼泪。

高一生（1954年夏）

"创优"的"忧虑"

一耳失聪、一耳重听的璘璘，从小自认是学堂弱者。他知趣，没企望当什么优秀生，犹如初中时没企望入团。实中时，好友鞠伟生、吴玉堂都曾为他着急。尤其鞠伟生，小学的发小，一同做过少儿大队长的，可人家初一就入了团。

"你咋还不写入团申请书呢？"伟生一再这样

问。

璘璘并不言语，只心里有数。可这次不行，躲得过个人赛，躲不过团队赛了："优秀班五条，头一条最硬棒，要求 80% 同学消灭三分。全班 45 人，每人都在分母里，都得努力争取进分子，谁也不许含糊！"（《日记·1956 年 3 月 6 日》）

一年前，璘璘忧虑耳聋升不了高中；如今又开始忧虑了。他怕数学得三分，更怕两分，进不了分子，拖全班后腿。

可也巧，怕什么，来什么——还是那该死的数学！

◆今天报期中考分数：语文、历史、生物五分，俄文、物理四分，几何两分。真叫我伤心死了！全班仅有四个两分，其中一个是我！唉，自己竟糟糕到这种地步！

（《日记·1954 年 5 月 21 日》）

◆期中考继续报分：地理、化学、政治五分，代数三大分，好勉强！五分是多些了（比上学期），可惜有一个两分、一个三分，多么可耻！

（《日记·1954 年 6 月 5 日》）

耻感来自三分与两分对集体荣誉的辱没。

◆我将永远忘不了今天"倒"的"霉"：在代数、几何提问连吃两分之后，今天代数提问又吃三分。李华亭老师问我"对称方程定义和联立方程相除的解法"。我只会解法，不会定义。早自习咋就忽略了呢。唉！两个学期以来，我第一次流泪了。

（《日记·1954 年 6 月 7 日》）

泪水同样出于对集体的愧怍；这泪水无人同情。

◆我不愿再在日记本上发牢骚。我没有权利，也没有理由。为什么今天提问几何，我又得三分呢？我为啥轻视自己的誓言呢？不再多说了，多说也无用；再说，我还是做不到。

（《日记·1954 年 6 月 11 日》）

◆期末通知书发下来了，成绩差得惊人，学年成绩更差。

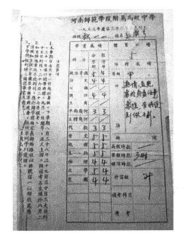

1953 年度学年成绩表

《一九五三年度学年成绩表》

政治常识 4，语文 4，俄语 4，平面几何 3，代数 3，历史 5，地理 5，生物 5，物理 4，化学 4，制图 4，体育 5。

操行成绩：甲等。

班主任评语：热情，直爽，勇于负责任；性急，有时说到做不到。

（《日记·1954 年 7 月 11 日》）

出师不利，两门三分。等于亮起两盏红灯！无言直面班集体啊。"这叫我咋办呢？只有忍着，下学期以实际行动改正吧。"（《日记·1954 年 7 月 11 日》）所谓"改正"，当然指消灭三分——必须的！好在"创优"刚头一个学期，还来得及。

暑假就见行动了。数学天才、代数课代表张青选（注：两年后考入北大数学系），热情邀请璘璘参加由他亲自指导的"假期数学补习班"。一个多月里，每周两次，每次两小时。面对几个数学榆木脑袋，青选真可谓苦口婆心、口干舌燥！一番恶补，竟颇开窍，璘璘感谢青选。

开学升高二，重新排座位。承蒙高师细心安排，将璘璘从第一排中间偏左的 3 号座，调至中间偏右的 5 号座，方便他左耳（有残余听力）对着讲台听讲。右邻依旧是陈怀溥，他从 4 号调至 6 号。初三至高一，初中升高中，转换俩学校，璘璘一直与怀溥同班、且为邻。如今将要第三年做邻居,堪称奇事。璘璘、怀溥思忖:咱俩这奇缘,大约是黄今明师、高中师二位班主任特意安排的吧!怀溥亦长于数学(注:两年后考入西北大学物理系),日夕为伴,释疑答难,方便随时求教。璘璘获益多多,至今感念好友怀溥,忘不了他热诚的心肠、灵巧的运算、谦和的笑容。

"法宝"和"命根儿"

"考,考,老师的法宝;分儿,分儿,学生的命根。"古往今来、山南海北,学校里的师生关系,正如这两句顺口溜所隐喻,压根儿是对立的一对儿。可是20世纪50年代初,在总路线照耀下的中学创优活动中,附高老师与学生,却"为了一个共同目标走到一起来了"。尽管老师照样考学生,学生依然厌考、怕考,却不必然再视考为敌;甚且那些善解人意者,会觉得"考是为咱好"呢。

思想的新境界、认识的新高度,首先为考试开辟新生面。以考试促创优,老师花样可真多!

考试常规是在教室内,偶尔也有大场面。

◆政治课小考,三个班合大堂考试。讲台桌上三个档,秋一(1)档试卷交上一大摞了,秋一(2)档和秋一(3)档才交一小摞,只有几份。尤其秋一(3)班,几乎还没人交。我交卷时,三班档那儿还空着。可见一班的整体程度稍高些,值得自豪。

(《日记·1954年5月20日》)

三个班合堂考,等于把三个团队拉上跑道,并肩接力PK,当场分出输赢,"刺刀见红"。

考试时机也有讲究,有突击考、预告考、限时考之类。

◆今日来了两次突击:几何和化学老师,都在讲过半堂课后,不言声在黑板上写下三四道题,再转身说:"现在考试。"同学们惊恐莫名，还不怎么习惯，感到威胁特大。几何常师（亚清）照例比化学翟师（树理）威风得多。虽说他只出三题、任择两题，却错一题就是可怕的两分！我做错了一题，不过三题我都做了，因为没听清常师说的"任择"。常师竟算我及格了。

（《日记·1954 年 12 月 6 日》）

这种突击考的紧张感，来得虽急，去得也快：下课就没事儿了。

◆语文小考很突然，当堂叫翻译姚鼐《游泰山记》为白话。因为我文笔翻得太华丽，还错把"道劲"写成"猶劲"。高师大怒之下给我四分。别的同学都让自己给分，有不应自给五分的，也有自己少给分的。

（《日记·1955 年 6 月 4 日》）

这种突击考，其兴也勃，其去也忽，又自我打分，不大会紧张。自给分，显示高师对广大群众的充分信任；可俺例外：是高师给的分。为啥呢？

◆课代表预告，明天早自习考几何。这最可怕。提防我倒是早有提防，不过不知他这招来得这样猛，简直让我与伙伴们无招架余地。常老师，您太残忍了！课代表，你是连接师生的桥梁啊，咋也撤防了。我需要开一次夜车吗？否则实在承受不起这样大的风险。

（《日记·1955 年 5 月 18 日》）

不消说，预告考试，必须接受突袭的伤害、忍受心理的折磨与煎熬。

◆代数课让大家来一次做题速度测验。李华亭师在黑板上写出四题，让大家做；同时叫四位同学上台做。五分钟时间到，四人停做，走下来；台下大家也停做。我勉强完成最后一题答案。全班只有十多人做完。

（《日记·1955 年 6 月 21 日》）

限时考颇随兴，只数人上台、大众陪绑；陪绑者不算分，没啥大压力。

考试模式也不再只是卷面笔答。

◆化学笔试小考取消了，用大规模提问代替。今天一堂课提问十一人。翟树理师每念一题，就双眼扫视，寻觅应答人；同学们的心，便压上一副八十斤担子。总的来说，还是比卷考的威胁轻些，群体过堂好藏拙嘛。老师没有叫着我。看同学们回答的情况是不坏的。下一堂还要提问考，仍须做好准备，可能要叫我的。

（《日记·1954 年 10 月 18 日》）

提问考的优点有三：（1）同卷面考相比，试题多而广，可大可小、可深可浅，对学生的知识掌握了解得更全面；（2）一个同学答问，带动全班思考，等于一起复习；（3）当场评判打分，省却阅卷之劳。

◆物理小考，魏仁泰师把问答题写成纸签，一签一题，包括上学期学的内容。每个同学各抽一签，给几分钟略作准备，当场回答。我抽的题签是："波义耳—马略特定律是怎样用实验证明的？"据说这是本组最难的题，我回答尚好。魏师的办法可真多，让所学的知识可以更好地巩固。

（《日记·1955 年 4 月 12 日》）

魏师所创"题海抽签"的优点，与口问口答相似，但文字题比口问题严谨；还可全班共襄盛举。化学翟师由此获得启发，期末考也改抽签：

◆抽签时的心情很紧张。大家都幻想着能抽个容易的题；也期盼自创评分系统的翟师，对自己能和气着点、宽大着点，不要给自己阿尔法（α，拉丁字母，翟师取其形音，相当于 2 分）或依布塞罗（ε，拉丁字母，翟师取其音义，相当于 1 分）。于是拼命地钻呀，即使几分钟准备，也要搞出个所以然。十分钟后轮到我了，是第二批，剩签还多。我随便抽了一个："把 $-20°C$ 的冰，变成 $300°C$ 的水汽，需多少热量？"这恰是昨天小考的题！于是安下心来，写下详细的答案。这一题已是我第四、五次做了。

（《日记·1955 年 7 月 5 日》）

考法创新，魏师堪称大师，"题海抽签"不过牛刀小试。重点突击抽考，是魏师又一妙创。

◆晚自习的物理小考很突然。魏师只挑了几个平时学习较差的同学来考。我居然未能入选。其实考一遍也好。我跟着入选考生做了两题。

（《日记·1955 年 6 月 26 日》）

"题海抽签"法的深层意义在于，它能充分调动每位同学（无论贤不肖）的学习积极性、主动性，把阶段性复习考试，营造为全班小型"做题运动会"。此法立即引起众师关注。三角侯清岑师起而仿效：

◆侯师竟一次叫出十二人，到黑板前写 $\sin X = \sqrt{3}/2$ 的一般式。十多人拥上小小讲台，我的位置仅半尺宽，刚容侧身；旁邻矮胖蔺子印，必须让些空间给他。幸亏我胳膊长些，就把子印套在我和黑板之间，两人同时拿粉笔写黑板。哈！居然套写出两个五分！

（《日记·1956 年 3 月 8 日》）

侯师学魏师，遗精意而取皮毛，徒招效颦之诮，虽不算成功，其情可悯。

老师的心血与劳苦，感动、激励着学子。小伙伴们无论资质高下，为祖国发愤向学，渐成为心志一同的共识。

◆今天是开学以来最忙的星期日。功课、作业太多；下周又要考历史、几何、物理、地理、化学五门课。开晚饭了，也没去吃，而是叫张祖良给我捎俩馍回来。难道就没有办法补救了吗？办法是有的，要自己来找。记住：以后要用新的眼光、新青年的态度对待学习。

（《日记·1954 年 3 月 21 日》）

此等宵旰攻书景象，不是个人特写，而是众生群相。下一场景可作明证：

◆今日早自习，教导主任程远大师，顶着大风黄沙来到我班。未进教室，他先在窗外清点伏桌做作业的人数；进了教室，几乎是惊呼般喊叫：

"三十八个人在趴着做作业啊！"

你知道得太晚了，程老师！我们从前是这样，现在还是这样。
（《日记·1954 年 3 月 22 日》）

升高二自开学起，各班创优势头甚猛，全班同学上紧了发条、憋足了劲儿。

◆作业太多，连最善于利用时间的沈兰荪同学也感到头疼！为争分夺秒抢时间，兰荪说，他每次吃饭都一刻钟之内完毕。

（《日记·1954 年 11 月 30 日》）

◆我和王步俭、赖孝陶合议，评选出班里"背书四大匠"：兰荪沈先生、怀溥陈先生、志强武先生、昭伟孔先生；还有一位候补（为防备某人万一不幸以身殉书）：子印蔺（相如）丞相。同位好友怀溥的背书姿势，是多么的可爱哟！

（《日记·1954 年 3 月 22 日》）

读书须理解，也要背诵。"大匠"之风，堪作榜样。为鼓励全班从难从严、树起创优高标，校学生会伟生鞠主席登高一呼，石破天惊：

咱们的提问、小考、测验，也一律要消灭三分！

欢呼支持者有其人；嗫嚅不言者更多；璘璘则期期自以为做不到。鞠氏建议的直接后果，是一股小考风暴，顿起乎青蘋之末：

◆早自习的确像块殖民地，各科都要抢占。经常有课代表出来大喊，"明天早自习甲科小考！""后天早自习乙科小考！"纷纷攘攘，应接不暇。可是我想，这也是难得的机会，能从中得到快乐。这种快乐是一种精神愉悦，只有像我这样不求上进、光得两分的人才有，功课好的人是无可无不可的。

今天早自习是几何小考。别看是"小"考，我把它看得可"大"啦。老早就温功课、看书，准备这次会战。虽说常师只出两道题，大有可能不及格，但我胜利了。我得到了别人看来不足为怪、却稀有难得的快乐。是消灭了一次三分么？晚饭我多吃了一个馍。

（《日记·1954 年 5 月 25—26 日》）

◆这次代数小考，大家考得都不如意（我也在内）。一些有抱负的同学，向课代表提出严正要求："请你代表我们呼吁，殷切地渴望重考，请老师重新考验我们！"我熟悉这种性格：是倔强、不服输；可对学习又不够忠实。小考不就是考验嘛，怎么可以不认账、讨价还价呢！

（《日记·1955 年 5 月 12 日》）

人人明白：重考的呼吁，来自消灭三分的大愿及其他。

◆班委会出一告示，表扬两位同学：鞠伟生和郭正伟。两"伟"学习好，半个学期以来，考试、提问都是四、五分，没有一个三分。我钦佩他们。可他俩太高，我学不了。

（《日记·1955 年 11 月 3 日》）

仰慕两"伟"是实，"效法"真做不到，绝无反讽之意。

那年月，大抵每学期都如此：一次期中考，一次期末考，其间再穿插无数小考、测验、提问。浓缩看去，一个时段的学习过程，犹如一串考试珠链。学生当久了，考得多了，心绪也生变——会逐渐祛除些胆怯与焦虑。这并非麻木不仁，而是攻书途中的精神升华。

◆三分使我害怕，实际是学习不踏实使我害怕。我竭力地想，想找到一个极妙的补救方法。想来想去，却只有努力苦干这一条路可走。其实这是一条不坏的路（死啃书本当然解决不了什么问题）。我愿意永远这样踏实地走下去。

（《日记·1954 年 12 月 5 日》）

◆化学期考，第二题没有做，我甚至没看懂；最后一题可能做得也不对；还有别的小错。瞿师若有兴趣，判我三分可以无须顾及；学期总评或许是三分了。分数倒不是最可怕，更可怕的是知识。为什么已经充实了别人的知识，却不能充实我、被我吸收呢？大家一天的时间都是二十四小时啊。我辜负祖国的教育，是大错误！我现在心中确切想着、也是这样希望：下个学期，是我学习道路的新的开始。

（《日记·1955 年 1 月 13 日》）

失聪的困扰

升入高二，璘璘的耳疾持续恶化，听力急剧下降，听课学习、日常交流越发困难。

◆课堂上的烦闷与焦躁，并不是学习不专心，而是由于听觉不便、无奈无聊引起的。我突然感到可怕：听一堂无心得，听两堂无收获，三堂、四堂，一直是腹笥空空地继续着。我将会陷入怎样的窘境呢？

（《日记·1955 年 2 月 16 日》）

◆听觉坏至极点，连同院小孩同我嬉笑也不能应答，遭到他们无恶意的讥嘲。

（《日记·1955年8月18日》）

◆耳朵里疼得厉害，想用热水袋暖一下或许会好一些，去找校医张景屏。张大夫不肯借，只是说“吃药打针才能治好”。可打一针四元钱，半个月的伙食费呀！

（《日记·1955年12月1日》）

璘璘随后去河道街人民医院，喷消炎药粉治愈，只花了几角钱。

◆文艺通讯小组开了两个小时会。因听觉缺陷，尽管竭力听，还是听不出所以然，只知道牛乐淞是我们的组长，蔺子印、陆彦儒、海毓城和我四人是组员，其他讯息杳无，只好再回头问他们。高师讲课还是那个样子——嗓门像被一块镇海神石压着，不能提高一点。要是能和李友内老师（注：高师的夫人，实中地理老师，讲课声音脆亮）中和一下就好了。

《日记·1955年2月15日》）

◆我的听觉并没有完全麻木。我觉得高师讲书是在用耳语般的声音。他介绍文天祥的一席话，我至多听清二十个字音！这样的学习效果多么使人担心。

（《日记·1955年11月3日》）

自个儿听力缺失，却误会老师压嗓门、在耳语，璘璘经常有这样的幻觉。

◆三角课换由数学教研组长韩静轩来上。韩师讲书稳重老练，比侯师风趣得多。可惜声音对我来说小了一点儿。他总在讲台上来回走动着讲，我的脖子就得随之伸缩转动，眼睛还得死盯他的口型。真苦呀！

（《日记·1956年2月20日》）

◆（电影）《虎穴追踪》看是看了，可惜坐在后几排。可怜我的聋耳朵！直到终场也没听清一句对白，像个不懂中国话的外国人。

（《日记·1956年8月3日》）

阻障当前，璘璘没有放弃自己；老师与伙伴们也没有放弃璘璘。

◆语文课讲刘绍棠的《青枝绿叶》。我去医院看耳病了，没听课。上晚自习时，高师从家里悄悄来校，说给我补课。真的很感激高师、还有他手缝里飘出的烟草香味。高老师，学生我听明白了；第二段犹见豁然。

（《日记·1954年9月22日》）

高师是拉我到教研室给讲的——不干扰同学，也方便他抽烟。对璘璘语文课堂上的"听课难"，高师一向给予敏锐的关注与照顾。

◆发现我在课堂上愁眉不展，高师警觉我好像又在为听不见他的话而苦恼，后半堂讲课的嗓门忽然大得惊人！

《日记·1955年3月2日》）

声音高低，原本各有习惯。忽然提高嗓门，同学也许不明就里，璘璘却心知肚明。难为您了，高老师！

◆高师为我想出一条妙策：下课后再（找同学）补笔记。

《日记·1955年2月16日》）

◆语文课上记笔记，因为听不见高师的话，只好趴在桌子上。下课后，高师把他的教案塞给我，叫我拿回去抄。

《日记·1955年3月25日》）

在璘璘听来，常亚清师也是位低嗓门。

◆几何课堂提问，常师先后把我左右两个邻居叫起来，却撇下了我。我猜：常师知道我听不清，可能决定放我一马了。堂上号作业题，常师总是到我跟前来号，为了让我听得清。他的关心让我感激：只有更努力去学。

（《日记·1956 年 3 月 2 日》）

郝守勤师的关怀是另一种方式。

◆他在我的俄语小考卷子中，找到两个错，当堂给打三分；而在记分册上，分明是给我填作四分的。我明白：郝师知我重听，语词发音往往听不准。"严打宽填"，既是警告，又是激励。不过，俩小错给俺四分，也算合理。

（《日记·1955 年 11 月 30 日》）

中学时代，真懂璘璘心的，除了高师，郝师也是一个。五年师生缘，他深知聋儿学外语不易。读初二时，郝师课下对璘璘说："你发音不准不要紧，多读多练，读课本，背单词，每天读它半小时，日子长了就好了。"这话璘璘一直记得，颇为受用。

小伙伴们扶危济困、为璘璘两肋插刀，不止有青选、怀溥。一年、二年相接，创优在持续。为方便同窗互帮互学、共同进步，班委会将全班同学分编几个学习小组，小伙伴称它互助组。互助组不只参与学习，还参与文娱、体育、卫生。互助组成员年年有调整。璘璘所在的互助组，一年级有刘继勋、李梦庚、费炳钧、朱金明，组长继勋；二年级，组变小，仅陈怀溥、邢竹岩、璘璘三人，组长怀溥；三年级再变为大组：陈怀溥、张绥中、蔺子印、鞠伟生、郭正伟、杨育彬、张孝文、璘璘，组长还是怀溥。互助组里的小伙伴各有长处，互帮互学，扬长避短。璘璘的长处是文科，特别是体育。他就努力带动小伙伴参加锻炼；伙伴们对他也真诚相帮，特别是数理化各科。互助交响曲日日演奏，不待缕述。除了同组伙伴，还有组外同窗。如公认的理科天才沈兰荪。

◆近日耳病复发，时时隐隐作痛，有时耳鸣。下午请半天假，去河道街人民医院门诊部。晚自习找沈兰苏，请他给我补落下的物理。兰苏立即答应，翻开物理课本，讲得很清楚。真给他添麻烦了。

（《日记·1953 年 11 月 25—26 日》）

其时升入附高刚仨月。虽同兰苏相识未久，已知他是学习尖子，文理兼优，数理化特棒，所以厚着脸皮相求。在璘璘日记中，这是获同窗温暖相助的最早记载。一年多以后，璘璘又一次得到兰苏主动拉拔。

◆晚上停电，实验室只能挂一盏汽灯，作物理实验展览用。物理课代表沈兰苏故意选我这个理科差生，来做声学部分的讲解员。我认真复习课本，很快熟悉了自己的"业务"。今晚先后讲展四遍，大约共有二十多个同学来听。我的声学知识也得到巩固。

（《日记·1955 年 5 月 3 日》）

"你曾经讲解过声学？"

"Yes。"

璘璘自个儿也觉得不可思议。

"就改'焦虑'吧"

1955 年开春，创优活动将满一年，"双优"迎来收获季。无论评集体优，还是评个人优，刚过去的秋冬一学期，成绩如何，都是评比前最重要的亮相。苦苦期待的那份期末成绩表，既是战果宣示，又如严厉判决。璘璘忐忑不安。

1 月 19 日星期四上午，附高教学大楼二层秋二（1）班教室。璘璘颤抖着双手，从高师手中接过那份宽不盈尺的薄纸，返回座位，迫不及待地展开：

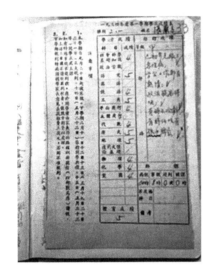

1954 年度第一学期成绩表

◆《一九五四年度第一学期学生成绩表》

一、学业成绩：社会科学基础知识4，语文5，俄语4，三角5，平面几何4，代数4，历史5，地理5，物理4，化学4，制图4。

二、体育成绩：5。

三、操行成绩：甲等。

四、评语：已初步克服了急性病；学习工作都有热情；政治提高得快；有时不冷静；有时任性，有孩子脾气。

（《日记·1955 年 1 月 19 日》）

放下成绩表，璘璘长舒郁气：

"总算进（80%）'分子'了。"

面无动静，心如止水。年来种种焦虑，一扫而空。

时光流转。来到又一个 1 月，高三上学期末尾。学期成绩表显示：璘璘 10 门课，四个 5 分，五个 4 分，一个 3 分——还是老冤家代数。学业微现反复！

"'三好生'吹了。"璘璘想。

◆领过（双杠比赛）奖之后，到教室看高师给"新人"发奖。班内新评十一位"新人"谁都知道：蔺子印、张绥中、段树森、刘开青……都是本学期有显著进步，被大家作为"新人"推选出来、领受荣誉的。看见高师手中拿着一叠奖状，便心中起疑：他们一人两张吗？谁知高师念的第三人竟是敝人！惊奇，不相信——怎么会是我？后来才知道，高师这是先念前些天班委会不公开评选出的几位"三好生"，其中竟有不完全合格的我。

心虚上前把奖状领来，再看上面的书写："学生张糜弓在本期做到了学习好、身体好、品行好……"我是多么惭愧！特别是"学习好"三字，剧烈刺疼着我的心！我怎么去和同样领了奖状的鞠伟生他们相比呢！就此作为一个强力地、催我上进的手段吧。

（《日记·1956年1月13日》）

并非全部四、五分而评上"三好生"，不合"标准"头条，确是一次破例。班委会在评选时，难道考虑了耳聋因素？璘璘不知，也没去问。对这"意外的荣誉"，他没有浅薄地矜喜自得，而是看作"催我上进的手段"，也就没有辜负高师和班委会破例给奖、校领导破例批准的初衷。

高二下学期在教室后墙《自由园地》上，高师曾发表一篇作品《四十四个人》：

◆高老师用他横溢的诗才，写成取名《四十四个人》的长篇联语，将我班44位同学的个性特征，一一做形象化描述，每个人得到他赐予的一句话。赐我的一句是："比什么都暴躁的积极进取。"我不知道这"暴躁"是好是坏；也怀疑"进取"不是名词而是动态情状。给鞠伟生是七个字："好学生中的模范"，给刘继勋是五个大字："天真的顽石"，给邢竹岩也是五个大字："倔强的棍子"。这一棍子倒真让邢竹岩吃不消！

（《日记·1955年5月21日》）

璘璘私下去质疑高师：

"您说俺'暴躁'，不准确。"

"那你说，咋说准确？"

"俺经常发急，是因为听不清；说'焦虑'比较准确。"

"那就改成'焦虑'吧：'焦虑的进取'。"

师生相视而笑。

【缀语】　高中阶段走到了社会普教顶端。三年学业养成、身体长成、初亲群体、初识社会的过程，又是全方位人品塑造的过程。新社会要求于新成员的新品格，应在高中阶段雏形完具。这类具备新品格的新人，应志存高远、崇尚知性、公而忘私、襟怀坦荡、敬友乐群、矢志奉献；同时，应拒绝浅薄无知、孤傲自雄、畏葸自私、慵懒怠惰；尤应以精致的个人主义是戒。这种新品格的塑造，比一般学业传授重要得多，也艰难得多。

创优活动把附高化为一座大熔炉，秋三（1）班是其中一个小炉。在这个小炉中，一天又一天，40 多个孩子个个学业得长进、体魄经砥砺、品行获淬炼，增益所不能，日新月异。高师对璘璘的观察，可谓精细入微：他心智渐开，克服着急性病，也仅只是"初步"；仍"任性""不冷静""孩子脾气"，毕竟还青涩；"工作有热情"，见之于墙报《自由园地》主编、读报员……之责任心；"政治提高得快"，大约指璘璘在创优高潮中，于 1954 年 10 月 21 日加入青年团。

诸般有趣人生，仍在次第展开。

"野蛮其体魄"
——劳卫篇

【导语】　1954 年，国家体委参照苏联中小学《体育锻炼标准》，制订一套《劳动与卫国体育制度》（简称《劳卫制》）；随后，国家体委会同高教部、教育部等联合发出《关于在中等以上学校开展群众性体育运动的联合通知》。附高的创优健体活动，即是遵照《劳卫制》各项规定推展开来。国家推行《劳卫制》恰在附高创优启动那年，是一个巧合；此后学校的体育课，也基本配合《劳卫制》。

《劳卫制》，名称起得好！"劳动"与"卫国"，揭示青年强身目的，时代特色鲜明。祖国历经沧桑，饱受忧患，喜迎"一五"鸿猷初展；朝鲜停战协定签字（1953 年 7 月 27 日），边境暂得粗安，唯强敌依旧在侧。"劳动""卫国"两幅大纛，无须阐释，即获得小伙伴认同、将神圣的使命感植入心海。更快，更高，更强，替一群青春健儿催征，为之注入不竭的动力。

"文明其精神，野蛮其体魄！"

20 世纪初叶，二十八画生君（《体育之研究》）思谋救国良策，曾向贫弱国民，发声呐喊，振聋发聩；祇今新天地里，呼唤醒狮奋起，徐图兴邦强国，亦值其时。

《劳卫制》初版规定，参加者按年龄分为四组：

1. 儿童组：10—13 岁（小学三至六年级）。

2. 少年乙组：14—16 岁（初中）。

3. 少年甲组：17—19 岁（高中）

4. 成人组：19 岁以上（大学或已毕业者）。

四组划分不大符合国情，如将高中生一概视为少年不妥。随后，《劳卫制》修订版改为三级：少年级、（青年）一级、（青年）二级。高中生群体归属劳卫制（青年）一级，其中 15—17 岁为一级一组，或径称（一级的）预备组；18—19 岁为一级二组。20 岁以上为二级。新的三级划分，比较合乎中国青年群体发育实情。

《劳卫制》运动项目大致含四类：速度类——短跑、接力跑、10 秒与 120 秒跳绳；耐力类——中长跑；灵巧类——跳高、跳远；力量类——单杠（引体向上）、双杠（两臂屈伸）、投掷（铅球、标枪）。

成绩设定四级：不及格、及格、良好、优秀，各有分数界定。普遍认为，中小学阶段的少年级、青年一级，达标（及格）比较容易；大学阶段的青年二级，难度较大。

几乎整个高中阶段，《劳卫制》好似健身纲领，引导莘莘学子赛场进取；璘璘视之为健身宝典。

"大戏"前奏

初进宽阔的附高操场，两项新颖的运动器械——虎伏与浪木，首先吸引璘璘。

附高操场

◆学校买来一个虎伏，与河南大学那个一模一样。无例外地，每一下课，同学就蜂拥而来，乱挤乱抢争着玩。这个铁家伙容易倒，一不小心就会轧住手或摔下来。同学们没有学过这个新鲜玩意儿，出了很多小事故。我觉得应该把它先锁起来，学过以后再玩才安全。

（《日记·1953 年 12 月 25 日》）

　　初次见虎伏是在河大操场。那是个环宽约 30 公分、内直径约 180 公分的双层铁环，内径两端设抓手、脚扣，一人支撑其中、滚动起来，在正、倒体位不停转换中，锻炼神经适应能力与空间支撑能力。它是训练航空学员必备的运动器械。如今普通中学添置它，任凭未经训练者随意玩耍，难免状况频出。璘璘鼓起勇气滚环尝试，可惜个子矮，手脚难支撑，只好遗憾跳下，立一边儿望着大个子滚环玩乐。

　　浪木也是个新物件儿。结构简单：两端八字形支撑的粗大木架上，两对儿长长的铁钩，将一条长约 500 公分、截面 20 公分见方的横木，悬空约 30 公分吊起。上立一人，摆荡横木，前行、退行、转身，越荡越高。在摆荡中掌控动态平衡，是训练航空、航海学员的必备器械。

　　◆学校安装一根浪木，还没有开放。为将来不至于献丑，几个爱玩的同学一道，去华北运动场先学会了走浪木。我摔下来两个脆的。还不错，挺值得。我要高呼："我的成功万岁！"

（《日记·1954 年 2 月 14 日》）

华北运动场这根浪木，通体涂蓝色油漆，格外醒目。开封多少喜爱它的青少年，在这根横木上享受启蒙、初试身手！

　　◆学校新设置的浪木，开放还不到两天，已经有一根铁条断了，幸亏没有出危险。可以看出体育器材组作风马虎。这不但容易发生危险，而且浪费同学的钱，因为是用同学缴的杂费买的。

（《日记·1954 年 2 月 18 日》）

　　走浪木让璘璘一时入迷。他在横木的方寸平面上，摆荡、进退、转身，逐渐灵活自如，似履平地；身子随横木忽蹲忽起，高低落差可达一米！走笔至此，忆及 2003 年 7 月在台湾，偕老伴应华梵大学杨永盛教授之邀游澎湖。其间自万安岛南下至七美岛，一个多小时海程，快艇遭遇海峡风浪，剧烈颠簸。老伴遽感天旋地转、面色如土，伏卧船舱呕吐不止；屘弓在舱中却如闲庭信步，还趋前同驾驶员欢谈。永盛教授甚感惊愕，询问内陆长大的屘弓："海上平衡能力为何这样好？"屘弓笑答："高中时代，练过浪木。"永盛啧啧称奇。

附高操场上又出现一座绳桥。

◆体育课堂学了稀罕玩意儿：新设绳网缠结的悬空木架，攀上丈多高的绳网爬行，像红军飞夺泸定桥情景。不过，这里的"大渡河水"，是一张平伸紧绷的大帆布。简陋的设备摇曳不定，绳网上的人为之胆寒。

（《日记·1955 年 3 月 16 日》）

说它是体育课，其实更像军体游戏。

在附高这座普通中学，先后设置虎伏、浪木、绳桥，突显新中国成立初期，一股弥漫域中、普遍而强烈的国防情怀；走浪木、爬绳桥，又像是《劳卫制》大戏即将登场的前奏曲。

璘璘有点迫不及待了！

对他来说，忧心与焦虑，仅属于课业、属于数理化，与健身无涉。推行劳卫制让璘璘自信满满，甚至有点气宇轩昂。这自信始自童年千里逃亡中练就的脚板和身板；也来自高小、初中体育课的出色成绩。他心知肚明：耳聋于各类健身运动，均无妨碍；在操场上，尽可恣意挥洒才情。心田此处无挂碍——是璘璘最深沉的自信！

璘璘急于知道自己在《劳卫制》里的位属档次。

◆回家路过新华书店，买了一本《新体育》杂志，上面有《劳卫制》标准。我想用它指导体育锻炼。我 16 岁，属男子（青年）一级预备组（15—17 岁）。这一组的标准我看了，不算高。不过还有游泳、溜冰两项，我一点儿也不会。这不要紧，因为我们还没有这设备条件。

（《日记·1954 年 6 月 26 日》）

　　璘璘这届（1953届）的《劳卫制》实践，前后呈示为两阶段：前期，1954年夏—1955年夏，一般性推展，多与体育课相融合；后期，1955年秋—1956年夏，共青团介入指导，强调军体性，特重考核。

　　高中原有的体育课纲包括：速度类——短跑（50米、100米）、限时跳绳（10秒、120秒）等；耐力类——中长跑（400米、800米、1500米）、接力跑（50米×8、100米×4）等；灵敏类——跳高、跳远、垫上运动等；力量类——双杠（两臂屈伸、肩倒立）、单杠（引体向上）等。这些科目大致被劳卫制四类项所包容；也等于为健体活动，遥悬四大高标，召唤逐鹿群雄。

速度——快捷如豹

　　百米跑是体育课最常见项目，《劳卫制》也练得多、测验也勤。1953年初夏时节，在实中度过15岁生日的璘璘，留下自己第一个百米纪录：

　　◆今日测验百米，我的成绩是14.5秒，达到了优秀标准。

（《日记·1953年5月7日》）

升入高中以后，璘璘的百米成绩久无长进：

　　◆（一年级下学期）体育课举行短跑测验，仍是百米，我却跑了14.95秒，如果再慢5%秒，就是15秒了！比起初中的成绩整差半秒，大大退步了。可是我的锻炼没有停过呀！可能是同学捏表不准吧。明天再跑跑看。

（《日记·1954年5月20日》）

　　◆晨练百米，白新亭师来指导。他批评我跑时落脚不正，是八字步，跑起来吃亏。朱金明与我的错误脚姿一样，俺俩的成绩也不差上下，途中谁也看得见谁。这次没拿表，没计时。估计在14秒，因为新学会了一套起跑的本领。短跑起步，步幅要小，这是要领，白师说。

（《日记·1954年5月21、22日》）

◆白师为了证实他的"步法论"——八字脚慢于正脚，挑选鞠伟生和我：我是八字脚，鞠伟生是正脚，做正、反典型，让俺俩比赛。不承想，八字脚却占了上风！我并不想推翻可爱的白师的论点，因为一般来说，确是正脚好过八字脚。我还可以跑得更快，如能改正脚步的话。

（《日记·1955年9月14日》）

◆周日。我们六人——张祖良、朱金明、张守伦、李士钧、汲洪和我——五点钟就起床，提起跑鞋去华北运动场锻炼。先到白师家去，想借全校仅有的那块跑表。白师坚持原则不肯借。白师是对的，我们毫无埋怨地离开。来到体育场，在平坦的标准跑道上，先舒坦、轻松地跑三圈——1200米，又练十几遍短跑。可惜的是，都没留下成绩来。

（《日记·1954年5月22日》）

◆午夜一点至五点，仅睡了四个小时就起来了，全班要一起到运动场测验《劳卫制》锻炼成绩。到运动场天色还早，却不冷清了，已有几个人在玩单双杠。我们先溜达一圈、做做操，然后百米测验。不知咋弄的，我跑了个13秒，多惊人啊！而且仅有刘玉堂俺俩是这成绩。中跑800米，我又跑了个惊人的150秒，全班第三名。真是想不到啊！

（《日记·1954年6月5日》）

这次测验，是推展《劳卫制》半年成效的小抽查。璘璘自我感觉不错，越发自信。

跳绳运动，器械简单，只需一条绳子，不讲究场地，适宜众人参与，中小学最容易开展。

◆课间十分钟，教室里找不到一个人，只能听到窗外操场上，同学们爽朗的笑闹声——他们一团一团地，正围着一条条翻飞的绳子在跳，个个兴高采烈玩乐着。虽说雾气大、天气冷，热汗依然从大家的面颊流下。我是其中一员。

（《日记·1954年1月13日》）

这种冬季盛行的大摇跳，只算课间玩耍，《劳卫制》里不算数。10秒、两分钟限时跳，才是正式项目。

◆练10秒钟跳绳和两分钟跳绳，真让人有点吃不消！（两分钟）别说270个，100个也让我筋疲力尽。必须加强锻炼了。

（《日记·1954年11月3日》）

◆下午测10秒钟跳绳，我只跳了28个，真遗憾！平时总能跳三四十个的。今日操场有风，绳子也不得劲，白师不让再跳下去。

（《日记·1954年11月10日》）

整整一年以后，跳绳落后局面大有改观，成绩也有所提高。

◆昨天下午的锻炼进行得很好。两分钟跳绳的成绩，几乎人人优秀，只有王立正没能跳到底。马上就要测验了，必须注意对个别较差同学的帮助；同时我自己也应该注意，不要让成绩下降。明确些说：要争取一枚奖章！

（《日记·1955年11月15日》

◆《劳卫制》开始测验。同上学期比较，我没有退步：（单杠）引体向上10次，两分钟跳绳320次，10秒跳40次。10秒跳的速度，没有突破上学期42次的记录，仍大大超过32次的《劳卫制》优秀标准。我们组成绩不算好：王立正没有一项优秀，朱鸿、梁忠仁的引体向上没有成绩。这里有我的责任，个别同学为什么不自觉呢？特别是几位团员，带头作用在哪儿呢？

（《日记·1955年11月19日》）

不难听出，璘璘日记的语调有变：一再自揽责任、批评个别同学，尤其是团员。原来那时的璘璘,出任团支部宣委,开始为本班创优、推行《劳卫制》,分担一份责任了。

耐力——致远似驼

《劳卫制》中耐力类主项,非中长跑莫属。中长跑成绩提升,得靠日复一日、长期不懈苦练,不可能一蹴而就。看那跑道上腾起的烟尘,多是长跑者坚韧跋涉的行迹——尽显耐力训练的精义。

1952年年底那个冬季,璘璘每晨狂奔2000米赴校,初尝长跑滋味,也培植起信心。1953年初冬在附高,《劳卫制》未雨绸缪,璘璘再拾初心:

◆明天起,练长跑吧!

(《日记·1953年11月5日》)

◆早晨跑了十圈,共2000米,腿有些疼。以后应加快些速度。

(《日记·1954年5月19日》)

◆今天早晨锻炼,与刘继勋跑四圈、800米;又玩双杠。两人跑得满头大汗,真爽快!

(《日记·1955年1月19日》)

学校操场一圈200米,略显小些。锻炼小组就把队伍拉向街头。继勋组长每晨带队跑出校门,向西至东大街西口、折向南,至南书店街南口、折向东,至鼓楼街东口、再折向北,至南土街北口,跑回学校。如此一圈,约1600米。

◆昨天刚下过雨,街上有泥,我们六个组员没有到街上跑,改在学校里跑。组长刘继勋不知,自个儿上街去追,溅满身泥,回来发脾气:"你们为什么自由行动、不对我说呢?"闹出些小矛盾。

(《日记·1955年3月30日》)

继勋勇于任事，尽职尽责，小脾气难免。

中长跑三项的训练和测验，以 800 米为多，兼顾 400 米、1500 米（含异程接力），构成《劳卫制》耐力训练组合。

◆（二年级上学期）体育课测验 800 米中距离赛跑，我的成绩是 2 分 54 秒，比上一次慢了 4 秒，刚达优秀。以后必须经常锻炼。上次常贺璋还在我后面一步，这次他是全班第一，我却成了第十。

（《日记·1954 年 10 月 30 日》）

◆（二年级下学期）体育课练习 800 公尺。我班第一、二两组 20 多人，只有 5 个人跑完全程，其余都半途退下。这些退出的同学，难道不知这是在上课、在学习吗？虽说刚吃过午饭（其实饭后也一个多小时了），你可以跑慢点呀！第三、四组就全都跑下来了。

（《日记·1955 年 3 月 23 日》）

◆体育堂上又跑 800 公尺，我退步了，用时 3 分钟，勉强够优秀。最快的王兴，比我快 25 秒——差不多是领先 200 米的距离。跑后发喘、饭吃不下，我身体又弱了吗？

（《日记·1955 年 4 月 2 日》）

◆让人紧张的时刻到了。同学们早上得知下午测验 800 米的消息，吓得一天都不敢怎么动，只怕无谓消耗精力。上体育课时也是这样，非常不活跃。下过体育课，径直朝华北运动场走。队伍很懒散。一是由于刚上过体育课，二是胆怯；再加上天刮大风。都觉得这次测验凶多吉少。

因为是秋二（1）班、又是第一锻炼组，命我组第一个出场。台上二三百人观看，指指戳戳、谈笑嘲谑，又把我们的精力吓跑不少。不过，一旦奔跑起来，竟把一切都忘了：大风、沉重的腿、台上的议论……我们能鼓动起精神来，归功于组长刘继勋的勇敢带头：他一开始就领先跑、带大伙儿（他爱这样），我盯着他紧追。到最后，我和陈怀溥一前一后地争夺起第二名来。结果，怀溥以三秒领先于我。第一名常贺璋，2 分 41 秒；怀溥第二，2 分 43 秒；我第三，2 分 46 秒；继勋第四……

第二小组第一名朱金明，2 分 36 秒；第三小组的王兴更惊人：2 分 30 秒——是这次 27 个锻炼小组的最好纪录。我班三个锻炼组 30 多人，只有费炳钧一人没有达到优秀。

我今天也大丰收，三个五分：800 米创个人新纪录；500 克手榴弹投 46 米，创个人纪录；12 磅铅球掷 9.3 米。班上很多人同我一样，获得好成绩。

（《日记·1955 年 6 月 8 日》）

偌大的场面，罕遇的挑战，巨大的精神压力。伙伴们的心情，如过山车，像翻烙饼，起伏不定、忐忑不安。在一往无前的忘我拼搏中，迎来雾散云开、雨过天晴！这是创优总评之前，劳卫系列总测验之一。伙伴们经受住严峻的考验，在本班成绩的天平上，添加一枚有分量的砝码。

班里 400 米和 1500 米的佼佼者，同 800 米一样，是出类拔萃的王兴。大家都以他为赶超目标。

◆（三年级上学期）体育课考 1500 米，我的成绩是 6 分 07 秒，第三名。王兴创造三年级的纪录：5 分 35 秒，真不简单！余子政跑 8 分。这个成绩拉下了我班的总平均分，必须帮帮他。

（《日记·1955 年 12 月 17 日》）

◆为参加全校庆祝元旦 1500 米异程接力赛，班上挑选我、朱金明、王兴、常贺璋四人组成代表队。我第一棒，跑 100 米，常跑 200 米，朱跑 400 米，王跑 800 米。今早开始练习，在市区五条街道、约 1500

的途中，我被王、朱两位落下好远！这说明昨天体育课堂上，我的400米1分12秒，也是不牢靠的。

（《日记·1955年12月25日》）

◆下午的1500米异程接力，我班遭到失败。原定的四人只剩两个：王兴、朱金明。常贺璋的胳膊拔河拉肿了，不得不让刘玉堂接替；郭正伟替换我，是别人提议。我知道自己跑得不出色，同意正伟替我。可没想到正伟接棒竟费那么大劲，足足误了两三秒；加上玉堂200米起跑迟疑，终致不可收拾！尽管我们有引以为傲的王兴殿后，但对手是最强的三（2）班和实力不差的三（4）班，以致最后800米也未能挽回败局。王兴跑得其实很出色，只是前面落下太多。

（《日记·1956年1月6日》）

◆（三年级下学期）体育课测验1500米，我跑5分36秒，第一组第一名。白师说，你这次测验可以作为《劳卫制》及格成绩了。我很满意。如果脱下长裤，会跑得更快些。王兴的成绩更惊人：4分30秒，接近河南省纪录！祝愿他在运动会上取得更好的成绩，给学校增光添彩。

（《日记·1956年4月2日》）

灵敏——灵动若兔

灵敏类运动不是璘璘强项，可他同样要求自己尽力争胜。

◆体育课练跳高，学滚竿式。全体同学竟只有我一人姿势不及格。白师单独辅导我，总算有了个模样，没被大家笑话。

（《日记·1954年10月13日》）

◆跳高又是四分。白师不许我跳了，说我滚竿时头总向下扎，危险。

（《日记·1954年11月13日》）

◆每个星期三下午的锻炼，都必须消耗多倍能量。不过，我总算学会了滚竿跳。

（《日记·1955 年 5 月 18 日》）

◆举行体育期终考试，是滚竿式跳高，期终考连带《劳卫制》测验，一举两得。不过期终考必须滚竿式，《劳卫制》测验姿势不限。我滚竿式成绩：1.25 米，得五分；测验用剪绞式，跳 1.35 米，超过了《劳卫制》优秀标准。

（《日记·1955 年 6 月 10 日》

一次偶然机缘，发现璘璘竟然有跳远才能。《劳卫制》灵巧类规定：跳远、跳高两项，可以二选一。平时课上课下，白师重点教跳高；跳远也教，往往一带而过，只讲些助跑、踏板、腾身等要点，让同学课外自己练。受白师影响，璘璘也重跳高、轻跳远。偶然有一天，他和同组伙伴来沙坑练跳远：

◆我突然发现自己还有"跳远天赋"，居然跳到了 4.75 米；再努把力，跳 5 米不难。（劳卫一级的）预备级就要测验了。我有把握和信心，争取第二枚奖章。

（《日记·1955 年 5 月 7 日》）

◆今天测跳远，我的成绩为 5 米，超过预备级优秀标准线——4.30 米——整整 70 厘米！于是向锻炼组长提出，我的灵敏类，由跳高更换为新开发的跳远吧。

（《日记·1955 年 5 月 14 日》）

跳远展示出璘璘的前冲、腾起、滞空能力，是个意外收获。惊喜不止此，还有撑竿跳。体育课和《劳卫制》项目，本没有撑竿跳。体育器材室收藏几根撑（竹）竿，几位高年级师兄，经常找管理员王连清去借，练撑竿跳。低年级小弟好奇，聚沙坑旁围观，璘璘也在其中。

他先是观看，捎带帮着捡横竿、扶撑竿；逐渐吊起胃口，随后跟着师兄也练起来：持竿助跑、插竿入穴、身体腾空、转体跳落，也有模有样了。"今日课外活动，学会了撑竿跳，居然有差不多 2 米成绩。"（《日记·1955 年 5 月 25 日》）璘璘为此好高兴一阵。蓝天相衬，微风拂面，持竿助跑、插竿腾空、过竿转体、自由落下——青春勃发时代的难忘一瞬！

小伙伴公认：1500 米中跑和垫上运动，分别是一级《劳卫制》耐力类、灵敏类里的"两大难"。璘璘不怕跑，只怵垫上运动。垫上的难点，前后不同。一年级时，难点是垫上三角倒立。

◆下午的体育课，有一场有趣、有意义的经历。这是本学期最后一堂课，垫上运动没通过的同学，统统要在这一堂补考完。我的三角倒立老拿不好，也是补考者。规定每人拿三次，按最高成绩算。轮到我了。我拿的前两次，腿伸不直，不停地晃，没有完全拿稳，刚够四分。我有点不想拿了，觉得两回都得不了五分，剩下一回，还能得五分吗？还不如去打篮球痛快呢！但又想到随便不考也不对；况且已是四分，再努把力不就能得五分了？就鼓起勇气做下去。蹲在垫子上，头部和双手做三点支撑，心不停在跳："决定命运的时刻啊！"沉住气，双腿慢慢升起……"五分！五分！"白师在旁轻喊。理想实现了！双脚快乐地落下。

（《日记·1954 年 1 月 12 日》）

二年级难点更难：空中前滚翻接垫上蹲足起，俗称"撩前栽"。

◆"下午第一节体育课，学空中前滚翻，玩得不大熟，却非常有意思。"

（高二下学期）初学"撩前栽"，白师先教前一半：助跑—蹬踏板腾起—团身抱膝—前空翻落垫。腾起接团身、抱膝接空翻是关键。小伙伴们相约苦练。

◆课外活动时，找工友王连清借踏板。他对同学态度总是非常坏，不愿去找、懒得走动。磨唧二十分钟、纠缠半天才抬出来；不一会儿又马上来，催着还。吵了一架，勉强把他赶走。"撩前栽"练得非常不顺利，几乎出严重事故。

（《日记·1955 年 3 月 12 日》）

"撩前栽"做腾起团身、抱膝空翻，特需胆量。几乎用时一年，伙伴们才基本掌握这动作。白师于是又教后一半："撩前栽"之后蹲足起。这个动作要求抱膝滚翻落垫成蹲足，甚难。

◆体育课上得一个两分。原以为垫上运动不再十分难了，只练习个半生不熟。谁知白师给我个两分。主要是滚翻成蹲足困难大。不妨在床上多练几次，星期五还可以重考。

（《日记·1956 年 4 月 10 日》）

◆垫上运动重考，又放宽三天时间。百米跑、1500 米跑，最难的两项我都及格了。以后的方向是：付出一切课余精力，为垫上运动及格而努力。

（《日记·1956 年 4 月 13 日》）

◆（高三下学期）《劳卫制》最难的一关——撩前栽蹲足起，终于平安拿下！剩下项目的及格，可谓易如反掌——光灿灿的奖章，唾手可得矣！

更可贺的是，我们全组除蔺子印一人外，都是五分；而全班也不过只四个四分。这个成绩超过三（2）班，又稳居三年级六个班首位。

（《日记·1956 年 4 月 19 日》）

力量——"力拔山兮"

《劳卫制》四类项目，按照璘璘运动水平、训练喜好去排序，灵巧类稍差，耐力类平平，速度类略强，力量类（在班里）较具优势；力量类单、双杠两项中，璘璘较偏好双杠。这在升高中不久就显出来了。

◆我校有个好风气：全体同学都能踊跃参加体育活动、锻炼身体。我也无例外地被这个洪流卷入。我每天玩不示闲，玩玩这、摸摸那，啥都想练，茫无头绪。今天课外活动就玩了好几样：吊环、克朗球、板羽球、双杠、举重、涉墙（双臂撑地脚贴墙拿倒立）等。玩儿多了，精疲力竭，没多大好处。克朗球、板羽球这些东西，小孩儿玩意儿，没多大益处，以后少玩；多玩双杠、举重、涉墙，长长我的力气。学会了涉墙，以后可学杠上倒立，把我的身体练得棒棒的，以便更好地学习。

（《日记·1953 年 11 月 3 日》）

《劳卫制》双杠两个规定动作：两臂屈伸和杠上肩倒立。前者依屈伸次数较胜；后者用肩臂、两手支撑，杠上成倒立，相当难。早在入学不久、《劳卫制》推行之前，璘璘已在用倒立架开练。

◆《达尔文主义基础》小考，我二十分钟就答完了。跑到外面涉墙玩倒立，学了一会儿，又把虎口给压裂了。我的性子真急，手还没好利索，又涉墙。这样一来，不又得长几天吗？

（《日记·1953 年 11 月 12 日》）

双杠旁边几副倒立架，为方便初学。刘玉堂是璘璘练双杠的伙伴。1954年年初，一度每个清晨，两人都相伴走出寝室，去操场练双杠。常见"双杠和倒立架上落满霜，雾气很重"（《日记·1954 年 1 月 2 日》）。一人架子上拿倒立涉墙，另一人就在旁帮扶。"我们班早晚玩双杠的越来越多了，全是由刘玉堂和我带起来的。约有十人经常锻炼。"（《日记·1954 年 4 月 20 日》）说实在的，伙伴们没人教，也就是随兴玩玩。一旦说要玩真的，俺俩说招儿没招、"滥竽充数"的主儿，可就"盛名之下，其实难副"了。

◆学校要在国庆期间开个小型运动会，有篮排球、田径各项。我被班里推选参加双杠赛。这可怎么办！参加个长跑接力还马马虎虎，双杠可不行！只是喜欢玩，连基本动作都不懂，哪儿中！

（《日记·1954年9月28日》）

◆课外活动举行年级双杠比赛。我们班指定的四个人：刘玉堂、张青选、褚春霖和我，竟没有一人敢下场表演。人太多，玩不好净献丑。决不能上去给班里丢人！索性躲假山上了。（《日记·1954年10月13日》）其实伙伴们并没有放弃，而是在暗中使劲。

◆今日课外活动练双杠，终于学会了杠上肩倒立接前滚翻。真痛快！

（《日记·1954年11月19日》）

时近一年苦练，《劳卫制》双杠高级动作——杠上肩倒立熟练拿下；初级动作更不在话下："两臂屈伸我可以做19个，是锻炼小组的最高纪录、劳卫优秀标准（8个）的两倍多！"（《日记·1955年3月10日》）

◆我和褚春霖、常贺璋、王志运、段树森、张青选、朱金明成立一个器械操小组，再做些系统训练，以备和三（2）班的双杠小组一决雌雄。我们并不急于求成。

（《日记·1955年11月20日》）

《劳卫制》单杠的引体向上，动作单一，无须专练，只需经常来个吊杠引体就行。单杠之于璘璘，缘分颇浅。引体向上初试，仅两三次而已。1955年1月，璘璘明订："寒假计划：早上起来，坚持锻炼身体，争取单杠引体向上做到6次，达到优秀标准。"（《日记·1955年1月17日》）头一个指标，顺利按时实现；三个半月后，"我的引体向上又增加了两次"（《日记·1955年4月2日》），达到8次；再过七个半月测验，璘璘"引体向上10次"（《日记·1955年11月19日》），再增两次，超优秀标准4次。如此不到一年，虽是顺带练习，却也小步稳进，轨迹清晰！

1956年元旦过后的全校双杠比赛，是两年来双杠训练成果大检阅。

◆昨日下午双杠比赛前，白师说，这次也要评出优胜班级。我就强迫自己沉下气来。短短的十五秒钟，我把平生的注意力都集中在这四个动作上：鱼跃挂臂—挺腹起—肩倒立—正回环拉起、背腾越下杠。连贯做得不错。可是平时不大注意的脚尖绷直，没做好，吃了大亏，只得了满分40分的30分。

谁想得到今日下午，会有一张双杠第四名的奖状发到手呢！我的战友也不坏：张青选32分，第三名，褚春霖24分、段树森20分。三（2）班成绩同我班不相上下。这次成绩有些意外，却并非偶然。这两年，我消耗在里面的精力终于展现了。自以为没有辜负集体。

（《日记·1956 年 1 月 13 日》）

肩承集体荣誉，让璘璘"沉下气来"；面对较好成绩，"没有辜负集体"是他第一个感想。心理轨迹显示，璘璘在走向成熟。

来自共青团的关注

青年团中央是《劳卫制》活动发起者之一。团市委、校团委时刻关注着学校《劳卫制》的进程。

◆校团委会催我班各锻炼小组交测验记录。我们第一小组却不像左孝鹏小组那样积极，几乎一半人还没有测呢！梁忠仁的引体向上只能拔上一个。如今不能再等了。我组的成绩太坏了，一半组员成绩难达优秀，只有我和褚春霖达标。这是我的责任。我很难过。为啥到如今还如此放任呢！左孝鹏是非团员却做得这样好，我应该向他学习。我组组员身体条件差，带动大家达标，不正是班上对我的信任吗？

（《日记·1956 年 1 月 7 日》）

◆午后四时左右，太阳穿过云层，开始大放光明。懒缩已久的身子骨，得以惬意地舒展。我们第一小组的锻炼非常起劲：先打篮球，接着双杠，再做单杠、爬绳，最后是跳箱。我们无忧无虑地把学习的失意，抛到九霄云外。在锻炼中，我们取笑着段树森的好为人师，耐心地帮蔺子印掌握单杠、跳箱的劳卫一级动作。我们十个人变得更加亲密、更加友好、更加团结了。散伙的日子愈益临近，愈是感到六年（注：组员中初中同学 5 人——鞠伟生、段树森、陈怀溥、张绥中、张縻弓）或三年（刘继勋、梁忠仁、蔺子印、朱金明、孙建华）中建立的友谊之可贵。真不知我们将如何分手！

（《日记·1956 年 3 月 31 日》）

◆校团委要用全校公开表演的形式，检查三（1）、三（2）、三（3）班三个劳卫第一小组的成绩。

（《日记·1956 年 4 月 10 日》）

劳卫制一级证书

◆参加劳卫小组测验表演，我百米跑了 13 秒整，全班最快的成绩。

（《日记·1956 年 4 月 23 日》）

◆测验 12 磅铅球，掷出 8.55 米，几乎是班里的最高纪录。高师夸我身体棒，长高了，肌肉发达了。我明白，这是坚持锻炼的成果。

（《日记·1956 年 4 月 24 日》）

◆测验（表演）1500 米，白师强拉我参加。我说一个月前刚跑过，5 分 35 秒。白师说那个成绩不算，让我重新跑。我不怕，没有理由不再跑快些。结果正如此：跑了 5 分 10 秒，又提高 25 秒，超过上学期整 70 秒。

（《日记·1956 年 4 月 25 日》）

三天测验，使三个班的第一锻炼小组，每人劳卫成绩一目了然。借表演赛东风，团委要求各班有不达标项目者，一律补测。

团委会要我把我班所有劳卫制一级没有达标的团员名单写出来，交上去。我趁此机会合计了一下：全班 29 个团员，19 位及格，还有 10 位没有及格。优秀班的条件（全班及格率达 60%）虽不受影响，可是距团支部要求团员及格率达 80%（23 人）还差不少。

上午，团支部召开团员会，要求没及格者，在下午最后一次补测中，再努把力，争取过关。结果还不错，张绥中 1500 米和百米补测都及格了。可惜只有他一人过关，还有 9 位团员没及格。

（《日记·1956 年 5 月 16 日》）

全班及格团员升至 20 人，及格率达 70%，差强人意。据学校最后统计，在全年级六个班中，三（1）班同学劳卫及格率，稳居第一。

夜摸"敌营"·负重行军

1955 年"肃反"运动，吹响阶级斗争号角。在此背景下，附高团委会大动作回应：展开军体活动。

◆今日夜晚，团支部选派六人，去参加团委会组织的军事体育活动——夜摸敌营。晚六时半出发，来到北城墙外。那里有几座大沙岗。我们的第一司令部，是个被称为003高地的沙岗。

晚八时，战斗开始。我与武志强被选任禁卫军，守护司令部。我俩趴在地下警戒半个钟头，碰到来敌竟是23人的大股，况且我方口令也被敌人知道。我们先俘敌队长；随后，敌二十多人一拥而上，又把我俩生擒。敌方这种大规模集结违反规矩。中立人员判这一回合：双方和解。

来到另一个地区，我和武志强捉了一个敌人。还没来得及将他向中立区交监，对方司令部人员即全部被包围，游戏以我方胜利告终。

没有机智，想俘获敌人是不可能的，这是一次实际的教训。第一次做这种活动，未免太乱；争执、诉讼太多，苦了中立人员；我方口令太简单，问"一"答"二"，敌方却是"柳条"。若有真枪真炮的话，倒真是一场惊心动魄的混战。

（《日记·1955年9月24日》）

◆为了后天全班的"摸营"游戏，二十天前参加侦察游戏的六人开会。我们制订了另一种办法，同上一次完全不同，规则订得更完善。希望能给同学带来愉快。

（《日记·1955年10月13日》）

◆昨晚的军体游戏真把我们搞困乏了。这次游戏方式有所改变，做法也不能雷同，必须创造新方式出来。

第一、二锻炼小组是主动方——进攻者，第三、四小组是防守一方。防守方的条件，的确比我们强得多：人数多，地形熟悉，加上以逸待劳，几乎稳操胜券。我们对形势没有一点了解，盲目乱冲，殊不知敌方使用空城妙计，诓得我方战士东冲西突团团转，好苦！两个钟头的战斗结果：我方被杀6人，我是其中第三名，被郭正伟在我背上狠命一击，留下白色粉笔痕迹。

我方赤手空拳，实难进攻。他们的旗帜却距我们很近，是在一汪水中插着。我们几次掠旗杆而过，却没有发觉，实属粗心大意。不过，他们的战略却也是既冒险、又不负责任的。结束后再回想当时情况，很可以推断出对方的空城计布防，我们却忽略了几乎所有重要的细节。这是军事知识的无知，必须多加锻炼。

在郭正伟俘我之前，为传递命令，我做了一个大迂回，从最东端的城墙下来，进入非战斗区。本来很可以安心寻找敌旗的，由于不冷静，又进入敌方射程内，只能前功尽弃！那段经历实在惊心动魄、教训惨痛！

（《日记·1955年10月16日》）

1956年，"社会主义革命和建设更加突飞猛进"。青年团开封市委在《1956—1957年工作规划》中号召全市学生"积极开展体育活动和军体活动"（《日记·1956年2月18日》）。校团委积极策划三年级"负重行军"，再次体现一代人的国防情结。

◆明天将做10公里负重行军。团支部到公安部队借来40身军服备用。将要负重20斤，在85分钟内走完1万米！看明天的吧。

（《日记·1956年5月11日》）

◆早上开始10公里行军。我的20斤重物是一书包沙土加一块砖；同学大都打一个背包背着。开始我不知自己吃亏，反觉得体积小，以为得计。走不大会儿，渐渐觉出背麻胳膊酸的滋味。看别人能挺直腰身、摆起双臂、轻松快走，我多么美慕！最苦的是我胳膊奇酸。数次想把书包放下，可规则不允许这样做。我怎样才能摆脱"包袱"去"负重"行军呢？开始，我曾在8公里之内领先，后不见人；过了黄河大堤，可看见后面的人了；到 5.5 公里处，大部队赶上了我；折返走时，已超过我。随后，我用尽力气，再也没追上。来到终点，竟还强忍沙粒灌注脖颈的摩擦之痛，冲了 100 多米！最后用时 65 分钟，较标准少用时 20 分钟。如果背包打好，一定还可以提前 20 分钟的。第一名李世钧，用时 45 分。

（《日记·1956 年 5 月 12 日》）

1955 年季秋的"夜摸敌营"、1956 年仲夏的负重行军，是璘璘模拟军旅生活的早年记忆。往后又有过两次：1958 年北师大的民兵师训练；1968 年"文革"时的军训夜行军。三次军体，都不脱国防情结与尚武大背景。

传统（一）：举重·拔河

在《劳卫制》和体育课纲规定项目外，还有三项男生喜好的运动——举重、拔河和篮球。

初入附高，看到一副杠铃静卧操场角落。它两端铁饼被焊死，铁杠微弯，久经风吹日晒，锈迹斑斑，罕有人光顾。高二开学，"学校不惜花钱，买了一副新杠铃，90 斤重，配着一组铃片。我上前试举，90 斤竟举过了头顶"（《日记·1955 年 9 月 30 日》）。一起玩儿的，还有喜练肌肉、急着长劲儿的褚春霖、张青选、张戬、王志运等。几位发烧友，课前课后、或早或晚，相约杠铃前，挺举、推举、抓举，三种姿势轮番尝试，反复切磋，各有所好。几个杠铃迷，竟然在班里掀起小小举重热。

◆第二节课外活动，班里举行举重比赛，4 个锻炼小组，每组出 4 人。一切按规则进行。90 斤的杠铃，16 人全部举起。再加 5 斤，有两人渐感吃力。第三次试举，张全梁首先被淘汰。以后数次加重，又被刷下数人。增到 125 斤，剩下 6 人了。再长 5 斤，王兴和我被刷下，只剩褚春霖、张戬、常贺璋、王志运 4 人坚持战斗。王志运首先挺不住了，135 斤成他的极限，尽管观众为他加油，还是垮了下来。褚春霖、张戬、常贺璋先后举起 135 斤，并列个人第一名。团体赛成绩：第二组 4 人举起 490 斤，荣获第一名；我们第一组 4 人举起 475 斤，第二名；第三、四组名次居后。

（《日记·1956 年 2 月 28 日》）

在中小学，大凡体育赛事，都有利于培养孩子的集体观念、集体荣誉感。班内举重赛也不例外。但举重毕竟极耗体力，又容易伤筋动骨。校园里的举重发烧友不会很多，在中学不可能、也没必要普及它。

拔河则容易普及。它在开封中小学同样有多年传统。附高的拔河比赛，年年都是系列车轮大战、迁延多日。璘璘的日记里，大致都会做或详或简的记述。

◆拔河轮到我班和秋一（5）班比赛，同学的心情都有些紧张。不参赛的同学，场外组成啦啦队，由活泼的、号称"儿童团长"的小刘继勋任队长。比赛开始。我们一上手就"前进"，而"前进"意味着失败。啦啦队还没发挥效力呢，一下子就输掉了。第二局交换场地。啦啦队使劲喊。僵持好久，我们胜了。平局 1：1。对方幸运挑边，挑了凹凸不平的东边；我方又回到输了第一局的西边。啦啦队长喊哑了嗓子也没效。2：1，我班败北。

（《日记·1954 年 5 月 30 日》）

1955 年冬那一轮拔河，璘璘起初没有在意；待本班连胜四场、吊起了争冠胃口，璘璘怦然心动了。

◆本学年的拔河大赛，我们班真是得心应手，已经四战四捷了。被战胜的是一（4）班和一（8）班。比赛前，他们看见我们都是小个子，"众皆掩口，胡卢而笑"。笑去吧，我们照样把你们拉过来。

（《日记·1955 年 12 月 23 日》）

◆这次对手是二（8）班。头两场，他们以摧枯拉朽之势轻胜三（3）班，扬名全校。他们志得意满、不屑于瞧我班一眼。放眼望其战阵，虽不是个个彪形，身形壮硕也着实令人敬畏。我们不怕他！这就是胜利的保证。毕竟比他们多上一年学、多学了一册《现代革命史》、知道"持久战"战法；何况，我们也有四战四捷的战绩哩。

战斗开始前，先让肌肉松弛一下。观众未必对我班有多大信心，但也多少寄予些同情。几位老师鼓励我们奋勇作战。

第一局，我班在北——是好地势：凹凸不平。开始，他们把我拉过去半尺；继而，我利用有利地形，顽强反击。对方张力不小，一时形成拉锯。发现趋势将不利，王步俭沉着指挥，令大伙儿稳稳压住。只见对方在用力：两个大排头，双脚狠命抵地；我方战士头项交错、伏在绳上。我抓绳的两手在抖。坚持住，没关系。指挥发令，反攻开始！我们一鼓作气，把他们拉垮了。

第二局惊心动魄，也更精彩。我方换至南边，地形不利。但一局胜利在手，心理略占优势；对方心理虽有变化，神态仍属狡狯多疑。战斗开始。好险！对方竟一口气大退，将我方拉过去，我排头大将褚春霖，距中线仅剩半尺！对方指挥近于疯狂，班众嘶声叫喊，他班实习老师也暗自使劲。危急时刻，我方咬牙死扛。"压住！压住！"王步俭低声出令；我班实习老师也在旁担着心，身子不由地后仰，像帮我们使劲。全队沉静地等待时机……

对峙局面变了：北边略显疲态，脚步有些松动；南边暗自聚力，已缓过些气来。全场响起惊讶、赞叹、叫好的欢声。顷刻之间，对方大溃，我方居然大胜！

（《日记·1955 年 12 月 29 日》）

◆拔河赛同二（1）班相遇。多少有点儿怵：两班都是六场连胜。

棋逢对手，谁胜谁负，难以断言。即使我班胜，二（5）班又接着来——他们的劲头更大。从另一面去想，他们也怕我们，特别是我班的团结。郭正伟是条好汉，他号召大家午饭多吃一个馍，多储备力量。可午饭却是气煞人的稀汤面条！

　　与二（1）班战斗惊心动魄！他们的个子、力气都比刚打败的二（8）班高些、大些。我们依然信心十足。大家都脱下帽子、棉衣，呵暖两手，活动开胳膊和脚脖上场。不胜不行，谁也不愿辜负自己的班集体。昨日晚集，高师训话，最后送祝词："去胜利吧！"要求我们誓把冠军夺过来。面对这个强悍的对手，对我们的体力是严重考验。只能以小于对方的力量加上机智，去战胜他们。

　　第一局我方不利：脚蹬光滑地面；对方脚下却有一层浮土。他们利用有利地势猛攻，一下子拉过去一尺多。仓促中出现骚动，反击已来不及，只能死死伏在绳上。对方不顾一切地拉，我方只能无奈地滑呀滑……

　　第二局交换场地。我方占得地利，比对方更快地把他们拉了过来。第三局挑边，我方幸运，不须换边。也就无悬念打败了剽悍对手。

（《日记·1956年1月3日、4日》）

　　◆冠军争夺战在严寒中结束。我们输给二（5）班，获亚军。虽不理想，也算差强人意。只是有一点不能原谅自己：指挥错误，输得窝囊。对手的指挥极聪明，我们仅有一点破绽被他咬住，适时发令，轻而易举得胜，连胜我两局。在盲目进攻中，我方损耗太多精力。对方像我们打败二（8）班那样，打败了我们。失败的滋味很难受。其实我方的力气比对手大，第一局一度距中线仅剩一尺，眼看要赢。是败在了技巧不如人。

（《日记·1956年1月3日、4日》）

延续三年的拔河大赛结束。静听口令、齐心发力、拼死相持、绝地反攻……沙场上，那些坚贞与眼泪、拼搏与呐喊，在璘璘心中留下久远的激情。

传统（二）：校园篮球

篮球也不属《劳卫制》项目。但在开封各中学，篮球同样备受喜爱，各校几乎都有篮球赛。附高的篮球联赛不例外，年年红火。

刚入学时，秋一（1）班篮球水平很差；校篮球队的水平也不咋样；可是短短一年间，附高校队竟然全市夺冠！

◆庆祝"六一"篮球赛，我班对一（2）班。输得很惨，33∶5。我被派上场，半天不发市（开封话，不开张之意），仅投中2分。

（《日记·1954年5月30日》）

◆附高与开封一中篮球赛，37∶30，附高输了。

（《日记·1954年6月11日》）

◆（二年级上学期）下午与二（3）班赛篮球，上半时输两个，下半时输三个，共输10分。他们是老队员，我们也是老队员，都没变。一年前，他们赢我们十多球呢。如果他们没有退步，我们可以说进步了。25∶35，其实也不差，再努一把力吧！

（《日记·1954年9月20日》）

◆在上周日举行全市高中联赛决赛，我校篮球队以一球领先，荣获全市冠军！这是我校集体的光荣！

（《日记·1954年3月24日》）

◆到体育场看开封市篮球冠军赛最后一场，附高对税锋。昨天我校打败了凶狠的机械厂，税锋比它更顽强。上半时税锋领先一球。还好，下半时我校健儿勇猛沉着，击退对方攻势，53∶39，取得最后胜利！按照规定，我校篮球队升级为开封市男子篮球代表队！

（《日记·1955 年 3 月 27 日》）

◆年级篮球联赛结束。三年级冠军由三（4）班蝉联。他们同三（2）班决赛，赢两球。三（2）班健将们痛悔难过，连两周前战胜我班的狂喜也忘了。

（《日记·1955 年 9 月 30 日》）

◆年级篮球联赛，我班输了。但我班的战斗力也得到展示：终场前四分钟，还以一分优势领先上届冠军三（4）班。最后因为无人可换，体力不支，才被他们赶上。三（4）班今天又输给三（3）班一分。战况胶着。

（《日记·1956 年 3 月 7 日》）

小学时，璘璘迷小皮球，中学改迷篮球。长年受市、校篮球文化熏陶，居然由一爱好者，变身为校园篮球手！细数求学岁月之高中、大学、研究生阶段以及日后职场岁月，璘璘屡次入选班、系、单位篮球队，司职小前锋或进攻后卫。他以运球快速、投篮较准，每获赞誉。附高三年间，每逢周末、假期，常与同学相约练球，往往废寝忘食，自清晨战至黄昏！如今回想，颇不可思议：那年月，哪儿来那么大精力呢？

附高三年，同体育课告别的时刻，恰是一场篮球！

◆最后一堂体育课，打了一小时篮球。白师教我班三年，并没有发表一些感想之类的话，似乎作别还嫌早。可是再上体育课，就不知要在哪个大学了。可爱的附高操场！我是在你怀抱中蹦跳着长大的；你的每一个角落，屐弓都已熟记在心。

（《日记·1956 年 5 月 28 日》）

【缀语】 日记有高中三年的七次体检结果。这些真实的数字，将高中时代的璘璘，由稚嫩少年长成健壮青年的发育轨迹，客观描绘下来；那漫长的青涩岁月里，各项体育运动的综合功效，已然熔铸在他那副野蛮（即壮硕）体魄中。

（1）1953年6月：体重41.5公斤，身高153厘米。

（2）1954年4月22日：体重50公斤，身高157厘米，肺活量3300毫升。

（3）1955年2月11日：体重54公斤，身高163厘米，握力60公斤，肺活量3550毫升，胸围76—78厘米。

（4）1955年6月9日：体重56公斤，身高163厘米，肺活量4000毫升。

（5）1955年8月28日：体重57公斤，身高165厘米，肺活量4200毫升，握力52公斤（左）、56公斤（右）。

（6）1955年11月28日：体重57.5公斤，身高165.5厘米，肺活量4200毫升，握力49公斤（左）、59公斤（右）。

（注：握力大增。首次右手握62公斤。测者不信，让重握，因前面同学的握力，都是二十几、三十几公斤。是为第二握成绩。《日记·1955年11月28日》）

（7）1956年4月28日：体重58.5公斤，身高167厘米。

2016年仲夏，同窗好友郭正伟自武汉来京。在京同窗与正伟相约：5月22日在圆明园公园欢聚。掐指算来，同正伟竟已暌违55年之久！喜相逢时刻，正伟双手用力摇动璘璘双肩，上下端详着，笑说：

"你还是那个铁疙瘩！"

"铁疙瘩"，高中同窗对璘璘的集体记忆！

这雅号又唤醒若干沉睡已久的生命碎片，浮现璘璘心海：

1958 年 5 月在十三陵水库筑坝工地、12 月在密云水库筑坝工地，20 岁的"铁疙瘩"，推起（挑起）一百多斤运土车（运土筐），奔驰如飞；

1966 年 11 月 15 日至 1967 年 1 月 12 日，28 岁的"铁疙瘩"陪同 10 多位十七八岁小青年，徒步行军，风餐露宿，翻太行、越吕梁、渡黄河，历时 59 天（其中行军 31 天），抵达圣地延安、誓师宝塔山下；

1969 年深秋，下放密云深山莲花瓣大队的 31 岁"铁疙瘩"，参加背运返销粮小组。他同青壮年乡亲一样，用一副梯架背起一麻袋 180 斤重的玉米原粮，从海拔 300 米的云蒙山脚公路启程，负重攀爬三小时，送至海拔近千米的柳树下村；随后参加送电进山工程，与 7 位青壮乡亲同编一组，8 人共抬一根 400 公斤水泥电线杆，还是从公路启程，爬山梁，跨山涧，奋战 5 个小时，送至柳树下村。

闪烁在碎片中的生命之光，诚然寄托着对信念的敬仰与追寻，

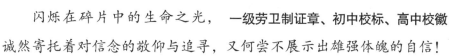

一级劳卫制证章、初中校标、高中校徽

又何尝不展示出雄强体魄的自信！

陶冶其情性

——文娱篇

【导语】　青葱岁月，芳华怒放，正该歌舞相伴。重听的璘璘，不乏音乐细胞，奇，也不奇。这乐感最初得自哥姐的日夕歌唱熏陶。三娃幼时的耳患，起初尚未重创听力，时有美妙音声传来，丝丝植入脑海，生也有幸。在山影如黛的潭头寨街晚会上，河大学生哥姐那歌声，滋润乐音幼苗，育成心田乐株；继而萌发三条柔枝：得自《毕业歌》《义勇军进行曲》的激越高亢，得自《流亡三部曲》的舒缓悲怆，得自《送别》的沉郁苍凉。三娃这年六岁。第四条柔枝，得自《你是灯塔》的赞颂、憧憬与期待，仍然是听大学生哥姐的唱，在苏州十梓街53号，三娃十岁。自待来到新天地，小学接中学，学唱各式歌曲（名繁不及备载），心田乐感柔枝噌噌长大。璘璘乐感甚准，半音阶差别也辨得出，以致师专音乐科出身的父亲认为，这孩儿颇具调音师资质。

附高创优诸条中，"文娱活动开展好"一条，不啻青春动员令，唤醒小伙伴寻美之梦。20世纪50年代中期，由唱歌、跳舞两大元素合成的追梦之旅，照例浸润着浓郁的时代韵致：基调仍是回望家国苦难历程；还有对新俄罗斯的憧憬。

高唱《黄河》，缅怀神圣

大学时代的高中师，曾是位文娱长才。出任班主任伊始，他大倡文娱。伙伴们随即豪气干云，决定一个学年内，学10支歌、4个舞；魏华忠任文娱委员、张绥中任文娱干事，负责实施，珠联璧合。华忠君能歌善舞，组织能力特强，又得高师亲炙，人才难得；绥中君吹（口琴）拉（小提琴、手风琴）弹（风琴）唱（歌曲）俱佳，又热心传艺，天生干才。文娱浪花，联翩波涌。

◆班里的文娱活动开展起来了：跳舞、学歌子，口琴队、乐器队、戏剧组，都成立了。说今天吧，一个晚集会二十分钟，我们就学会了《国际学生联合会会歌》。（歌词：世界各民族儿女，我们都热爱和平。在那苦难的年代，我们为幸福而斗争。在世界各个地方，在海洋在陆地上，青年的朋友，伸出你手来，快参加我们队伍！我们高唱友爱、团结，青年们！青年们！青年们！全世界都同我们青年高声唱！我们的歌声挡不住也冲不散！冲不散！冲不散!）如果在课堂上，学会这支歌，至少也得一个小时呢！

《日记·1953 年 11 月 11 日》

《国际学生联合会会歌》成为首唱，有其特殊因缘——对社会主义阵营创办的国际学联，强烈认同。

◆国际学生代表大会于 8 月 27 日在华沙开幕。国际学联总书记贝林格做报告，指出学联与学生的任务。（下略）这是全世界每个学生、每个青年，甚至每个人民的任务，因为它的目的是：反对战争，争取和平。

《日记·1953 年 9 月 1 日》

◆国际学联代表大会闭幕。决议：用和平协商的方式解决国际争议；选出国际学联新主席：乔·贝林格，书记尤里·贝利。

《日记·1953 年 9 月 7 日》

记录两段新闻的璘璘刚满 15 岁。由认同而关注，《会歌》很快在高中生中传唱开来。

有华忠操盘、绥中辅佐、全班上下齐心，年级歌咏赛连获佳绩：

1954 年"五四",以一曲《五月之歌》,荣获高一年级第一名;转年 3 月音乐季,又"以多七分的优势"荣获高二第一名(《日记·1955 年 3 月 12 日、24 日》)。不过,同高三时排练演唱《黄河大合唱》相比,这几支小歌只能算前奏曲。

我班开始实施一个伟大工程:学唱冼星海的《黄河大合唱》。这件事有三个意义:首先,唱这支歌,迎接国家伟大的治黄工程启动;其次,纪念作曲家冼星海先生逝世十周年;最后,学唱这支歌,需要一个月或更多些的时间,在此期间,我们将终日与悠扬歌声为伴,那有多好!

昨天课外活动时,我与蔺子印到省图书馆借书,附带借回《冼星海选集》。

(《日记·1955 年 11 月 9 日》)

《冼星海选集》是华忠嘱借。久闻歌名,从未听过演出,先瞧瞧《黄河大合唱》啥样。不出所料,那宏伟的八章、繁缛的结构、宏大的气势,先把人给镇了。里面究竟哪些歌适宜男生学唱呢?委员、干事二位斟酌再三,又同几个爱好者商量,选下四支:

《黄河颂》(第二乐章,男高音独唱)

《河边对口曲》(第五乐章,男声二重唱)

《保卫黄河》(第七乐章,轮唱、合唱)

《怒吼吧,黄河》(第八乐章,合唱)

华忠、绥中还对《黄河谣》(第四乐章,女声二部合唱)、《黄河怨》(第六乐章,女声独唱)的哀婉悱恻,情有独钟,去开封女高商请友情合作演出,未果,惋惜放弃。

刻蜡版、印歌片、选歌者,环环相扣。本届同学在初三学过一年乐理课,人人识简谱、五线谱(璘璘乐理课笔试 98 分,见《日记·1953

年 5 月 27 日》）。歌片人手一份，各自先开歌，再合练，命名《黄河大合唱选曲联唱》。《怒吼吧，黄河》全班上阵；《保卫黄河》全班先分二部轮唱，再合唱；《黄河颂》独唱蔺子印；《河边对口曲》二重唱褚春霖、张戬；前导朗诵张犀弓。独唱、对口唱，不是问题；难点在合唱，《保卫黄河》的二部轮唱尤其难。

学《黄河大合唱》真是一项复杂劳动！只是那几段"龙格—龙格—龙格—龙"，就能把人绕迷糊。我看非十天半个月工夫不可。真是一部伟大的艺术、精彩的创造！

（《日记·1955 年 11 月 11 日》）

四段前导朗诵词，华忠要求璘璘都背熟，演出时不看歌片。真苦啊，多少日夜，做梦也在背。每只歌都从朗诵开始；每一次朗诵，须诵者先期进入意境。璘璘便设定相关意境的简约片段。每当示意起诵的指挥棒将挑未挑之际，境象瞬间浮现，诗意朗诵响起，引出华美歌声：或慢板抒情（《黄河颂》）；或悲情倾诉（《河边对口曲》）；或复调轮唱，激情奔涌、似怒涛排空（《保卫黄河》）；或混声大合唱，气势宏伟、诗意浪漫（《怒吼吧，黄河》）。璘璘的朗诵，因糅进童年切身经历，格外动情。在随后新年晚会演出中，朗诵者那凄然悲情、慨然激情与昂然豪情，60 年后的今日，似乎仍在胸中隐隐涌动；尤其诵词尾句与歌词首句的衔接，经反复诵、唱，已成为固化词组，存储脑海：

·················

（诵尾）这里，我们向着黄河，
唱出我们的赞歌。
（起唱）我站在高山之巅，
望黄河滚滚，奔向东南。

....

《黄河颂》

....

（诵尾）你听听吧，

这是黄河边上，

两个老乡的对唱。

（起唱）张老三，我问你：

你的家乡在哪里？

....

《河边对口唱》

....

（诵尾）我们抱定必死的决心，

保卫黄河！

保卫华北！

保卫全中国！

（起唱）风在吼，

马在叫，

黄河在咆哮！

....

《保卫黄河》

....

（诵尾）向着全中国被压迫的人民，

向着全世界被压迫的人民，

发出你战斗的警号吧！

（起唱）五千年的民族，

苦难真不少!

铁蹄下的民众,

苦痛受不了!

……………………

《怒吼吧,黄河》

时尚的歌潮

对神圣岁月的缅怀激情未已,风靡学生群体的时尚歌潮汹汹涌来,势不可当!

班内有同学喜欢新奇又新鲜的事儿。上学期,十几个人去女高,看了她们的《五个女儿》(俄罗斯歌曲)表演唱(歌词:"集体农庄有个挤奶的老姑妈,谁都知道她的名字叫瓦尔瓦拉。节日里大小女儿都去看望她,欢欢喜喜她们做客回娘家!这位老妈妈,真正是福气大!来了五个亲生女儿五朵花:老大叫莎霞,还有叫娜塔莎、奥琳卡、波琳卡、阿廖努什卡,最可爱的小女儿年纪还只十七八! ……"),立即在班里唱起来,形成"五朵花儿歌声"的空前热潮。

(《日记·1956年元月11日》)

《五个女儿》唱出了北边那个崭新社会里,集体农庄老妈妈母女的生活情趣,璘璘很是喜欢,也高兴地跟着学唱。

本学期,几个同学又去女高,听她们唱《十个大姐》(即《山茶花》:"山茶那个花来么山茶花啊——十呀那个大姐采山茶啊——山茶那个开在么山坡上啊——采罢那个山茶转回家啊——小伢哥啊——说给你:采呀那个山茶再回家嘛——"),一曲新的歌声又在耳边响起。

(《日记·1956年1月12日》)

《山茶花》这首江南民歌,有人物,有情景,清新脱俗。三年级六个班，教室都在教学大楼二层。听三（1）班唱起来，各班很快学了去，成为大楼里的流行歌曲。其间还惹出点儿小风波。三（3）班歌者郑效忠，自从学了《山茶花》，每到课间休息，就在楼道里唱。可听他总是只唱其中一句。一天，下课铃声刚响过，三（1）班还上着课呢，一声尖厉的高仿女嗓儿，从走廊突兀飘来：

"小伢哥啊——说给你……"

全班哄堂大笑。刘开清蛮幽默，说：

"他荷尔蒙又高啦！"

为唱《十个大姐》，同张绥中有点争论。郑效忠那尖喉咙假女声，整天在走廊里吼"小伢哥啊——"，闹得整楼不安生。我说姑娘同小伢哥调情，咱男生唱不大适宜，咱班是不是先别唱了。绥中不同意。

（《日记·1956年1月12日》）

绥中说，郑效忠不能代表大家。歌子好听，同学喜欢唱，咋不能唱？年轻人山歌传情咋不行？那不能叫调情。批评璘璘"不能和大伙儿合拍""你太把宣委当事儿"（出处同上）。顾虑重重、怕犯错误，咋不怕压制小伙伴们的文娱热情！绥中当然说得对，也批评得好！

啊，俄罗斯！

过罢1956年春节，三年级下学期到了。升学压力临头，同学各有打算。

◆下过一场春雪，空气新鲜很多。同学们都笼袖蹲在教室，更不愿出来。气氛干巴巴，生活很沉闷，只有角落那个开水桶冒着热气。我们四位文体活动委员会成员（注：张金梁、张糜弓、魏华忠、张绥中），可以说都忘了自己的责任。

（《日记·1956年2月25日》）

◆歌子总是唱不起来，跳舞也一样。我们真担心："十歌四舞"的计划会落空。张绥中教唱的《远航归来》（歌词：祖国的河山遥遥在望，祖国的炊烟招手唤儿郎。啦啦啦啦啦啦，招手唤儿郎。秀丽的海岸绵延万里，银色的浪花叫人感到，亲切甜香。祖国，我们远航归来了！祖国，我们的亲娘！……），必须依旧学下去；王兴和我两人，已经会唱《孤独的手风琴》（歌词：黎明前大地入梦乡，没有声响也没有灯光。唯有从街上还可以听到，孤独的手风琴来回游荡。……也许心上人就在你近旁，但她不知道你在找谁。为何整夜你孤独地徘徊，扰得姑娘们不能安睡？）也要尽量高声唱起来，带动大家——争取引起全班声带的共鸣。

（《日记·1956 年 2 月 29 日》）

　　《远航归来》（赵来静词，梁洁明曲）曲风深挚抒情，像首苏联歌，绥中从女高学来，教得认真，大伙儿学得也快。王兴和璘璘喜欢《孤独的手风琴》，是喜欢这歌对年轻人爱情表达的"俄式风格"——优雅含蓄幽默，便商定来个二人小合唱。骨干带头，歌唱起来，舞跳起来，班内又现勃勃生气。即使毕业考试日渐临近，几个爱唱歌的（注：张绥中、魏华忠、张金梁、蔺子印、王兴、张戡、张犀弓），又拉起一支男声小合唱队。"俺加入男生小合唱队了！俺对自己变嗓儿后的男低音有自信，现在竟做起歌手来！"（《日记·1956 年 4 月 26 日》）合唱队长绥中最忙：跑女高、跑书店、图书馆，到处寻找、发掘新歌子；刻蜡版、印歌片，组织练唱。没办法，队里几个小伙伴、以至全班，群怀俄罗斯情结。《喀秋莎》《共青团员之歌》《小路》《红莓花儿开》《山楂树》《三套车》《来吧，朋友，干杯！》《在遥远的地方（那里云雾在荡漾……）》《海港之夜》等等，都是合唱队练歌成果。绥中在新华书店购得两本《苏联歌曲集》（第一集），送璘璘一本。一个周末的"早晨，我唱歌的成绩倒不坏，把《苏联歌曲集》第一集的歌，全唱了

一遍。"（《日记·1956 年 10 月 13 日》）

　　冰雪遮盖着伏尔加河，

　　冰河上跑着三套车……

　　你看我这匹可怜的老马，

　　它跟我走遍了天涯……（《三套车》）

是年轻马车夫，倾诉他的老伙伴苦难的命运。

　　原野小河边，红莓花儿开，

　　有一个少年真使我心爱……

　　河边红莓花儿已经凋谢了，

　　少女的思恋一点没减少……（《红莓花儿开》）

是懵懂少女，咏唱初恋的甜蜜与苦恼。

　　听吧！战斗队号角发出警报，

　　穿好军装拿起武器；

　　共青团员们集合起来，

　　踏上征途，万众一心，保卫国家！……（《共青团员之歌》）

　　一条小路曲曲弯弯细又长，

　　一直通向迷雾的远方。

　　我要沿着这条细长的小路，

　　跟我爱人一同上战场……（《小路》）

神圣战争，召唤共青团员奋起参战；年轻伉俪，并肩奔赴前线。

> 驻守边疆年轻的战士，
>
> 心中怀念遥远的姑娘。
>
> 勇敢战斗保卫祖国，
>
> 喀秋莎的爱情永远属于他……（《喀秋莎》）

姑娘的爱情，永远属于勇敢战斗的光荣战士。

> 深夜花园里四处静悄悄，
>
> 只有风儿在轻轻唱。
>
> 夜色多么好，令我心神往，
>
> 莫斯科郊外的晚上……（《莫斯科郊外的晚上》）

和平地劳动，宁静地生活，人们的终极期盼。

数十年来，无论劳作、行进时，或休憩、静思时；时而汉语、时而俄语；或《三套车》《红莓花儿开》，或《小路》《喀秋莎》，或《共青团员之歌》《莫斯科郊外的晚上》……总会有一曲熟悉的旋律，自心底流淌而出，怡悦性情，滋润心田。

啊，俄罗斯！

来自女校的"舞风"

璘璘们的舞蹈开蒙，较俄罗斯歌曲风行为早，在升入附高不久。大都也带着俄（欧）式印记，也有中式。

今天是学生的节日——青年联欢节。附高、女高、一女中、二女中、男二中，五个学校一起，去河南师院开联欢会。附高学生来师院，算是客人；接待各校同学，又化身主人。会场像五彩缤纷的海洋，几百个电灯装饰舞场，电灯组成的大五星高悬半空。节目有女中的大合唱，附高的口琴独奏，女高等校的海军舞、红军舞、马车舞、花圈舞、采茶舞等。最后是舞会，我班跟着教育系老师一起，学跳匈牙利三人舞、邀请舞。

（《日记·1953年11月14日》）

50年代初，开封青年追求新歌新舞、引领风潮者，总是女高学生，也许是女孩儿天性吧。先鞭一着，先得风气，歌如此，舞亦如此；而且同歌一样，女高流出的新舞，亦多俄罗斯（东欧）风。舞风传至附高，低年级跟风最快。

二（6）班、一（1）班学来的课间舞，跳得好极了！可是，高班同学不去虚心学习，只是站在一旁"欣赏为乐"。为啥舞蹈总是不受男生欢迎呢？

（《日记·1955年12月15日》）

大男生羞于起舞，大约同地处中原、观念偏于保守有关。可毕竟潮流不可抗，虽现羞羞答答，其实已然开窍。

◆班里成立舞蹈队，我入选做队员（注：还有魏华忠、张绥中、张孝文、王志运、武志强）。实在可笑——我胳膊既不那么柔软，腰肢也没有少女般苗条呢。先学学试试吧，不成再说。

（《日记·1955年10月12日》）

◆今天课外活动，开始学第一个舞蹈，名叫《快乐的小队》。教练是女高秋二（2）班的同学，上个学期，恰是妈妈做她们的班主任。是她们自己编的一个舞，不能过于苛求。步法如此复杂多变（真佩服她们有如此强的创造力），对于首次尝试的我，确是一大难题。学得还算用心，也见些成绩。

（《日记·1955 年 10 月 13 日》）

◆周日。在新华书店站了两个多钟头看书，一天都疲乏得很。可是下午仍要学舞，为不耽误多天以后的演出。

（《日记·1955 年 10 月 16 日》）

◆昨天下午，女高同学又来教练舞蹈。共十八个动作，一口气教完。她们说下个星期，没有时间再来了。其中一半动作还没学会，要靠下面继续练习。很佩服她们的创造力。没有舞蹈基础，真是跳不出来。

（《日记·1955 年 10 月 26 日》）

◆前天，教舞蹈的女高同学说"没有空再来了"；昨晚却又不期而至，只是换了拨儿人。很不巧，舞蹈学员大都外出，只有魏华忠在，有负教练热情。好在华忠将她们后一半步法与走位示范，一一记录为凭，大伙儿照着去跳，居然有模有样。

（《日记·1955 年 10 月 27 日》

◆《快乐的小队》已无望在明晚演出。但是，领导、同学、特别是文娱干事未死心，要我们抓紧一星半点的时间，做出最大努力，争取出台表演。努力是做到了：下午整个课外活动，除集体劳动外，全部用在练舞上，仍未见有大起色。命我打头领舞，变换各种动作皆从我始。可是二十多种步法变化，我咋记得住——舞蹈能手华忠尚记不起来，我怎能记得！

我们劳动很出色，大家抬了上千块砖，肩膀压得红肿、流水。王志运的伤情，竟至影响他做舞蹈动作。

（《日记·1955 年 10 月 28 日》

◆谢天谢地！《快乐的小队》总算全部跳下来了！必须感谢女高教

练们。班委会委托我起草一封感谢信。短短二三百字，费了我很多脑力。给外校异性，又代表全班，写出的文字不负责任哪儿行！不过，信的开头"尊敬的同学们"，还是遭到反对，说太严肃、太冷漠，既无热情、又不亲切；说不能用"亲爱的"，也得改"敬爱的"。没有原则性错误，还好。

（《日记·1955 年 10 月 29 日》）

◆昨天全校文娱晚会，没想到具有比赛性质。经慎重考虑，我班的舞蹈《快乐的小队》还不成熟，暂不拿出；将数日前学会的民歌《生产忙》及另一首歌拿出充数。唱得很不带劲。虽说化了妆，也未见有几分起色。穿黑对襟上衣、头扎白毛巾，其实不是今日农民的样子。四年前农民才如此打扮呢，眼下都穿红戴绿了。脸上涂些红油彩。有的同学似乎太爱美，掰着脸皮狠命抹，活似猴屁股。

我们的"劲敌"三（4）班是苏联青年舞，风韵自然、活泼俏皮，大得欢呼。还有几个特别精彩的节目，一个是二（3）班杜振中的梆子清唱，一人唱出父、母、儿、女四人声腔，真绝了；再一个是一（8）班的山东快书《馍的控诉》；二（8）班的话剧也棒，导演是高中师。这次晚会极成功。应邀观摩的女高同学，一向以为我校文娱活动搞得不好，也不得不为之赞叹。

（《日记·1955 年 10 月 30 日》）

外教辛勤传授、舞者拼尽全力学得的舞蹈处女作——《快乐的小队》，终究未能公演，同舞台、同观众缘悭一面，留下大遗憾！如今，舞步与走位早忘了。唯心中记得：在英气勃发的岁月，几位校外美女，调教六位笨手笨脚小伙儿，有过一段快活难忘的共舞！

是金子总会闪光。18 天苦学《快乐的小队》，犹如一番淬炼，推动舞蹈队走向成熟。像是公平的补偿，新的展示机会来了。

◆全校舞蹈比赛四月举行，我们还没有完全准备好。（练舞）唤人人不来。这几天应该抓紧。

（《日记·1956 年 3 月 30 日》）

◆昨晚，班上热情极高地练了舞蹈。《三人舞》《珂玛河》《豌豆花》三支舞，孝文、华忠编导，绥中口琴伴奏，我们自己把它串联起来，已跳得非常熟练。我们安上一个头，接上一个尾，尽管跳起来有些吃力，大家跳得很有劲。

（《日记·1956 年 4 月 4 日》）

◆舞蹈比赛结果评出来了。我们的艺术，果然受到一致赞美与肯定：以 90.6 分的高分全校夺冠！高师的预言错了。他对自己班、自己学生的舞蹈，还是有点儿不自信。不过，高师的鉴赏力也确实高：他看好的二（9）班，得了 89 分。

我们这次成功，是全体同学在无数课间饭后、不管刮风下雨、洒下无数汗粒，累积起来的。论结构安排、群体配合、音乐服饰、演员表情，我们都巧妙地做到艺术的统一与和谐。这个舞蹈充分显示：我们青春之朝气正旺，班集体之强固基础，依然健在！

（《日记·1956 年 4 月 16 日》）

这次夺冠的组舞，从串联编导，到组织排练，张孝文付出最多，是公认的头等功臣。孝文极富舞蹈细胞，舞姿颇具女性柔媚，甚得女高教练赞赏。组舞伴奏张绥中，是又一位功臣。"听说绥中又准备学跳舞了，跳交际舞。理由是"到大学不会跳交际舞咋成"。绥中的交际舞师傅是孝文。（《日记·1956 年 5 月 6 日》）小伙伴都知道，孝文的交际舞，是跟女高教练学的。

本班舞蹈队两位魁首，已经把展示肢体美的期冀，瞄向迎面而来的大学舞池。

增益其担当

——公益篇（上）

【导语】　人生来到青年季，热切期望参与、认识社会。附高以两大朝向——校内公益与校外公益，引导学生；以培养责任感、遇事勇于担当、竭诚关心社会、立志服务人民为目标。

校内公益大抵不出校园环境与公共勤务，诸如清洁卫生、绿化美化、教学自助、班内杂任之类；校外公益宽泛得多，含国家公益与部门公益，会有多种样式的群体交流、人际交流。学校对公益事项的选择，大多配合中心工作，时代印记鲜明。

附高三年，先逢"一五"开局（1953），再逢领袖《十七条纲要》发布（1955），两桩党国大事相接；学校的社会公益活动，也划然分作两时期。为实践创优五条之"各项活动开展得好"（集体）、"积极参加各项活动"（个人），同学们做过的各种公益，大都同"一五规划""十七条"精神相关。

在多元又多彩的校内互动、社会互动中，一群乍入社会、不谙世事的小伙儿，初获历练，浅尝况味，学做事又学做人，三观（世界观、人生观、价值观）渐启，颇获绩效。

"一五"展示新愿景，也寄予学生新期许。入学伊始，璘璘就感知高中与初中大不同：班主任高师希望每人都承担一份差事，无论班内还是班外，正职还是杂任。

课代表·读报员

今日选举班委会和课代表。不知啥原因，我被选为语文课代表。

我很担心：能胜任吗？努力做吧！

（《日记·1953 年 10 月 5 日》）

后来听说，首任课代表，如数学张青选、物理沈兰荪、化学王步俭等，都是看开学头一月表现、参考升学各科得分遴选。课代表职责单纯：配合任课老师，联络沟通师生。璘璘初任其事，有样学样：课堂上帮高师备粉笔、擦黑板；课后收发作业（作文）本。老师同学信任你，莫以事小而不为。璘璘不敢懈怠，做来格外认真。

不久又接新差事——读报员。

◆我是读报员。从今天起，读报开始提问。这要求读报突出重点。头一次试验提问，怪我不会读，同学没有听出重点，问了两个问题，叫了三个同学，有两人一点答不出；另一人答出一点，也不切正题。同学没有多大收获。

以后读到关键处，应多重复读几遍，引起同学注意；提问些啥要逐日记录下来，学校如果时事测验，我们有东西可以复习，不至于手忙脚乱、大翻报纸、耽误宝贵时间。

（《日记·1953 年 11 月 11 日》）

◆今日读报时间，全校举行时事测验。题目从 11 月 20 日到 12 月 20 日的重要消息与新闻资料中选择。题目对于我来说不难，因为自己是读报员。每天读报得预习，像预习功课那样详细看一遍，又经过一遍朗读，记忆非常深刻，考试不需临时抱佛脚、现翻报纸。这次考了个五分。

（《日记·1953 年 12 月 23 日》）

◆作息时间改了：下午读报移至晚自习之后，晚自习为此提前半小时。

（《日记·1955 年 2 月 28 日》）

◆上午班内举行时事测验，命我出题。考前，同学向我提问题，为摸底应付考试。"亚非会议何时召开的？"我不能如流对答，一时语塞，竟被问住了。"这题准不考，你看他都不会！"我口无以应——不能说"这题准考"呀！

（《日记·1955 年 4 月 7 日》）

◆班委会学习委员出了四个国内外新闻题目，作为一次时事测验。我答得不错，只是宝成铁路的"宝"字写成了"天"字，一字之误。

（《日记·1955 年 10 月 28 日》）

◆不知为什么，班委会把我那一字之差、谬以千里的时事测验卷子，作为优秀答卷公布墙报上。也可能算是比较好的卷子吧。我见到有人写成并不存在的"齐二铁路"；也有人写十大元帅名单，出现刘少奇。对时事不关心，足该引起注意。

（《日记·1955 年 11 月 1 日》）

墙报编委

读报员做到 1955 年初夏，一年有半；随即又接新任务。

◆班委会任命孔昭伟、余子政和我（注：稍后增补赖孝陶），组成《自由园地》编委会。我觉得还能胜任。

（《日记·1954 年 5 月 3 日》）

此项差事自 1954 年 5 月 3 日到职，做到次年 6 月，共 13 个月，为时也不算长。但每星期出一期，更新周期较短，组稿、催稿、审稿、版面设计、抄写、配图，工作程序繁重，耗费心力极多；自然，锻炼价值也大。

墙报经常遇到组稿难。有一次，"高师说：'稿件有啥难！第五组就有画家、有诗人、有写家呀！'听高师话意，本周的《自由园地》，可以交给第五组去编稿。既不用再费心，一身轻，也可以更好照顾一下功课。我也知道，还是要尽力做好自己的工作"（《日记·1954年9月5日》）。

◆《自由园地》发起"诗歌座谈会"，由孔昭伟、余子政物色四位重点发言，两个小时，谈诗写作。大家认为，诗的语言要精练，感情要充沛，声讨敌人像炸弹。余先生做的总结。

（《日记·1954年12月2日》）

全校班（墙）报评比，秋二（1）《自由园地》获优秀奖。

◆《自由园地》编委会总结工作。我发言说："墙报得了奖，老师同学都满意，优点和作用谁也不否认。还有些缺点，主要是与班委会、团支部联系还不够，没有主动争取他们帮助，班刊政治性弱，与同学当中浓厚的政治空气有些不合；而政治性，往往是一个刊物最重要的、决定性的标志；几乎可以说，一切文学，除政治目的以外，再没有别的内容。政治性不强，是班报一大缺点。"

会上还提出对下届编委会的建议。下届是否让我继续做编委，还不知道。不过要尽力多为同学工作。在生活中，任何一个锻炼自己能力（工作、学习、演讲等）的机会，哪怕它的锻炼作用多么小，也不应该放过。

（《日记·1955年1月11日》）

"一切文学除政治目的以外，再没有别的内容。"璘璘这个观点，似乎来自苏联卢那察尔斯基的《论文学》。如今看来，这种文学观有其产生的背景，可以理解。但文学是"人学"，撇开它的认识、教化、陶冶、欣赏等社会功能，只单纯视作政治工具，实在过于偏激。

◆班委会决定，下学期《自由园地》编委不变。下期的工作大纲，已由孔昭伟草拟好，我分工"散文·特写"专栏。应该很快熟悉自己的业务。母亲在《家长意见表》上写的意见，也希望我争取"多在班上做些工作"。

（《日记·1955 年 2 月 13 日》）

◆作为"散文·特写"主笔，我为本学期第一期撰文《我的寒假生活》。

（《日记·1955 年 2 月 16 日》）

为了给同学做示范，高师亲撰《我的一天》，赐稿"散文"专栏。我写了一首纪念斯大林逝世二周年的诗，送交"诗歌"专栏主笔赖孝陶。

（《日记·1955 年 2 月 28 日》）

◆为保证"特大号"班刊按时出版，我与昭伟牺牲两小时自习。虽说一大堆作业没做，却为完成任务感到快乐——要比做出几道几何演草甜蜜得多；因为这快乐也将传递给所有同学。

（《日记·1955 年 3 月 7 日》）

黑板上的特大号班刊抬出来了，吸引很多同学前来围观。也就是说，我们做的还不赖！但是在评比时，三年级有个党员提出，我们上面一幅插图，党旗画得倒下来了，边衬颜色也太暗淡，失去了党的光明、战斗涵义。他警惕性够高、敏感性够强。以后还是少画这些严肃画面。

（《日记·1955 年 3 月 8 日》）

班刊得了第一名！是上课间操时，广播中传来的消息。我们兴奋得发狂了！随后领得三本信纸，是奖品，是努力的成果与结晶。

（《日记·1955 年 3 月 24 日》）

班刊事情虽小，也并非总是一帆风顺。

◆眼看就要第二次班刊比赛了，可没有谁主动送来一篇稿。这是我不愿看到的。高师送来一篇篇作文，说让从中选几篇用。谁又愿意看乏味的作文呢？加上恼人的作业，我实在无精力再去应付明天的历史、俄文考试。一天时间过去了，现在，下课了。不过我还未失去胜利的信心。

（《日记·1955年4月11日》）

为布置"诗画展"班刊参赛，忙碌一下午。全班有四十多张画、四五十篇诗。我们把"诗画展"布置在一年级时那间如今闲置的教室。当我在北墙挂孔昭伟那幅油画时，清楚记得一年前，我们曾多次在那片墙壁上贴过《自由园地》。现在，仍是我们几个人，却已发生多大差异与变化！身体发育了，书读得多了，才情高了，智慧领域开阔了。我们仍要继续前进，养成各自的性格特点。

高师为"诗画展"画了一幅含义深刻的画，画面是一个初迈雄伟步伐的青年。画面下写着一首诗，为我们的成长而激动，为自己的辛勤工作有了回报而欢慰。"诗画展"作品中，我只满意一幅画：昭伟的油画《晚秋之黄昏》；有三四篇诗，也说得过去。"风"（笔名）的诗《爱》，格调不高。

（《日记·1955年5月20日》）

昨天，"诗画展"开幕第一天，有二三十个人前来参观。有位同学对我三首诗中的《不行啊》，提出尖锐意见，说是颓废派思想。第一次受到这样的批评，打击不算太大，往后还多的是。"颓废"担当不起。他可能没有看诗的最后一段。

（《日记·1955年5月21日》）

下午，班内召开"诗画展"座谈会。同学们肯定了"诗画展"的成绩：1. 它将会对全校文艺生活的高涨，起到推动作用；2. 从三十三篇诗、四十多幅画中，发现本班同学富于文艺天才、创作技巧和创作能力；3. 应该把这次喷发的创作热情，贯彻到日常学习中去。

师院实习老师李光国也来参加座谈，受到同学热烈欢迎。他们正在忙碌准备自己的毕业考试，却没有忘了我们。

（《日记·1955 年 5 月 24 日》）

◆班刊到最后一期，同学们松劲了，没有来稿，不能如期出刊。同学不支持，高师也无暇过问这"细枝末节"。我们四个编委，并非神通广大、下笔如神，变不出文章来。咋办？

（《日记·1955 年 6 月 15 日》）

◆同学们都不愿写稿，末期班刊出不来。四个编委中，余子政、赖孝陶不赞成再出了；我坚持要出，昭伟也是。为什么不把自己的工作坚持到底呢？高师支持了我们。他决定从作文中挑出些好的文章；再把明天的两堂语文课，抽出 3/4 时间，让大家都来给班刊写稿："来一个精彩的结束！"高师说。

（《日记·1955 年 6 月 21 日》）

热购公债

乍升高中，多遇种种社会公益、金融活动，或以入情入理，或以粗鲁直白的方式，进入校园。年轻小伙伴起初是好奇；随即身不由己地置身其中，凭借认识与理念，去独立判断：或参与，或排拒。

最早是公债，然后是储蓄与保险。

◆国家明年要发行经济建设公债，总额 6 万亿元。由于人民收入增加，钱，在人民手里不再是稀罕物了。响应增产节约号召，人们都把花不了的钱，储蓄给国家，能对经济建设起促进作用。建设的资金充足了，我们的国家可以更快地迈过过渡时期，进入社会主义社会。踊跃购买公债是爱国行动。让我在这个运动中，尽自己的能力吧！

（《日记·1953 年 12 月 12 日》）

报上得知即将发行公债，璘璘先写下这段感想。一个月后，校方有了反应。

◆王仲平校长做关于发行建设公债的报告，说社会主义的公债，和资本主义的公债，性质与用途都不同。（中略）我们的原则是：有钱的多买，钱少的少买，无钱的不买。数额分配合理：工人、店员、部队机关，1 万亿元（旧币。后折合新币 1 亿元）；农村，18000 亿元；工厂资方和工商业者，32000 亿元。方式也很好：一次认购，分期缴清；利息、本金，8 年还清。

购买公债的热潮，就要来到了。让我在这个热潮中，表现出对祖国、对人民的爱吧！1950 年过渡时期，历史性的第一次公债发行，我曾经买过；这次意义更为重大，是经济建设公债，我仍要买。数目不在多少，要尽自己最大努力。让历史记住，也让子孙们记住，为了那美妙的天堂（现在还不能想象，子孙们那时也许已住在另一个或另几个星球上了），他们 20 世纪的祖先们，曾经流了多少血汗、做出多大努力呀！我是这事件的参与者，为此感到自豪。

（《日记·1954 年 1 月 11 日》）

◆下午开始 1954 年国家公债认购。同学们纷纷表态：要以热情和行动，完成这个光荣任务，帮助祖国更好地进行社会主义建设。随后，分组讨论、认购。在漫谈讨论时，高师随时到各组了解情况，及时把同学好的表现和模范事迹，写在黑板上，鼓舞激励大家。

第一条消息："刘继勋同学，不买棉帽了，买一份公债；还准备下学期再买一份。"再一条消息："王步俭同学，热爱祖国，寒假不回家了，把 4 万元旅费全部买公债。"最后一条："王志运同学买了 5 万元公债，全班最多。"就这样，不时写出好消息。同学们看着黑板，兴奋地议论着，不断要求增加自己的认购数目。

我报购两份。我没有储蓄，这两万元也得向爸爸要。假若能多要的话，我可以多买。虽比一些同学买的少，我的热情和他们一样高，爱祖国的心和他们一样红。我觉得自己对得起祖国。

（《日记·1954年1月12日》）

◆全校师生认购公债工作已结束。公债推行小组及时把认购数字公布出来：全校师生共认购4500多万元；其中老师2100多万元，同学2400多万元，工友、炊事员没有计算在内。我们超额完成任务了！

最多的班级是秋三（3），170多万元；最多的老师是高仲英，120万元。我们班虽说仅60万元，但热情不比别班低。三（3）班认购多，是因为来自农村同学多，年纪较大，很多人都当家长了，当家的当然钱多；我们从哪儿弄钱呢？况且这不是竞赛，不在乎多少。我们也算超额完成任务了。

（《日记·1954年1月15日》）

储蓄金也可用于国家建设，但性质有别于公债。同学们对储蓄的态度，便少了些激情，多了些理智。

◆我们学校的储蓄总额，已有了2218万元。储蓄的好处很多。国家要向社会主义过渡，重要的条件，是看建设资金积累的多少，它决定着建设进展的快慢。储蓄不在乎时间长短和数额多少，都对国家有利，也对个人有利。储蓄可以避免浪费，养成节约的习惯。

（《日记·1954年3月10日》）

然而有些外来活动，连不谙世事的小伙伴，也觉得过分了。

◆学校简直成了金融市场：今日储蓄，明日保险，一天都不闲着。看吧：校门前放着号召储蓄的宣传文字；教学楼下甚至教室内墙上，张贴着鼓动购买人身保险的布告。什么"利己利国"啦，什么"应对突然身故"啦，净是些甜言蜜语。滚它的！我既无"余钱剩米"，也不会"突然身故"。

（《日记·1954 年 4 月 21 日》）

50 年代初，储蓄的主体参与者是学校与老师；同学一般仅有当月生活费，很少参与储蓄。至于保险推销，不看对象、不择场合，方式不当，只能在校园遭遇反感与排拒。

浚河·造林·割麦

开封地处黄泛平原，夏秋之际，农事繁忙；冬春时节，大修水利。平时修渠浚河、植树造林、助农收麦，小伙伴们习以为常。

◆早上，马柏源副主任向同学们报告，本市要在城外修一条渠；水渠修好后增产的粮食，价值 60 亿元，可以买一架战斗机。要求附高、女中、开中三校高中同学，踊跃参加这项义务劳动。各班都积极响应，学校只挑选秋二（5）、秋三（6）两个班参加。我班落选了。多么难得的锻炼机会啊，自然不胜惋惜。

（《日记·1954 年 9 月 18 日》）

◆本周日轮到我班疏浚河道。我们扛上 30 多把铁锹，戴顶草帽，向曹门关外进发。工地距城门 5 里，一会儿便到。刚开始，没有经验，不摸门道，都挤在沟底，施展不开。大家只凭热情蛮干，出力不讨好。过了好大一会儿，才慢慢上道。

我们分为三层三组操作：力气大的一组下到沟底，铁锹挖土抛至河堤中腰；一组再从中腰抛土到坝顶；力气小的一组，平整堤顶和内坡。大家越干越熟练、越干越快！9 时 55 分，沟深挖到 6 米，堤顶、内坡也修整达标，提前两小时完成任务。随后又去秋一（8）班工地，帮他们干了一阵。

这一段 6 米深的河道，底宽 2 米，上宽 4 米，坝顶宽 70 厘米，斜坡 70 度。头一次接触大工程，显示了集体的智慧和力量，也教育大家该怎样对待困难。

（《日记·1955 年 5 月 8 日》）

附高的植树造林动手早。璘璘们入学不久，团市委决定在市郊建造一条"青年林带"，号召全市中学生踊跃参与。

◆明天要去东郊植树。马柏源副主任向同学宣讲注意事项：

1. 栽树之前先整地：除草、铲雪。

2. 挖坑要够深、够大，坑径够 1.2 尺。

3. 埋树苗时，先上点土，打实；栽下树苗，再上土，再打实。

马主任强调，要切实做到这几条，也要向群众宣传这些科学植树的方法。同学就笑：不是说群众最聪明嘛，咋种树还用学生去教！

（《日记·1954 年 12 月 11 日》）

城墙根的地，的确冻得硬。幸亏早有思想准备。"打气队"在一旁敲着锣鼓家伙鼓劲，植物老师亲临指导，怕什么天寒地冻。大伙儿抡起铁镐刨呀刨，突击两个小时，挖好一排排树坑。全校共栽 3320 多棵树苗，提前两个小时，超额完成任务，同一起来种树的女中同学比，附高每人多种一倍（男孩儿去同女孩儿比，自然有些可笑）。我也给光荣的"青年林带"尽了一份力。

（《日记·1954 年 12 月 12 日》

◆又一波植树热潮在一年之后。

团市委号召全市青少年：三年内种活 60 万棵树，每人合 50 棵；先采集树种，培育树苗。校团委要求同学们立即展开采集树种比赛。（《日记·1956 年 2 月 21 日》）同学们利用周末，带上布袋，或上街，或到郊外，四出找寻。为采集树种，大家都很卖力，全班已收获 50 多斤，多为楝树籽（市区行道两旁多楝树）。可是细看成色，能栽活的

恐怕不多，特别是楝树籽。(《日记·1956年2月22日》)

初春采集树种共持续10天。在一个周末，"我9时赴校打球，恰遇全市中学献种大队，锣鼓喧天行进在大街上。锣鼓班子后面，是300多人的长队，分别抬着各校采集的190筐黄色种子，气势宏大，招引过客。我迎上前去，加入附高献种队伍。一位老人挤上前来，俯身筐前细看，见是熟悉的楝豆，转身避开；几个调皮的小孩儿，乘你不备，从筐里抓一把，转身跑掉。一些献种的学校，种子少得可怜，只装了两小兜背着。听到看客的讪笑，他们不好意思，羞红了脸。献种大队齐集女高校园——全市中学的采集成果汇集于此。附高战果最多，相比之下，旁校实在太少。"

(《日记·1956年3月4日》)

"王兴同学被评为开封市植树造林积极分子。"(《日记·1956年5月7日》)这次突击采集活动结束。踏实苦干的王兴，既是我班的模范，又是我校同学的光荣代表。

各种助农公益劳动，以仲夏下乡收麦，场面与动静最为盛大！

◆班里许多同学家在郊区。

夏收季节，很多同学回家割麦了。留校人数大大减少，吃饭时，菜多得吃不完。刘玉堂家远在中牟，来不及回家割麦。同他闲聊，知道收麦有两种方法：铲与割；铲用铲杆，割用镰刀。铲着快，割着不损麦粒，各有好处。豆子不能铲，豆棵太结实；谷子也不能铲，容易脱子儿。"暑假去俺家玩玩呗。"玉堂说。他诚心相邀，我立刻答应，充满着期待。

(《日记·1954年5月28日》)

◆正值小麦收割期，在奔跑忙碌中度过一个周末。为了帮助三家住在近郊的同学（王兴、赵连众、张金海和张金梁兄弟），也为接触了解农村和农民，高师建议周末下去收麦。全班有 30 人响应报名。班委会把人分作三批：一批到连众家，一批到王兴家，一批到金海、金梁家。王兴家最远，出曹（东）门 25 里；二张家出曹门 10 里；连众家最近，出北门 8 里。

王兴家我去过两趟，路熟。本来报名去王家，跑它 50 里来回，顺便锻炼锻炼。王兴捎信儿说，他家的麦子快收完了，不用再去人。准备去王家这批，于是再分成两拨儿，我改去赵家。赵家的麦子还差几天才熟，不能下手。安慰连众一番，又随高师掉头去张家。

从北郊转 90 度到东郊张家，是一段不平凡的路程。顺着堤坝绕个大圈子，花费两个小时走到。金海迎上来说，上午的活儿忙活完了，来吃午饭吧。饭后跟随金海、金梁一起下地。我有样学样，拿着铲杆，顶着毒太阳，顺着麦垄，上手就一口气铲了 6 行 50 米长的麦棵。两旁瞅瞅，同学好像都比我铲得多些，其实行数多少不同。高师也亲自下手铲麦。

郊野的风景美妙异常。太阳高挂天空，浩瀚如海的蓝天，闪示着绚烂的华彩。蓝天之下，是中原沃野。麦田像一块金黄丝毯，有绿色花纹点缀其间，那是绿树和未熟的麦棵。远风吹来，丝毯上掠起微波，伴着沙沙声响，给人们带来无限喜悦。

经历了这番劳作，同学们深感过往浪费粮食太可耻，相信不会有谁再去心安理得地糟蹋粮食了。

（《日记·1955 年 5 月 28 日》）

见习农家事

高一暑假第一天。璘璘把刘玉堂相邀的盛情告诉母亲，博得赞许、外加 3 万元（折合新币 3 元）路费。随即打点行囊。玉堂家在中牟县，顺陇海铁路西行 70 里。

◆做好了去玉堂家的准备。明天买两张车票就要走啦！开始吧，有意义的农村生活！——伸出你柔嫩的手，敞开你丰满之怀，迎接俺吧！

（《日记·1954年7月11日》）

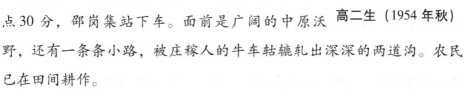

高二生（1954年秋）

第一日

1点钟起床，4点48分登上旅途。火车很少吼叫，却用加速度向黎明前的黑暗冲去。拂晓，5点30分，邵岗集站下车。面前是广阔的中原沃野，还有一条条小路，被庄稼人的牛车轱辘轧出深深的两道沟。农民已在田间耕作。

跟随玉堂步行10里，走进中牟县北5里一区明山庄，一所朴实宽阔的庭院。60岁的母亲、40岁的大哥、30岁的二哥，还有两位嫂嫂和许多奶声奶气、呼唤玉堂"老爹""舅舅"的娃儿，亲亲热热，10多口人！又嗅到熟悉的、阔别了7年的牛槽气味，看到高大的麦秸垛、磨坊里的石磨盘。槽间两条黄牛在悠闲咀嚼，几十只杂色鸡在院子里游走觅食。立刻想起潭头、荆紫关、麻池、宋家庄的日子。

大娘特意为我蒸白面馍，做四个菜。白面可是稀罕物，真不好意思吃，见大家一起吃才吃。吃罢早饭下地去。他家40多亩地，却这儿一块，那儿一块，分成十几块，最远一块离家二三里；作物品种也多，有高粱、麻、豆、瓜、芝麻、棉花等，小麦刚收过。这些作物都早了。瓜还小，大的比排球大不了多少。在瓜园小棚里见到他爹，正在编柳筐，身体健壮，没有胡子，不像60多岁。我帮他剥一会儿柳梢皮。还认识了玉堂的侄子树森、树林。

午饭后去河边玩，是黄河故道，玉堂说水有10米深。现在水浅，鱼很多。捡了许多大河蚌。又跑四五里到中牟县城转了一圈。

吃罢晚饭已9点钟，帮助给牛添草，又到辣椒地拔草。随后我俩到后地大树底下睡觉，凉快得很！全新的一天——没有一点不是新的。

(《日记·1954 年 7 月 12 日》)

第二日

上午在棉花地整理两个钟头棉棵、除草。非常快活，尽管太阳那么毒。午饭后去翻牛粪、瓜地里看瓜。没人来偷，自个儿倒吃了不少。西瓜还不熟，甜瓜有的熟了。

玉堂说，今年只收两石多麦；秋粮长得也不好，高粱顶多收 3 石。过去黄河还在时，能收 30 多石呢。还说，他家生活自给自足：粮食、蔬菜自己种，布自己织，筐、篓也都自己编。

晚上俺俩睡在瓜地里，凉快，空气好。

(《日记·1954 年 7 月 13 日》)

第三日

在玉堂姐家的小杨树棵中砍树杈。吃罢早饭就去砍，吃罢午饭又去砍，一直砍到天黑，共 8 个小时。一棵接着一棵，砍有 200 米远，堆青柴二三百斤。为我能坚持下来庆幸；可比玉堂他们还差得远。仍在瓜地睡。吃了很多甜瓜。我可能赶不上吃西瓜了。

(《日记·1954 年 7 月 14 日》)

第四日

感到有一点不足：这里看不到报纸，不知道国际国内形势、祖国建设进展。玉堂他们这些上学的，放假回来，接连两个月不看报，咋过呢？我回去要多看报，并把重要的消息写信告诉玉堂。还感到这里的农村工作做得不够：明山庄不但没有农业生产合作社，连互助组也没有！略微能感受到的一点时代气息，只有隔壁那个用一根木梁作凳子、20 多孩子在上课的小学校。别的情景都和两千年前无大分别。

本来打算到外庄割一天草，因下雨，改在家浇浇菜畦、整整棉花：我学会了整花。也喜欢这雨——眼看着高粱、谷子快旱死啦，雨一来，半截泛黄的庄稼又活了，咋能不高兴呢！

（《日记·1954 年 7 月 15 日》）

第五日

又下雨，忽阴忽晴，无法外出。跟大嫂学种萝卜。一公尺一个穴，每穴撒三四个籽，一口气种了一亩多，真带劲。有生以来第一次播种。

下午先给棉花地除草，又到二里外的白薯地翻秧。懂了白薯秧扎根就不再结白薯的道理。连除草带翻秧，三四个小时，弄了二亩多地，除草二十多斤。白薯不怕旱，他家的白薯长得不坏；高粱却旱死了一半，还有黑穗病。

（《日记·1954 年 7 月 16 日》）

第六日

上午打打小杨树杈。下午一人割了一亩地的草，三十多斤。晌午去瓜地吃了两个打瓜（西瓜一品种）。

结识一个朋友，十七八岁，姓梁，管玉堂叫叔。小梁性情忠厚，对人老实可亲，整天干活。今天才得知他爹是地主，让人打黑枪死了。全村唯一的二层楼，在玉堂家隔壁，原是他家的，现在改作小学。玉堂说，地主那些家属，现在还是不想劳动；小梁是例外。

（《日记·1954 年 7 月 17 日》）

第七日

早上，要走了，玉堂帮我背行李——一件衣服和雨衣。一家子摘了瓜送行。留恋着这个中农之家，却说不出一句感激的话。我爱农村，爱农业劳动，更爱这勤劳善良淳朴的一家人——未来的集体农庄庄员们。

车停开封，走出车站。我背着行李，在街上漫步游荡，老不想快走。心还在明山庄。

战斗的人们，就是活着的人们。

不是伟大的爱情，就是神圣的劳作。

忽然想起雨果这两句诗。第一次感到我对得起溜走的时间，因为我没有虚度。劳动是幸福的——灵魂里的幸福。

（《日记·1954 年 7 月 18 日》）

◆半年后，又到寒假。"接到刘玉堂从明山庄写来的报喜信：家乡成立了农业生产合作社。这是多么可喜的一件大事啊！作为一个光荣的社员，玉堂太兴奋了！读着来信，像在看一篇美丽的通讯。我要给他寄一首诗，表示祝贺。"

（《日记·1955 年 2 月 3 日》）

璘璘动情，发自内心。亲见明山庄的生活样态，让他仿佛重返潭头镇。可心头总像缺点啥。当时同玉堂一样，璘璘期待变化，尽管不知该咋变。啊，变化来了——农业生产合作社！

又过了 10 个月，当真迎来一次亲近新事物——初级农业合作社的机缘！

参访黄河社

黄河社在开封城北 30 里的黄河岸边，是市郊第一家初级社。1955 年 12 月第二个周末，高三级六个班同学共襄盛举——走访黄河社。

◆一点半钟集合，扛起打好的背包。俺秋三（1）班举校旗打头，特意从部队借来背包带，自然看起来整齐得多。背包重 20 斤，不能同解放军的 80 斤比，但这对小个子刘继勋来说，已有点吃不消。出发前，魏子佩老师先讲些行军常识"开始小步，后面大步"之类，然后开路。

六位班主任老师随行。

出得曹门，满目土黄色。大地在休息。路旁懒散躺着的狗、枯干的树、低沉的天空、凝结的空气，一派和平的宁静——一种过度平静。两人一列的大队，由于背包的厚度把间距增加一倍，虽只有300余人，却成了几乎不见尽头的长串。一路在沙地上费力地走；有时走一段黄土软地，会轻松许多，满心欢喜。不知唱了多少歌、走过多少村庄、遇到多少建设工地、同多少辆翻身农民的四轮大车（有时踏着它的辙印前进）擦身而过。只记住我们已越过两道黄河大堤。堆起的新鲜黄土，可知这堤坝是解放后新修的。它在保护着大河南岸几千万民众的安全啊。

进庄来颇感意外。原想着会有社员出来欢迎、慰问长途跋涉的辛苦，却看不见几个人。"这里是全国闻名的黄河社吗？"有些疑惑。一棵树下见到一位老人，他面无表情，似乎无动于衷。但看那刚烧的满满一大缸热水，知道他已为迎接这群中学生尽了多大力气。就地坐下吃了晚餐。

晚饭后，一位社员引导，在庄子里随意看看。东边一片新瓦房，说是权属农业股；西边一排平房正在盖。社大门挺漂亮，不断有人进出，有的骑着崭新自行车，说这是今年社里新购18辆车中的一辆。门前大树上挂着一口大钟。不一会儿钟响了，唤一群"工人"从施工的房顶爬下，很像工厂汽笛嘛。

洗漱间是社里的理发室。里面一面落地大玻璃镜，说是地主家用了几十年，如今是公产了。睡在畜房西隔壁，有干粪和豆秸味儿。不坏，睡得很香。夜里冷点儿，还不致冻醒。

（《日记·1955年12月10日》）

◆赵清波社长报告要点：

农民思想落后，看不清前途。一放松，就会要（买）地、放账（贷）。在党领导下才算渐渐觉悟，社也发展起来，避免了"自发"。

（入社）开始，土地、劳力各半（作价）。扣除（总产值）10％做公积金。劳力值从50％逐渐提升；土地值逐渐下降。现在的土地值占13％，劳力值占87％。超产有8％奖励。起初社里连个会计也没有。去年8月来一个会计，什么都有了账。大家生产更带劲了。大家都省吃俭用搞生产。为了社里攒钱买骡子、胶轮马车，社员们连续吃了20天白薯。

夏季发展副业：打鱼、打雁，改善社员生活。有了猪、牛、羊饲养场。18头乌克兰大白猪，计划1957年发展到200头。羊100多只，一年可剪10次毛。计划1957年发展到1000只，还要换养奶羊。用400元买了一头波兰种奶牛，将来能挤2万斤奶。还种了二三百亩苹果园。农业技术还得改进，因为手工劳动和机械化合不到一块儿。

王会计补充讲话：

社里150户，350个劳力，7部双铧犁，盖房100多间。今年农业收入87000多元，副业收入7000元，共94000多元。扣除公积金、公粮等，按土地分配13000多元，按劳力分配4万多元。今年全社社员共挣75万多分，最高的3700多分，1分合7角钱，平均每个劳力150元。社员收入比去年增加30％。有一户分得940元；有的户添了12条被子、手电筒、胶鞋，还要买手表。

以后规划：把5个初级社合并成立高级社，352户、1000多口、772个劳力，6434亩地，182头牲畜。设集体农庄主席3人、一个管理委员会。农庄下设5个大队、15个生产队。队长以上干部134人，加上会计等共280人。还需要技术人员120人。管委会下设教育、文化等8个股。以后土地规划，实行包工包产。

两人的报告让人感到，这里迫切需要知识分子。赵社长说，建社时最大的困难是没有会计。王会计只不过上了几年私塾、认不了几个字，很受社里上下尊敬。黄河社的道路，指明中国农村的发展方向。

我很想参加到农业生产中去，再艰苦也不怕。我要说："我爱农村。"

(《日记·1955 年 12 月 11 日》)

回城路上，陈怀溥说："俺是头一回来农村呢！"刘继勋、张绥中说："俺也是。"一群城市小青年，迎着冬日暖阳，融入中原大地，来亲眼看看农村啥样、合作化咋回事。认识新中国的基层社会，这该是个开始；对璘璘也是。

夜校小教员

高二上期末，"班里选（下学期）政治课代表。我有心自荐，觉得做一个团员，没在班上承担一点社会工作，不应该；又怕同学不要我，没有大胆举手。还好，上晚自习时，高师找到我，叫我下个学期去担任夜校语文教员。我一口答应了。这个工作要比做课代表难得多。不过，无论啥工作都一样，没有轻重之分。我一定把它做好。"（《日记·1955 年 1 月 18 日》）做夜校教员，同以前做集体公益不同，璘璘将独自面对来自社会的陌生群体。

◆假期最后一天。下学期有两项社会工作：继续做《自由园地》编委；兼做夜中语文教员。我很期待。一棵成长中的乔木，只管使劲长吧，用不着再留恋自己的幼苗时代。

(《日记·1955 年 2 月 13 日》)

◆昨晚余子政到夜中上语文课。夜中在三圣庙门，我冒雨前去听课。20 多位学生，多半家庭妇女，其余来自街道、商店，有店员、小手工业者、小贩和无业市民，都具有小学文化程度。子政讲得流畅、精彩。我坐在最后一排，静听着，思考着，分析着。听课 3 小时后，初步有了讲课的心理准备。这是一大收获！本学期夜中语文最后一课——《游美印象记》，三个课时由我来讲，时间在下周四。星期日可用来备课。

我这样考虑：将来即使做个普通工人，也必须学会说话，要有能充分表达自己思想感情的口才。做夜中教员，正是锻炼自己的好机会。

（《日记·1955 年 5 月 27 日》）

昨晚在夜中课堂上，余子政向同学介绍我，吹嘘过分，真不好意思。学生中有位赵福禄，竟是我小学同学，那时名字是赵志祥，现在一商店做店员。五年中变化多大啊！在祖国的宽阔大道上，我俩走上不同的道路，奔向各自的人生前程。

（《日记·1955 年 5 月 30 日》）

◆今晚 7 时到 10 时，我在夜中上了三节课。滔滔不绝、满头大汗。没有出现冷场。只是第一次讲，不怎么熟练，同学不大守秩序。我的口才，还从未有过像今晚这样的锻炼机会呢。虽说还做不到让学生专注地听，至少我不害怕了。下次再来！

（《日记·1955 年 6 月 2 日》）

昨天讲课中途，刘继勋、李梦庚、鞠伟生、朱金明、王步俭、张氏兄弟等七人，进教室来观摩。我讲得更加带劲，时间掌握也很好，误差不到 2%。第三节讲得快了些，不过没关系。只剩下总结了。

课讲完后，听到恭维，也听到批评——两相中和，滋味受用。虽说喋喋不休三个小时，有点口干舌燥，回来兴奋得很久没睡着。后来睡着了，很香甜。

（《日记·1955 年 6 月 3 日》）

捐书农青·欢送新兵

◆为了帮助农村失学青年，让他们有读书学习的机会，本市中学生发起捐书活动。同学们你两本、我三本，争先恐后认捐，踊跃之情难以言状。这是对农村、对农民的爱产生的力量。新华书店也运来大批通俗易懂的小书，让大家选购乐捐。有一次买六七本的。我过去买书不少，这次正好给捐出来。起初我报 3 本，最后捐了 6 本，完成

200% 定额。全班共捐 100 多本，全校捐了 3000 多本。金海、金梁兄弟捐 12 本，居第一位。其实，为农民兄弟尽力而为，多少没啥；学校对此也无须批评或表扬。

（《日记·1955 年 4 月 12 日》）

◆昨晚迎着冷风去到河南医学院，那里举行欢送服役青年晚会。我不是去做观众，而是以演员身份来的。在一群年轻的服役公民中，我又见到小学同学赵志祥。半年多以前，他在夜中做过我两天学生。如今他披红戴花，高高的个子站在台上，咧着大嘴直笑，仍是那股憨厚劲儿。他就要成为一名光荣的解放军战士了。

演出开始。我和伙伴们献上小合唱《妈妈放宽心》：

妈妈放宽心，妈妈别担忧，

光荣服兵役，不过三五秋。

门前种棵小桃树，转眼过墙头。

桃树结了桃，回来把桃收。

我在台上边唱、边瞅台下，看见志祥专注地听，他爸妈也在。可惜没找到合适机会同他聊聊，实在遗憾！

（《日记·1956 年 2 月 9 日》）

上午和刘玉堂代表全班去送别新兵。又见到赵志祥，只是握了一下手。街上人山人海，可见民众对这事多么重视。这 300 名青年，即将成为光荣的解放军战士！

（《日记·1956 年 2 月 18 日》）

◆河南省 4000 人组成青年志愿垦荒突击队，3 月上旬就要开赴青海、黑龙江去垦荒。附高派出我们几位同学，代表全校学生热情欢送他们出征。他们会在祖国的广袤田野上，为社会主义生产出成万吨粮食来，他们将成为英雄。相信他们将和北京等各地青年突击队一道，用双手在祖国边陲建起无数座共青城；我们也将以百倍努力，向科学进军、追赶世界最先进水平。我们的事业同样光荣艰巨，因为都是为建设社会主义。

（《日记·1956年2月23日》）

"救火呀！"

今日开始期末复习。本来想：可抓住了个大好时光，一定要在一天之内，把物理、化学仔仔细细地看它一遍。岂料"闭门屋里坐，祸从天上来"，看完一节化学、刚进入第二节，忽见一团黑烟，里面蹿着火舌，从大楼后面滚滚升起。同学们一时乱了手脚。楼外人喊：

"伙房失火了！"

就都向井边跑。我疑豫大约两秒钟，便把化学课本桌上一扔，出楼门向伙房跑去。恰巧碰到一炊事员，两手提着两只水桶迎面跑来。我不由分说夺过一桶，一起跑向水井。不知哪儿来的一股子劲，提着一桶水，一口气跑到现场。只见有人爬到房上，冒着坍塌危险泼水救火，我也不顾一切地钻进火场、冲火苗泼水。抬头望见孔庆福同学，他勇敢地骑在天窗上泼水。大约10分钟过后，消防队来了，很快把大火扑灭。这才发现自己浑身泥水，肩上挂着房顶落下的席片；火场上的人都是又脏又湿又黑。

（《日记·1954年7月2日》）

厨房着火原因，是旺火炒菜的火苗，被烟囱效应引燃桁梁篦席。教训沉痛，万幸没有伤人。

学校要表扬积极救火的人。班委会把本班的推荐名单送教导处。我被列入"进入厨房"这类，还有鞠伟生、赵连众。我真觉得不算啥：没砸着也没烧着，只是与同学们一样，为抢救人民财产尽了一份力而已。

（《日记·1954年7月3日》）

高中第一个暑假今天开始。为参加救火，学校致一函给家长，说"将此次光荣事迹布告表扬并登录学籍"。

（《日记·1954 年 7 月 11 日》）

这次救火之战，该是 16 岁少年璘璘，首次临机应对突发灾变。

【缀语】　投身广阔天地，频繁接触社会，参与各种公益活动，让生活圈自小限囿家庭与亲人、校园与师生的璘璘，陆续结识新时代的农民、农村青年、普通市民、店员、小贩、下层手工业者，以及参军青年、垦荒青年；见证各式各样青年群体，各自迈向人生之路，笑迎多样年华。璘璘一并视之为肩负共同使命、携手攀登人生顶峰的战

表彰函（1954 年）

友。在日后生命旅程中，璘璘屡遇危难，尚能应对得宜，愈益显示社会实践的锻炼价值。

跳脱"小我思维"，人生视野顿开。

化育其心智

——公益篇（下）

【导语】　高中最后一学期公益活动，围绕着全力贯彻领袖"十七条"号召安排。

几个寒冷的冬夜，在龙亭近旁一个小院的里屋，围着一盏微光如豆的油灯，教工友们识字，犹如学塾开班，情景难忘；挖蛹捕蝇、捉麻雀，一场接一场鏖战，又像多幕谐谑剧，浪漫中透着执着，小伙伴们则个个像堂吉诃德式勇士。

动静如奔雷，战果小又小。一群小理想主义者毕竟羽毛未丰。从历练人生、涵养秉性观之，挖得若干蝇蛹、捉得几多麻雀，其实已不重要。

1956 年 1 月 7 日，寒冷的周六。下午 1 时半，教室墙角小喇叭里，响起车光训校长浑厚的男低音，说传达领袖重要指示。璘璘手戴那副母亲给织的、半露手指的灰毛线手套，摊开日记本，拔下钢笔帽，认真记下要点。

◆毛主席十七条指示（车校长传达）

一、农业合作化进度问题。（下略）

二、关于地主、富农加入合作社问题。（下略）

三、合作社的领导成分问题。（中略）

十三、七年内消灭四害：老鼠、蚊子、苍蝇、麻雀。（中略）

十四、在七年（至 1962 年）内基本消灭文盲（每人识 1500—2000 字。校长插话：河南省要求 1960 年前完成全省扫盲任务）。（后略）

（《日记·1956 年 1 月 7 日》）

全班讨论，反响热烈。

毛主席这十七条，给我们戴上一副望远镜；不只是前景，连七年后的样子，也仿佛看个清楚。他去年刚做过《关于农业合作化问题》的报告，又立即作出十七条具体指示——是难以想到的具体！他相信全国人民，会以自己的努力，在七年（比原订时间提前五年）中，给我们伟大的祖国，穿上社会主义的辉煌盛装。我们要遵照他的指点，一步步向共产主义走去。

（《日记·1956 年 1 月 7 日》）

"十七条"的内容和精神，对璘璘与伙伴们参与公益活动，既是指向标，又是推动力。

扫盲小老师

听得"十七条"传达，校团委闻风而动，号召刚完成夜中教学的高三各班，为全省五年（到 1960 年）扫盲，再接再厉，做新贡献。

◆秋三（3）支部发起、三（1）至三（4）响应，四个班通力合作，共同开展扫盲。今天，我和杜祥琬（注：后任中国工程院副院长）、吴荫芳（注：后任清华大学科研处处长）、张青选四个人，跟着三区政府的老梁，在区里街道转了很大一圈，挑选扫盲对象。

第一个生产合作社是木工社，约有 30—40 个文盲。第二个是硝碱社，文盲更多——70 个，一位会计很热情，同他谈得很投机。第三个是被服社，文盲人数和第一个社差不多，有的上过学、识过字，后来忘记了。最后一个是制鞋社，同我们谈话的社主任就是个文盲。他说："愿意上课的可能只有 10 多个人。"听口气并不很乐意我们来，没热情。

我们选定硝碱社。明天再来，好好发动一下。

（《日记·1956 年 1 月 30 日》）

◆与硝碱社还没有商定。他们的领导忙，不能分心谈扫盲。只能再往后拖几天。

（《日记·1956 年 1 月 31 日》）

◆与硝碱社领导说好了，扫盲班 2 月 4 日上课。张青选和魏华忠，一手完成了上课用的《扫盲生字表》。字帖印了出来，也挑好了教员，有意义的工作明晚就要开始。大家都愿意在扫盲中尽自己一份义务。

（《日记·1956 年 2 月 3 日》）

◆晚上的扫盲课成绩丰硕。高三4个班、20个教员一道，跑到龙亭旁边的硝碱社工场。雷社长是个认真负责的人，他召集所有社员来，选好房子（教室）；他自己也参加高级组学习。我们中级组的教室须再走一段路，去一个社员家里。10分钟后，学员到齐了。课堂上发现问题：中级组学员识字程度不一，学过四册、三册、二册扫盲课本的都有。我们就临时决定：分头讲授。

我负责教第二册。4男2女6个学生，都30岁左右。在里屋，大家围着一盏昏暗的油灯坐下。没有课本，人手一份油印《扫盲生字表》。没有见过面，第一句开口话很难说。男人们漫不经心抽着烟卷，一明一暗地闪着光，气氛有点尴尬。两位女社员倒是心直口快，就同她俩先聊。我先问她们的学习、生产情况，然后扯到识字上，她们的劲头也就上来了。我手拿《生字表》，随意挑着讲。在一个钟头内，着重讲了14个简化汉字。因为不是生字，他（她）们都接受得了。特别是两位口齿伶俐的女社员，记忆力强，手写得勤，记得很快。几个男的被她们带动，后来也读出了声。我注意到，4位男学员捧着《生字表》的手，满是粗糙老茧，手背多有皲裂。随即想起潘、杨二湖边，

那群常年靠着刮碱土、熬硝盐，或泡纸浆、做豆纸（纸质粗劣的民用卫生纸）为生的底层市民。也就明白了男学员手上的皲裂，该是硝碱腐蚀留下的；粗糙受伤的双手，透露人生的艰难。心里满是感动。

两个钟头过去，嘴里又焦又渴，可是心里高兴。因为我这是第二次为工友服务了。明天来，也就不再生疏。主人的小女孩儿天真可爱，抱住我的腿直叫"张老师"，央求说"给

高三生（1955年秋）

俺唱个歌听呗"。

其他小组情况也不错。特别是多才的沈兰荪，在高级组讲得有声有色。张戡不该给低级组文盲班大讲"宝盖儿"字，他们听不懂；褚春霖讲得生硬了些。

（《日记·1956年2月4日》）

◆昨晚照常到硝碱社扫盲班上课。谁知全体社员都到区里开会了。第三次课只好作罢。扫盲总成绩会受影响，不过不会等于零的。

有一个感觉：社里某些干部，似乎认为我们的工作可有可无，甚至认为是他们的累赘。昨晚那位出面告知开会、婉谢讲课的负责人，给了我如此感觉。我虽有些不快，但依然相信：社员们还是想要多认字的。这样去想，多少减轻了些心中不快。

（《日记·1956年2月7日》）

◆第四次去硝碱社扫盲班上课。很不巧，又遇到"全体社员大会"。只好无奈返回。已遭两次"冷遇"。第五次恰逢除夕，恐怕又是凶多吉少。

（《日记·1956年2月8日》）

农历除夕，除旧迎新，民间过年，事比天大。当晚的扫盲课自然宣布取消。硝碱社送来一幅锦标，表达谢意，也有作别之意。新年过后，高三下期开学，面临毕业升学，扫盲难以为继。硝碱社识字班，只能委托学弟们接着去做。璘璘只上两堂课、各一小时。成效甚微，不值一提；但扪心自问：尽力了。

新年过后的一天。

课外活动时，我和校团委两位同志一道，去硝碱社联系，希望他们接受我校一、二年级的帮助，继续扫盲班教学。忘记顺便感谢所赠锦标，颇感遗憾。

（《日记·1956年3月9日》）

粪场寻"敌"

在响应领袖号召之前的 1955 年春,小伙伴们先已投入爱国卫生运动,挖蛹、灭蝇。

◆今日第二次出动挖蛹。又叫我学会了新的东西。

我们的眼睛闪烁着机智的光,

任何小小的敌人休想躲藏。

我们知道自己工作的意义,

干起来就特别有力量。

出发时非常冷,刚开始也不顺利——我与赖孝陶挖了一个钟头,挖出五六十个蛹,谁知一检查,只有五个是名副其实的蛹,别的都是空壳。动手迟了!手中的小盒子,半天了,还是那几颗蛹。

转移阵地吧,来到一片晒粪场。沈兰荪、朱鸿两人,正在干粪堆下挖寻。我俩也连忙往下挖,果然看见死蚂蚁样的小黑蛹,接着是一串黄色蝇卵。像发现了宝藏,劲头立刻上来!你一夹,我一夹,片刻工夫我就挖出 50 多个蝇蛹、白蛆。

晒粪场来人渐多。再转移阵地。遥见一群人,在附近麦田中夹着什么——啊,小苍蝇,该是从粪场那些蛹壳中爬出来的。贾栋手举战果报喜——他已抓满一火柴盒小蝇。我与赖也赶来麦田寻敌:仔细搜索每一片麦苗青叶,捉拿飞不动的幼蝇。露水打湿布鞋在所不顾,人人沉浸于紧张的战斗。

半个多小时战斗结束。我和赖孝陶捉得蛹、蛆、幼蝇 200 个左右;深入粪堆作战的沈兰荪、朱鸿两人,战果 500 多个!蝇、蛹、蛆、卵,价值相当。现在消灭一个,等于今夏减少 5 亿个!还有一个收获:我们不会再轻易就吃止泻药了。

(《日记·1955 年 3 月 20 日》)

◆今天又消灭 37 个苍蝇。

（《日记·1955 年 6 月 25 日》）

◆昨日我班捕蝇 3100 多只，打破自己的记录。我相信这个数字在以后多日，将会无出其右者——天气渐冷了。

（《日记·1955 年 11 月 26 日》）

璘璘对记录过于自信。他没想到随后颁下"十七条"指示，更没想到冬季"除四害"，将同爱卫运动的捕蝇捉鼠，实现无缝衔接。

校长、主任等几位附高领导，对上级指示一向跟得紧。校长宣讲"十七条"后，"马主任要求全校立即展开消灭'四害'运动，并指定我班做'捷报队'。我班担当这个有意义的责任，义不容辞。沈兰荪、蔺子印做广播员，我做编辑，三人组成附高'除四害'播音报道组。今晚播出了第一篇报捷通讯"（《日记·1956 年元月 19 日》）。这篇通讯报道某班挖蛹初战，沈兰荪首次上小喇叭播音，他的普通话比较标准。年假之后，"除四害"高潮再起。

◆原定明日去挖蛹，被一场大雪所阻。

（《日记·1956 年 2 月 25 日》）

◆吃过午饭出去挖蛹。几人无目的地走。想进两个酱园去挖，被回绝。于是转向公厕。在石桥口公厕，一位天真的儿童，手指厕砖说"下面有！"苦于半天一无所获，连忙翻开冷硬的厕砖。哈，果然有蛹！大家竞相扑夹，活像围歼战。仅仅 10 分钟工夫，捡得半墨水瓶。返校欲借卫生室的天平称重量，张大夫担心污染不肯借，说"天平价值数百元呢"；去借用化学实验室天平称量：仅重约 4 钱。唉，真不见分量！

（《日记·1956 年 3 月 1 日》）

◆全班人马一起出动挖蛹。任务 8 斤之多，必须来一次突击。然而不如所愿，蛹、蛆极少，总共只挖得三四两。那位晒粪场主还唠叨说，把他的饭碗都挖跑了呢。只好无奈收场。全校150斤的计划恐怕也要吹了。

（《日记·1956年3月2日》）

◆到曹门外粪场挖蛹。大都化蝇而去，剩下空壳，只得到4个真蛹子。

（《日记·1956年3月20日》）

◆重点由挖蛹转为灭蝇。学校发下表来，让逐日填写捕蝇数目。本来没啥问题，可以逐日填写，厕所里的苍蝇多着呢，够打的。可是竟没见人去打（我倒去打了）。也许每天早饭后要上课，午饭后要洗衣、睡午觉，忘记打了吧。都是年轻人，为什么不能在生活里加进些新内容、让它多彩些、闪耀出些与过去异样的火花来呢？譬如午饭后先打会儿苍蝇，再伏桌休息。连这一点都做不到，可算是"习惯惰性"吧。

（《日记·1956年4月18日》）

随后捕雀高潮再起，捕蝇不再逐日统计。

智斗飞雀

挖蛹扑蝇，小打小闹，与同时进行的捕雀捉鼠相比，论阵仗之宏大、心力之耗费，都只算小游戏。

"工欲善其事，必先利其器。"班委会选择几位心灵手巧的，组成模型小组，研发捕雀捉鼠工具。

◆模型小组适应同学需要，决定尽快试制一批弹弓、鼠夹等工具。

昨晚和褚春霖、魏华忠，到校内各处屋檐掏麻雀，一无所获。本来应该猎获两只，不慎惊飞了。

（《日记·1956年1月20日》）

◆全校向"四害"发起总攻的第一天。我为两位播音员编写广播稿。播出只需七八分钟，却费了我4个半小时。先去各班搜集素材，再编为文稿，尽量写得适合口头播音，着眼于鼓舞军心，向人类之敌——老鼠、麻雀勇猛进攻。

各班同学的表现都很勇敢。孙洪等人爬上大礼堂房顶去堵雀巢。秋一（5）的弹弓神射手尤广发，竟4弹打下3只麻雀，一个人灭雀11只，占全校灭雀总数50多只的1/5，真了不起！

使用弹弓，最大的困难是命中率低得可怜。全校没有第二个神射手。秋三（4）班尽管做了1000多发胶泥子弹，却射不准，都废了，没打下一只。其他各班都成批地买弹弓，却打不下麻雀，造成浪费。

◆我从家里找出一副弹弓架，两三年前玩过，长满黄锈；还自个儿在家搓了200粒胶泥子弹，晾干。明天考试后上街，再给弹弓配上2尺橡皮筋。只看能用它消灭几只麻雀吧——我不敢期望过高。

◆在全天战斗总结的播音中，沈兰荪批评秋二（6），说一整天没有他们的捷报。该班马上来人到播音室抗议，说他们成绩并不少，只是没有汇报。说得我们哑口无言。稿子是我写的，调查不周，责任在我。向他们诚恳道歉，答应明日为他们报捷。二（6）班的集体荣誉感多么强烈啊！

（《日记·1956年元月21日》）

◆后天就要放寒假，学校消灭"四害"运动正热烈进行。为及时报道战况，整个下午忙得不可开交。干脆和兰荪、子印一起，蹲在广播室，来稿随改随编随播，以免过时误事。各班捷报雪片般飞来，要求笔头更快些。这是一次实际的锻炼。

我个人的战绩太差，200粒胶泥子弹挥耗净尽，无一命中。

（《日记·1956年1月22日》）

◆伙同郭正伟、张绥中去暴卓然家，四人一道忙碌一个多钟头。从他家前院到后院，从西墙到东墙，从房檐到拱顶，无处不摸查，无处不留心。借助两副梯子、一个手电筒，又巧逢农历十五的月光，还有院子里一群活泼大方、好客好奇的孩子们做帮手，近视的绥中甚至带来眼镜。环境和条件这样好，仍然一无所获！头一次上梯子摸，摸到一个塞满枯草、雀毛的窝儿。可要找的是窝儿主，它却不在。高兴又失望地想：它大概在外遭到厄运了吧！后来再上梯摸，更其叫人悲伤：不但不见草、毛，还探不到洞底。自个儿吓自个儿："也许是蛇窟？"不禁一个寒噤，匆忙下梯。这样重复了五六次，无功而返。

整个大院已转得差不多，四个人有点心灰意冷，来时的热情熄了1/3。唯独院里那群娃娃激情依旧。几个小的起劲地搬椅子、转移，总跑在我们前面；几个大的争着搬梯子；还兴奋互说自己功课得几个"小鸭"（2分）、"馒头"（0分）。娃儿们的童趣让哥哥们打起精神。终究搜索无获，只好空手收兵。

（《日记·1956年1月28日》）

◆中学最后一个寒假过去1/3。实在谈不上有啥收获。学校指派的工作：捕雀、捉鼠、宣传"十七条"和兵役法……做好了哪一件呢。捕雀、捉鼠热情极高，却一直得不到满意的效果：掏，雀不上当；毒，鼠不吃饵。百般无奈，靡计可施。今日汇报，不得不红着脸对高师说："一个没有。"班上大部分同学也一样。

（《日记·1956年1月29日》）

◆除灭鼠雀效果不彰，不好向上边交待。"早上紧急开会，马主任要求同学每人每天至少一只麻雀，老鸹（乌鸦）也算数。战果难以预定，标准恐怕过高。无论如何，只能尽全力去做吧。"（《日记·1956年1月31日》）

◆晚上去捉老鸹。在城墙上爬来爬去，在尚未冻透的泥地来回找，弄得满脚泥浆，始终不见老鸹踪影。忽然在还没升起的朦胧月色中，看见一棵树枝上有一团黑。魏华忠一竹竿下去，黑影未动。仔细一瞧，原来是个警示牌，写着"不要折毁树苗"。一场空欢喜、一阵苦笑。

等到晚7时1刻，鞠伟生拿着学校开的介绍信来，就一起去师院捉老鸹。可师院警卫不认附高介绍信，说什么也不准进校，只好回转。第二轮大战，仍然两手空空、一无所获。真扫兴！

秋三（5）班委会提出口号："一天不打一只，不回家看书！"如果当真一只打不着，难道你在野外露宿吗？硬干总不是办法。

（《日记·1956年2月1日》）

春季到了，班内捕雀兵力重组。璘璘与刘继勋，或单兵或结对，相互配合，出击作战。但初战仍不顺利，收效甚微。

◆上午，独自到宋门外晒粪厂转悠4个钟头。多么枯燥的4小时！小雀不到跟前来，又无人做伴。肚子饿了，花生很便宜，却无半分钱。又是空手而归。

（《日记·1956年2月1日》）

心灵手巧的继勋，创制新的捕雀法：找一块方砖，一支木棍支撑它斜立；木棍下端接另一棍，置于砖下；此棍上放碎食纸盒，引雀来吃。盒牵底棍，立棍撑砖，颤颤巍巍，构成"恐怖平衡"。小雀砖下啄食，跳踉触棍，打破平衡，棍倒砖落俘雀。继勋给捕雀新法起名"千斤砖"。

◆吃过早饭，跟继勋一道去他家捉雀。进得家门，果然听到群雀啾唧，异于别处。抬头看，小雀们整齐排列屋脊上。继勋母亲正在烧饭，身边的柴火垛上撒满雀屎。继勋领我跑遍前后院，布下五套"千斤砖"。不作耽搁，旋即又到曹门粪场——群雀乐园。尽管有孩儿们捡拾煤核（没有烧透的煤芯儿），雀儿们仍无忌地蹦跳觅食。它们百十成群起落着。这可乐坏了我俩！毕竟雀儿比人机灵，看见来人，瞬间逃逸无踪。我俩又布下十套"千斤砖"，织成一张捕雀密网。

刘继勋下午去查看，回转来说压住一只，被一个五中学生拿去了。

晚间奔向华北运动场。高三六个班齐出动，围剿风雨体育室里的麻雀。有很好的白日侦查、严密的组织纪律，进展顺利。在云梯帮助下，我们用从学校带来的被单，把一圈屋檐塞了个密不透风。麻雀被堵在里面，等待明日的死亡。

（《日记·1956 年 2 月 2 日》）

昨晚室内体育场的战斗居然无果，因为麻雀可从屋檐后面逃逸室外。白忙一场，捉雀仍无一点成绩。

（《日记·1956 年 2 月 3 日》）

◆和继勋又在曹门城角守了 3 个小时。下的"千斤砖"更多——13 套。等到 10 时左右，终于有一只小麻雀被"千斤砖"死死压住，成了我俩第一号战果，真是高兴！明天周日，还要去，可以在一个运垃圾老头屋里，边看书边守候。

（《日记·1956 年 2 月 4 日》）

◆昨晚和继勋来垃圾场一趟。有两套"千斤砖"大约在下午 4 时至 5 时之间倒下。砖下米被吃光，没见一个麻雀。不知是被坐收渔利的顽皮孩子又拿去报功了，还是被贪吃的猫儿饱肚了；也可能是打着了不安分的母鸡。我俩把砖再立起来、撒些米。天色已晚，麻雀不会再来，就回家了。

今晨过来巡视，果然捡到一只！被砸得扁扁的雀儿，永远闭下眼睛和嘴巴。这是我俩第二号战绩。布砖院子里一个老妇人说，窗下有两套砖，一下砸死两只，头被猫儿吃了，身子、尾巴被一个假冒我俩的学生，拿去请赏。我俩有些气愤，窃取别人的战果，太不地道！

我俩决定再守候今日一天。回家吃饭时，让住在附近的武志强代为盯班。

在运垃圾老人住房里守候，趁空看完了《地理提纲》一册。老人很善良，只是思想旧。他说他不愿参加清运合作社，因为单干自由："一天拉三车垃圾，就够吃了，俺为啥给自己找六车累活呢！"他吃的确实不坏，昨天两顿吃的是大米饭和面条。恐怕他迟早还要走合作化的路。

（《日记·1956 年 2 月 5 日》）

◆捕雀成绩稳步提升，由前日的一只到昨日的两只。算上猫吃掉、人拿去的，实际成效大得多。下午，继勋快活地告诉我：一个"千斤砖"一次压住三只，还惋惜跑了一只。

（《日记·1956 年 2 月 7 日》）

◆很不称心，一天没捕到一只。因为居民们也要捕雀了。布砖院子里的那个老妇人，已在赶我俩走。只好把工事拆除，不再去了。不过，紧张的一星期，没有全部落空。

（《日记·1956 年 2 月 8 日》）

◆春节将至。该第二次汇报战果了。因为高师在学习班，放假在家的同学，又来者寥寥，暂停汇报。我将去郑州过年。我走后，继勋将独自继续"作战"。

（《日记·1956 年 2 月 9 日》）

同挖蛹捕蝇运动相似，捕雀捉鼠运动，也因效果不彰，渐归沉寂。

【缀语】　1955—1956 年冬春的捕雀风，招致专家强烈关注。中国动物学会于 1956 年 10 月，在青岛召开会员大会。实验生物学家朱洗教授发言：

"1774 年，普鲁士国王下令消灭麻雀……不久，麻雀捉光了。各地果园却布满了害虫，连树叶子也没有了。"

鸟类学家郑作新教授采集 848 个麻雀标本调查发现：

"麻雀冬天吃草籽；春天养育幼雀期间，大量吃虫子、虫卵；七八月间，幼雀长成，啄食庄稼；秋收以后，主要吃农地落谷和草籽。"

捕蝇灭鼠，诚然属于社会文明举措；灭雀初衷是为保护庄稼。但雀儿于人类亦有功德。违背科学常识去灭雀，导致失察而妄杀精灵。

专家为麻雀正名，似乎一度引起注意。1957 年 10 月颁布《全国农业发展纲要》，第 27 条的"除'四'害"内容，为此特作修改："打麻雀是为了保护庄稼，在城市里和林区的麻雀，可以不消灭。"

科学为实践正谬，合情合理。璘璘积极参与"灭蝇捕雀战"，挖数瓶蛹，灭数百蝇，捕数只雀、零只鼠。"战果"不彰。毕竟身得参与，心得磨炼，检点人生，终能明了其中功过，大有裨益。

团旗高扬
——共青篇

【导语】　附高入学时，团的全名仍然是中国新民主主义青年团。秋一（1）班报到 46 位同学中，8 位团员：王兴、刘玉堂、朱金明、杨育彬、张金梁、张金海、梁忠仁、鞠伟生。都是初中入的团。那时团的威信高，支部是全班中枢；团员被高看，同学瞩目，自然成为集体核心。王兴是首任团支书，梁忠仁首任班长，鞠伟生校学生会成员。入学头一年，王兴、朱金明相继入党，核心作用强化。

学生团员与同学朝夕相处：上课、锻炼、做公益、同吃同睡，声气相通，冷热相知。团是党的助手，贯彻党的方针政策、配合中心工作，是校团委、团支部的职责。入学时，正值三年恢复过渡时期（1950—1952）结束、国家建设"一五计划"开局。秋一（1）团支部紧跟时代脉搏，引领全班同学，积极推进创优活动、军体活动、各项公益活动；注重培养、考查、吸收新团员，团组织不断壮大。1955年4月25日（高二下期中），秋二（1）班荣获全校"优秀班"称号；同年5月23日，秋二（1）团支部，获评河南全省中学六个优秀团支部之一，第二任团支书张金梁，应邀赴团省委座谈发言。支部团员达23人，过全班同学之半；一年后毕业时，团员跃增至32人，几达全班同学70%。

麋弓于1954年10月21日，经团支部第二批审核入团，同批还有郭正伟、张戡；魏华忠是第一批。

"有灵魂的，都要看看"

初中只是向往、没敢提出入团申请的璘璘，高一下期开学初，终于有了申请的勇气。仔细想来，是三方面长期合力、不断促动，帮他完成了"团是时代青年政治归宿"的认同。

先是两位挚友——吴玉堂、鞠伟生的持续关注与帮助。

吴玉堂和麋弓（1953年春）

初中毕业前夕。"昨晚吴玉堂与我谈了一个钟头。我决定参加团的知识学习小组。今日是我真正走向团的大门的开始,绝不要停止不前啊。看哪!团正在向我招手,我怎样回答它呢?努力吧!只有努力。"(《日记·1953年4月29日》)

玉堂说你不能只顾自己,也要多关心别人。4天后,璘璘自励:"以后一定要帮助同学,把同学的困难看作自己的困难。麋弓你要警惕,千万不要落后,你不是要求入团吗?"(《日记·1953年5月3日》)

玉堂是初三乙班长。促膝夜谈后一个多月,玉堂被西北航校录取,提前参军赴陕;璘璘随后升入附高。两人的友谊在通信中继续。

在不愉快的心情下,接到玉堂来信,写了三大张。他指出我许多错误、批评了我。心中当然难过,但也更有信心改正我的缺点。感激玉堂从千里之外给我的帮助。真正的友谊就是这样。

他说"三分就是掉队"。的确我掉队了,做了困难的俘虏;他说我进步决心只"停在理论上";我没有尊敬老师,发展下去会成为一个"涣散的自由主义者"。这些错误,他都正确地提醒了我。我不能辜负亲爱的朋友对我的帮助。

(《日记·1953年11月19日》)

璘璘原以为,"自由"是好词儿,啥是"自由主义者"?他不大明白,信上问玉堂。玉堂说,这词儿他是从航空预科总队政委那儿听来的。麋弓和玉堂的友谊,超过半个世纪,至双双退休,共届古稀。

帮璘璘的另一位好友是鞠伟生。两人从小六就同班,直到高三,同窗七年,真正的"发小"。小学一起做过少儿大队长。升入初中,"距离"渐渐拉开:伟生初一入团,附高"官"至班长、学生会主席;璘璘则终日迷恋小说,理科太差、听力又越发不济,长期处于"忧郁自励"(初中)、"焦虑进取"(高中)状态。伟生始终视璘璘如兄弟。

他帮璘璘的方式不同于玉堂，一般不大郑重其事找你谈，而是有话、有意见随时写个纸片，叠成长条，再正角三次折扣、弄成翘着俩翅儿的四方块儿，瞅空递你。

伟生是我所佩服、也同我最亲近、最了解我的人。他对我的鼓励帮我振作。他说我是他的"政治朋友"，向我提出"注意克服急躁缺点，在学习和工作上起带头作用，努力学习团的知识"。

（《日记·1954 年 3 月 17 日》）

璘璘的抽屉里，曾攒了许多双翅儿四方纸块儿。1954 年 6 月 17 日，团支部审核魏华忠入团申请，邀请璘璘参加。"会议虽然只有一个半小时，但对我的教育特别大，进一步明确了入团目的和努力方向。鞠伟生对我说：'不要性急，慢慢地稳扎稳打、踏实前进。团对你是关心的。'"（《日记·1953 年 11 月 19 日》）如此郑重的场合，伟生这样说，璘璘明白：它传达着团组织的关怀与期待。

还有亲人的勉励与期望。

接到姐姐的回信。她祝贺我被附高录取，指出我应当怎样学习，期望我做到毛主席的"三好"指示，争取成为光荣的青年团员。姐姐是共产党员，最关心我的进步。我要改掉缺点，与同学和睦相处，热心服务，帮助同学，遵守学校制度，起模范带头作用，申请入团。

（《日记·1953 年 10 月 2 日》）

姐姐是北师大化学系三年级学生。做报纸记者的胞兄檍弓（一弓），则以另一种方式，表达对弟弟的关怀：

二哥送我一本书《我的儿子》。作者是奥列格的母亲。她把英雄儿子的一生，生动地写了出来。我要珍惜地读它，要像奥列格那样活着。

（《日记·1953 年 6 月 28 日》）

1954 年 6 月 16 日，父亲因病入住汲县疗养院的第二天，就给璘璘写信，谆谆嘱咐："要争取入团，入了团会更快进步。"半年后，父亲去世。这封信成为他留给儿子的终极期盼。

众多英雄人物的壮丽人生，时时激励璘璘。在苏联传记小说里，几乎每一位英雄的青年时代，都有"共青情结"；加入共青团，大抵是他们的人生初愿。璘璘的"共青情结"，由捷克英雄伏契克、苏联青年英雄古丽雅、卓娅、保尔、奥列格等引发、强化。

尤里乌斯·伏契克名言："人们，我爱你们，你们要警惕！"在此，向英雄保证：我要创造加入青年团的条件，让身上的污点随着光阴逝去吧！我相信能够学习卓娅、奥列格，不用任何犹豫！用新思想代替旧思想、把旧我改为新我，是绝对可能的！

（《日记·1952 年 12 月 9 日》）

14 岁半的璘璘，怀着"共青情结"，立下人生初愿。

《古丽雅的道路》是部优秀作品。我读完了它。作者伊琳娜叙述古丽雅伟大的一生——她的生命像波浪涌动，达到四个光辉顶点。……她知道自己的缺点：好发脾气、不守纪律。她决心改掉缺点，为此她报了军校。因眼疾没被批准，却光荣加入了共青团——这是她一生第三个光辉灿烂的顶点啊！

（《日记·1953 年 9 月 25 日》）

终于有了写申请书的动念。

我决心申请，下了最大的决心申请入团。打算每天抽出点时间，写写申请书。

（《日记·1954 年 3 月 6 日》）

起念 11 天之后，"申请书写好了。32 开新闻纸两面写，写了 3 张半共 7 页"（《日记·1954 年 3 月 17 日》）。入团申请，应当写哪些内容，璘璘未经询问、没弄清楚。3 张半文字，过于抒情。郑重地交给支书王兴，"王兴同学询问团章学习情况，鼓励了我"；"由于要求'进步'，很多同学对我发生好感、表示友爱态度；尤其是团员们，对我更加关心"（《日记·1954年4月2日》）。

提交入团申请书这事，班上同学很快得知。璘璘听到的回馈以关切为主，也不乏嘲讽、质疑。

报纸上登载一篇文章：《我是怎样争取入团的？》某某看见了，对我挥动报纸讥讽地说："你真该看看！"说着，大笑起来。我看他有点不怀好意，就正色回答："对！我应该看看；每个有灵魂的青年，都应该看看！"他像哑子一样不吭气了。

（《日记·1954年5月27日》）

事后反思：这位同窗虽语带讥讽，却自有道理。他既然向璘璘推介此文，表明他心目中有团；他是用高标准来衡量，所以对璘璘不以为然。璘璘答语中的"有灵魂"，意有所指，彼此心知，必然让人难堪。三字刻薄，太不厚道！

晚饭时因一点小事（自然是导火线了），与某某吵了起来。我翻他的老底（这是不对的，甚至是不道德的）。他受不住，大骂起来，严厉质疑："你还要求入团呐？！"

（《日记·1954年11月23日》）

这次争吵，璘璘应负主责。他对璘璘入团的质疑，自有道理；揭短报复，等于打脸，极不当为。这给璘璘又一次警讯：做一个同学认可的团员，须不断努力才行啊！

那时，曾携手同行

从小五到高三（1949—1956）8年，前后同窗120余位。璘璘与同窗相处的细节，经岁月淘洗，大多遗忘了。有幸记得的，印象有浅有深；其中几幕特别场景，总闪烁斑斓的光，不时浮现脑海，经久不衰。

那是几位同窗伙伴，在奔向共青之路上，与璘璘结伴同行时，留下的足迹——那是璘璘记忆里的蓝宝石！

忙碌的伙委

支部开会宣布"结对子"安排。我的对象是贾栋。俺俩平时交往不多，可关系还不错。既然给了这个任务，就要对组织和他个人负责了。

（《日记·1955 年 9 月 17 日》）

校团委规定，学生担任社会工作，不论团员、非团员，实行"一人一职"，让大家都有锻炼机会。贾栋来自封丘县，平时寡言少语，朴实敦厚，任劳任怨。班里选他出任伙食委员。

当年中学生，每人每月 6 两（16 两/斤，老秤）食油，不在学校入伙的，学校发给油票。"昨天开始发油票。只见食堂角落一小桌前，领票同学排着长队；小桌后面，站着高高胖胖的贾栋，他既要发油票、又要招呼签名、勾对名单，一人紧忙活。"（《日记·1955 年 9 月 26 日》）次日继续发油票，璘璘陪他一起来。贾栋放票，璘璘招呼签名、核对打勾。油票顺利发完。贾栋望着打满对勾的名单，长出一口气，与璘璘相视而笑。

◆学生伙食要改为半食堂制。馍将分为两种：白面馍，一个 2 分钱，重 2 两半（老秤。面粉 1 斤可做 6 个馍），食堂赚 9 厘钱；黑（高梁）面、白面各半的馍，一个卖 1.5 分钱，重 3 两（老秤。面粉 1 斤可做 5 个馍），不赚不赔；菜随便吃。这是个新制度，刚开始，可能出问题。贾栋是伙委，担着责任，不能乱。得帮帮他。

（《日记·1955 年 10 月 14 日》）

◆半食堂制开始实行。贾栋负责收伙食钱。贾栋对我说，他请假要回家了，因为他妈做了个梦：儿子饿瘦了。他必须回去，让妈亲眼看看：儿子是不是还是 140 斤！两人商定：我先帮他收钱，等他回来。

（《日记·1955 年 10 月 27 日》）

贾栋回家了。我开始替他接同学报伙、交费。伙食费半个月一收，每人 4 元。今天收了 30 多元。这么多钱，还必须带身上两天。真得提防着些。

（《日记·1955 年 10 月 29 日》）

◆把入伙名单、伙食费交到财务室，总算把这个让人坐卧不安的责任完成了。没有出什么差错，自己和同学交收往还，关系也亲近了一步。

（《日记·1955 年 10 月 31 日》）

◆贾栋返校。刚过去一个月，"母亲又从封丘过黄河，到开封看望儿子来了！她说'离开儿子没法过日子'。做她的儿子真不容易！"

（《日记·1955 年 12 月 5 日》）

……贾栋满头大汗在独自发油票；他"诉说母亲梦见他饿瘦"时，憨厚、略带忧郁的面容；他慈祥的母亲，满脸风霜、扛着小包袱、蹒跚进得宿舍；……难忘的影像，一一存储在璘璘脑海。

1956 年 2 月 25 日，贾栋顺利通过支部审核，成为青年团员。

才艺出众的干事

张绥中和璘璘是六年同窗——从初一至高三。记忆里有关绥中的首颗"蓝宝石"，时在初三。1952 年十一那天下午，绥中教璘璘骑自行车。

如约在实中球场等待的璘璘，眼看绥中穿一双回力牌新球鞋，骑着那辆被多少人羡慕的自行车，笑盈盈进得校门。绥中美风仪：大眼睛、双眼皮，体态丰盈，皮肤白皙，话语轻柔。他把车稳立在璘璘面前，自己在车后双腿叉开、双手紧扶后架，命璘璘骑上车座：

"蹬车！使劲儿！"

璘璘使劲往前蹬；车后的绥中，时推时扶，时不时悄悄撒手，在两个篮架之间往返穿行。不一会儿，两人累得满脸冒汗。随后几个周末，绥中又陪璘璘学上车。"学骑车不过半个下午，学上车却用了好多天。当我能自己绕实中前院红亭子骑行一圈儿时，我俩笑得是多么开心啊；之后，又跟绥中学吹口琴。"（参见《日记·1957 年 4 月 14 日》）

抓住童年尾巴，绥中带璘璘快乐地玩了一把；随后，一起走进附高。

高一期末，绥中和璘璘几乎同时有了入团愿望。

◆（团支部）发现绥中近来有入团的要求。我（4 号）同绥中（3 号）座位相邻，鞠伟生要我同绥中互相帮助、一起进步；我想，就让俺俩取长补短、共同前进吧，谁也别放松。

（《日记·1954 年 4 月 9 日》）

团支部明白，璘璘比较了解绥中，交给他这个任务，是引导他从中做些工作。于是，璘璘"给张绥中写了一封信，对他和赖孝陶的紧张关系，提出调解意见"。"张绥中和赖孝陶恢复和好，秋一（1）班集体团结更巩固。"（《日记·1954 年 4 月 12、13 日》）

一年后，团支部商讨发展对象。大家看好绥中，认为他各方面都不错：学习好，守纪律，待人和善；文娱长才尤其突出：精通乐器、爱唱歌。班委们慧眼识珠，聘绥中做文娱干事。他配合魏华忠，歌咏活动搞得风风火火。当初，一群胆大包天的十五六岁孩子，发愿排练《黄河大合唱·选段联唱》，就是绥中的主意。大家对绥中颇为期待。只是他本人优柔内向，迟迟未主动申请。璘璘为他着急："我读了一本好书：《团向团员要求些什么？》就向绥中推荐这本书。"（《日记·1955

年5月9日》）是想借此促动一下，期待绥中朝向心中理想，大胆勇进。

1955年10月29日，支部通过了绥中的申请。入团以后，他表现越发出色：《共青团员之歌》《五个女儿》《山茶花》《孤独的手风琴》《远航归来》等，一张张歌片，陆续引进，亲自在班里教唱，卷起一股歌潮；同蔺子印一起，负责开讲普通话，不怕怪腔调惹人笑话，勇敢带头说；为不拖后腿、实现全支部80%团员劳卫制一级达标，他拼了最后一把，一个小时内，100米、1500米两项冲刺，同时过关，感动全班！

1956年秋，绥中考取天津医学院。1957年春，大学时期第一个寒假，他自津回汴，同璘璘相会。

◆绥中来向我告别。短短假期中，两人三次相见。今日可能是最后一面了。同学六年，脾性相投，彼此友谊淳厚。想起以后漫长的、各自走向成熟的人生中，彼此恐难再见，好不令人生悲！

（《日记·1957年2月5日》）

合上日记，怅惘回想，一幕幕宝石般记忆，交光互影：

……璘璘能绕红亭独自骑行了，篮架下的绥中舒心微笑；绥中高亢激越地领唱："我站在高山之巅，望黄河滚滚……"（《黄河颂》）；继而他柔声悲诉："风啊，你不要叫啊！雨啊，你不要呜咽！孩子啊，你死得这样惨！……"（《黄河怨》）；绥中从女高携带淘换来的歌片，喜滋滋踅进教室；绥中帮王兴、璘璘的《孤独的手风琴》二重唱矫正发声；绥中拼跑1500米，闯过终点线，力尽倒地……

苛于律己的"大哥"

班里唯一从外省考来的孙建华，山东菏泽人，1932年出生。全班同学普遍小他4—6岁，都叫他"大哥"。"大哥"稳重、成熟，凡事不急。1955 年 3 月 11 日入的团,班上第五批。由于年龄大,学习较吃力,加以性情木讷,寡言少语;参加公益活动积极,文娱、体育活动却不大积极。由于平日沟通少,多数同学觉得不大了解他。

可是,他身上发生的一件事,特别是作为青年团员的他,应对这一灾难的方式,却震撼、感动着全班同学。

1956 年春节期间,"大哥"遭遇大不幸。

建华已确诊:初期肺病。医生叫他吃雷米风。打听到 2.6 元一瓶,还只够吃一星期。一个月得 10 元多药费呢,他无力购买。团支部本来决定帮他,可是能凑的钱并不多,效用不大;如果再要多凑,可能成为同志们的负担,只有作罢。只好先鼓励安慰他、给他一些精神上的支持,再做计较。

（《日记·1956 年 2 月 5 日》）

拙于表达的"大哥",得知自己身患重病,越发显得孤独。团支部为他费心,商得一个良策——请前任支书王兴,代表支部专意过问、关心患病的"大哥"。王兴家在汴郊,小"大哥"两三岁,共同语言多。不久,良策见效了。"孙建华的问题,不再让人担心了,王兴把他带得很好。建华很愉快。"（《日记·1956 年 2 月 24 日》）

秋三（1）团支部动员团员给孙建华捐钱买药这事,动静有点大,学校知道了。车校长把(第三任)支部书记朱金明叫去,批评说:"你们这样做不妥当,有证明我们社会不好的嫌疑。不能再这样做了。"(参见《日记·1957 年 3 月 15 日》)既然校长说"不妥当",支部也就不再动念捐钱。

"大哥"千方百计设法自救。他开始节食,一天只吃一角钱窝头;八成新的棉衣棉裤,是妻子为他来开封上高中新做的,刚换季脱下来。他利用周末,把棉服打理干净,包裹起来,拿去相国寺市场卖。时届初夏，棉服没人要，没脱手。

◆建华的处境愈加困难：棉衣卖不掉，学校又不管不问，病无法治；还天天吃不饱饭。团支部有责任再帮他想想办法。

(《日记·1956 年 5 月 18 日》)

◆"团支部开会商讨孙建华的问题。我们三个支委主张：用'不大放手'的方式，只悄悄在部分同学中凑些钱，接济建华。"我们三人去同建华沟通，希望他理解、接受。可是"建华同学坚决不同意这样做。他说：'俺困难是有，可是比上学期好得多了：上学期吃饭，每天只合一角钱多一点，现在可以一天吃到两角钱了。'我们知道，建华的团员意识强，不愿意支部为他担心，所以故意渲染。我们想，只要他感觉得到组织对他的关怀，也就这样吧。我们没再坚持"。

(《日记·1956 年 5 月 20 日》)

主要是靠家乡众乡亲的关怀帮助，"大哥"的初期肺病得以治愈。高考体检，他幸运合格。8 月，建华高兴地接到山西师院生物系的录取通知书。

◆孙建华从菏泽来开封，准备乘车去太原报到。他来家里看我，两人聊了很多。他说起他的家庭、身世，畅谈未来的打算；我对他说的也一样。他比俺年长 6 岁。交谈间，深感年龄差距之大！俺俩这次倾心交谈，是三年来头一次最热烈、也最恳挚的谈话。彼此刚刚有了些深入了解，又要就此分别，有点残酷。晚饭后，7 时半，忽然下起小雨。同建华一道冒雨离开家，送他去车站。

(《日记·1956 年 9 月 1 日》)

高中三年，建华除了那身冬季棉服，春夏秋三季着装一成不变：黑粗布单衣：对襟、绊儿扣，下摆两边各一无盖大兜；黑粗布缅裆夹裤；圆口布底鞋；头发乱而密，一脸风霜。每当想起建华，脑海存储已久的影像，就会蒙太奇般一帧帧闪过：

……公益劳动中，他抡镐挥锹、一招一式，老把式身手；食堂里，他一手捧两个窝头大嚼；一脸病容的他，诚恳地说："俺一天能吃两角钱啦"；湿衣、湿鞋、湿包袱的"大哥"，走进火车站，踽踽远去……

啊，"大哥"！

宣誓团旗下

1954年9月，在附高校团委会改选大会上，闫书记的总结报告说，团组织"贯彻了巩固地向前发展的正确方针"，即既积极、又慎重的方针。青年团既然是先进青年的群众性组织，发展工作就得"积极而慎重"。（参见《日记·1955年9月10日》）

回顾秋三（1）班团支部，三年发展团员13批、27人（附录于下），真正做到了"积极而慎重"。

第一批：魏华忠（1954.6.17）

第二批：郭正伟、张戡、张屦弓（1954.10.21）

第三批：张青选（1954.11.25）

第四批：褚春霖、李梦庚（1954.12.25）

第五批：孙建华、孔昭伟（1955.3.11）

第六批：武志强（1955.5.5）

第七批：朱鸿、李守文（1955.5.23）

第八批：张绥中（1955.10.23）

第九批：蔺子印、段树森（1955.12.15）

第十批：沈兰荪、刘继勋、陈怀溥、王步俭、贾栋（1956.2.25）

第十一批：暴卓然、郭载方（1956.3.31）

第十二批：申文辉、常贺璋（1956.6.9）

第十三批：刘开清、张家珍、余子政（1956.7.17）

第一学年（1953.9—1954.6）是发展酝酿期，只在下学期审核一批、1人；第二学年（1954.9—1955.7）五批、8人，第三学年上期（1955.9—1956.1）二批、3人，是平稳发展期；最后一学期（1956.2—1956.7），临近毕业，在长期培养考察基础上，密集审核四批、12人，是快速发展期。整个发展历程，堪当"积极"二字！

团支部热情而负责地对待每位同学的入团申请。以璘璘为例。1954年3月17日，璘璘递呈申请书，不久有了回音：

◆我的申请问题，团支部讨论了，给我提了几条具体意见：

一、性子有点急，在群众中影响不好。

二、对班上的事情应该更积极负责。

三、加强团的知识学习，多争取团员、同学帮助。

我知道自己还不够格，向支部书记王兴表示，尽最大努力改正这些缺点。

（《日记·1954年4月12日》）

◆团支部已同意审核我的申请，待团总支批准；并要求我把自己的经历写出来，交给组织。我把写好的个人经历，交给了支委杨育彬。

（《日记·1954年5月12、13日》）

◆在审核魏华忠入团申请大会上，华忠的班委工作做得好，群众关系好，给我印象很深。"支部书记王兴对我说：'你今后多注意建立自己的群众威信，这是最重要的。'"（《日记·1954年6月17日》）我懂得组织的用意：当团员必须工作好、让同学信得过，这很重要。

◆针对我那份"抒情式"申请书，"介绍人鞠伟生通知我，要重新做，重写《入团申请书》。时刻用团员标准要求自己、衡量自己：注意改正缺点；密切联系群众。"

(《日记·1954 年 9 月 25 日》)

◆第一次听团课。讲课老师说："入团要从三个方面努力：1. 提高政治认识，端正入团动机；2. 对组织忠诚老实，靠近组织，交代清楚自己的历史；3. 理论与实践一致，用实际行动争取入团。"

(《日记·1954 年 10 月 8 日》)

◆今天是最严肃的一天。团支部把张戬、郭正伟和我三人叫去，郑重地颁发《入团申请书》表格，指出我们的优缺点和前进方向。并代表组织告诫说：永远不要自满、骄傲，今后更要用团员的尺度衡量自己，更严格地要求自己、鞭策自己，使自己不断得到提高，得到进步；今后要加强团的知识学习，提高自己的政治修养。

我没有什么值得自满的。记清毛主席的劝导：学习的敌人是自己的满足。注意警惕啊！

(《日记·1954 年 10 月 12 日》)

◆《入团申请书》填好，交给了组织，慎重、严肃地等待支部对自己的审核。我很愿意支部给我提改进意见，改正缺点、减少缺点，让自己进步得更快，早日加入自己的组织——青年团。

(《日记·1954 年 10 月 15 日》)

◆团支部再次讨论我们三个人的事情。指定我的介绍人是鞠伟生、朱金明，星期四下午召开支部审核大会。要我们事先在下面作好充分准备，届时发言自我介绍。多和介绍人交换意见。

(《日记·1954 年 10 月 19 日》)

◆有生以来最不平凡的一天。下午两点半，中国新民主主义青年团河南师范学院附属高级中学秋二（1）团支部审核大会，通过了我、张戬、郭正伟三人的入团申请。全体团员和列席同学，都慎重、严肃地给我们提出宝贵意见，和今后改进的方向，祝愿我们以后能成为真正合格的中国新民主主义青年团团员。我衷心感谢组织一年多来对自己的培养、教育和真诚关怀，决心在今后的学习工作中，用出色的成绩回报组织。

综合说来，给我提的主要意见是：学习上不够细心，特别表现在作业上，数学学习不能深入刻苦钻研；性情仍有点急躁，有时对同学态度不大好。优点是：学习努力，注意时事，能为同学服务，关心公共事情，能改正缺点。

（《日记·1954 年 10 月 21 日》）

班上三年间发展的 27 位新团员，经历了同璘璘相似的、来自团组织的关怀鼓励、耳提面命、教育培养过程，以及老师同学的关心帮助、校内外各种实践考验。

其中有三位同学，入团过程颇遇曲折：他们的初次申请，经支部审核通过后，呈报校团委，未获得批准；三人又分别在 8 个月、10 个月、11 个月之后，重新填写《入团申请书》，再经团支部审核通过，始获校团委批准。其中一位同学，受家庭出身影响，从初中起，先后呈递 9 次《入团申请书》，都未能如愿；直到高三下学期，又第 10 次申请，经过时长 6 年的考验，终获团组织光荣接纳！他的入团经历，充分体现团对发展工作的慎重。

高二下半学期，团的"发展酝酿期"进入尾声。"团支部组委张金海说，如今班里，要求入团的积极分子不断涌现，全班还剩 12 个同学没有写申请书。追求进步的气氛这样高涨，把每个人都融化进去了！"（《日记·1955 年 5 月 7 日》）金海这段话，预示着团的"平稳发展期"，即将到来。

整整一年后，来到毕业前夕，秋三（1）班共发展团员 27 人，总数达 34 人；非团员只剩 6 个人。曾经质疑过璘璘、讽刺过璘璘的两位，也光荣入团并与璘璘成为好友、诤友。半个多世纪了，各自事业有成，至今彼此牵挂着。

预闻更名共青团感言

广播中传来重要消息：明年上半年，我们的新民主主义青年团，将改名为中国共产主义青年团。这意味着：团的目标有了校正。我们应该看得更远些。不只要新民主主义社会，还要信心百倍地建设社会主义；再经过五六个、十几个、几十个五年计划，最终实现共产主义，达到理想的光辉顶点——那里将是童话般的天堂；又不同于童话，因为它不再是幻想，它将成为现实的存在。

我们每一个青年都有责任、也有权利，为实现这一崇高的目标，贡献自己的全部力量。谁没有这样做，他的生命将失去意义。我要尽力锻炼、充实、提高自己，以便在将来 8 年（到 25 岁退团）时光中，担当得起共青团员的称号。

（《日记·1955 年 9 月 19 日》）

信仰被认同之所以艰难，是由于信仰高尚；唯其纯洁高尚，追求怀想者方众。

青年悦读季（下）

【导语】　如果不算语文课，璘璘的中国古典文学阅读起步甚晚——在高中毕业以后。这不免有些许遗憾。迟读主要囿于客观氛围。50 年代初期，新旧嬗代，革故鼎新。人们，尤其青年，大都舍旧觅新。在校园里，如果谁手执《红楼梦》《西厢记》招摇，也许会惹人哂笑呢。至于阅读北邻古典，在"一边倒"大势下，是颇为时尚的事；西方古典，青年多不熟谙，却也还能优容。

1956 年秋停学在家，阅读自家古典的机会来了。

◆在省图度过一个下午。……心想，可趁这些闲散日子，把祖国古典名著读一遍。

（《日记·1956 年 11 月 6 日》）

我应该以杜勃罗留波夫的事迹自策、自励，他在一年中看了 400 多种书。……我要更勤快些，多看些应该看的书。我的知识太贫乏、太空虚了。

（《日记·1957 年 1 月 4 日》）

豪读的决心由此下定。觉得该有个系统读书的计划，去向母亲讨教。母亲说"就从《诗经》起，往下读"，从书架上捡出父亲的《中国文学史新编》和余冠英的《诗经选译》给璘璘。

阅读自家古典的跋涉，便从《诗经》起步。

读《诗经》《楚辞》

语文课读过"关关雎鸠，在河之洲"，"坎坎伐檀兮，置之河之干兮"。借助注释，进入"《诗经》意境"似乎不难。诗三百，可都是 3100 年至 2600 年前，老祖宗留下的作品呀！

◆用"赋"铺陈其事，用"比"和"兴"借物托事，先人写作已有了如此丰富的表达手法！

《小雅·采薇》："昔我往矣，杨柳依依。今我来思，雨雪霏霏。行道迟迟，载渴载饥。我心伤悲，莫知我哀（往日出征时，新柳随风摇。如今把家还，雪花漫天飘。归途险又长，饥渴欲断肠。满腹辛酸泪，悲苦有谁知）。"写一位孤苦征夫的悲诉！

《鄘风·桑中》："爰采唐矣？沫之乡矣。云谁之思？美孟姜矣（哪里采来菟丝子？从那卫国牧野乡。心上人儿她是谁？姜家美丽的大姑娘）。"写小伙儿有了心上人。

《周南·卷耳》："采采卷耳，不倾盈筐。嗟我怀人，置彼周行（采呀采呀采苍耳，半天不满一小筐。思念我的心上人啊，菜筐丢在大路旁）。"写小伙儿害了相思病。

《齐风·东方之日》："东方之日兮，彼姝者子，在我室兮；在我室兮，履我即兮（东方升起红太阳，这位姑娘真漂亮，踞坐我家堂屋上；落座之时慌了神，脚碰我的膝盖上）。"写恋人相会情景，细腻风趣！

《周南·桃之夭夭》："桃之夭夭，灼灼其华。之子于归，宜其室家（秾艳的桃林哟，红花挂满枝。新娘娶进门哟，和美宜家室）。"洋溢一派新婚喜气！

（《读〈诗经〉札记》1956 年 12 月）

几段当年的诗摘，颇为有趣：初识风情的小伙儿，格外关注爱情诗，也难怪。吟诵着美好诗句，融入古诗意境，发现 2000 多年前先人的感情世界，竟如此真率地袒陈给你，亲切又贴心！多么美妙的方块儿字——深湛智慧的结晶——居然让悬隔百代的先人与自己的后胤，心灵沟通，真畅无碍！《诗经》展示先人的朗然淳朴情怀，已然化为吾华民族性格基因，传衍至今。

接着是《楚辞》阅读。"长太息以掩涕兮，哀民生之多艰"，"路漫漫其修远兮，吾将上下而求索"——是课堂屈原的片段记忆。家藏北新版游国恩《楚辞概论》，先取来试读。研究专著艰深，读之无趣，时读时停：

◆昨天续看几页《楚辞概论》。只是前文已看过月余，忘得不少了，难以联系起来。（《日记·1957 年 1 月 4 日》）

既然不得要领，便去省图找注释本：

◆借来文怀沙的《屈原九章今译》。11 时半以前，看完了这本小册

子。虽然译文句子生硬，毕竟有助于理解原文。文先生还有《九歌今译》，亦应借来一读。（《日记·1957年1月5日》）

读《史记》

同时还读两汉文学。省图有一套线装本二十四史。

◆我借出第一部——《史记》（8册）试读。前面有裴骃《集序》，是介绍《史记》的重要文章。班固评《史记》"善序事理，辨而不华，质而不俚，其文直，其事核，不虚美，不隐恶，故谓之实录"。

《史记》用50多万言，写1423年的历史。我还没能随心如意地去看。很多地方，还必须依靠司马贞《索隐》和裴骃《集解》，耽误不少时间；文中没有标点，也不习惯。

（《日记·1956年12月28日》）

在图书馆看了一天《史记》。"十二本纪"看完了，没有做笔记；"十表"全部隔过去没看；"八书"中，《礼书》《乐书》的一些内容，觉得会有用处，做了摘录；还看了两篇《世家》。已看到第四册了。全是故事性质，也没做笔记。可以增加些历史知识，只是人名、历史关系、地理位置等，太难记。虽大致可以看懂，有些句子完全不理解。

（《日记·1956年12月30日》）

在图书馆看第四册《史记》。因为看不懂，渐渐没有那么大的兴致了。其实最苦是无标点；若有标点，问题也许不大。

（《日记·1957年1月3日》）

司马迁写《史记》，多用当时通俗语言。璘璘仍然断不了句、啃不动、读不通，甚觉苦恼。古汉语基础毕竟还差，再去找注本读吧。

"系统阅读"，跌跌撞撞，璘璘终有所悟：

◆我以整个上午的时间，看《汉魏六朝散文选》中《史记》的《陈涉世家》《游侠列传》《货殖列传》，以及《古诗十九首集释》。那部线装《史记》，我没有继续看下去，觉得它对于我的古文程度，过于艰深了。我以为我应该踏实些，先去看有注释的"选"，使自己的阅读能力得到提高；然后再去"钻"原文。中国古文不容易读懂，得克服，不能漠然以对。假若看书得不到成效、引不起兴趣，看书还有什么意思呢？我觉得过去硬钻原本的念头和做法是好高骛远、有些冒进。从今天起要踏实下来。不必再圈于文学史系统，由《诗经》而《楚辞》而《乐府》地去硬啃。应该把主要精力，用到打古文基础的努力上去。

（《日记·1957 年 1 月 4 日》）

毕竟是无师自学，终究难见成效。拦路虎（文言文）当前，璘璘思虑再三，决定放弃"系统阅读"初衷；读书兴趣同时大"转向"：由先秦两汉往下，跨越整个中古，一下子跌至明清、钟情起小说杂剧来。

读《西厢记》《儒林外史》《牡丹亭》

初览明清小说杂剧文本，璘璘喜出望外发现，多是近古白话文，大致可读。于是在 1956 年秋至 1957 年春半年间，连续涉猎《西厢记》《儒林外史》《牡丹亭》《红楼梦》四部名著。那种阅读架势，真叫囫囵吞枣、生吞活剥！

《西厢记》《儒林外史》，照例在省图看。为节省时间，随借、随看、随还——依旧"快餐式"。

◆在图书馆一下午，看了三分之一《西厢记》。

（《日记·1956 年 11 月 6 日》）

带着笔记本去图书馆，继续看《西厢记》。随手做内容摘录、写些分析。从 10 时至下午 2 时，用了 4 个小时才看完全书。看的时候，只觉得时间过得极快，室壁上钟声不住滴答响。我几乎不相信自己的专心，竟至于忘记了时间。在过去，是无论如何舍不得花时间（看此类书）的，也可以说是现在才有的福气吧。

看完之后，又把黄裳一篇有关此书的评论借来，看了一个多钟头；《西厢记》中的情境，同时在脑海中翻篇儿。读剧本时，就对第五本（折）不满，这时果然找到了答案。如果有元稹的《会真记》，两相对照，也许有更好的体会。

（《日记·1956 年 11 月 10 日》）

◆开始看《儒林外史》。和孔昭伟聊天，耽搁了一会儿，在 12 时以前，只看了 15 页，记下一个楔子。这部书不必再做那样详细的笔记，只要把一些重要（精髓所在）的句子摘下来，就可以了；每一回读后，再概括地写几句。

以后每日可 9 时半前往（省图），12 时回家（吃饭），下午 2 时再去；也可以直至 4 时再回来，不过要带干粮。

（《日记·1956 年 11 月 13 日》）

到图书馆接着看《儒林外史》。严贡生不愿二儿子称赵氏为母亲而提告的状子，一直闹到周学台那里都未获准。其间原委有趣之极：严、周皆为有妾之官。吴敬梓把清初官场写得太妙了。看完此书，可看《儒林外史研究论集》。

（《日记·1956 年 11 月 16 日》）

《儒林外史》终于要看完了，还有 30 页。既然省图没有《儒林外史研究论集》，我就去新华书店站着看好了，书台上有陈列。至于笔记，回来以后，可凭记忆写上一些。我对书中凤四老爹的个性特别感兴趣，觉得在今天的社会里，也应当造出大批这种性格的人来，让我们的社会，到处充满人间友情、关怀和爱护，为我们这个在某些地方、某些时候，给人以冰冷感觉的社会，添加些人情味，使人觉得：这社会是温暖的家。

（《日记·1956 年 11 月 17 日》）

在走马看花的匆匆阅读中，同汤显祖的缘分，其实只是一日邂逅：

◆今天看了一本《牡丹亭》。汤显祖不仅组织素材的能力惊人，而且文笔颇艳，更富想象，甚至有些罗曼味道。他逝世 350 周年纪念日将至。《长生殿》《琵琶记》原也想看，却未借到。

（《日记·1957 年 1 月 17 日》）

读《红楼梦》

一日去大相国寺，转至寺后藏经楼。市文化馆暂设楼上。大寺多年失修，楼顶长出杂草，楼梯吱呀作响。原打算在省图接着看《红楼梦》的，偶尔检视藏经楼藏书，竟发现一套《红楼梦》，上下两册本。顿时大喜：无须舍近求远了。

◆没有去图书馆。在藏经楼看了一天《红楼梦》，几乎把上册看完了。今日才算领教曹雪芹的才能，的确不在吴敬梓以下。精彩的场景描写，准确细致的心理刻画，巧妙的情节安排。一个个栩栩如生的人物，各有各的面貌、特性。一再把故事推进到戏剧性高峰，使人物的形象与个性更加突出。在人物刻画中，既能抓住一点加以简洁的渲染，又处处留意符合他（她）们的身份，如薛蟠作诗、黛玉葬花、凤姐出场。语言较《儒林外史》更生动、活泼、多变，如贾政游大观园命宝玉作诗，运用多样语句，以表示对宝玉诗作的不屑；那么多描写男女私情的场面，无一雷同：贾瑞不同于贾琏、秦钟不同于茗烟，宝玉和薛蟠也恰是两类。故事生动、人物多姿、情节复杂多变，却毫无芜杂之感。通过这些场景、人物和情节，作者把封建时代上层社会全貌（大观园是它的缩影）写给人看。"元春省亲"和"袭人回家"，尽管情节简单，却能在书中占有重要分量，正是出于作者笔下的深意。执卷读下来，真不忍释手！

　　有人说《红楼梦》是作者曹雪芹的"失意自传"。这是要抹杀它伟大的现实主义意义，贬低它深刻的批判力量。这种批判是具体的。从书中可以清晰地看出，作者毫不留情地鞭挞着贾政、贾母、王夫人、凤姐一类人；嘲笑着袭人、刘姥姥、宝钗、贾琏、贾芸一类人；同情着宝玉、黛玉、史湘云、惜春、探春一类人；歌颂着晴雯、金钏、智能儿一类人。

　　　　　　　　（《日记·〈读红札记（1）〉1956 年 11 月 30 日》）

　　《红楼梦》的情节一直吸引着我。看到篇幅很长的刘姥姥进大观园一节，刘姥姥十足的奴才相，简直令人作呕。我发现全书（到目前所看为止）没有特大转折处。这有利于故事情节单线发展和深化。黛玉的个性和宝钗的个性，在三十几回里，已惊人地明朗化；只是宝玉还差了些；袭人的本质不再那么藏在暗处了。

　　　　　　　　（《日记·〈读红札记（2）〉1956 年 12 月 1 日》）

　　贾宝玉的痴意、疯癫，是因为受了贾母的威压、贾政的统治、王夫人的监视、凤姐的指摘所致。这群妖孽的总和，就是宗法社会那套伦理纲常编织的绳羁。它使宝玉不得翻身，使宝黛爱情不能结果；是它把一对青年人，残酷地活埋在大观园的假山僻土里。人生横遭如此压抑，放不出一些光彩来，还有更过于此的不幸吗？我恨这种社会、恨这种虚伪的传统观念。庆幸这些渣滓，已成为历史遗物被埋葬了。但是我又禁不住地担心，担心出现 20 世纪的大观园。不过即使它出现，其实也不会长久。

　　　　　　　　（《日记·〈读红札记（3）〉1956 年 12 月 13 日》）

　　在一天之内，一口气把《红楼梦》后五十回全读完了。整整一天时光，思绪沉浸在笼罩全书的悲剧氛围里。晴雯、迎春的死，司琪被逐，让我怜悯、痛心；黛玉的孤苦伶仃，更让我同情。让她临死时，听到怡红院传来婚庆喜乐，是何其残忍的笔墨！我真看不下去了。可是，黛玉结局如何，又迫使我追踪往下读。宝钗的威胁，凤姐的嘲笑，黛玉身边已人情冷落。唯一了解她的宝玉，偏已被折磨成为疯傻。雪雁、紫鹃也无可奈何。为骗宝玉，雪雁还被叫了去圆那个骗局。我恨透那样的社会，也怪袭人无能，只知低三下四，一味迁就女主人。

迎春、香菱、鸳鸯、尤二姐、尤三姐、巧姐儿、湘云，也都是不幸的牺牲者。大观园——多么庞大的祭坛！一群卑弱女子，都被毁灭在这座封建礼教的祭坛上了。

我也庆幸惜春出家为尼。她拼死抗争，换得自己的生存权。虽说这仍是非人般的生存状态，但相对于被用作牺醴的命运，毕竟要高贵得多。我也歌颂宝玉的"超度"——这实在是那时、那地，脱离污浊社会、唾弃不堪人世的可取方式。宝玉完成这一行为，是对无人性社会有力的反抗和控诉，是对那个肮脏的贵官之家的严厉诅咒，也是对骄奢罪恶生活的决绝鄙弃。曹雪芹深刻揭示清初上层社会的腐朽本质，击中封建统治者的要害，正是本书积极的社会意义的体现，越发显示批判现实主义的力量。

我不明白曹公为什么最后还要写"兰桂齐芳"？我以为到"赋"为止就够了。该书所达到的艺术成就：谙熟的写作技巧，生动丰富的语言艺术，无懈可击的情节安排，特别是浸透全书的深刻的悲悯情怀，确是无与伦比、前无古人！我觉得没有哪一部文学作品，能同时给人这么多有血有肉的、生动鲜活的人物群像。我不知如何拿它同《儒林外史》比较，这样比也没有意义。我只是强烈地感觉：祖国的文学遗产，是我们民族的骄傲！

明天再把几本《红楼梦问题讨论集》看一看。应特别注意：曹雪芹对一切人物事物的非简单化处理、细致的心理刻画、处处留心人物的个性身份。

《日记·〈读红札记（4）〉1956年12月14日》)

◆9时整来到省图。借出四册《红楼梦问题讨论集》来看。第一册看得仔细些，特别是周扬、李希凡、蓝翎的几篇，还做了笔记。第二册多为重复之词，看得简些。还有三、四册，明天再来看。

大致体会：论集文章一般看得懂，与自己的看法抵触之处不多。只是自己对刘姥姥的评价，大体吻合冯沅君的结论。但是有三个人写的反驳文章更有道理；再看冯先生所论三条文和四特点，也确实站不住脚。才知自己读书时，渐对刘姥姥生出厌恶，是一种偏见。假若一开始站在较正确的立场，我会同情她的身世和命运，会痛恨贾母、王夫人、袭人（在刘姥姥出场时）。我发现自己看书很马虎，而往往又恰是重要之处。如贾赦强占扇子，凤姐包揽词讼、放高利贷，我都忽略了。一些细节也未注意，如宝、黛关系自始至终的发展过程。都是粗心的表现。以后看书不应再似此这般浮躁。应该细致些、留心些，多发现问题。譬如曹公的描写，为什么不是"写生"式的自然主义，等等，诸如此类。

（《日记·〈读红札记（5）〉1956年12月14日》)

上午到图书馆去。虽说天气很冷，阅览室楼中却有很多读者在用功了。我留意看，全是些学生和社会青年，大都在看课本一类的书。我借出《红楼梦问题讨论集》第三、四册，好不容易找到一个有中立区意味的座位（一边是男的，一边是女的，以我这把椅子作分界）坐下来。

第三册第一篇是《人民日报》总编辑邓拓的文章。从他的考据功夫看来，文章写得的确很慎重。对《红楼梦》一书产生的历史背景，阐述得头头是道、使人拜服；对其历史意义却写得不甚完善。文章的党性的确很强。但政治家的邓拓，毕竟不是文艺理论家的邓拓，比之周扬等人（文章），就差一点。

还有李希凡、蓝翎几篇文章。我愈看就愈是觉得过去读书态度不对头。很多本该发现的问题，自己却没有留意，现被别人的文章提醒了。我还必须学会读书：学会做笔记，学会发现问题，也学会解释问题。自己无论是艺术鉴赏力，还是理论修养，几乎都还是谈不上的。

（《日记·〈读红札记（6）〉1956 年 12 月 16 日》）

从学院门的家到大相国寺，步行只需 10 分钟（去刷绒街省图需 20 分钟）。1956 年 11 月 30 日至 12 月 16 日这 17 天光阴，璘璘都付与了《红楼梦》。这段日子里，匆匆来去，踽踽独行，读红思红，真叫"心无旁骛"。几篇札记，信马由缰，零散无序，不过是些逐日读红断想。但它却是青涩期的璘璘，在那次最认真、也最用情的悦读之旅中，仅存的履痕。中学时代的璘璘，做过文学梦，忽而想当作家，忽而想做诗人，忽而又梦想做个文学评论家。翻阅《读红札记》，不难觉察：在这些碎散文字中，正潜藏着一脉寻梦行踪。

几篇《读红札记》作为文评，不乏时代背景、阶级分析之类，却也透露两点新意。一是对小说创作技法的关注，如试图分析《红楼梦》的情节设计、场景铺排、语言运用、心理描写、人物性格刻画等等；二是试图经由文本笔触，如人物塑造与故事铺排等，窥视曹公内心世界，触摸他的爱恨情仇，尝试与他心灵对话。较诸璘璘前此古典阅读时的眼界与用心，此番读红，算是有了些进步。

在璘璘的文化生命中，对中外文学奥秘的探寻与叩问，止步于读红。

心灵的憩园

—— 忆省图书馆兼怀新华书店

【导语】 开封刷绒街河南省图书馆大院，为清末民初"二曾祠"原址。1893 年（清光绪十九年），清河东道总督许振祎，立祠纪念乡试恩师曾国藩，合祀弟国荃。民国时期始置省图于此。数千平方米院落分东、西两院。东院前、中、后三进，设职能部门，属非开放区；西院含瓣香楼、环凤阁、西花园，楼内设书库、图书出纳台、各阅览室，是开放区。

60 年后默然回想，永难忘那个张扬思绪、寻求智慧的静好去处。青少年璘璘的悦读季节，始终同"瓣香""环凤"水乳交融。对于渴望求知者来说，这方净院是知识的海洋、文明的渊薮，更是一方适宜各式生命旅者心灵憩息的精神家园！

每临开馆之晨，总有三五热诚读者，早早聚集瓣香楼院前等待开门。门侧一副楹联引人注目：

> 功高百辟，心在一丘，侧写前贤，其气象得诸山水之外；
> 暮卷归云，朝临飞鸟，谁来骑坐，可慷慨而无文字之鸣！

二曾祠濒临潘湖南岸。登上瓣香楼，缘回廊游走，看楼头瑞鸟翔集，檐角祥云暧叇；遥隔一泓湖水放眼北眺，龙亭大殿身影，矗立高台基上。

再潜心品味那副楹联的深意：盛赞当朝大儒，匡扶功高，状写无须文字；盱衡享祠气象，云蒸霞蔚，更在山水之外。尤觉妙不可言。

省图瓣香楼（今开封市图书馆）

◆每天早上 8 时，我就到这里来——常常是来得最早的一个——还没有开门，站在外面的栏杆内等待。这时，我可以偷闲欣赏北边那片古老而美丽的风景，那里是赵宋御苑。

寻阶登楼，进入阅览室。这里是最安静的地方。我打开书来，不必担心会有什么声音打扰，只管静心地看。负责借书的同志很和气，也很贴心。他们不会让你久待，就可以取来你需要的书籍。室内座位很多，我尽量选择明亮的、离火炉子不太近的地方入座（我以为冷一点的空气，对脑子思考有帮助）。南墙上的圆钟，随时指示着准确的时间，告诉我：应该休息了，或应该吃饭了。

（《日记·1956 年 12 月 22 日》）

省图的职员群体，质朴，笃实，敬业，共具新时代职场人特质。全馆不见一条华丽口号，却人人着意用行动诠释"全心全意"：心里装着各类读者群，随时关注新书出版动态。阅览室内那块"书讯"看板，时时更新，将新书推介给读者。管理人性化，视读者为亲人。出纳员老程 40 多岁，背微驼，戴副深度近视镜，常年一身褪色中山装。总见他在书台内忙不停，面对老少读者，一律谦和有礼。

璘璘有过三次"违章"记录：

◆今日图书馆开始还书。我借的书过期 40 天整，借书证本学期停用。老程同意我用（同班）樊玉琏的借书证，借了一本《新儿女英雄传》。

（《日记·1953 年 6 月 15 日》）

下午去省图还书。已过期两周，很怕停我的借书权。因为我是老读者（从小学五下起，已满四年了），老程对我宽大，还允许我借。但没借着好书。

（《日记·1953 年 12 月 6 日》）

带着已揉毛了的、睡了三个月安稳觉的破烂借书证，去省图书馆借书。到那儿已下班了。可我还是找书。找好了，老程却不给取书，说我的借书证过期三个月，无效了，递我一张申请书，叫我重新申请——五年的老读者也不客气，得重新来啊。

（《日记·1954 年 3 月 7 日》）

温情中包裹着原则的坚持。

省图不时举办作者与读者座谈会，为双方架起一座思想交流的桥梁。

◆晚上以（《河南师院校报》）通讯员身份，参加省图书馆的"作者读者见面会"，会见了小说《不能走那条路》的作者李准。他只有27 岁，却没有冠上"青年作家"之名，大概是他的作品较成熟的缘故。他胖胖的，很有精神，讲得也很好。最后请他签名留念。

（《日记·1954 年 5 月 14 日》）

前后 8 年多（1949.2—1957.5），无论寒暑，奔波道途，日久生情。对省图的依恋，自心底滋生。

◆省图的普通阅览室，仍是往常的拥挤、往常的静。这里是个很好的学习园地：借书方便，脑筋不易分散。我有必要每星期来，借一本书，看完之后再回去。

（《日记·1956 年 2 月 26 日》）

这里已成为我的又一个家。

（《日记·1956 年 12 月 22 日》）

1957 年初夏，省图西迁令下。

◆省图书馆要迁往郑州去，外借图书一律 16 日前还清。与它将是永别了！在它的为我熟悉的庭院里，到处留有我的足迹；在它所收藏的数百本书籍上，留有我的指印。大雪纷飞的早上，我曾经围上围巾，顶着冷风朝它跑去；淫雨终日的天气里，我踏着泥泞……楼后栅栏旁，曾经多少次舒张倦眼，远眺龙亭；室内柜台边，又曾多少次借取或交还赋予我智慧的书籍。我理智的滋育者，我理性的摇篮，永别了！

我还想从你的慈怀中，汲取更多的乳浆。这美好愿望，如今只能化为惋惜与自励。曾经的千百小时里，我把心灵与思虑托付你。在获得知识的同时，也培育起对你的尊敬与感激。假若我想使自己在文明与科学日益发展的当今，站得高些、想得深些的话，必须以你为最优良伴。我们如今作别，那只是告别你的实身；对你无限渊深的智慧藏，我会永远追求、永无止停。

（《日记·1957 年 5 月 10 日》）

盛夏时节，省图西迁之后，大相国寺藏经楼的市文化馆，移来省图旧址。二曾祠再次铭牌换记。择日来此登临，"大好书室，堆些破旧的连环图画和通俗读物，真让人心痛和无奈"（《日记·1957 年 6 月 9 日》）。

骤然间，璘璘顿感失落：家没了。

在青涩岁月的悦读季里，还有个璘璘难以忘怀的处所——新华书店。开封市新华书店在北书店街路东。自附高步行来此，只需 10 分钟左右。璘璘从高一起，就成书店常客，不时前来光顾。记得初次来至书店大堂，举目环视，先被两幅墨笔大楷竖写的条幅吸引：

人类的一切知识于我都不陌生　马克思

书籍是人类进步的阶梯　高尔基

条幅装于玻璃木框，悬挂于雪白东壁两侧，读者登阶进门，抬头可见。为书海泳者提升品位、导正航向，也许正是条幅设计者的初衷。平日里，多是利用课余午饭后的休息时间，自个儿来，或约同学一起来，短时浏览；若是节假日来，就可长时间"立读"（《日记·1956 年12 月 22 日》）了。

◆在新华书店看了一本精彩的诗选——仿冀《有翅膀的》，一口气读完，写得很好。

（《日记·1954 年 1 月 2 日》）

这是新年假日的一次立读。

◆下午考完语文，就和鞠伟生一道跑到大街上去。虽冒着大雪大风，却也吐尽了近些天来积在肚中的郁气，好痛快呀！我俩漫无目的地信步走着，不知不觉地走进新华书店。我爱书，尤其是文艺小说。一进去就不想出来了，一直看陆柱国的《决斗》，看到 115 页，五分之三了。

（《日记·1954 年 1 月 22 日》）

这是高一上期末的一次立读。

◆午饭后偶尔到新华书店，发现一个多月没来，竟又出现这么多新书：马雅可夫斯基诗选、李白诗选等很多好书。我买回一册俄文版《Родная поэзия》（《祖国的诗歌》），虽说很厚，还不算贵。俄文版《中华人民共和国宪法》定价竟然要 4000 元（注：相当今币 4 角）！

（《日记·1955 年 1 月 8 日》）

这是寒假期间的一次浏览。当年暑假，璘璘试译伊萨科夫斯基诗作

——《你在祖国的大地上走着……》，就选自这本书。

盲无目的的书海泛舟，会时不时引起惊喜——

◆在新华书店看见张恨水的名字。这位三角恋爱的失败者，民国时期写过很多言情小说，如今写了一本新作品《八十一梦》，陈列在书店里。来不及看了。

（《日记·1955年2月20日》）

这些天，在新华书店里又"认识"许多人：玄奘、刘天华、瞎子阿炳、撒尼……是些不同时代、不同国家、不同职业的历史人物；还有多眼巨神阿尔古斯、毁灭之神西伐、创造之神波罗马、保存之神费虚纳等，这些希腊神话中的神祇；再者就是古印度美女沙恭达罗。知识把我的心灵带进美丽的诗国。在圣洁感情的熏陶下，我的心胸开阔了许多。

（《日记·1955年4月5日》）

两个星期没去新华书店了。今天到那里，见又是一副全新面貌。为欢迎全国社会主义建设青年积极分子大会召开，书店门口布置一个新书台，陈列有培养新道德品质的小册子，吸引许多青年读者。里面的新书更多。其中有我曾盼望许久的德国席勒作品译本，如今却不知何故，已没了阅读兴趣，许是情随事迁的缘故吧。还有些好书，如乔叟的《坎特伯雷故事集》；侦探冒险小说丛书，竟出到第七丛了，我却漠然不知。过去曾是出一册看一册，一直读到第三丛。

（《日记·1955年9月25日》）

一点半到新华书店去。手中有几个钱，就变成一个贪者，看见什么书都觉得好，都想买。其实才有几个钱呀。爱不释手地翻看着，总算挑出八本，其余只有割爱了。最贵的是《竖琴》，因为是鲁迅的译著，翻了翻，内容不错，又半价五角，就相中了；最便宜的是《谈文学》，售价一角。

（《日记·1956 年 2 月 15 日》）

在新华书店买了一册张毕来的《新文学史纲》；还有一本《普希金文集》，买来送给二哥。《车尔尼雪夫斯基论文学》《杜博罗留波夫选集》《别林斯基文集》也想买，只是没钱了。

（《日记·1956 年 8 月 5 日》）

在 20 世纪 50 年代中期，一度时兴"阅读车、别、杜"。这股风激起璘璘对三位俄罗斯理论家莫名的倾慕。他心仪车、别、杜，其实也并非赶浪头。璘璘同文学理论的邂逅，发生在一年半之前：

◆到新华书店看书——这是我每日午饭后至下午上课之间那一小时的惯例——发现一本萧殷写的《论生活现实与艺术》，略微一翻，与我脾胃非常相投，竟激起了阅读的欲望。只因时间关系与小便难禁，只好转回来。这是我对文艺理论书籍第一次发生感情，是"初恋"。

（《日记·1955 年 3 月 18 日》）

同文学理论的"初恋"，既有生疏不解的苦涩，又有初尝一脔的甜蜜：

◆我自学《论逻辑思维的初步规律》，到处都费解，到处是问题，收效不大，又没人指导，真无奈。

（《日记·1955 年 3 月 22 日》）

◆看费尔巴哈《宗教的本质》。他精辟地分析了宗教的起因和作用。他说："人的依赖感是宗教的基础。"多么中肯的论断，一针见血！无怪马克思说："费尔巴哈是一条'火流'，是我们时代的涤罪所。"

费尔巴哈又说："宗教之对于人，就像物体对我们的眼、食物对我们的胃那样亲切。"显然，他忽略了宗教的阶级性和社会性。当然，只引上面那句话，还不足以说明是这样。

（《日记·1955 年 4 月 8 日》）

◆到书店街，被新华书店的新杂志留住了。先是《文艺报》，继而《文史哲》《文艺月报》《解放军文艺》。我在里面站了三个多钟头，眼竟不酸，头也不觉痛。前些日子，我曾（向母亲）批评过女高语文教研组组长王××老师介绍陶渊明的一篇文章，觉得他太主观了。他只截取陶精神面貌的一面，删了另一面。妈妈却不以为然。现在我在《文史哲》里叶明的《陶渊明传》中找到回答，证明我的观点正确。我有了意见一致的人。古人受到历史的和阶级的局限，没有必要忽略，只有这样才能见一人全貌。

《文艺报》上刘大杰关于我国现实主义（文学）起源和发生的文章，我以为很全面，在××教授之上。文学艺术现实主义的发生，只和文学艺术本身有关、和社会有关，不必等待资本主义制度出现。刘大杰承认杜甫是伟大的，却认为他的现实主义还未成熟，又未免过于缩手缩脚了。从杜甫的叙事诗、讽喻诗内容和造诣来看，他是一个成熟的现实主义诗人，因为他做到了"历史真实的再现"，只这一点就够了。这里没有必要套用恩格斯的定义（即"典型环境中的典型性格"——作者注）。

（《日记·1956 年 12 月 7 日》）

◆我还没有条件为自己树立一套美学观。我目前只是承认某些事物或现象的美，是客观存在；当个人以自己的感官去接受它时，却可由自己的主观好恶，作出相异的认知结论。许多别人以为是美的东西，我却不能承认它美；我也能从许多平凡的事件、现象中发现它的美。我以为一个文学艺术家，正应该去发掘自然界和社会中的美。

（《日记·1956 年 12 月 21 日》）

关于"现实主义"，关于"美的本质"。璘璘的文化生命同文学理论的"初恋",喜见两粒蓓蕾瞬间吐蕊,未及绽放,便萎落了。

无声的心语

——青涩自诉

【导语】　璘璘16—17岁这两年,"自我认知"陡然强化,主体精神发育进入"心智跃升期";心理特征呈现为敏感心重、多思多虑。寒暑迁替、四季代序;世事、国事、校事、班事;亲人、同窗、师友相处,乃至萍水相逢、街头偶遇,都会有所思、有所想——偶思随想、奇思妙想、幻想遐想。无论何思何想,大都诉之于日记。难能可贵,也弥足珍贵!

前文各节,随着叙事,夹叙所思;且再回头,拾掇一些岁月心语的碎片,做些梳理,借对青涩岁月的心境,聊作"微观透视"。

任性·自省

1954年10月19日,父亲在汲县疗养院病逝,璘璘随母亲匆匆前往,料理后事。

遭遇有生以来最大的不幸:亲爱的爸爸永远离开了!意外打击使我的神经变得迟钝,眼里的一切都充满哀伤,痛苦一言难尽。今后永远不会再有人,给我讲那么多丰富的生活知识和文学知识了!心中只有这事,学习已无心思。不知为什么,我竟然想要休学。

（《日记·1954年10月18—21日》）

回汴后,心绪难平的璘璘,居然旷课三天,没同任何人接触。写了一封《休学申请书》,交至教导处,天真地要求:休学一个学期,在家平复心情。学校当然不会批准。

◆高师找我谈话，满怀真诚的爱和同情，我知道。他的话是安慰。究竟该怎么走，仍无良策。由于自己心情极其恶劣，产生了错误行为。马柏源主任在全校范围，严厉地批评我任性。我难过到伤心欲绝的地步，自尊心也被严重损害。可我不能失去冷静。马主任批评得对！同学不来安慰我，也对！他们为什么要对自己同学的错误表示惋惜呢？

（《日记·1954 年 10 月 22 日》）

低落的心绪持续多日，经上下相助、主动调适，始现"回暖"。

◆在不好的情绪出现之后，能强迫自己尽快镇静，而且马上忘掉这情绪。我已有能力对自己的感情做适当的控制。

（《日记·1955 年 3 月 25 日》）

◆在《小组周记》中，高师这样写："请你（注：小组长陈怀溥）代表我向张麋弓提出他那任性的毛病，这是他最突出的……"我好像看到，自己过去为克服这缺点所耗费的精力，都像皂泡似的幻灭了！一颗心浸浴在极度痛苦中。已不是第一次品尝这滋味。不过我也明白，这种极度痛苦，又往往一次又一次给人以深切可贵的教训，给我的思想——这经常不准确的罗盘——指出光明出路；然后，我就可以开始继续踏实前进。

（《日记·1955 年 4 月 24 日》）

◆母亲常说我"心重"，总是责备着，自己往往漠然视之为谑言。真正冷静思索之后，也就发现了我在转变：性格由活跃渐沦于冷滞（行为冷滞）。年轻人不该这样。这不能不使我猛然苏醒，用意志力喝令自己打住。本来会是个不幸的转捩点的，却强力把它消除，是可喜的事。

（《日记·1955 年 8 月 7 日》）

不自觉的时候，就会落后下去；落后的原因，总是不自觉。

（《日记·1955 年 8 月 24 日》）

我脾气太急、太任性！为什么六七年了还没有改过来？决心下过多少次？还要下吗？再下得多也没用。要用意志来克服这怕人的缺点！迟了，会毁灭未来。

（《日记·1955年8月29日》）

自己逐渐觉察，急躁毛病好多了，三个星期以来，没有对谁发过脾气。

（《日记·1955年9月20日》）

急躁任性，是一种性情。性情的形成与改变都非一日之功。"三个星期""好多了"，璘璘认真惦记着这缺点，努力在改。

嗣后经年，在新华书店翻看《马卡连柯论青少年教育》，偶见一段话恰中心曲，当堂抄回，誊录日记：

◆马卡连柯说："如果你感觉自己是不幸的，你首先道德上的职责，就是不要使任何人知道这件事。在自己内心找出微笑的力量，找出鄙视不幸的力量。任何不幸常常都是夸大的。它永远是可以战胜的。要努力使它很快地成为过去，马上成为过去。要在内心找出力量，想一想明天，想一想将来。"可以毋须夸饰地说，我实践了这名言。我曾经寻找微笑和鄙视的力量。我的鄙视不仅是对不幸；也努力在使它（不幸）成为过去，而且几乎就是"马上"，并未停留。我已经为将来和明天想很多了，而且还在想。这些事实说明什么呢？假若它不能说明我对生活总是认真的话，至少也可以说明我走路的谨慎。我其实并不相信什么"把不幸化为快乐"的鬼话，这常有夸大成分；但忘掉它、战胜它，却有可能。

（《日记·1957年4月16日》）

自责·自励

◆一种腐蚀剂的毒性，在我身上发作了：是自卑感。一次小考的失败，就至于这样吗？以后遇到的挫折还会很多，那时又该怎样？自卑，是自负也是自大的反面，就像一个毒根的两支分蘖，两者分不开。因此要去掉它，就要从老根上解决——注意素养的提高、品德的锻炼，也就是树立正确的人生观。

（《日记·1955 年 10 月 3 日》）

◆对昨天物理小考的失败，依旧念念不忘。晚上入睡时，脑海浮现一个鬼蜮想法——大约四秒光景——试图放弃它（物理课）！这真是个可耻的念头！幸亏理智战胜，迅即否定，使鬼蜮企图未能得逞。

（《日记·1955 年 9 月 30 日》）

◆谷雨节气已至，向日葵仍未种上，几个班干部在流汗、忙碌赶种。马主任说我们"心老了"。不！我们的年华永不消褪，我们的青春永不苍老。

漫漫人生，没有什么预设的长路；它的过程，恰如眼下和脚下一段段小路的完整拼凑。能在每一小段路途中获取成就，也就是人生的胜利。

（《日记·1956 年 4 月 17 日》）

◆我尚年轻，要走的路还极遥远，兴趣也可能因环境而发生较大的变动。我的主观意愿却是扭转不回了：踏实努力，刻苦自进，总会有复苏之望。

（《日记·1956 年 4 月 15 日》）

抓住每个"刹那"

◆感觉得到自己在成长着、成熟着，越来越健康、越来越雄壮。是生活哺育着我：在一分一秒过去的生活里，努力汲取自己所需要的，不是蛋白质、脂肪和淀粉，是知识！知识！只有用知识养育成长起来的人，才会是完善的。

（《日记·1954 年 9 月 26 日》）

◆时间过得比我用笔写快得多！没有忘记前几天同小苇到东城墙游玩的情景：微风和花香似乎还在感官上流连。但理智使我回过头来。担心啊！一星期之后期中考，学期就要过半、一生又要过去 1/300！人生不会周而复始。试问：在这短暂顷刻间，我给逝去的光阴什么报偿了吗？

是的，我不是虚度年华的人。也已有所收获。至少说，随年龄增长，我知识的增多，就是给时间的补偿；还有思想上的进步。但总的说来，仍不能令人满意。我感到自己的收获不值百金，而时间却是千金不换的！须努力！再努力！把时光精灵融化在自己一切学习与生活中！

（《日记·1954 年 10 月 28 日》）

◆一个学期又要结束。光阴比流星快多了。我曾多次试图压下自己的感情，认真对待光阴，像对待最珍爱的东西，以使它过得更有意义些，但却不可能。我沉不住气了。虽说仍在不断用"要努力"来安慰自己，显然不生效。也只有如此而已："努力！再努力！死命努力！"

（《日记·1954 年 12 月 17 日》）

◆人的一生能有多少岁月呢？让这些短暂时光，都耗费在一些无谓之事中，又是多么可惜！六七十年后的那时，再想起现在的荒唐，不知该如何后悔！这是真的。必须抓住生命的每一个"刹那"（正是这些"刹那"，构成整个生命），做些对别人、对集体或对自己有益的事情。

（《日记·1955 年元月 6 日》）

◆时间不留情地过去了。剩给我的只是对自己懒惰的自责和负债似的痛苦。实在太任性了——简直是过火的放纵！我不能原谅自己像放走一只可爱的鸽子一样，放走这可贵的一天；真的，是一只可爱的鸽子。我悔恨，无可挽救。

（《日记·1955 年 8 月 17 日》）

◆枯黄的树叶和折断的茎枝，被秋风玩弄着，在地上疯狂地旋转，发出凄厉的嘶鸣。第一阵秋风就带来死亡。接着是寒冬的降临。我怀疑自己的心灵，受到莫须有的刺激。下学期不能再看小说了。把能节省出来的时间给我的功课吧。

（《日记·1955 年 8 月 28 日》）

春的惘思

◆"光阴似箭，日月如梭"，并不能形容我心中对时间流逝之快的感受。我是不是在与时间同时发育着？有谁能告诉我？我觉得自己在一秒一秒地长大。

（《日记·1954 年 8 月 3 日》）

◆"我发出悲伤的哀声，对着神秘的苍穹。

我私心地爱着她，月老却不给我回答。"

我细心地咀嚼着莱蒙托夫的诗句。他 16 岁有了爱情，不能如愿常使他痛苦。我同情他。我精神上也有点苦闷。

（《日记·1954 年 8 月 24 日》）

◆听着淅沥的雨声，心中非常烦闷。整日看着书、黑板……整日在这砖砌的圈子里打转。我讨厌这机械的、单调乏味的生活，我想过不安定的、像澎湃的海洋一样的生活。那才可以孕育出坚定乐观的人生。

阴雨啊，你遮蔽了我的阳光。

我需要太阳。

（《日记·1954 年 7 月 7 日》）

◆残酷的风，摧残着可怜的树枝和树叶。多么无情的冷秋！我不爱你萧条的美。你美人鱼的性格，骗一些无知的人，然后送给他冷酷的北风和严冬的雪。你看，连鸟儿都在哀伤。

（《日记·1954 年 11 月 13 日》）

◆她竟会在我家门口出现，真让我有点神秘而可笑的想法。这种巧遇已不止一次，而我心头的重压一次比一次来得重。

（《日记·1955 年元月 1 日》）

◆在学校同学们聊天，话题总爱围绕女性。仔细想想，这究竟是一种什么念头呢？它不是对女性的轻侮，也的确没有谁说过一句不三不四、不伦不类的话，大多是问一句："×××，你交女朋友了吗？"或是："小说《×××》上面，对×××和×××爱情的描写，特别真实！"这说明什么呢？说明同学们发育长大了，越来越成熟了，对异性的好奇与渴求越发迫切，对"爱情"满怀兴趣。

（《日记·1955 年 2 月 3 日》）

◆思想的重压丝毫未减。我是在追求一种迷惑人的、神秘的情感，但得不到它，心灵负担愈来愈重。

（《日记·1955 年 2 月 23 日》）

◆今日心头仿佛又豁然开朗，激动地写下三首诗。我不知怎样抑制住这些欲望——虽说抑制它会是巨大的痛苦，却不会有坏处，特别是为了学习。我束手无策。这些心事又无法对人讲——有谁是我的知心朋友呢？没有！

（《日记·1955 年 2 月 24 日》）

◆心中的苦衷难以诉说。我也知道这念头不好，影响学习，却无法抑制它。苦闷得要爆发了。

（《日记·1955 年 8 月 1 日》）

◆心被汹涌的情感波涛不停地撞击着，像剥落崩塌的古老海岸，遭受着冷冰的腐蚀，又感受着火烧样的痛苦。这创伤难以治愈。还有什么比这更痛苦？

（《日记·1955 年 8 月 30 日》）

◆妈妈为给我准备衣服，耗费了不少精力。她说我发育太快了（几乎可以说接近成熟了）！过去的衣服显著缩小，还得买布做新的。今年夏天不得不迁就一下：上哪儿去弄布票呢？

（《日记·1955 年 6 月 8 日》）

◆生活是辽阔的，像祖国的原野；生活是多姿的，像春天的花草。"向人生、向人生，把生活中的一切苦闷与欢乐，溶于人生中。——高尔基"

（《日记·1954 年 9 月 19 日》）

追寻"理论"

◆在家一口气看完两本《文艺学习》杂志，了解些什么是唯物论、什么是唯心论的简单知识。若说有了用理论充实自己的决心，那么开始之日，就是今天。

（《日记·1955 年元月 16 日》）

◆这次作文的题目是《怎样把正确的人生观贯彻到实际生活中去》——彻头彻尾的议论文。要写得好，必须对人生观有圆满完善的认识，这却不容易！自己对此知道得太少，理论基础特别差。我不能再看那么多小说了，必须赶快用理论充实自己。

（《日记·1955 年 3 月 9 日》）

◆到现在为止的 17 年，我只看过两本理论性书籍：《论短篇小说的写作》和《逻辑思维的初步规律》。也只是理解个可怜的大概：知道了"同一律""矛盾律""排中律""充足理由律"。以后我必须读得更多更好。

（《日记·1955 年 3 月 26 日》）

◆读杨献珍的文章，里面提到两个名词："客观唯心世界观"和"主观唯心世界观"。我经常见到这两个名词，只是不知道它的含义，现在清楚些了。"客观唯心世界观"虽承认客观世界的存在不依赖主观世界，但认为精神是第一性、物质是第二性；"主观唯心世界观"认为，客观世界是由我的主观精神创造的，认为"物"是"观念的集合"，它的公式是"存在就是被知觉"。两者都认为精神先于万物而存在，都是错误理论。

（《日记·1955 年 6 月 2 日》）

◆要看的书太多，除功课外，还有《正确对待入党问题》……《哲学名词解释》太深奥，可以不读；却又舍不得，也非读不可了。

（《日记·1955 年 8 月 20 日》）

◆有三节自习时间剩余下来，可以利用了。我用一节写好周记，另两节就把借来两个星期未动的书——《理论简说》，看了一些。

（《日记·1955 年 12 月 16 日》）

拥抱集体

◆最殷切地盼望快些开学。虽说寒假刚开始，可这 20 天将是难忍的慢性折磨。我需要的是集体，是学校生活：学习、演题、歌唱、赛球、朗诵、写文章……只有集体生活才会赋予我无限生命力。离开了集体我不能生活，我不是鲁滨孙。

（《日记·1955 年元月 23 日》）

◆我所经历过的感情，

没有比友谊更可贵

——它给人以力量

和对共同信念的坚毅致力。

由于合写文章，让我与杨育彬、魏华忠紧密联结在一起。共同的工作使三个青年团员互相了解，建立起深厚感情。我们有责任继续彼此的了解、珍视感情、发展友谊，使它忠实于共同的信念。

（《日记·1955 年 2 月 11 日》）

◆明天开学，同学们已大致到齐。见到刘玉堂、沈兰荪、申文辉、李梦庚。有人瘦了，有人胖了，有人脸更红亮了。这都是为新学期做的准备。就这样了，起跑吧——开始吧！

当旧的歌曲重新唱起，

又一切如常：

仍然充满幸福与活力，

愉快地回忆过去，

憧憬更光辉的未来。

（《日记·1955年2月13、14日》）

◆又做值日生，忙乱如前。多花些精力，献给已时日无多的班集体吧。我们每一位成员，在自己未来的生活中，都将会亲切、甜蜜地回忆这一段难忘的岁月——梦想将从这里出发！

（《日记·1956年4月16日》）

胸襟·梦想

◆《复习历史课本感言》

在五个小时中，我忘掉一切，沉浸于在眼前重演的世界近代历史：伟人马克思、恩格斯、列宁、斯大林的动人事迹，英雄普加乔夫、约翰·布龙、汤姆·梅因、加里波第、法林奇异的史诗；还有那些败类：梅特涅、俾斯麦、退尔、路易·白朗、亚历山大一世、路易十六、路易腓力、拿破仑三世，这卑鄙的一群和他们的罪孽。这些败类，同人民创造的历史相比，何其渺小！

（《日记·1955年8月10日》）

◆我深切地感到：祖国在飞跃地发展着！看哪，拖拉机制造厂开始动工；广袤的处女荒原上，响起千万年来第一次歌声；兰新、宝成、集二、黎湛、丰沙铁路，有的完成、有的将要完成；三门峡工地在忙碌，黄水无忌奔流的日子就要结束。看哪，新疆省改称新疆维吾尔自治区，首都又新建几座高等学府，……太多了！而我们呢，却在学习、学习，无止境，愁煞人！

快点结束吧！

（《日记·1955 年 9 月 21 日》）

◆7 年后我 24 岁，年轻力壮正当年。那时的祖国开始了新生命，而我将和祖国一道，踏上壮丽而严峻的人生道路。我不希求煊赫扬名，只愿有本领去为祖国诚实地劳动。

（《日记·1956 年 1 月 8 日》）

◆秋三（4）班出了一期饶有趣味的《理想专刊》。失去一条腿的卢振汉，打算 6 年后取得候补法学博士学位，有的打算做地质学家、国防军大尉、冶金专家……这些理想都很好，因为在今日，这些理想有条件、也有可能成为现实。

（《日记·1956 年 2 月 29 日》）

◆车光训校长做了《向科学大进军》的动员报告。向科学进军就要开始！我们将以百倍信心向科学堡垒冲去！我自己简单的进军目标是什么呢——8 年后争取达到文学副教授水平。

（《日记·1956 年 3 月 1 日》）

◆我班一批有远大抱负的未来学者涌现了：哲学家王兴、孔昭伟；医师余子政、张绥中、魏华忠、沈兰荪、贾栋——未来医学生力军；工程师褚春霖、鞠伟生、郭正伟、王志运。祝福他们实现自己的美好理想！

（《日记·1955 年 10 月 5 日》）

高师命我为"向科学文化大进军誓师大会"起草秋三（1）班《誓词》。赶写出文稿如下：

◆我们 40 颗年轻的心，庄严地向祖国宣誓：

做一个三好学生，兢兢业业、踏踏实实，既谦逊又热情，向科学文化大进军!

保证在学校:遵守制度,刻苦钻研,积极带头,努力锻炼身体,达到全面发展,保持优秀班荣誉。

并保证:在 12 年内,以我们的努力,和全国人民一道,实现祖国对科学的巨大期望,赶上世界先进水平。

宣誓人 三(1)班全体同学

(《日记·1956 年 3 月 5 日》)

◆昨天的誓师大会,是一个永志难忘的日子,是我们 12 年长途竞赛的起跑日。为了在 12 年内赶上世界先进科学水平,我们 40 个年轻人,在祖国面前立下豪迈的誓言。

我在大家面前表示:我的未来将是一个语言文学家——为了祖国语言文字的健康而工作。刘开清立誓,12 年内做一个诗人。余子政比较沉稳,说愿意做一个医学家兼业余文学作家;具体承诺:两年后出版第一部小说《双生俩》,5 年后出版第二部小说《高中生》。刘继勋将成为一个世界闻名的无机化学专家。鞠伟生决心把祖国的原子能事业发展到苏联的水平。张青选将与华罗庚齐名。杨育彬理想:做一个能够总结伟大祖国全部历史的历史学家。

我们这群未来的社会主义专家们,时刻牢记着斯大林的名言:

当我们把我们的城市驾在汽车上、把我们的农村驾在拖拉机上的时候,让那些资本主义国家来追赶我们吧!

我们坚信:当祖国掌握在我们这一代人手里的时候,我们将有权利,向那些曾把我们称为"东方乞丐"的大亨们,发出这一雄伟的豪语!到那时,我们将带领文明的祖国,站在科学大厦的峰顶,遥望那美丽的共产主义未来!

(《日记·1956 年 3 月 6 日》)

◆近来，幻想时时敲击脑门，也就时时会有一些甜蜜的设想：我进入了北大或北师大或南开，也可能是北京政法学院、俄语学院、外交学院，总之，是梦里所向往的、理想的学校。自己已经开始在里面学习。会想到，一些老教授们把自己的知识无保留地传授给我们。还有我自己：将会成为一个"三好"大学生；将给各种刊物写诗、写小品；功课门门五分；同学会挑选我做系篮球代表队选手，也可能同时当上体操队选手；我会成为共产党员；是不是会享受初恋的滋味？也说不定……

等待着18万高中青年投入的大学生活，一定会是多彩的！站在那里，将会更清晰地眺望前面那座我们日夜兼程以赴的科学城堡；也将会惬意地聆受祖国赐予我们的科学文明的阳光；还将望见社会主义理想之国那清晰的身影。

（《日记·1956年4月9日》）

高中毕业证书

【缀语】 河南师院附高1956届秋三（1）班同学入学一览

（全班毕业40人，升学40人）

姓名　　　考取校系

陈怀溥　西北大学物理系

蔺子印　北京邮电学院

张绥中　天津医学院

王立正　河南师范学院二院物理系

张青选　北京大学数学力学系

刘继勋　北京邮电学院

郝顺柱（化名）　北京师范大学历史系

郭正伟　北京大学物理系

孙振华　西北大学数学系

鞠伟生　天津大学机械工程系

张孝文　北京林学院

褚春霖　天津大学机械工程系

武志强　郑州大学数学系

张金海　北京地质学院

段树森　西北工学院

朱金明　北京邮电学院

张家珍　北京邮电学院

李梦庚　西北大学物理系

左孝鹏　天津师范学院物理系

张　戡　天津大学土木系

贾　栋　北京矿业学院

暴卓然　北京农业大学

朱　鸿　　清华大学建筑系

张金梁　　北京农业机械化学院

王步俭　　北京俄语学院

郭载方　　北京石油学院

费炳钧　　郑州大学数学系

孔昭伟　　河南师范学院中国语文系

沈兰荪　　北京邮电学院

申文辉　　西安交通大学

王　兴　　北京大学历史系

刘开清　　西北大学中国语文系

王志运　　河南农学院

孙建华　　山西师范学院生物系

余子政　　新疆八一农学院

杨育彬　　北京大学历史系

魏华忠　　北京大学心理系

刘玉堂　　唐山铁道学院

常贺璋　　北京邮电学院

张麋弓　　北京师范大学历史系

秋三（1）班毕业照（1956.7）

第一排（左起，下同）：王立正　费炳均　朱金明　张屪弓　赖孝陶　李梦庚　刘继勋　蔺子印

第二排：郭载方　褚春霖　张金梁　白新亭师　高中师　王灵轩师　魏仁泰师　鞠伟生　武志强

（高中师三女：高节　高歌　高眉）

第三排：魏华忠　沈兰苏　刘开清　孙建华　贾栋　常贺璋　杨育彬　朱　鸿　张戢　郭正伟　张绥中

第四排：孔昭伟　张金海　余子政　申文辉　王步俭　王志运　刘玉堂　张青选　王兴　暴卓然　段树森

（当日缺席 5 人：左孝鹏　孙振华　张家珍　张孝文　陈怀溥）

（在学期间退学 1 人：王世安；因病休学 5 人：梁忠仁　孟宪弟　邢竹岩　赵连众　李守文）

萎落的青果

【导语】　入学 46 名少年，一路相守之间，陆续退学 1 名（王世安）、病休 5 名（梁忠仁、邢竹岩、孟宪弟、赵连众、李守文）。缘于同窗之谊，每有同学离校，总是不舍。世安是高一下期报到时，马主任告

知他退学，因为他上学期三门不及格。马主任来到宿舍，向世安申明校规：各科如有三门不及格，或语文、数学两主科不及格，自动退学，你请回吧。璘璘恰站在旁边。世安的被窝卷尚未打开，无奈地再背起来。世安家在开封西郊。我们几个同学送世安至校门，望他流泪远去。

末了能坚守至毕业的40人，都陆续升入大学，一个不少，给母校添了彩。只是其中两位，进大学不久，相继出事：孔昭伟身体被精神拖垮而病退，郝顺柱（化名）因偷窃遭逮捕。两人情事相异，不幸则同。同学们都说"不意外"：一个早见征兆；一个早有前科。新蕾未绽而见枯，春华将实而飘堕，人生伤悲，莫过于此。

忍做青果萎落之祭。

还要提及一位毕宗月（化名），高于璘璘三届，留校重读生。璘璘初入学，他即主动接近，迁来第18舍，同璘璘比邻而眠。黑夜屡遭其骚扰，不便为外人道。他平时行为每见怪异，迹近双性恋者。唯碍于身份与时代，苦不得出柜，精神与学业，代价沉重。重读一年后，依然失学，离校流浪，迹如飘萍，属另类不幸人生。

略举其事，并为祷祝。

同一所校园里，40余位少年，师尊亲炙相同、历练亦相同——总之，在同一方天地成长。岁月无迹迁替，来到舒枝散叶时节，却见菽麦交错、间出稗草。为何会这样呢？主要原因，恐在个人根机不同、家庭环境各别；至于个别同学违法、犯罪，还应归咎刚逝去的那社会，严重充斥的劣风败俗流毒，如偷摸盗窃之类。

◆车光训校长在一次报告中披露："学校的偷盗现象十分严重。仅今年（1955）寒假期间，全校丢电灯口几十个；平时同学丢钱、丢钢笔、丢衣服等物品的现象，很普遍。"（《日记·1955年5月9日》）

◆支部书记张金梁，代表本班参加了公审刘海鹏大会。刘某三年前曾是我校学生，因严重偷盗行为被判无期徒刑入监。他感到"在监狱没有前途"，私自逃跑；在逃亡途中，又有一系列偷盗活动，被抓回来，加重罪罚。这次公审，戴季唐老师为他做被告辩护。结果，刘海鹏被判死刑。

（《日记·1955 年 4 月 28 日》）

刘海鹏被处决了。一个 20 岁的青年，就这样完了。是旧社会的余毒害了他。每个青年应以此为戒。

（《日记·1955 年 5 月 31 日》）

组织同学去参观本市公安展览。共陈列 21 个案例。最后一个是刘海鹏案。见到了他伏法的照片。

（《日记·1955 年 11 月 13 日》）

身边出现的刘海鹏事件，是 20 世纪 50 年代初，中学里旧社会余毒害人一个特例。

雏鹰折翅

昭伟性情沉稳、身材单薄，同学一直以为他羸弱多病。毕业前一次体检，颠覆了大伙对他的寻常观感。

◆马主任召集毕业班，宣读一份国防部航校招生通知，动员同学踊跃报名，说是政治任务，让明天停课去检查身体。

（《日记·1956 年 4 月 27 日》）

牺牲了四节课（是真正的牺牲：马主任说不再补了），上医院检查身体。这次检查很严格，上级重视，同学也紧张。我听力不行，听距仅在 1 米以内（3 米方为合格），结论丙等，自然与飞行员无缘。

（《日记·1956 年 4 月 28 日》）

空军录取通知书下来了，我班录取三位：孔昭伟（我的天！头一名竟是他！大家总以为他类似肺病嫌疑呢）、武志强、刘玉堂。

（《日记·1956 年 5 月 16 日》）

昭伟极富才华：擅画，崇拜列维坦、伦勃朗、莫奈、列宾；爱诗，喜颂新月派徐志摩、戴望舒，诗圣泰戈尔；耽玄想，沉迷老庄、恩格斯。早有鸿鹄之志，当兵非所愿，没有去空军报名。

昭伟与璘璘，初中不同校，初进附高不相熟。1954 年 5 月起，衔命合办班报《自由园地》，二人交往日渐密切，由相熟而相知。璘璘负责每期墙报组稿、润色、誊抄；刊头设计与绘制、文稿组合与装饰，概由昭伟包办。教室后墙那片方寸天地，同学课余围来读墙报、欣赏新绘画作，见证一位画家成长。

一年后的一天，璘璘正忙于布展墙报《诗画特刊》，昭伟挟一幅油画来。木边框，大约三尺见方，题名《晚秋的黄昏》，列维坦笔意：夕阳余晖，照亮深秋的原野；林间败叶，一片金黄；远处一座小屋，屋顶炊烟袅袅。初次欣赏昭伟油画，大为惊艳：

"风景好美！啥时候画的？"

"晚上在家画的。"

唯恐有啥闪失，璘璘小心捧起画框，仔细在墙上挂好。《晚秋的黄昏》在学校引起轰动；高师评价简而赅："会想，有块垒；会画，有妙艺。"其实高师早已垂青聪慧多才的昭伟，墙报主编即高师点将。

昭伟学习也出类拔萃。1954 年 7 月 11 日，教室里当堂发下高一期末《成绩表》，璘璘、昭伟交换互看。共 12 门课，昭伟只体育 4 分，其余 11 门（依次为：政治常识、语文、俄语、平面几何、代数、历史、地理、生物、物理、化学、制图）都 5 分！璘璘 8 门 4 分，仅 4 门 5 分，自惭形秽。

昭伟初入附高即绽放异彩，学校表扬、老师夸赞、同学羡慕，团支部也重视。1955 年 3 月 11 日，昭伟光荣入团，旋即被选为第二团小组组长。4 月，全校三个优秀班、72 名优秀生，一批"新人"名单确定。预定五一节过后，借用师院大礼堂隆重庆祝。仨优秀班委托秋二（1）选派一人，做三班群众（非班、团干部）代表，届时做大会发言。班委会预选出三人：孔昭伟、蔺子印、张麋弓，其中的昭伟、子印名列本班六名"新人"（另外四位新人是：王兴、鞠伟生、刘继勋、褚春霖）之中。（参见《日记·1955 年 4 月 29 日》）

高师考虑到这次发言责任重大，在三人中指定孔昭伟。他说还是昭伟思维细密、口才流利，子印和麋弓还不能胜任。鼓励我俩说，以后学林肯，多演讲，争取"成为出色的演说家"。

（《日记·1955 年 4 月 30 日》）

高师进而推荐孔昭伟做团支部委员。

10 点半，团支部改选。高师的意见：把孔昭伟调到团支部，原支委杨育彬调到班刊做主编，两人换岗。不过，他这种偏颇的器重，没有得到支部大会的同意和拥护，昭伟只得了一票。

（《日记·1955 年 7 月 9 日》）

无论如何，辉光闪耀的昭伟，已然登上人生小高峰。可"天意从来高难问"，岂知事有难料。转眼间，昭伟又像变了个人，从高峰跌落下来！

咋回事儿？据璘璘观察，转折点在刚升高三时刻，即 1955 年 10 月前后。当时高师来了一次"志愿摸底"，让同学每人在周记上各述其志。

◆昭伟志愿做哲学家。他自我进入哲学家境界，生活制度已全抛脑后，时事学习不再参加。每晨听时事广播时刻，他独自登上大楼三楼（阳台），沉静地钻进恩格斯的《自然辩证法》里面。仿佛在这 20

分钟内，他能了然洞彻世界。自习铃声响过，昭伟才气宇轩昂走进教室。即使值日生把他记在日记本上，哲学家也不放心里去。

（《日记·1955 年 10 月 6 日》）

一度校里校外，总见他腋下夹着恩格斯那本书。璘璘问昭伟：

"看得懂吗？"

"多看看，不难懂。"

说是高师推荐他读的；还给他讲尼采、叔本华。

"在中山大学，高师最佩服的哲学教授叫马采，跟尼采差一个字。现在北大哲学系。"昭伟无限敬仰："马采是中国哲学界三大权威之一。俺要跟他去学。"

◆班委会批评四个同学。……最后一个是唯一的团员、又是团小组组长孔昭伟。批评他，是为他严重的政治落后、开始对自己放任、严重违反生活纪律。

（《日记·1955 年 10 月 22 日》）

昨天团员生活会，组长孔昭伟又无故未参加。不知他净想些啥？这样只能把团小组带坏、给组织造成损失、给同学不好的影响。

（《日记·1955 年 10 月 24 日》）

◆12 点 50 分召开支部大会。……接着，支部宣委对第二团小组组长孔昭伟同学的错误提出批评。昭伟在场，没有说话。我以为他的错误之发生，是未来对他产生了太大的诱惑，他却未能控制住自己。他不再在意目前的现实，想一下子朝未来飞去。我和他同样向往未来，可是我在决定关头，做到了他没做到的一点：能把控住自己。

（《日记·1955 年 11 月 6 日》）

◆物理小考卷发下来之后，又是一场惊心动魄的感叹！……使人痛心的是孔昭伟。物理课代表沈兰荪说，昭伟在近来六次小考中，除了一次勉强得 3 - 外，4 个 2 分、1 个 1 分。我很奇怪："哲学"竟会有如此大的、几乎使孔不能摆脱的吸引力，使得一年前还是 11 门 5 分的好学生，如今倒退到令人心惊胆裂的可怕地步！

（《日记·1955 年 11 月 15 日》）

唉，固执的孔昭伟！任谁也劝不动！数学不及格，咋还在硬钻《哲学通讯》呢！

（《日记·1956 年 4 月 27 日》）

◆昭伟的画仍是那样出色！给《数学专刊》画的刊头那么漂亮！为集体荣誉尽了一份力，以团支部名义表扬了昭伟。真愿他能把这种刻苦精神，带到他现正往前赶的、已经落后的学习中去！的确，现在演一题三角或几何，比看一册《哲学通讯》，对他更有益处。

（《日记·1956 年 5 月 3 日》）

高中阶段进入尾声。同学们忙于选填志愿、准备升学考试。最后关头，昭伟又有惊人决定！

◆孔昭伟旷课数天，没有到校。他不再想把高中读完。他要以社会青年身份，报考北大哲学系。这怎能成呢？

（《日记·1956 年 5 月 17 日》）

团支部开会讨论孔昭伟的问题。他的错误比较严重。团支部本来拟给留团察看处分。他本人竟从家里赶来了，承认自己做得不对，表示了悔过决心。处分暂时没有做，等一个星期后再议。

（《日记·1956 年 5 月 20 日》）

昭伟极聪明。他知道，如果三门不及格，不会颁给毕业证的，即使跟随学校考学也无望，不如退学以社会青年身份报考；作为一名团员，如果背着留团察看处分，北大怎会录取？所以闻讯赶来，承认错误、答应改正，缓和局面。随之思量再三，还是随校报考稳当。昭伟各科基础毕竟都好。于是临阵磨枪、一通恶补，居然都侥幸及格；鉴于"诚心悔过"，"操行"获评"乙等"（"丙等"将过不了高考政审关）。最后在学校完成报名、考试。1956 年 8 月下旬，昭伟接到河南师范学院中文系录取通知书。

各大学陆续开学。同窗们相继作别。

◆留家治病的璘璘，某日在开封街头"恰巧碰到孔昭伟。他说自己患了神经衰弱症，已经请很多中、西医看过，有说他高血压的，有说他神经衰弱的，有说他慢性心力衰竭的，有说他心脏位移的，众说纷纭，使他无所适从，也担心受怕：'心力衰竭，必早亡啊。'我劝他对治病要有信心。他听从了，又说自己的确先天不足：'我出生时父亲已经 70 高龄了。'他请了一个月长假，说准备从师院休学。我惊住了：这还是半年前航校体检时，那个体格'第一棒'的昭伟吗？"

（《日记·1956 年 9 月 20 日》）

◆早上陪昭伟到禹王台散心。几个河南农学院学生在做测量实习。昭伟忽然对我说，他已经写了自己的墓志铭。年纪轻轻的，至于吗？真是颓唐念头！

（《日记·1956 年 9 月 26 日》）

◆昭伟的病又犯了，总生出些离奇想法。尽管他努力乐观去想，仍不免得出悲观结论。他说他恨高老师，因为高师给他的坏影响太大了，早早替他确定人生目标，改变了他的思想方法，使他陷入窘境。

（《日记·1956 年 10 月 20 日》）

◆下午昭伟来找我聊天。谈到爱情。在我们这年纪，这个字眼正能勾起美好幻想。从他的话里，可知他对这个问题已经考虑很多了。他说他的理想：将来有一幢漂亮别墅、小汽车、美丽的妻子。他对未来伴侣的选择，不仅要求外形美，而且要有知识，至少和他相同，最好比他高一些。"宁愿要个女主人，不要女仆人。"他说。若能果真如此，"则此生于愿足矣！"这话多么令人吃惊！难怪他进了大学，自己的团组织关系已弃置不顾。

（《日记·1957年1月1日》）

◆昭伟决定今年重考大学。其实他本来就不应退学，只是他那浓厚的名利观念：洋房、汽车、美妻等等荣华享受迷惑了他。他是独子，与老母相依为命。在那种家庭环境中生长，我以为是他一生的最大不幸！他很多尚待展示的天才，被妈妈的溺爱、娇纵，和一天一磅牛奶、8个鸡蛋伺候的生活压抑了。

（《日记·1957年2月24日》）

来到高中毕业后第一个寒假。"我去看望高师。谈起昭伟，高师说：'他用一些美丽的词句和美好的念头、空虚的幻想，把自己悬挂起来，使自己陶醉。他的念头脱离现实太远了，难免失败。'高师语气沉重地说：'我带你班三年，唯一的失败，就是孔昭伟！'"

（《日记·1957年1月25日》）

高师对孔仍表示关怀与爱护，提议我向昭伟学绘画，锻炼艺术构思能力。

重病没有允许昭伟重考大学。他长期卧病在家。大学毕业后回到开封工作的张金梁，近年给璘璘写信说："上世纪60年代，曾在开封街头遇到孔昭伟，衣不蔽体、疯疯癫癫，挺吓人的。"那时他的母亲已去世。饱受疾病与精神双重折磨的昭伟，数年后落寞离世。一只本该高翔的雏鹰啊！

璘璘珍惜同昭伟的友情，更痛惜他不幸的人生！

恶习毁前程

郝顺柱博闻强记，偏好文科，政文史地皆优，志在历史学。他家境贫寒，生活简朴。为人鬼机灵，毛病也多：待人隔心，不实诚，行踪诡秘，不喜交往；深染偷摸恶习，多吃窝边草，案值虽小，犯行甚频，嗜而难戒，教而难改，终致自我毁灭。

他"光顾"璘璘，在高一暑假前一天。"昨天晚上，我的钢笔丢了，被偷了。两支陪伴我两年半的'伙伴'遗失了。我是多么痛心呀！还好，日记本没丢。"（《日记·1954 年 7 月 10 日》）当时不知是郝顺柱所为。班里此前没发生过这类事，高师、同学不大在意，没去追究。升至高二，班里"安全情势"陡然生变。"班上失窃情况日益严重。班委会做了个统计：这学期全班共丢钢笔 10 多支，丢钱 10 多元，各种学习、生活用具 60 多件。"（《日记·1955 年 6 月 22 日》）

新"情势"引起班主任关注。

◆昨晚，高师首次向大家宣布本班一起新发窃案：贾栋桌斗内的两支钢笔，一先一后，不翼而飞。我隐约感到暗中好像有条线，觉得贾栋丢两支笔，同去年暑假前我丢两支笔，事有关联。

（《日记·1955 年 6 月 16 日》）

当年学校处理刘海鹏案，高师曾经亲历。如今自己的班里一再失窃（高师应还掌握更多失窃案情），使他觉得再不能保持沉默。他公开贾栋失窃案，是要警醒同学，关心个人物品安全，并随时提供线索，齐心合力破案。

◆"窃案真相渐显。高师号召大家一致行动起来，特别是青年团员，要积极参与这件事，对案情做合情合理分析，争取早日破案。他劝告'这位同学'赶快觉悟，应该知道现在的社会，只会对犯错误人宽大，不会姑息、放过。希望'他'不要一误再误。"遵照高师安排，立足于挽救"这位同学",班上展开"劝诫攻势":"刘开清写了116句长诗,警告'那个人';刘继勋写了同样性质的文章;杨育彬也写诗。真正到了雷厉风行的地步。事情真相会很快暴露出来。"

(《日记·1955年6月24日》)

高师与同学已心照不宣:"这人"里可能有郝顺柱。

◆据了解:郝家庭是伪官吏,父亲服刑,哥哥是盗窃惯犯,判15年,也在服刑;他初中时偷过同学的箫和馍,有小集团,至今没作交代;他每月享受8元甲等助学金,没有其他生活来源,可是有人向他借2元、3元,也拿得出。据余子政观察:他对班内失窃事一直不发一言,表面无动于衷,却在回避高师;终日神情恍惚、深夜失眠;近几个周日,去向不明。今天又作突然改变,写诗一首《警告偷者》。其诗虚张声势、矫揉造作,装也装不像,根本不敢拿给高师看。

(《日记·1955年6月25日》)

◆高师在班上作长时间谈话。首先分析"他"目前的心理状态是"慌乱异常",或表现为悲观的乐观主义,或表现为乐观的悲观主义。要求同学们不要一味找线索、搜集材料:最要紧的不是惩治他,而是帮助他。大家决心:无论学习多么紧张,一定要挽救"这位"同学。

高师又分析说,这件事已过去多日,究竟会怎样,还要看发展。希望同学们集中精力,早日破案;也希望"这位"同学及早坦白,给自己的人生争取一个好的分界线、打开一个光明前途。

高师谈话后,班上推选王兴、朱鸿,作为高师秘密信箱负责人;要求两人注意信息保密。高师还建议我,找个时间给全班同学(主要是针对"他")做一次简短发言,谈谈自己对这件事的态度、对"他"的希望、对同学们的鼓励。我表示同意。

(《日记·1955年6月27日》)

◆可喜迹象，郝顺柱终于找高师谈话了。是迫于攻势压力，顾虑还大，只说心情，避谈事实。在意料中，总算有了头绪。高师说今后的任务是帮助他，不再是监视他。要动员他赶快坦白，越彻底越好。

我下午在班上的发言"很不成功"，这是高师评价。因为我没把握好总精神，要"他"（未指名）别学刘海鹏自绝人民，个人针对性太强，措辞太严厉（像最后通牒），一般性劝诫引导不够。沾染偷摸习气者实非一人。不过高师随后的讲话，弥补了我的不足。

（《日记·1955 年 6 月 28 日》）

◆事情有新发展，郝顺柱去找朱鸿坦白。认下的窃事，包括张糜弓两支钢笔、朱金明一支金笔；拿过同学的被单、书籍等物，卖了。朱的金笔，他卖了 2 万元。张的两支钢笔，一支认为质量差，"不够担心钱"，不值得卖；另一支刻着"张糜弓"名字，不敢卖，两支一起扔草棵里了。他没有认贾栋窃案。不排除另有其人。

（《日记·1955 年 6 月 29 日》）

◆郝顺柱找王兴，可能又谈些什么。郝写给外班戴谊一封劝告信，我看了，劝戴也悔过自新，愿两人的友谊以后"建立在全新基础上"。证明小集团肯定有。愿他痛快交代，别再故弄玄虚、布疑阵了。

（《日记·1955 年 6 月 30 日》）

鉴于郝顺柱有坦白，有收敛，主动劝同伙，愿意改过自新，学期操行评定，高师破例给他"乙等"。7 月 11 日放暑假那天，车校长又亲自约郝谈话，鼓励为主、兼注射"防疫针"。（参见《日记·1955 年 7 月 11 日》）这一系列措施，为随后的秋三（1）上学期，赢得半年稳定。

最后一个学年（1955 年秋始），中学助学金制度改革，向奖学金制过渡。

◆奖学金评选原则是：着重于家庭生活困难、而且品学兼优者；家庭生活困难、品学非兼优者，酌情减少；生活不困难而品学兼优者，可给予一部分以资鼓励。奖学金评定由学校完全负责。郝顺柱不能再享受它了，怨他自己做了不聪明的事。

（《日记·1955年9月5日》）

或许同助学金改革多少相关，秋三（1）班窃案有所抬头，陆续发生王立正、王志运丢钢笔，张孝文丢大衣、丢红舞绸，孙建华丢被单，魏华忠丢馍等情事。同学有所怀疑，但无法证明这些事同郝顺柱有关。失去了助学金，迫使他只能利用周日，四处打工"自救"。

◆7月16日高考甫毕，郝顺柱即申请到学校工地打小工，每日可挣1.2元。

（《日记·1956年7月18日》）

◆几位放假后生活较困难的同学，曾向学校报名参加打小工劳动，假期过去半月，学校迟迟不回答。郝顺柱只好去乡下割草。刘开清曾找校长询问，无果。他同郝顺柱商量：是去卖冰棍呢，还是去卖番茄。

（《日记·1956年7月26日》）

人们分析，郝顺柱不傻：毕业在即，面对升学，对未来甚怀期待的他，不仅须力争操行评等再度"过关"，还得全力准备高考，必须恶习收手。以为他当真洗心革面、从此走上正道，人们曾有一番感动。后来事实证明，高三一年的"洗手"、收敛，不过是他为拼升学而采取的权宜之计。

8月，郝顺柱收到北京师范大学历史系录取通知书。一段灰色人生平安度过；面前的光明前程，是真实的。

◆高考前，郝顺柱曾来家同璘璘一起复习功课。身着破汗衫让母亲瞧见。"母亲找了两身衣服，要我给郝顺柱。我觉得须帮他一下，今天给他送去。人们加在他身上的，往往是对他褴褛衣衫的嘲笑。这嘲笑令人反感。母亲还找出一条被面，说如果他需要，也可以带去。"

(《日记·1956 年 8 月 17 日》)

郝顺柱要赴京，来家告辞。当即把被面也给他，他收下了。

(《日记·1956 年 8 月 18 日》)

再见到郝顺柱，已是次年 9 月在北京。巧得很，璘璘随后也考取北师大历史系。报到当天，在西斋南楼宿舍找见郝顺柱。突然看见璘璘出现，吃惊的他有些失措。那半是惊惧、半是警惕的目光，璘璘熟悉。待知悉原委，他顿时放松下来，热络交谈。

这是最后的会面。数日后，传来郝顺柱被捕的消息，逮捕原因——校内多次盗窃。

恶嗜复萌，自毁前程。堕入深渊，也是真实的。他从此再无音信。

苦不得出柜

刚入学，每日在附高操场晨练，结识毕宗月。"对人和蔼可亲，不喜闹，老成、严肃，但又很活泼，与别人大不同。就在一起玩儿了。"《日记·1953 年 9 月 16 日》)他自我介绍：本校五三届毕业，1948 年加入青年团，河南省中学生运动会 110 米高栏冠军，为疗伤治病，没有参加本届高考，留校重读。

俩月之后，彼此相熟了。一日，毕宗月从高三宿舍，将被褥搬来 18 舍，在璘璘邻铺住下。当晚，璘璘准备写日记。毕宗月夺去日记本，不客气地写了满满一页：

亲爱的璘：

在这里，我用我真挚的、坦白直率的心，向您说几句我数日来要说的话。我用保尔·柯察金的话，作为我们的谈话吧——

"人最宝贵的是生命。……"

璘同学、敬爱的同学！让我们共同前进吧！！

您的同寝之友、真实的朋友　宗月写于附高

11 月 28 日

（《日记·1953 年 11 月 28 日》）

当时，璘璘只觉得老毕强写他人日记，行为唐突；声称用"坦白直率的心"说"数日来要说的话"（个人心里话），却换用"保尔·柯察金的话"（名人名言），意相龃龉；"真挚的心"其实并非真挚。所为何来？尤其"同寝之友"何意？不由联想毕某平日走路扭腰摆胯、说话女声女气，有别一般男生。其中有啥名堂？毕竟年纪尚小、昧于人事；又关涉他人心思，无由揣度。不去多想吧。

六天之后，老毕又有主意。他递给璘璘一个河南师院图书馆借书证，说"你用它去借书看吧"。借书证署名段颖心（化名）、女。璘璘问："她是谁？""我的朋友。"随手又递上一封信，信皮写"段颖心亲启"，还有宿舍房间号，"你顺便捎给她"。

我课外活动请假，到师院图书馆去。在书库里选了三本书。去到服务台，女管理员说"不准代借，要本人来"，把书扣下。我心想："不许代借，老毕应该知道呀。"去宿舍找见段颖心。她收下信，借书证也收回了。

（《日记·1953 年 12 月 4 日》）

段颖心见是老毕信，折叠收起，并不拆看；留下借书证时也颇悻悻，尽管客气说"想借啥书，直接找我"。这两个异样细节，璘璘当时没在意；多日后回味，才惊觉这细节原能透露些异样信息呢。

隔不过数日，老毕又抢日记本强为题字：

亲爱的璘：

我又要写我要说的话，我想你不会拒绝我的。……我愿时常伴着你，你我的相处真像亲生兄弟。我天天羡慕你，愿我们的感情再深入一步。……亲爱的璘弟弟，我愿永远伴着你，共同奔向我们的理想。

你的真正的朋友宗月于附高

1953 年 12 月 8 日

（《日记·1953 年 12 月 8 日》）

"愿我们的感情再深入一步""愿永远伴着你"。即使再迟钝的嫩鸟也不难预感：这反常的男人心绪，潜藏着某种危险！刚 15 岁半、不谙世事的璘璘，有些莫名惶遽。晨练、课外活动，以及宿舍休息诸场合，开始有意疏远他；但也不想躁进、撕破脸。不过对方敏感，很快察觉，竟"以冷对冷"：

◆老毕变得很快。这些天来，他情绪恶劣，同以前完全两样。

（《日记·1954 年 1 月 22 日》）

好像还有些变态。"说他自高自大、目中无人，并不夸大。他不肯接受批评，对我冷冷淡淡地说：'这就算我所谓的缺点吧。'"

（《日记·1954 年 3 月 24 日》）

彼此像是素不相识的陌生者，在街上见面也互不搭理了。

（《日记·1954 年 8 月 5 日》）

哪里想得到，高一暑假前夕，他竟下手！

◆原来他是个色情狂！昨晚，我已熟睡，他想入非非，竟把手伸进我的被窝、插到我的裤衩里，抓我下体、使劲乱摸一气，把我给弄醒了。我打他的手，低声喝问：'你干啥？'他手急缩出去，一声叹息，假装睡去。我是个堂堂男人，我可不是谢修如（化名）！

必须马上同他绝交！

（《日记·1954 年 7 月 2 日》）

当夜事发时，同学被惊醒，18 舍一阵骚动。"谢修如事件"，是不久前听学长丁伟讲的。高三学长丁伟，如今与老毕同班，每日一同晨练，对毕某有深知。他从旁观察日久，已看出些端倪，便主动向璘璘爆料，说毕宗月品质够呛，你得小心。"他有女友谢修如，后来谢摔断腿，毕无情将她抛弃，不再理睬。谢痴情于毕，极度失望，跳黄河淹死了，老毕逼死的。再缠上段颖心，交了一段，又甩人，无常性。"（参见《日记·1954 年 7 月 2 日》）

得知"七一之夜事件"，丁伟对璘璘说："毕宗月玩儿男友，你肯定不知道"，掐指细数（8 人改写为化名）："蓝发宁、王琳、张平、韩志高、杨方化、娄子珍、冯明表、胡少仁，再加上你，一共九位，是他先后纠缠的男主儿。"又有一<u>丝丝</u>忧心地说："你不会是最后一个。俺看他前些时总纠缠你，真为你担心呢！"丁伟铁口直断："往后再接下去——考上大学，他该先缠女的了！"（参见《日记·1954 年 8 月 10 日》）丁学长用"男主儿"一词儿，璘璘闻所未闻，觉得新鲜。念及毕某平素娘娘腔、扭捏做派，仿佛悟到他所心契的某种角色。

"七一之夜事件"后，毕宗月"臭"了。毕业在即，权且赖 18 舍不走；但须床铺分开。"他去同张彤相邻，我改与冯仪相邻。大家都不大搭理他。"（参见《日记·1954 年 8 月 10 日》）

尽管他平日无心于功课，仍去参加 1954 年夏高考。"今日暴雨前夕，出榜了。各大学录取名单张贴在校门侧墙。上面没有他的名字。可怜的人！"（参见《日记·1954 年 8 月 22 日》）

◆三更半夜，毕宗月悄悄搬离学校，可能是永别。十足像个小偷儿：不让家人知道、不让同学知道。也不知从哪里筹得的路费去北京（一说去郑州）。他以后打算做什么？他能挽回自己的厄运吗？可怜啊！

（《日记·1954 年 8 月 24 日》）

◆毕宗月给冯仪来了封信，说他在外地过着流浪生活，26号回汴。

（《日记·1954 年 8 月 25 日》）

◆不知为什么，毕宗月还会给我写信。又接到他一封信，里面还夹着一封信，叫转给陈主任；还向我讨要相片。我不会给他相片，就是这。我虽然同情他，毕竟不是一路人。既然合不来，就不必再称兄道弟。

（《日记·1954 年 9 月 25 日》）

又接到毕宗月的信。洋溢着对于我的热情，夹杂些浅薄的回忆。称我作"弟弟"，说不忘过去对他的"帮助"。说他在中南体院作助教，薪金将从 40 多元增到 60 多元。尤其是特意解释，他至今不婚，"因为睾丸被踢坏了"。

（《日记·1957 年 2 月 16 日；8 月 21 日》）

人心隔肚皮，不懂所云何意。看来，他仍然心存某种幻想、误解着彼此的关系。他知道努力，愿意为社会服务。只是，可惜啊：特殊的性取向，却面对还不能给予包容的社会，他的生活毁了。

【缀语】 无端的爱恨情仇，已是 60 年前事。毕宗月的怪异行止、多变心态，当时为人不解，甚或遭人误解；他自己也加意伪饰、长期苦恼。对这类自然性取向导致的非正常社会现象，如今有了科学认识。

"在针对性取向基因基础史上最大规模研究中，科学家发现了与同性恋相关的基因。他们发现，同性恋和异性恋男子，在 SLITRK5 和 SLITRK6 两种基因上存在差异。SLITRK6 在包括下丘脑的大脑区域尤为活跃。同性恋男子下丘脑的某些部位比普通人要大 34%。"

（英国《每日电讯报》网站，2017 年 12 月 7 日）

宗月是位同性恋者。同性恋发生的概率，在人群中可占到2%—3%。它不是疾病，也不是性变态，是自然性取向。据丁伟观察，附高四年，宗月先后九试（寻）"男主儿"，是他性取向的真实表露。他未能如愿。至于他交往女友，大致是女方倾心，慕其青春矫健，主动追求；无奈雄性荷尔蒙缺乏，宗月不可能对异性产生真情，抛弃修如、疏远颖心，亦必然结局。可他又为啥不拒绝、还有意炫耀女友呢？这反映宗月的内心深处，对世俗观念的敬畏与屈服——尽管缺失异性爱欲，可他极力想借"交往女友"，向人证明：俺是个"正常男人"。

青年人群中本不乏宗月式遭际。但在那时代，这类"小群体悲剧"，只能在某些隐秘角落，默默上演，阒无声息。

开封第一高中校门（东司门）

附高大门

梦留在这里

【导语】　实中、附高校园生活基调，可以用四字概括：简陋、简朴。简陋指学校设施，简朴指学生生活。与兄弟校相比，当时附高可算中上；但比之今日中学的齐备甚或精致（学校设施）、富足以至奢靡（学生生活），不免寒碜了。

教室、宿舍、食堂、操场，是中学生的"四大空间"。附高五年（初一、初二也在这个校园）、实中一年（初三），多少琐细的生命记忆，在"四大"中呈现！

定量粮与伙食费

每个学生的伙食，对应着他的"粮食定量"；50 年代初，"粮食定量"又同"统购统销"政策（1953 年年底开始实行）对应；定量落实到各地区，还须随年景丰歉微调。璘璘记得他 1952 年年底（初三）的"月粮"36 斤（参见《日记·1955 年 9 月 28 日》）；1953 年年底（高一）减为 35 斤（"两统"上马）；1955 年 9 月（高三）再减为 33 斤（参见《日记·1955 年 9 月 2 日》），同灾年有关；大一逢"大跃进"，增为 38 斤；"饥荒岁月"（大三、大四）减为 35 斤；1961 年秋毕业、参加工作，再按"干部定量"调为 30 斤。学生时代，食堂入伙，定量粮学校掌控、按量做饭。实中食堂 36 斤敢让放开吃，毕竟初中生年少，副食也还充裕；附高食堂按定量分份儿，将你那份儿主食分给你；北师大食堂起初放开吃，后两年饥荒粮紧，改按定量"划饭卡"。学生定量与伙食制演变，大致如此。

中学六年，物价平稳，伙食费变动不大。实中有月费 7 万元（旧币）、9 万元两种伙食；附高只设月费 9 万元（后为新币 9 元）伙食。初一至初三上期，7 万元伙食璘璘吃了两年半；初三下期至高三毕业，改吃 9 万元（9 元）。

◆下午课外活动时，交了 4 月上半月伙食费 35000 元。（《日记·

1953 年 3 月 30 日》）

◆ "今日开始吃 9 万元伙食。"（《日记·1953 年 4 月 16 日》）缘由是初中将毕业，父母让璘璘增加些营养。

[补充说明："自 1955 年 3 月 1 日起，开始发行的钞票叫新币，以前叫旧币；所有商品即日起用新币标价，1 元新币相当于 1 万元旧币。"（《日记·1955 年 2 月 21 日车校长〈关于新币发行问题的报告〉》）旧币置换新币有个过程。自 3 月份开始，伙食月费虽改称 9 元，但 "一定时期内，旧币暂时还可以流通"，旧币继续用了一段时期。]

中学每学期的学杂费，稍多于半个月的伙食费。

◆（高二下学期）下午报到。首先检查身体，然后注册。注册时，学杂费、课本、作业本费一起交，减去不少麻烦。共交 52600 元（旧币）。

（《日记·1955 年 2 月 11 日》）

◆这学期学杂费 6 元 8 角（新币），比女高交得多些。可能两校设施、服务、课本作业本不同。我还没凑够钱（只有 3 元），暂未去报到。

（《日记·1955 年 8 月 28 日》）

所谓 "凑钱"，是等待母亲发薪。有时月底钱紧，有急用也可先找人借再还。

红薯饭·"八个半"

◆周日。8 点半，吃上入伙后第一顿饭。我吃了俩馍，又喝了一大碗红薯小米稀饭。津津有味地吃了约有一个钟头，把胃吃得胀痛。吃罢饭就玩：打球。

（《日记·1954 年 1 月 10 日》）

初高中时代，高粱面馍、红薯小米稀饭，是日常主食；偶尔吃顿白面馍。"放开吃"时期，节日还能吃上肉。

◆农历五月五日，中国古代伟大诗人屈原忌日。伙上过节吃肉、白馍。我吃了4个馍、几块糖，算过节啦。"大肚汉"陈庭荣，这一顿吃了8个半白馍，扬名全校。

（《日记·1953年6月15日》）

其实，"八个半陈"不过是十五六岁的半大小子。如此吃饭管够，36斤哪儿够！果然"食堂超支了，今日只能吃两顿饭"（《日记·1953年4月15日》）。省一顿晚饭，减餐补亏空。"罚饭"，肚饿难忘，日记里特意留下这一笔。

吃烧鸡·抢炒馍

定量下锅的附高食堂，并非一概稀汤寡水，偶尔也有好饭吃。

◆管伙的老师有贪污行为。伙食管理不好，教导处陈主任亲自出马检查。他在学生食堂体验晚饭，竟吃下一个大窝头！他吞咽时的惊心动魄，在学生间传为佳话。查账查出很多钱，归还食堂。近来菜多得吃不完。今天又买了一头猪，明天吃。

（《日记·1954年5月28日》）

◆八月十五中秋节。乌云作怪，月色朦胧，月亮不十分圆，正合民谚"八月十五云遮月"。伙食大改善：午饭白馍和肉（民谚"好面馍夹肉，越吃越瘦"）；晚饭白面红糖包子。糖多极了，过节嘛。没有吃上月饼，白面糖包子就是月饼。

（《日记·1954年9月11日》）

◆不知是何缘故，今天食堂竟吃烧鸡！买来60只，90张餐桌，三桌两只。学校搭伙三年来，头一次吃鸡。真是奇迹！

（《日记·1954年11月22日》）

不同于实中食堂放开吃、超支、再减餐，附高伙房经营有道：坚持按定量下锅。时而有杂粮馍馍剩下，粮账上属于"已支出粮"。大师傅把它攒起来，切碎，搁点油、葱花儿炒炒，隔三岔五端出，无偿给同学吃。不定期"白给"的葱花儿炒馍，大受饕餮客欢迎；于是，食堂会时而来一场"抢馍大战"。

◆每日都"吃饭"，为什么要"抢"呢？尤其是抢炒馍（剩的）。有人为抢馍弄得锅边叮当乱响、碎了饭碗；有头碰头的声音、碗碰碗的声音；有急得不耐烦的，下手从锅里朝碗里抓。抢到了快吃，争取第二碗；抢不到，哭丧脸走开。想起电影《三毛流浪记》中，一群小叫花子抢剩米饭的情景——有啥差别呢？只是穿得好点、个子高点罢了。

（《日记·1954 年 6 月 30 日》）

"打牙祭"、抢炒馍的美事儿，1955 年以后没了，没剩馍了。为啥？因为 1954 年"过度征购"引起粮食紧张（注：1953 年全国征购粮食 825 亿斤，1954 年征购猛增到 895 亿斤，比上年超购 70 亿斤。农民负担加重，导致 1955 年春荒、缺粮严重。中央批评说，"1954 年在粮食问题上犯了错误"。），反映在中学伙食上，是被迫降质量、减定量。

◆学生定量中的白面，减少 5 斤半，改为高粱面。

（《日记·1955 年 8 月 25 日》）

◆国务院公布分类定量办法，学生口粮又减少了。我的定量 33 斤。学校早餐是一人两碗小米稀饭，没有馍；有时给两个共重 6 两（注：16 两 1 斤的老秤。老秤 6 两折合新秤 3.5 两）的小面蛋。饭量大的同学，不得不终日半饱。以后吃饭必须注意，一粒馍花儿、一粒米也不要掉下。

（《日记·1955 年 9 月 2 日》）

璘璘不适应食堂降质、减量，1955 年 10 月一度退伙回家，同母亲一起做饭吃。毕竟男孩儿饭量大，到月底，"家里的面恰巧缺一天，只好将米箱底部搜刮干净，将就着吃。母亲劝我还是回学校入伙。我有些不情愿，不想再去做'饭堂竞争者'"（《日记·1955 年 10 月 31 日》）。又想想，觉得不能再拖累母亲，让她为难，还是回校入了伙。

"半食堂制"

同学饭量有大小：有吃得多、有吃得少。学校认为，让自个儿掌握定量利于节粮，改行主食定量自购的"半食堂制"。本来立意不错，不承想出现暴食者：

◆实行半食堂制，加上每天 2 两"开胃肉"，一些人暴食起来。甚至有人一顿吃 10 多个馍，岂不成饭桶啦！吃得多，消化粗糙，虽嘴边没掉馍屑、饭粒，肛门却把它们排泄了。这也是浪费粮食的漏洞呀！

（《日记·1955 年 10 月 18 日》）

◆早晨花 3 分钱喝一碗小米稀饭（其中至少 1/3 被一个上午 4 次小便——一个课间一次——尿出来了）。午饭花 1.2 角吃 4 个馍，并不觉得饱，只是不饿而已。食欲仍在，很想再多吃一个馍，却怕一星期的馍钱过早吃光了。忍着点吧。

（《日记·1955 年 12 月 1 日》）

◆参访黄河初级社步行返校时，后方传来消息："王步俭半途饿晕了。不一会儿，果然见一辆人力车拉他回来，步俭歪头躺着，脸红红的。原来早上他把两顿的馍（六七个），一顿吃完了，半道午饭没得吃，饿成这样。"

（《日记·1955 年 12 月 12 日》）

◆天冷多了。食堂迁到秋二（9）班腾出的寝室里。原来睡 30 人的宿舍，如今容上百人吃饭，还是只从那一个小门出入。真让人为难！

新食堂里的早饭"大争夺"更形激烈。我们这些"安分守己"的,至多勉强吃到第二碗稀饭。如果不饱,只得再去买个馍补充。有个二年级小个子同学抢饭心切,索性两脚腾空、伏在炊事员背上,饭渣抹别人一身;有的好不容易从人堆中,端出一碗小米饭出来,也搞得自己满手满身饭粒儿。

(《日记·1955 年 12 月 15 日》)

◆没有看《玛利娜的命运》,没钱买票。这是和《收获》一样好的片子。馍票已经吃光了。妈正巧没钱,暂向同学借了1 元钱,吃一个星期了。

(《日记·1955 年 12 月 18 日》)

◆期末考试将至。"要和妈妈商量一下,每天可不可以回家多吃几个馍。考试对精力的需求特别大,我有实际体验。"

(《日记·1956 年 1 月 7 日》)

母亲爽快答应。三天考试,她每日从女高教师食堂,带回俩馍给璘璘吃,还是白馍。这馍可也是母亲的定量啊!

可怜天下父母心!

这个自私的儿子!!

胖师登台·煤炉取暖

环顾东司门附高校园,唯有教学大楼可引以为傲。两层楼,长百米,通体红砖,顶层阳台。共设十五六间教室,均向阳;楼内北侧百米过道,贯通东西。楼体坚实稳固,建于 20 世纪 30 年代,是原开封一中故址。其余功能性设施和行政部门,全部楼外安置:楼前大操场(含各类器械运动区),西南角堆土(挖大楼地基所出)为假山;楼西小院行政区(含卫生室、实验室等);楼后伙房与食堂;后院宿舍区、篮球场。

秋一(1)教室在一层东端,到二、三年级升至二层。双人课桌、单人椅，20多年旧物，坚固耐用。木板讲台却显陈旧、多处松脱。高二上期，三角课侯清岑师体胖，又喜踱步而教。随其不停地左右移步，讲台亦不停地吱呀作响。只好请木工吴师傅来修理。

◆近来讲台总是吱吱呀呀叫唤，影响上课，特别是侯师的三角课。老吴提着工具箱来，只用了不到半小时，竟修好了几处遭重创的讲台，工艺快得出奇！真所谓处处皆学问——只要你愿意学。

（《日记·1954年12月8日》）

冬季降临，各班教室安装煤火炉取暖。安风斗、生火、添煤、清除炉灰、夜晚封火、次晨笼火等活计，技术性强，大都请来自农村年龄大些的同学任其事，他们有伺候火炉经验。孙建华、申文辉、贾栋等，都做过本班"司炉工"。煤炉毕竟又不同于农家柴灶，偶尔熄火是常事。

◆大雪又飘起来，天气比上次恶顽得多：雪花已冻成小冰雹，累积一层也不会化。偏偏在今天，炉火又一次死去，教室奇冷。司炉同学找来废纸、木柴，把火炉重新生着。

（《日记·1954年12月6日》）

寒假期间，煤炉熄火，多半同学回家，部分留校。学校为他们专设"取暖自习室"。

◆这篇日记是坐在自习室写的——专为留校同学开的"自习室"。学校照顾得真周全，特意给安上火炉。我们可以在温暖的自习室、明亮的灯光下看书了。把这宝贵的时刻充实起来、利用起来吧！

（《日记·1954年1月29日》）

百年古井·木桶饮水

20世纪50年代，开封还没有自来水。市傍黄河、水位颇高，下探五六米即见水，清冽可口。市内街巷胡同，四处遍布寿达数百年、以至千年的古水井。古城民间多以辘轳系木桶提取井水（街巷多有送水工，推独轮车驮水箱、串户送水谋生），相沿成习；近代以来，机关、学校则多在井口置汲水泵，手工压水取用。附高三眼压水井，均匀分布在西小院、伙房、后院，水源丰沛，汩汩不竭，供千余师生扫洒、洗漱、饮食之用。虽供应无虞，毕竟千人三井，不大方便。

每班配木质加盖水桶一个，搪瓷水杯数只，供同学饮水用。每日洗刷水桶水杯、抬桶去伙房取开水，是值日生的职责。

每次上过体育课，或课外活动之后，同学们满头大汗、夹着衣服，跑回教室，自然是争先恐后地喝值日生刚抬来的热水。毛病就出在这里。同学们大都没有自备水碗。全班只有两三个公共搪瓷茶缸，这人用过、下一人用。而同学又总是用小半杯水涮茶缸，涮过随手地下一泼；喝水也总要留一点水泼地下；有讲究一点的，还要漱口、一吐一喷，更是弄得教室里雾气腾腾、车水马龙。不但不大好看，还浪费水，也不卫生。很希望同学们（自己也在内）都注意起来。虽说是个小事，却并非微不足道。

（《日记·1954 年 11 月 17 日》）

众人积习，终究难改。扬炉灰，泼剩水，教室卫生至毕业亦不见有大的改观。

大小喇叭·储蓄广告

学校安装大喇叭，用作通信工具，播放新闻、音乐、各种通知之类，是解放后出现的新鲜事。附高的大喇叭安在操场大木杆顶部。记得 1950 年秋，璘璘初一入学，进得校园（当时叫开封一中），就听到大喇叭里楼乾贵的男高音，唱苏联歌《在那遥远的地方》；日后反复播送这支歌，人人耳熟能详。进入附高时代，还是这个大喇叭整日唱。

高一下期开学不久，一个大新闻：学校广播设备升级——小喇叭进教室了！

◆刚安上的小喇叭，第一次播送出悦耳的舞曲，像是对我们刚开始的新学期生活，送上一个美好的祝福！

（《日记·1954年2月15日》）

一年后、即高二上期开学不久，学校广播拓展"新业务"——添加"校内新闻"栏目。

◆最近，学校仿照中央人民广播电台《早间新闻》播音形式，开始在校广播室，作校内新闻播音。内容多是各班来稿，播音员使用"国音"播出："秋二（1）班25日报道……"，还颇像回事儿。本班蔺子印是校播音员之一。不过播出的内容还有些空洞。

（《日记·1955年3月25日》）

那时教室里，还没有悬挂各种"励志语录"习惯。秋一（1）班教室，除讲台与一排南窗，东墙、北墙都闲着。班里利用东墙自办《自由园地》；北墙曾一度贴上宣传储蓄的广告。

一幅宣传储蓄的招贴画，竟然贴到我们教室内墙上！这里可是读书学习的地方，不是金融市场。即使要向同学进行爱国储蓄教育，也该用合适的方式，找个合适时间、合适地点呀！

（《日记·1955年2月16日》）

这景致确实"匪夷所思"。其他班也有这类广告，应该是学校同银行间的协议。不知银行是否为此付费、学校又将广告费派作何用？那时学生还没有审计观念。不问对象，紧盯穷学生口袋；不讲方式，恣意打扰教学秩序。难怪事与愿违、不受欢迎。储蓄招贴画进教室，谁准许的？校方有无失责？

大通铺·双人床

附高后院，三排青砖平房，是宿舍区，后接篮球场。入学时，璘璘家住平等街，离学校颇近，步行10分钟可达。学生宿舍床位有限，主要供郊区、外地生住。璘璘本无权住校，但因父患肺病在家，申请获准。入学先暂住第 18 舍（见《日记·1953 年 12 月 8 日》），期末迁至第 6 舍（见《日记·1954 年 1 月 28 日》）。18 舍和 6 舍的睡床，都是木凳支木板，连成通铺。18 舍较小，仅容数人；6 舍甚大，南北墙下两排铺，每排 15 套被褥相接，全舍共睡 30 人，颇壮观。

◆我们大前天迁来第 6 舍。30 位同学，"成分"复杂，来自各个"角落"，包含一年级六个班的人。晚饭后，宿舍最热闹：唱歌、打扑克、看书，做什么的都有；我垫着被子写日记。

同 18 舍几个老伙伴分别，真有点儿不好受。那时我们几个人合住一个小屋，有说有笑，多痛快啊！搞清洁卫生运动，还得了锦标。这面锦标没法分，让俺这几人把它带到 6 舍来了，挂在头顶墙上，"炫示"它来自"模范寝室"，有点出风头味道。这不算骄傲，因为它是集体光荣；也没啥值得骄傲的。

（《日记·1954 年 1 月 28 日》）

◆刚搬来 6 舍，晚上帮林老师做了一件有意义的工作——抄写寝室入住名单。离开学没几天了，学生入住须马上安排好。林老师排好了名单，我就帮他抄。全校住校生一共 679 人，我抄写了其中三个寝室，100 人左右，写到 9 点半。

（《日记·1954 年 2 月 9 日》）

升至高二，璘璘们再由 6 舍迁 7 舍，一直住到毕业。7 舍条件大为改善——通铺换成双人床；室友也多是同班。璘璘高二与鞠伟生"同床"，高三与郭正伟"同床"。老友相聚，分外热闹。

我们几个喜好文学的同学：余子政、王兴、赖孝陶、王步俭等，宿舍里不约而同，整天晚饭后大谈学术、文艺，成了惯例。大家谈得如此这般投机，酝酿发起一个"诗歌研讨会"。我被推为发言主角，当然要不遗余力：准备评论某位先生的作品，管他作家不作家。

（《日记·1954 年 11 月 18 日》）

上下坐卧随意，人人高谈阔论。一时间，宿舍成了文艺沙龙。

草门帘·木尿桶

开封临近黄河，冬春多风沙，号称"沙城"。寝室门窗不能密封，常遭风沙之苦。

◆大自然的力量多么可怕呀：宿舍后面的几副篮球架，昨夜经不住大风肆虐，齐齐折断、躺下了，一副副铁篮圈戳在地下。幸亏没有朝南倒，否则我们寝室会遭难。

（《日记·1954 年 11 月 28 日》）

昨夜狂风大作。早上醒来，每人脸上、被子上都覆满沙尘，厚厚的一层。彼此相视苦笑，赶快起身，扫床、掸被、洗脸，一通忙活。

（《日记·1955 年 4 月 13 日》）

天大变了，气温降到零下 10 度。寒风从窗缝进来，直吹脸上。我昨夜被冻醒几十次，今日精神萎靡，影响了学习。不戴手套不行了。

（《日记·1956 年 1 月 7 日》）

风并没有停止把黄沙灌进人们口腔、鼻孔里的游戏；饭碗里占 0.1% 的 SiO_2（砂粒儿），也一点儿没少。

（《日记·1956 年 1 月 10 日》）

为住校生安全顺利过冬，学校采取一些措施。

◆一是添置门帘、草垫。

一向咬字不清的王幼岑主任（初中时他教我们音乐课，总把音符"5"唱"收"），这次下决心不惜破费几百万元，给每个宿舍门口挂一领挡风草帘、给每位住校生再添一铺草垫。虽说这批草垫质地粗劣、编织杂乱不成形，倒也颇敷实用。有人拿它垫着，有人拿它盖着。我把它压在被子上盖了一夜，怪暖和的，虽说有点沉（重）。

（《日记·1954 年 12 月 14 日》）

◆二是添置尿桶。

总务主任幼岑师，为了同学免去起夜跑厕所，又给每个宿舍添置一只尿桶。今天尿桶拿来了，以后夜间可以不再出去喝西北风；不过臊味儿扑鼻，人人有份儿。这叫鱼和熊掌不可兼得！

（《日记·1954 年 11 月 18 日》）

◆三是寒假集中住，方便管理。

寒假期间，临时搬进第 5 寝室。床位排得仍然很挤。我的睡邻：左张戡，右孙建华。

（《日记·1955 年 1 月 20 日》）

住校生多达六七百，晨昏热水供应不足，同学洗漱多用冷水；需用热水者，可自备暖水瓶。璘璘携来家中竹壳暖瓶，每晚灌热水放床下，备哥儿几个清晨温水刷牙。某晚申文辉起夜，不慎踢倒暖瓶，瓶胆破碎。文辉坚称要赔；璘璘说暖瓶不该放置你的床下，责在俺自己；众人抚慰文辉，和乐平息。"大家都穷，谁会为这点小事儿失和呢。"（《日记·1954 年 1 月 3 日》）一番争执，反增友谊，玉成佳话。

鱼骨刮痧·防流行病

附高医务室在西小院，两位校医张景屏、许贤华。盛年学生，平日无啥大病，多半磕碰擦伤、头痛脑热；如遇大病，须到河南医学院医院，或河道街市人民医院求诊。毕竟校园大、人多，医务室不仅要管日常医疗，还要管防病保健、环境卫生，两位校医都整日忙、不得闲。譬如开封的多发病——沙眼，学生几乎"全覆盖"：病情一期到三期都有。各班年年排队治——校医给翻开眼皮、用鲨鱼骨"刮痧"（不知是否属偏方）。

除内外科常用药，医务室也备些好药。璘璘中耳炎疼痛，想热敷止痛，求借医务室的热水袋。张大夫说："热敷不行，吃药、打针才好得快。"要璘璘打消炎针。

"一针多少钱？"

"4 元。"

啊，合半个月伙食费呐！去到人民医院，喷消炎粉治愈，只用几角钱。（参见《日记·1955 年 12 月 1 日》）

肺病特效药雷米封初问世，2 元 6 角一瓶（一周用量），病人须长期服用，校医务室就无财力常备了。同学患肺病，只能休学求治。

高三上学期，"梁忠仁同学患浸润期肺病，学校令其休学，不再参加期末考试"（《日记·1956 年 1 月 15 日》）。在此之前，班上已有三位同窗休学：赵连众、李守文、邢竹岩，均因肺病；另一位孙建华，肺病治愈，得以升学。还有一位魏华忠，毕业后考入北大，入学一年未满，因肺病休学回汴。同年级患肺病者，还有何长茂（休学后去世）、李鹏、张重楼（浸润二期）等，共 10 多位！20 世纪 50 年代属肺病高发期，民间肺病患者亦甚多，是吾乡传染病流行史上难忘一页。

还有流行性感冒。虽危险性稍低，却来势更猛、传染性剧烈。首次发作在 1955 年春。先见校外流行，校内未雨绸缪。

◆小喇叭送来许贤华大夫悦耳的胸音，给同学介绍感冒预防：鼻子不通，痒痒，浑身无力，食欲剧减。易在早春、晚秋发生，并极易传染、易得其他并发症。……得病后不宜多动，不要随地吐痰、随意擤鼻涕；戴口罩、多喝开水。

（《日记·1955 年 3 月 15 日》）

果然一个多月后，校内病情骤起。

天气忽转阴凉。一些自恃身体棒、毫不在意的同学大吃苦头：张戡、张金梁、刘玉堂、褚春霖四位棒小伙，身体自控力消失，任由昏沉摆布。别班也有类似小集群感染。医务室大起恐慌，连忙贴告示，安排师生普查。结果，全校搜出25名患者！我必须戴口罩了。

（《日记·1955 年 4 月 22 日》）

刘继勋也倒下了，发热、昏迷。不知是感冒病患，还是惊吓所致。许大夫说，心理恐惧，也会这样。

（《日记·1955 年 4 月 25 日》）

惶恐一片，秩序大乱。前后迁延多日，校园方得安定。

【缀语】　　两年后（1957）的那个春季，脑膜炎先发，流感再至，来势更猛。

◆去冬几片雪花，今春几滴雨，为细菌繁殖提供了条件。上月脑脊髓膜炎一度猖狂；惶遽惊悸未平，流行性感冒又起肆虐。我家院子中，自半月前表弟染病后，继有李姓全家、曾家太太、大姨妈，先后患病。今日最后一个病人痊愈起床。独有我家未逢殃灾，不幸之幸！

（《日记·1957 年 4 月 4 日》）

下午去原省图，馆里没有几个读者；阅览室的秩序也不像往常那样静，众人咳声不断。可知都做了流感俘虏。

（《日记·1957 年 4 月 5 日》）

我终于也病了！上午在家看书时，还没有感觉；下午去省图戴了口罩。该是在澡堂里感染的。大哥正搓背犯癫痫病，赤条条往外跑，我只好赤身跑出去拉他，着凉感染。

（《日记·1957 年 4 月 6 日》）

这次流感大流行范围更广——肆虐国内多地，学校停课，商店闭市，医院人满为患。病毒猖獗情景，至今记忆犹新。又是一页伤心史。

旧时巷陌

【导语】 璘璘原籍新野，一辈子没回去过；汴城相伴，前后 10 年。虽然不算太长，可那是怎样的 10 年啊：乾坤挪移，神州鼎沸；外御强敌，内整河山；合作合营，招牌换记；批判整肃，迭起风烟；……新篇展页之初，一切必经的风雨阴晴、聚散悲欢、喧天锣鼓、放浪歌哭，都参与了、旁观了、见证了，就在汴城。他的宿命、他的根儿，在这儿，在汴城。

居家岁月，每逢寒暑两假、吉庆年节、平素闲暇，璘璘要么独自一人、要么呼朋唤友，喜逛街市名胜。时而书店街、寺后街、中山路、自由路；时而学院门、北道门、行宫角、吴胜角；时而古城墙、鼓楼、龙亭、铁塔、禹王台、大相国寺。徜徉随心，左顾右盼，边走边瞧，且行且驻：新店开张，老号歇市；农夫售瓜，贫妪卖线；武术撂摊，戏法儿圈地；醉汉揎拳，流氓撸袖；佛殿拈香，湖舟唱晚；白云暧曃，弯月朦胧。乘兴而出，尽兴而返。真个人天之际，风光无限！

街市巡礼，心底留痕，影影绰绰，林林总总，大致不外发思古幽情、惊世间变幻、感人生艰难。浑然 60 年前事，岁历绵长，陈酿既久，已然幻化一部市井浮世绘。

年节岁俗

除夕·春节

◆旧历除夕是春节的预演。虽说成年人只有到除夕，才肯换上一身六七成新的黑色或蓝色棉衣，领着孩子上街游逛；其实早在一个星期前，他们就开始做过节准备：主妇们忙着扫房子、打肉包饺子，给将要回家的丈夫、儿子收拾床铺；工作的人们也收敛起忙碌，回到温暖的家庭，帮助家人在火炉、锅台边打转。

孩子们的节庆开始得更早。大人给买的灯笼，每晚提着，院子里、大街上跑来跑去，早就点完了几根蜡烛。大些的孩子，哭丧着脸、噘着小嘴，要爸爸或奶奶再给买一挂爆竹，因为原准备过节燃放的，不知不觉全部放光了。无论如何也得给俺再买一挂！爸爸不答应就给他闹，不让他安生！节日的孩子是最幸福的。不仅有糖吃、放炮玩，还能在多日未见的亲人身边多依偎一会儿，听他说句亲热话，摸摸自己的胖脸蛋。大人们虽说也愉快，却不免忙碌，客人来了，必须应酬。孩子们却可不管不顾，只顾玩乐。

这样的年节，我幸而留有完美的记忆：爸爸给买的带凹沟的黄色小皮球、妈妈给的压岁钱、同弟弟比赛小爆竹投高……这一切都梦一般远逝了，轻轻地、轻轻地。

（《日记·1957 年 1 月 30 日》）

年关将至，街面一片节日景象：到处是生意人的吆喝声、吵闹声、买卖交易声。合作社的肉类部，大清早就拉来 20 多片收拾好的冷冻大肥猪，没处放，堆在马路边。人们老早排成大长串，耐心门外等待，待把肥美鲜肉，扎进自己的菜篮。俺下午 3 点再从肉店走过，路边肥猪只剩寥寥几片，很快就要卖光。可那大队还没散呢。

（《日记·1954 年 2 月 1 日》）

◆春节联欢会在相国寺剧场举行。我拿着母亲给的入场券前往。不知有啥节目，我想至少不会像听报告那样乏味。晚会来宾众多：工人、店员、主妇、儿童、老师、干部，五行八作都有。难怪叫"全市春节大联欢"。

节目真不赖：河南坠子、弦子独奏、舞蹈、相声，两折河南梆子《小二姐做梦》《推磨》压轴。梆子演员王素君特别棒，她全省会演一等奖，表演优美动人。小二姐既泼辣大胆，又不失分寸，是个天真、可爱、整天为婚事发愁的小姑娘。只是唱腔稍差（是同常香玉比）。俺这是第一次完整地看了一场豫剧演出。

（《日记·1957 年 1 月 28 日》）

"农历三月三，风筝送上天"

◆（阴历）三月初三，春风骀荡，放风筝的好日子。没风筝，自个儿做。同两个弟弟一起，做了半天风筝。是一只特大风筝，高 80 厘米，尾长一丈半！尾后的小穗子 200 多条，仨人足足粘贴一个半钟头，真是件浩大艰辛工程。风筝做好，我用毛笔在上面写下六个大字："春风送进青云"。下午风太大，没出去试飞。明天吧，明天拿它出去放飞，其乐几许？

（《日记·1957 年 4 月 1 日》）

同弟弟捧着风筝，一起到东坑空地放飞。风筝拖着长长的尾巴，飞得真高！只是风向老变，飘来飘去。今日三月初四，风筝季节昨天结束。给风筝的祝愿："春风送进青云"，幸亏今天抓住最后机会。

（《日记·1957 年 4 月 2 日》）

儿童节

◆孩子们的快乐节日。市内每个角落：街道、公园、影院、剧场、百货公司，甚至连环画书铺、各家院落，都飘荡着孩子们无忧无虑的欢笑。城市成了儿童世界。

早晨刚踏上去学校的路，就遇见花丛般的孩子队伍走来。他们个个身穿新衣，小姑娘的花裙配着鲜艳的红领巾，更显美丽可爱；即使最淘气的男孩儿（其中有我认识的总爱在胡同里弹玻璃球、终日脏兮今的那个小邻居），也让妈妈给洗净了经常挂着鼻涕的脸蛋，擦了层淡淡红胭脂。

他们挑选自己爱去的地方。有的到禹王台享受初夏和煦阳光；文静的孩子会拿上向妈妈讨来的钱，在连环画书铺蹲上半天，饱享《渔夫和金鱼故事》中的奇妙幻境；有的去中苏友谊宫，观看特意为孩子加演的电影《阿廖沙锻炼性格》。今天的一切都属于孩子们。

（《日记·1956 年 6 月 1 日》）

孩子们全天放假。老师领着他们一队队到街上来。电影院轮番上演《足球队远征记》《金钥匙》《哥哥和妹妹》《青春的园地》，全天为儿童开放；龙亭公园、禹王台属于他们；连环画书铺属于他们；大众俱乐部全部乒乓球台属于他们；甚至藏经楼阅览室也属于孩子们了。

孩子们是幸福的。不仅可以穿花衣、吃糖果，在儿童乐园快乐玩耍，在阳光下纵情欢笑；爱护他们的社会，也同时寄下希望：幼年备受关爱呵护，将来重任在肩。宋庆龄奶奶说得好，她把儿童比作乔木幼苗，社会的责任是为他灌溉、帮他成长，剪去多余的枝杈，让他长得端正健壮，成为栋梁之才。

（《日记·1957 年 6 月 1 日》）

中秋节

◆快乐的中秋之夜。快乐的元素并不是在月饼中、被吃下肚去才得到的。它是一种精神上的愉悦。我看到一群进城的农业合作社社员，人人兴高采烈：有的买了月饼，有的买了糖果，一位老太太还买了一条大活鱼。商店鱼缸中都是一斤以上的大鱼，老人不想要。售货员耐心解释，才说服老人买了一条去。还有一位打着赤脚、进城卖毛豆的农民。他的担子里只剩下一小撮毛豆，却堆放着 14 包黄纸包着、小麻绳儿系着、半斤装的月饼——除了自家吃，大概是给乡邻的捎带。看包装上标示的生产者，是开封国营食品厂，已没有糕点名店晋阳豫、鲍耀记的方签与印记。老百姓熟悉的私家商号，没落了。

（《日记·1955 年 9 月 30 日》）

国庆节·六周年即景

◆凌晨 3 时，就有快乐的人们迫不及待地起身。他们背上腰鼓，迎着满天星斗，用鼓声将人们催醒，催他们一道迎接第六个国庆朝日升起。新中国成立 6 年来的建设成就写不完，比《四库全书》多得多。它会记载在伟大祖国新纪元的史册里，后人将永远传诵。

（《日记·1955 年 10 月 1 日》）

四季光景

春·城头

◆大清早爬上东城墙等待日出。等了很久才见东方熹微、妙景初露：一片烟云般的红海呈现天际。二月半的天气，已可以随意伸出双手、置于冷空气中不再觉痛。鱼池的水泛出微波，水面漂浮着一块块圆圆薄冰，是残冬的余迹。

（《日记·1957 年 2 月 19 日》）

从未见过的大雾！早晨去登城，跑过电线杆下，杆顶路灯的光亮，竟然淡淡地像一粒火花。一辆独轮小推车从身边路过，听得到"清真羊肉！"叫卖声、听得到车轮同凸露石子摩擦的噪音，乍见小车轮廓、还未及看清推车人面庞，车与人便隐入茫茫白雾中。

尽管含有雾粒的空气不好闻，我依然坚持在土路上跑。来到两个池塘的中间，身旁所有那些能让我借以定位的景物——城墙、远处的房子、树干的身影、炊烟、行人、池中的游鸭，顿时全部消失！如同置身于电影《洛神》里那团缥缈浮云中间，身体不停地向上升腾、升腾……

（《日记·1957年2月21日》）

春·禹王台

◆同宋叔东结伴骑车游禹王台。春景不再只是三两棵畏怯冬寒春霜的伏地嫩草了。它把自己的粉妆浓意，透过大地一片青绿麦苗、透过拂柳娇芽、透过盛开桃花、透过涟漪微泛的湖水和湖面游鱼的嬉戏，透过蓝的天、高翔的鸟和徐徐轻吹的微风，在向人间无声地宣示。还没看见四处翩飞的蝴蝶，为这娇艳的画幅增添活气；但那桃花蕊上，分明看见一群勤劳的蜜蜂，正在为它们自己的、也为人们的幸福劳作了。蜜蜂的勤劳，给游兴正酣的人们带来喜悦。一股舒适的醉意自心底潮涌般腾起了；一阵阵和暖的风又拂面而来，把衣角轻轻掠起。想起两句易安词：

风乍起，吹皱一池春水。

休动桨，细细涟儿最易碎。

（《日记·1957年3月31日》）

春·龙亭

◆10时同表弟结伴游龙亭。这里的湖边风景，的确不如想象那么美。还没有依依垂柳，没有花色生香；只不过绿波如常荡漾、湖面滑动着渔舟。爬上龙亭最高处鸟瞰全城，一片沉沉烟雾，承托着明净辽阔的天空。春风本来就引人遐想、令人陶醉，在高处更把春风味道品得真。

从龙亭大门走出，在同一窗口买了船票。登舟持桨，猛然间遗忘了交叉握划的方法；焦急了一阵，也就把过去学得的本领回忆起来。我把小船划得极快。两人先到湖心小黄亭玩了一会儿，接着放胆去南边钻桥洞。水位很高，洞口露出不多。试钻失败，回头再来。第三次终于成功进洞。阴湿的桥洞里，一股阴森冷意，想起侦察小说中的情节。12点40分交船，在水里泡了80分钟。

（《日记·1957年3月25日》）

龙亭的黄昏景致也很美，过去没有发觉，经昭伟提示才开悟。"你看那云多美，还有斜的光柱。"昭伟说。仰头西天看去，重重云朵把一柱光束紧紧抱住，果然美丽；云旁一片蓝天，湖水样的静，衬得这景越发高远、深邃、艳丽；习习凉风吹来，更是一番哀婉悱恻、欲语还休的柔情。晚阳斜照，金波轻泛，柳绦低拂，"夕阳无限好，只是近黄昏"，正是这般佳妙诗境。

道边白杨的青叶，从苞中钻出了。昭伟说："昨日下午还嫩苞未破呢！"他每日来湖边画几张水墨，对任何细微变化都敏感。

（《日记·1957年4月8日》）

天上飘落小雨。杂沓而清晰的棒槌敲击声，从潘湖东岸洗衣区传来。天不算低，乌云很薄。道边白杨已长成浓密一片，远远望去绿色一团；及走至近旁，听得见它热闹的哗响。游人虽不多，公交车依然欢快地匆匆来去，车内乘客寥寥。湖里游荡着多只红蓝彩漆涂饰的小船，船上没有歌声。雨水把尘嚣的大地、空气以至天空，都洗净了。如果没有那层淡云，该是多么静谧晴朗的世界。

（《日记·1957年4月23日》）

夏·骤雨·蝉鸣

◆天气给人开了一天玩笑：忽而是瓦灰阴沉的天空，忽而是云朵西飘；忽而阳光四射，忽而大雨倾盆。街头小贩也被这怪天气耍得手忙脚乱：趁着没雨，快摆货摊；雨点落下，又得马上收摊。只有那些大派头商号，面对盈盈雨珠，安之若素。正在阳光下安然行走的人们，被突发的电闪、沉闷的炸雷，吓得四散奔逃，宛如为大难临头发狂的畜群。

在书店街北头廊下，同一群躲雨的光膀子孩童幸会，和他们一起，欣赏到一幕雨中奇观：廊前的雨，片时停了，小风徐吹；而10米开外的路上，大雨依然在下。今日开封，变作海市蜃楼了吗？下午5时至6时半，我被猛烈的"淋破头"（俗谚，形容夏季暴雨），堵在了相国寺藏经楼中。

（《日记·1955年8月13日》）

夏至已过，黎明却来得似较往常更早。是个极晴朗燠热的天气，一起床就得摇扇，屋外传来杨树上蝉的鸣叫。来到街头，看见很多衣着薄绸、显示身材曲线的女士；洒水车上路，喷洒着令人心旷神怡的水雾。

（《日记·1956年7月8日》）

夏·城头行（上）

◆自学校出发，出宋门、跑上城墙，太阳还没出来。城上凉风吹着，颇感爽快；凭高远眺，更是心旷神怡。城头长着大片青草，间杂着几朵淡黄色小花。城外几个勤奋的孩子，已把他的白色羊群，赶进城坡那片绿草丛中。太阳渐渐升起，给城墙镀上一层金黄；青草上的露水在消失；城内池塘里的青蛙，开始快活聒噪；池边一个渔夫，已在撒网捕鱼。城外那片田里，两个农民开始劳作：赶着两条老牛、一头骡，共扛一副旧式步犁，吃力地翻地。太阳继续升高，阳光愈发灼热。几位妇女端着洗衣盆，来到池塘边；孩子们扛着捕捉蜻蜓的网杆，跟随在妈妈身后。

我从城墙上下来。该吃早饭了。

（《日记·1956年7月22日》）

今晨登城，走的另一段：从曹门城头向南，到宋门城头。这段城墙历遭雨雪浸蚀，上百道沟壑磨泐而出，愈见奇陡险峻。一条沟谷的中腰，竟长出一株树来，在半空傲然挺立，蔚为胜景。北段城外，一大片豆荚丛棵，长得分外茂盛；来到南段城外，就显得荒芜多了。这是因为北城外的土地，属于"东京集体农庄"，人力财资雄厚、勤于开发的缘故。

（《日记·1956年7月24日》）

仍是登城晨练，带着俄语课本。路线同昨日相反，是从宋门城头，到曹门城头。去时城上还没人；返回时城上城下已有许多人，在做操或看书了。有位老汉城头练拳，满身大汗，让人感动。有一段城墙，内侧土石塌落，外侧已成悬崖。去时我从城下绕过，返回时竟然冒险爬了过来。真险！

城墙石壁上，很多类似"乾隆遗风"式杰作：某某何时至此一游，希图千古不朽，尽是庸俗之辈。城外草坡那放羊娃和他的羊群，城内池边那撒网渔夫，都是熟悉面孔。渔夫的运气不怎么好，一网上来，只见两三尾小鱼，渔夫不乐，看客也扫兴。

鱼池旁水塘中的荷花盛开了！朵朵洁白的水莲花，虽不如花园的群花娇嫩，但就其色泽、就其芳香、就其明净的水塘、就其池边垂柳围成的浓荫，更富温柔和谐之美。

（《日记·1956年7月25日》）

秋·城头行（下）

◆已入深秋了。在城上总能望见新鲜景致，心境也为之振奋。在渔业生产合作社的日程里，也许今日该捕鱼了。6时半不到，池塘里已站满手抱渔网的社员。懒懒上升的朝阳，已把辉光射过城头，在西边天穹染出一片红霞。我带上《汉语拼音课本》跑上城头，选择一块草坪停下。深呼吸之后，开始做操。时隔太久了吧，动作已不能连贯，只好想起哪节是哪节，三套操混着做。城头做操的身影，从腰部以下，跳下两丈多高的城墙，好似偌大个夸张变形人偶。一丝不苟地做着，也自顾自地欣赏着，居然做了十节之多。擦擦汗，打开《汉语拼音课本》。

池塘那边传来笑叫声。低头望去，三只渔船挤向鱼塘一角，同时撒开渔网，慢慢收拉。显然是个新操作法，成效果然不错，尺多长大鱼在网里蹦跳着，白鳞闪光。一条暴脾气大鱼，渔夫没抓紧，跃进水里。又是一阵欢笑。

（《日记·1956 年 10 月 9 日》）

照例到城头看朝阳升起。在这样高静的地方，即使穿着毛衣，也有些清冷感觉。登城散步的人少起来，一人会略觉无聊。因为冷，有些懒，没有跑步，只用力做了一遍健身操。精神上来了，就倚着城垛，开始看书。城外青绿柳丛旁，有一群快活的妇女，一边叽叽喳喳地聊，一边朝地里上干粪。相隔大约四五十米远，虽然雾未消尽，女人的身材，甚至头巾，都看得清楚。旁边几个男人，同样快活地和她们谈笑着。一会儿走来一位中年人，边走边嚷，像在发火。随后果然一片静默。猜想这是庄里的一个生产队，发火人大概是队长。这幕瞬间的无题短剧，颇生动有趣，身后背景也很好：一幅图画般的菜园。

（《日记·1956 年 10 月 11 日》）

冬·潘湖

◆眼前的黑色池塘，池水已经冻冰。池塘边缘，被淘气儿童弄得乱七八糟了。池塘右边，一个古老的小亭，檐下横额曰"叠波"。跨过一条洒满阳光的小路，就是潘湖。它更美了。湖面不仅宽阔，而且透着蓝色的平滑，湖心那座金黄色小亭，望去亭亭玉立，颇有些凌波微步情趣。

湖的东南角，已被滑冰爱好者辟作冰场。湖的北面，原是一个船坞，现被拆去，只剩下几根木架插在水中；木架下，几只懒惰的寒鸦，缩在一起取暖。登岸就是辉煌的龙亭了。虽然连日晴天，却也不少风沙，前来游玩的人，依然络绎不绝，大概都是这伟大历史遗址的敬仰者吧。龙亭最高处，依稀可见几只翱翔的白鸽，映衬着蓝色天空，构成一方美妙图画，莫测高深。

龙亭的东面，离得太远，看不清冰的表面，只能察觉它在闪光。冰面上也有黑色的一群，大概也是懒惰的寒鸦。湖西更衣室那里，几个人在打拳，舒缓劲挺的姿态微微可辨。再远望，除了房屋、树木，全是一片模糊了。

（《日记·1956 年 12 月 22 日》）

天气转暖，湖面上的冰已不很结实。但在早上 10 时以前，潘湖西北角溜冰场上，仍然热闹非凡。医学院学生上溜冰课，拉来一车冰鞋；附高几个篮球队员，也临时"改行"滑冰，由荆崑煜老师带领，穿着学校仅有的几双冰鞋在练习；还有一群中学生。冰场中有几位技艺超群者，沿着白色冰道快速飞驰；更多的初学者，接连不断地跌着清脆而漂亮的跟头，爬起再滑，毫不气馁；还有几位冰场达人，热情耐心地指导初学者，扶他们在冰上迈出最初几步。我为之心动。如果有双冰鞋，我敢不敢也迈出自己的冰上初步呢？

（《日记·1957 年 1 月 26 日》）

冬·晴雪

阳光下的冰雪世界，愈发炫人眼目。上午天乍晴，暖阳还没有晒透封冻的地面和雪的肌肤，仍觉冷气袭人。到了下午，阳光就射入芳雪深处，争相化为水流，溢满街市，自房檐滴下，沾人满脚泥浆，浇人满头湿。"下雪不冷、化雪冷"，更觉得不禁其寒了。

我穿着一双本不该冬季穿的球鞋，踏着欲化的冰雪去省图。脚下沙沙作响，留下一串凹印。忽然想到人生：尽管前路泥泞湿滑，只要不停地、踏踏实实地前行，脚下踩出的路面，就会宽阔起来。在跋涉中前行，在辛劳中寻路，在斗争中求生活。人生正该这样。

（《日记·1957年1月29日》）

世相百态

一个小小市民，徜徉街市、泯然众中，不乏见闻碎片。俯拾皆是、须臾明灭、无色无味、琐细平庸，是些日子的泡沫。可这些碎片、泡沫，芥子须弥，滴水观海，亦能唤起欣喜、快乐与感动，激起讶异、痛切与愤懑。

相国寺里

1955年后，璘璘家迁学院门街18号，恰在开封女高对门。出门上鼓楼街，西行10分钟，就到大相国寺。寒暑流连、朝夕蹀躞，前殿后楼、庭中廊下，璘璘脚迹无不至。

◆过农历年必去相国寺"赶年会"。来这儿其实并不打算买什么，下意识认定它是有趣去处，只图看热闹。进得大门，人声鼎沸，熙熙攘攘，摩肩接踵，气势先把人镇了。两廊下小店鳞次栉比，店外的货摊、地摊更多。一位摆摊算命郎中，竹竿支幡，布幡上线画一男一女俩人头，脸上涂满痦子，每个痦都有说辞——"妨妻""得人财""食路明""大富"之类。一大排算命摊前，偶见三两农妇、老妇，面见郎中咨询，不乏虔诚；多数算命摊前无人问津，生意冷清。有人指着幡上说辞，讪笑不已。郎中颇尴尬，自我解嘲：

"这些痣文儿，现如今不大准了。"

言外之意：似乎以前准过。无论如何，时代变了，人们有了些命运自信。这位自嘲郎中，还算老实。虽然别无长技，也得混饭儿吃不是？

摆摊班子，圈地儿招人，一个摊儿、一圈人。拉洋片、玩魔术、演马戏，现演现看、现收钱；卖壮阳丹、大力丸，边吹牛边卖，也现钱交易。

（《日记·1955年1月22日》）

大雄宝殿里举办农业合作化展览。前半部分形象展示中国农业的光辉未来，广大农村的光明前景；后半部分展示河南省、开封市农业发展规划。计划到1967年每亩地产粮400斤；千斤粮、万斤菜运动正在开展。讲解员背诵出那么多生动数字，增强宣讲效果，可知下了不少苦功夫。

（《日记·1956年3月17日》）

在凉快天儿，大雄宝殿收藏的一些旧书，值得跑一趟去看；若是天热，就没兴趣去了。今日早晨进殿看了三本书：《评〈中国之命运〉》《蒋介石言行对照录》《蒋党群魔丑相》，历时120分钟。杨育彬看的是新版《三侠五义》。

大殿9点开门前，先和左孝鹏在相国寺里转了两圈，颇有些新气象：相国寺剧场正在修建；开封曲艺厅已经修好了。门面都很大气，可惜座位太少，曲艺厅只可容200人。门前那座举手触檐的小瓦房，也不怎么协调。

（《日记·1956年7月21日》）

相国寺剧场门前挤满了人，全是站队买票的。为一睹为快，他们不惜牺牲个把钟头，在这里等候。一些卖麻糖的，一手捧着麻糖盘子，一手开路，在人丛中嘶喊叫卖；几个玩魔术的，用自己幽默的口技，哄来一圈子人围着，先表演些小节目稳场。一旦观众定下心来，就悄悄转入主题：

"我这两用雪花膏，能搓脸，能刷牙，一角一瓶啦！带的可不多，要买早开腔、要要（即要买）快说话啦！"

他停止表演，转入雪花膏，算进入最后"议程"。观众偏不受哄，渐渐散去；圈子里剩下几个小孩儿，执着地继续等待看表演。"雪花膏"收摊不再伺候，卷包另寻别地儿，继续他出力不赚钱的营生。

（《日记·1956 年 12 月 31 日》）

去相国寺藏经楼阅览室看杂志。不知它的作息时间变了：星期三半天休息，改为整天休息；星期一也休假。只得悻悻而归。不知管理人员终日都忙些什么，需要这么多休息时间恢复元气？谁都认识那几位女士，每日无非上班开门、接收预订的报纸杂志、逐一盖印、放置报刊架上、下班关门。如此活计，加上打扫卫生，颇不必呕心沥血、大费心思的。看她上班就是终日安坐，闲极无聊地、一遍一遍地扫视（监视）着每个前来的读者。前些天还在织毛衣，这几天公然抱她小孩儿来逗着玩。新近又烫了头发、镶了颗金牙。

（《日记·1957 年 1 月 16 日》）

八角琉璃殿前广场，来了个推销皮夹、肥皂、膏药的马戏班，撂摊儿演杂技。技术全是老套，几年前就欣赏了。吹铜号伴奏的，总是那几支陈腔滥调曲子，反反复复、不厌其烦地吹。居然观众云集，也诱使我偎了进去，尝尝回锅味儿。

自行车表演没啥新招，却颇得一群小观众喜爱，阵阵嘻噪欢呼。毕竟还得靠嘴吃饭，娃儿们越是欢叫，摊主越是煽乎：

"叫好，诸位！诸位，叫好哇！"

博得成年人忘情欢呼、老年人一片掌声；娃儿们愈发狂叫。听到这边热闹声浪，远处好奇者纷纷聚拢过来，终于堆成一堵密不透风的人墙。摊主忖度时机已到，便歇了铜号，正戏开场。

"演员"们各自捧着商品，满怀丰收期望扑向观众，吹嘘着皮夹、肥皂、膏药的神奇效能。观众却很少理会、购买，只期盼众"演员"赶快继续玩下去。失望的"演员"们，一个个像泄气的皮球，无精打采地收起货物，准备退场。这时，我偶然瞥见人墙之外，那几位开场时在场里吹嘘、叫喊、哑了嗓子的人，已经换好皮领大衣、皮鞋，准备再度登场。俺恍然大悟：原来这戏班，也搞"企业化"二部制了！

（《日记·1957年1月16日》）

一个杂耍班子，半年前就来相国寺撂摊做生意，如今仍在原地儿终日开场。以前卖皮夹、自来水笔，现在换成国药十全大补丸。

"两角六粒！两角六粒！对折卖啦！"

摊主高喊着。其实价钱并不便宜。在拍胸脯、捶大腿之余，又会装模作样问问买主患什么病、多少年了；补几句"注意事项"、医生似的告知"药引子"："要用白开水（白酒）服。"竟也有四五种之多。撺掇引诱，让人多买："您只要这么点儿，治不好病，我可不负责！"

（《日记·1957年3月18日》）

时尚微露

马道街的国际服装店，做出几身给少女穿的服装，套在模特身上，放在橱窗里，招引不少路人（我也是一个）围观；姑娘们更多些。大家喜形于色，纷纷说好看、漂亮。刘开清断言：这样美丽的衣服，绝对时兴不起来；还发誓不让自己的老婆穿它。不过，我们清一色的城市，实在到改头换面的时候了。

（《日记·1956年3月17日》）

附高女老师，除几位年岁大些的，都烫了头发；女高的女老师也都烫了，唯独妈妈说，她不感兴趣。据说烫发每位1元2角钱。确实给学校增色！但愿不会影响学生听课吧。

（《日记·1956 年 4 月 12 日》）

星期六，街上行人特别多，大学生们也都出来了。人们的着装再不像从前那样，是令人生厌的清一色。特别是妇女们，一个比一个打扮得妩媚艳丽，好像故意上街来比试似的。看得出来，随着祖国建设进展，人民生活水平提高了，内心对美的渴望不可遏制。

（《日记·1956 年 11 月 24 日》）

业余球赛

去市体育场看篮球赛。女子比赛较精彩，钟声体协队对女高队。在比赛当中，有观众怒喊"换裁判！"因为主队（钟声体协）的裁判明显偏袒；客队（女高）的裁判无能无胆。末了 98∶43，体协队胜。男子是钟声体协队对市联社队。两队实力相差太大，没有耐心看完，不知最后结果。反正市联社肯定会输得和女高一样惨。

（《日记·1956 年 8 月 6 日》）

下午市体育场有河南省排球冠军赛，同两个弟弟结伴去看。女子队是郑州队对新乡队。比赛中，郑州队局面险恶，后虽追平，也让人担心。开封队昨天败给新乡队，快意恩仇，观众都给郑州队加油打气。每当郑州队打一好球或新乡失一球，全场都是一阵热烈掌声。真可称"地方主义"到了极点！新乡的稳重与沉着，终于赢了郑州队。她们明天同洛阳队争冠军。

男队是开封队对新乡队。开封代表队是河南医学院校队原班人马；新乡队显然是一群草包，拿不出任何本领。头两局都是 15∶4，最后一局 15∶7，总比分 3∶0。明天上午开封队对郑州队，虽会有一番激烈争夺，但开封队实力强大，已稳坐全省冠军交椅。

（《日记·1957 年 4 月 1 日》）

最后一天的排球赛竞争激烈，开封男女队均获胜。至此大局已定：男队获冠军，女队获亚军。

（《日记·1957年4月2日》）

卖鞋老妪

在书店街见到个卖鞋老太婆，不听从民警劝告，硬要在街上摆摊儿叫卖，嘴凶得像肉刺。民警问她为啥不遵守市容秩序，她说："毛主席不能叫俺饿死！"民警火了，问她："你知道我责任是啥吗？""你为人民服务，也是为养活自己。"她说话冷静，很有逻辑。周围旁观者越来越多，她怒喝："你们围这儿干啥？俺是和政府说话，你们没见过政府吗？"民警好言相劝，老人心知不对，末了卷摊儿离去。

（《日记·1955年2月20日》）

义务疏导

有不少街道工人，利用空闲时间，义务维持秩序，在街上不停地劝导："请走人行道上！"一位干部模样的人，走马路上了，工人冲他喊，声音过大，有点冒犯，干部大怒："你嚷个啥？"争执起来。工人忙赔礼；干部虽悻悻，改错也没犹豫。

（《日记·1955年4月8日》）

矫情硬拗

黄昏一幕：一位干部骑车撞人，民警要做登记，问他哪个单位。他说"治淮委员会的"。民警要登记他的证章号码，干部拒绝，说"这样做可能引起麻烦。""啥麻烦？""会引起特务注意。"民警笑说他"对人民政府不信任"。他说"啥时候也不能放松警惕"。两人争执良久，干部硬拗，自知理屈，还是允许民警记下了证章号码。两人握别。

（《日记·1955年4月11日》）

普临停电

（私营）普临发电厂检修，连续 5 天停电，市内一片黑暗。机关商店、电灯家庭，纷纷亮起煤（豆）油灯。这事儿让人痛切认知：将来社会主义社会，如果没有电，真不堪设想！

（《日记·1955 年 5 月 2 日》）

私医疗肿

颏下的疖子已化脓，非求医不可了。早饭后去人民医院挂号，来得太晚，队太长，清晨 6 时来的，还在排队呢，只好作罢。下午到寺后街华成药房附设诊所，找郭哲民求医。诊所墙上悬挂一镜框，内有中央卫生部核颁的医师执业证明书。我想这医生不错。他把女高护士王淑娟为我包的纱布打开，皱眉说："疖肿很严重哟！"随手清理患处、敷上药膏，用时三五分钟；再开 24 粒消炎药片，嘱回家服用。药费加处置费，共计 1 元钱。如在医院治，三五角足够。不敢再求私医了。

（《日记·1956 年 11 月 17 日》）

"傻三"

在沸腾生活的静谧角落，有人奏着凄楚的哀歌。

遭遇一情景让我心痛。小学同学姜鸿昌的三哥，头大、脚跛、智障，生来残疾。如今 20 岁了，智力如四五岁，绰号"傻子姜三"，简称"傻三"。他无力抵御别人的欺侮，只会哀告："弟弟，他打我。"家里得不到一丝温暖，终日流浪街头。

午饭后在鼓楼街遇见他，在讨饭。一群孩子围着起哄："大头，你妈来了！""大头，你的头让我打一下吧，给你钱！"他脸上冒着虚汗，端黄瓷碗的手不停地颤抖。经不住拥挤，斜身将倒，跌扶在一辆人力车上，车夫马上推开他的手。又是一阵哄笑。我不忍再看。

下午放学走到南土街，路上又见到他。4个钟头过去，他刚走出一条街；而离自己的家，还有4条街。一个老肥婆，手指"傻三"狂笑，狠毒的双眼乐成细缝。可怜的生命备受摧残，令人心痛。

（《日记·1955年4月1日》）

遭遇春荒

很久没见过乞丐了，最近街市上的乞丐多起来。这是什么原因呢？不能不引起人们注意。

（《日记·1955年1月17日》）

开封市乞丐越来越多。大娘（保姆）说："咱家一天能碰见30多个外乡灾民来讨饭，有的还抱着小孩儿呢。"他们为什么不在家生产自救呢？几千个难民，一人一天转一二百户，对社会秩序、对市民生活也会有影响。

（《日记·1955年4月20日》）

早上一大群衣衫褴褛的农民，挤在学校门口一个馍挑儿旁，买好（白）面馍。农村有的地方，统购过头、统销没落实，有农户口粮不够吃。今天省府也发出布告，要求各地农村尽力做好统购统销。这一工作当前实在非常重要。工作发生偏差，必须纠正过来才是。

（《日记·1955年4月28日》）

坚强人生

◆马道街口有一位卖报少年，表弟常康说是他同学。我多次见他抱一叠报纸，站在那里叫喊着、忙碌着，也没有太注意。如今听表弟说他，我便好奇仔细观察，尊敬和佩服之情，不禁自心底涌出了。这是一个坚强的生命！家庭的困顿，给他一条艰辛的生活道路，他却拿出毅然决然的勇气，像一个无畏英雄那样去面对、去开辟。我在他面前觉得惭愧，因为我没有他那样的生活勇气。听表弟说，学校居然有人嘲笑他、叫他"小卖报的",还打他。这群无良小子实在愚昧可恨!

(《日记·1957年3月16日》)

◆有位卖牛脑的回族女孩,经常到家里来。她刚从甘肃回来。她说前些年,全家响应政府号召离汴,到甘肃开荒;因为水土不服,不少人病死在那里。她父亲也死了,她只好回来。这本来是很不幸的事,女孩却说得平和、淡然,像是在说别人。她每天提着牛脑,兴致勃勃地在各家院落串来串去,热情推销。真是了不起的人生态度、生活毅力!我佩服她的倔强。这倔强的性格,使得她面前的道路,显得宽广些。

(《日记·1957年3月23日》)

卖牛脑女孩儿同妈妈混熟了,亲热地叫起"娘"来,很有趣。她说她已在小学三年级读书。妈妈知道她困难,没有笔,给她买了支笔。女孩儿大约十五六岁了,解放前没有机会上学,在甘肃也没能上学,这给她的生活、工作带来困难。如今好好补习文化,人生道路还是宽广的。

(《日记·1957年3月30日》)

◆同院青年法章,待业在家很久了,近日决定去做打彩小生意。他说他没啥技术,不好找工作。但自己决心要努力,不靠父母靠自己,自己养活自己。我用一上午时间,帮他画了一个飞镖转盘。祝愿他开市大吉,多赚些钱,补贴家中困难。

(《日记·1957年3月26日》)

◆邻居马婆婆,60多岁,回族,没儿没女,孤寡老人。她没有生活来源,街头黑板上贴的政府救济户名单,有马婆婆。可是马婆婆要强,不愿意总吃救济。春天到了,她从鸭贩子的大竹筐里,抓回9只小绒鸭,每天赶着小鸭下惠济河。河里的小鱼、小红虫,是小鸭最好的食物。婆婆的鸭子长大、下蛋了，婆婆收集鸭蛋去卖钱。俺家所在的顺河回族区，穷苦人家多。靠着惠济河和鱼池，饲鸭、养鱼、熬土碱、做豆纸，成了底层居民的好营生。

（《日记·1957 年 4 月 22 日》）

合营初潮

国家改造资本主义工商业，高潮在 1956 年，初潮要早些。开封私家商号搞合营，据璘璘所见，最早出现在 1954 年下半年，大概同初起农业合作化运动有关。

◆鼓楼街一家新合作社开始营业，它的规模比全市所有合作社都大——整个四层大楼呢。

（《日记·1954 年 10 月 2 日》）

◆午饭后同王步俭结伴逛街，看看书店街私营商号的现况与前景。原开明书局垮了，门前换上"中国人民银行"铭牌；有百多年历史的"鲍乾元笔庄"，三间门面变为一间；还有多家商号，原有不同样式的房檐，如今房檐先改成统一式样，可能准备合作经营了。

（《日记·1954 年 11 月 22 日》）

鼓楼街、书店街（还有马道街、寺后街）是私营大商号汇聚之地。多家私号合并起来，它的经营体制啥样、尤其本金如何统一核算？利润咋分？璘璘不会知道。

1954、1955 年之交，汴郊上百个初级社大合并，成立 18 个高级社。1955 年从 1 月 23 日至 26 日，全市官民上下，接连 4 天大游行、大庆祝、大狂欢，陷入史无前例的集体狂热！农村捷报带动城市，推动工商业者迅速行动，实行公私合营。璘璘裹挟在这热潮中，成为忠实参与者、热情讴歌者。

雪在昨天开始融化了。晌午回家，在街上又见到一支公私合营报喜队。他们车水马龙地踏着满街泥泞,兴奋地游行。一人手里拿一个写有"囍"字的三角旗;一工人引领的资本家大队,一遍一遍地齐声呼喊:"毛主席万岁!"满街鞭炮声。小孩子们在人群中钻来钻去。一队工人扮成女装,夸张地扭着秧歌;有人跌倒,沾满身泥,不顾一切爬起来,越发使劲地扭。开封市千载难逢的喜日,人们怀着多么喜悦的心情!

报喜队行进途中,姜鑫市长的汽车从路旁驶过。我看见他在车后排坐着,手拿一张纸,出神地望着车外的人群。

(《日记·1956 年 1 月 23 日》)

"东京集体农庄"

汴郊初级社归并为 18 个高级社,标志本市社会主义改造取得重大胜利;"跑步进入"的激情,推动两大新生事物,向生产关系更高形式,急速跃升。

◆具有历史意义的一天!开封全市社会主义改造胜利完成——郊区 18 个高级社,又合并为超大型东京集体农庄;市区工商业也实现全行业公私合营。

集体农庄庄员们,今日全城大游行。大街小巷到处是沸腾的人群、飘扬的彩旗。在鼓楼街,我看见 18 面绸旗,各写一个小农庄名字:和平、五爱、工农、金星、红星、红光、虹吸、前进、幸福等。前面 100 多盘威风大鼓开路;后面 20 辆汽轮马车,浩荡跟随。马车上的农庄庄员,男穿制服、女穿花衣,兴高采烈地挥舞小旗。几位不常出门的老大娘,格外惹人注目。

附高学生会命我起草一封致本市工商业者贺信,祝贺实现全行业公私合营。信中包含三个要点:目前国内形势,我们的成就,今后的任务。很多鼓励的话,希望他们早日成为自食其力的人。

(《日记·1956 年 1 月 24 日》)

　　沉睡千年的故乡土地，欢腾起来！广袤无边的中原沃野，苏醒了！工人、工商业者、人民解放军、国家干部、青年学生，男男女女、老老少少，都为同一目标的实现而来！晴朗的天空、和煦的阳光；彩旗的海洋、炸响的鞭炮、笑声回荡的人群。共同庄严昭告：我们的城市正以刚健的步伐，跨进永久幸福的社会主义门槛。同时也庄严昭示：我们已斩断了贫困的树根，并以无比浩大的声势，开始了更为艰辛的历史性进军。

　　在震天鞭炮声、群众欢呼声中，姜鑫市长高声宣布：开封市永久进入了社会主义社会！

（《日记·1956 年 1 月 25 日》）

　　今日是全市大游行的日子，庆祝开封市永久进入了社会主义社会。昨夜人们是怀着兴奋心情进入梦乡。早上天还深夜一样黑，不安分的人们，就又背上大鼓到街上敲起来。市民和农民们，在太阳刚出来时，已全部在大道上聚齐。天气暖洋洋的。组织起来的手工业者、工商业者和农民，都换上自己最好的衣服；姑娘们脸上扑着粉、涂着油彩和胭脂，抹着口红，怀抱鲜花，好像一块块美丽的五彩珠玉。人群像是缤纷的海洋，簇拥着涌向市运动场。美不胜收的图画，强烈地激荡着我这颗不平静的心。在庆祝大会会场队列中，不由得想到更加灿烂的明天——共产主义未来。

（《日记·1956 年 1 月 26 日》）

　　街市归于平静。人们投入新的紧张的生产、工作中。街头商号纷纷挂起新牌匾："公私合营××商店"之类。也有的商号大门紧闭，上面贴一黄色或红色纸片："本号已参加××第二生产合作社，望来者至××街接洽为盼！"这些平凡的字迹，意味着不平凡的历程、又蕴含不平凡的前程！

（《日记·1956 年 1 月 29 日》

【缀语】 马克思说："无论哪一个社会形态，在它所能容纳的全部生产力发挥出来以前，是决不会灭亡的；而新的更高的生产关系，在它的物质存在条件在旧社会的胎胞里成熟以前，是决不会出现的。"

他还说："人类始终只提出自己能够解决的任务，因为只要仔细考察就可以发现，任务本身，只有在解决它的物质条件已经存在或者至少是在生成过程中的时候，才会产生。"

（《〈政治经济学批判〉序言》，见《马克思恩格斯选集》第 2 卷，人民出版社 1995 年版，第 33 页。）

中国社会的历史发展，经历了漫长的封建社会和半封建半殖民地社会。早年，领袖从这一基本事实出发，正确地指出，中国革命须分作新民主主义革命、社会主义革命两步走（《新民主主义论》）。新政协的《共同纲领》（1949 年通过）指出，新中国的经济制度里面，五种经济成分（其中包括个体农业、资本主义工商业）并存；在相当长的过渡时期，我们的总目标是五种经济并进、建设新民主主义国家。这一新中国成立初期的国家发展战略，正是着眼于：当新的社会生产力尚未成熟、新的更高的生产关系尚待发展之前，充分发挥旧有生产关系（含个体农业、资本主义工商业）所能容纳的全部生产力，以此促进新的生产关系、新的社会生产方式的萌生。

对新中国发展方向、道路的这一认识与实践，五年后有了变化。《中华人民共和国宪法》（1954 年通过），宣告中国革命进入"大转折"的新时期：由新民主主义革命进入到社会主义革命，总目标是建设社会主义国家。

随后席卷开封的"三大改造"热潮，袒示着饱受苦难忧患的中原人，急于摆脱噩梦、改变命运的迫切心情。新猷方启，毕竟还缺乏经验，没有弄懂伟大导师的深刻思想和科学论断，没懂革新体制、发展生产，要尊重科学规律、要靠艰苦踏实的劳动，不能大轰大嗡、搞群众运动。

《合营初潮》《"东京集体农庄"》纪述的纷繁场景，正是"大转折"时期，上演在汴梁古城的片段花絮。对这些场景所蕴含的政治学与经济学实质的历史评判，世纪之交改革开放的社会实践，已经给予揭示。

"跟爸学吧"

——忆父亲

【导语】　父亲去世60多年了。每当想起老人家，总有他的身影浮现脑际——各种情景交织的身影，亲切而悠远，鲜活又有些朦胧。

自打三娃有记忆，就是跟父母逃难：漯河—郾城—嵩县—潭头—荆紫关—郧西麻池—宝鸡石羊庙；返回开封，8岁了。乱世苟活之不暇，幼龄童稚，父亲没有对三娃讲过自己。三娃只知爸爸教书，在河大。头一回听父亲自述，已是1949年，璘璘11岁了。

仲夏之夜，花井街95号庭院。晚饭后，父亲躺在竹椅上，手摇蒲扇，随兴说起少年时代。他说他在新野新甸铺高小毕业，去读信阳师范，是因为家里穷。他记得离家去信阳上学那天早上，娘拿个小包袱给他：一条薄被，裹着几件家织粗布衫、两双家做布鞋；又递给他一个粗布袋子，里面装着几个白馍——三天干粮。

"你奶奶送我到村口，就站在那棵老桑树底下，看着我头一回出远门。"父亲说。

"我走出老远，回头看，娘还在大树底下站着、望着我。"父亲的眼睛里似乎闪着泪光。璘璘想：那时候，奶奶肯定也在流泪。

不知为什么，父亲这段诉说在璘璘的脑海里，日后幻化成一幅图景：

骄阳炙烤着白河川，蝉儿在桑枝上聒噪。新甸铺镇张店村，一个贫农的儿子，将要步行 200 多里，到"大城市"信阳求学。他身着布襻儿扣土布长衫，脚蹬布鞋，肩背行囊，手提干粮袋，自信地走向未来。那张稚气未脱的脸庞，挂着汗渍，也透着坚毅。因为他明白：只有求知，才能改变命运。他把亲娘的眼泪收入心底，义无反顾。树下的老娘，久久地，望着儿子的背影，在大地腾起的焦热烟尘中，渐行渐远。

璘璘深信，这幅图景，正是奶奶站在桑树下看到的情景。父亲没有早年的照片。那少年远去的背影，成为父亲最早的影像，在璘璘心田永驻；往后，从潭头到石羊庙，父亲留给璘璘的印象，便都是真实的生活场景了。

两个战场

1945 年 12 月，随河大自宝鸡重返铁塔校园。抗战前留在开封西小阁 5 号家中那一屋子书，已片纸无存。父亲似乎不介意，又置办新书斋，叫"听香室"。刚满 40 岁的父亲踌躇满志，摆下两个"战场"：一个在学校的听香室，另一个在财神庙街 38 号的新家；他同时着手多部著作的整理和写作。先完成《文学新论》［南京，世界书局，民国三十五年（1946）出版］；又完成《鼓子曲言》［南京，正中书局，民国三十八年（1949）出版；台湾，正中书局 1966 年再版。是鼓子曲"研究篇"］。还有两部待抄稿：《鼓子曲存》（鼓子曲"唱词篇"）和《鼓子曲谱》（据工尺谱转译的鼓子曲"简谱篇"）。

两部待抄稿，是父亲随校逃难期间，得自课余对民间说唱艺人的采访。誊抄数量大，不得不"征召"抄写员。大哥柘弓毛笔字最好，首先"膺选"；姐姐若华字也不错，荣幸"入围"。誊稿的"作坊"自然就设在家中。有一天，大哥看到一页唱词记录稿末尾，赫然写着八个字："如此时代，抄此何用？"大感不解，去问父亲。父亲笑讲一段往事：1938 年在南阳，拜访名艺人党震藩录得此篇词与谱，敦请一位相熟的中学

父亲（1946 年）

教师帮忙誊清。一天，这位朋友正在抄稿，忽然响起警报。他急忙放下稿子，钻进防空洞。待日机飞离、警报解除，朋友返回房间，不禁大生感慨，提笔在誊抄的曲稿上，写下这八个字。

看爸讲课

大哥、姐姐忙于抄稿的那段日子，璘璘和四弟，为免于"劳役"暗喜，愈发"放肆"玩耍。父亲似乎不肯"放过"璘璘。他毕竟已 9 岁、升小三了。有一天学校不上课，父亲怕璘璘在家疯玩，居然把他带去课堂！父亲手牵三儿，走进河南大学七号楼教室。里面坐满学生。从学生哥姐的表情中，不难读出"讶异"与"好奇"。父亲让璘璘坐在第一排中央。平生头一次"看"自己的父亲讲课：戴一副黑色圆框眼镜，身着竹青色长衫，左手插在裤兜里，在黑板上写很大的字，声音抑扬顿挫；至于讲什么，没听懂，更没记住。

"为啥带我上课呢？"璘璘始终不解。多年后，母亲说："是要给你文学知识启蒙哩！"

真是这样吗？

哥姐誊清了《鼓子曲存》和《鼓子曲谱》。母亲找出一块厚厚的土蓝布，把两部书稿仔细包好。1947 年季春某日，璘璘正在院子里玩耍，父亲唤道：

"走！跟爸去一趟书局！"

璘璘斜背着那包书稿，父子牵手来到鼓楼大街时代书局；又让璘璘把书稿递给一位编辑先生。多年后，母亲说：

"是要让你明白，有了稿子才有书呢！"

父亲是否当真这样想，璘璘始终不知道。

数年后，璘璘长大些，像"盯"着兄姐抄稿那样，父亲又"盯"上璘璘。兄姐们陆续离家了，或升学，或工作。璘璘开始为父"打工"，为时更久、"任务"也"多样"：抄稿、处理文稿、口述笔录等。边"打工"亦边受益：可随时聆听父亲"授业解惑""耳提面命"。

打工·受学

璘璘头一次给爸抄稿，是 15 周岁的次日——1953 年 5 月 2 日，正读初三。那时，父亲在家卧床养病。

◆学校五一放假，我在家给爸爸抄了 11 首民歌。

（《日记·1953 年 5 月 2 日》）

抄写之前，爸爸先做讲解。其中两首北朝民歌，讲诵声情并茂，至今记得，还能背诵：

"上邪！吾欲与君相知，长命无绝衰：山无陵，江水为竭，冬雷震震，夏雨雪，天地合，乃敢与君绝！"（《上邪》）

"李波小妹字雍容，褰裙逐马如卷蓬。左射右射必叠双。妇女尚如此，男子安可逢？"（《李波小妹歌》）

爸爸说，《上邪》是情歌，"你看这姑娘爱得多痴情、多大胆！肯定是位北方草原长大的姑娘；南方不这样：小桥流水，温柔之乡，姑娘的爱，缠绵、含蓄。"说李波小妹也是位北方姑娘，"你看她骑马射箭、武艺多好，男儿也比不了！"

◆到今天为止，接连写了 3 天，把爸爸一部研究民间音乐专著的

《绪论》写完了。我坐在他睡床旁边，他口述我写；爸说得快，我写得也必须快。每天都连写两三个钟头，累得够呛！

（《日记·1954 年 1 月 26 日》）

这是一次寒假"打工"。记录父亲口述《河南民间音乐·绪论》。

◆又开始一桩"伟大"工程：帮爸爸给《长江文艺》写关于民间艺术研究的特约稿《讲木兰诗》。本学期高一语文课本最后一课，正巧是《木兰辞》。爸爸在他 10 年前发表的文章中，翻出相关材料。他开始口述，我记录。大约得四五天才能写完呢！

（《日记·1954 年 2 月 8 日》）

"任务"终于完成，写好了特约稿《讲木兰诗》。完全是爸爸口述、穿插他以前文章里的材料。他知道得那样多、那样准确，知识真丰富。虽在病中，记忆还是那样清楚。接连三天，连记录口述、带抄录资料，写完了这篇约 3000 字的论文。通过这次记录，我也像上了一堂古典文学课。对《木兰辞》有了进一步的、更精确的了解和认识。

（《日记·1954 年 2 月 10 日》）

爸爸的《讲木兰诗》一文，嘱我今日转寄《光明日报》，这个报要刊载此文。

（《日记·1954 年 5 月 9 日》）

◆前些时帮爸爸笔录的《河南坠子对口唱和"英台下山"》一文，在《说说唱唱》上发表了。

（《日记·1954 年 7 月 28 日》）

完成笔录初稿，父亲拿去修改、润色；抄写誊清修改稿，再送父亲通读、定稿；誊清定稿，去邮局投寄。去邮局取稿费，也是璘璘之责。"打工"流程，大致如此。每一"流程"间，璘璘面对文稿，反复阅览父亲修改、润色的新鲜笔迹，琢磨体会何以这样改、领悟为文之道，收获多多，最是惬意。

1954年入夏，父亲"腰痛症"转重。6月5日入住汲县疗养院，确诊是"骨髓瘤"（即骨癌）。病情迅速恶化，12月19日去世。忆起当年春节，应父嘱笔录《讲木兰诗》，竟成为父子俩的最后"合作"。一个多月后，春节又至。璘璘再"为爸爸抄写他生前搜集的民间歌谣，用了一个上午"。（《日记·1955年1月28日》）已是在默默践行亡父遗愿了。

璘璘帮爸"打工"，说来时日也不长：1953年初夏至1954年初夏，多次大小忙活，都集中在这一年里。那些日子，父子俩一旦忙起来，母亲大都在旁，服侍兼帮忙：要么递块毛巾、端杯水，要么书柜中帮着找资料。母亲最懂父亲，心里明镜儿似的。有一天，她悄声对璘璘说：

"知道吗，你爸想要你接班儿哩。"

母亲（1975年）　　可爸爸在生前，从未对璘璘这样明说。不过，陪爸那一年"专业性互动"，爸爸周密的构思、娓娓道来的口述、声情并茂的诵读、不厌其烦的讲解、逐字句逐标点的润色，尤其那双充满爱意与期盼的眼神，一再表露他的心声：

"你就跟爸学吧！"

许久以后，璘璘又明白：慈父引而不发，其实又是对儿子的未来，"前途自择""专业自主"的尊重啊。

思念·移情

爸走了。璘璘不愿辜负父亲；可是16岁的他，又能做啥？汲县治丧归来，极度悲痛，六神无主，四顾茫然，竟擅递"休学申请书"！旷课3天，他闭门思忖：谬承慈父厚爱（母亲曾对父亲说："五姐弟里，璘最笨。"璘亦认同）（《日记·1956年11月26日》），饫闻慈父亲炙，往后该咋办？起初想休学后，承先父志业去自学；旋知太不现实，又予否定。无奈返校、自请处分。

失怙心潮，久久难平。追悼会前后，一份份诚挚心声的倾诉，如醍醐灌顶，唤醒悲情的璘璘。

◆明天师院给父亲开追悼会，谢励武助教来家，把刚洗好的12英寸照片取去。他看见父亲照片，泪珠就滚下来，惹得我心中发软。妈妈整理爸爸生平与著作，忙了一天，为明天拿去展览。

（《日记·1955年1月9日》）

1月10日，随母亲赴师院参加追悼会。步廊里摆满挽联。璘璘逐一细览、体味；随之打开随身小本。

挽联选录

膌有余编传后世，不堪风雨忆前尘。

朱芳圃（注：国文系教授）

想象生平，独擅中州坠子曲；
招魂此日，空吟南国竹枝词。

国文系

箍诵之勤，堪为典型式我辈；
形神遽逝，未竟遗著憾平生。

学生　牛庸懋　宋景昌

发扬民间曲艺，著述成家，功业文章两不朽；
栽成满门桃李，积劳永逝，言行事迹永流芳。

化学系

沉疴不瘳，忽为畴苦；遗编犹在，永慰生平。

图书馆

遗文寿世

友　霍榘庭　黄纪瞻　杜孟模　李新田　任保圣

（注：各系教授）

（《日记·1955年1月15日》）

挽联见"遗范"。璘璘从中发现了另一个父亲——活在同仁与学生心中、活在自己事业中的父亲。宋景昌先生，潭头时期求学河大，荣膺"全国大学生国防作文大赛"状元，如今任女高教师、母亲同事，与璘璘相熟。宋联"形神遽逝，未竟遗著憾平生"句，如一"重拳"警醒璘璘，促他惊悟世间"人子之责"；父亲去世前后一些情事，愈使璘璘觉出肩头两大"任务"：整理父亲遗著；循父教去读书。

◆父亲当初患病住院，曾命璘璘尽心照看家中藏书。"我到平等街40号，把爸爸的藏书抱出暴晒。发现有的书，已被蠹虫钻了许多洞。"（《日记·1954年8月28日》）愈是放心不下。

◆妈妈给北京曲艺研究会写了一篇文章，介绍爸爸怎样做曲子研究。写的都是她亲身参与、亲眼所见，也就很好、很详尽地把父亲一生的努力，完整反映出来了。

（《日记·1955年2月8日》）

妈妈建议，暑假期间我来帮她，再把爸爸近10年在各报章杂志发表的论文，搜集一下、整理出来、出个集子。我同意了。这是个机会。不能向爸爸学了，跟妈妈学习也很好。

（《日记·1955年6月17日》）

◆箱子里见到爸爸的《鼓子曲辞（二）》《鼓子曲谱（二、三）》等遗稿。妈妈说："等你将来整理的爸爸书稿，主要就是这些。"

（《日记·1956年8月26日》）

又是"等你将来"。无知无畏的璘璘急不可待，竟当下"做"起来。

◆开始动手整理父亲遗著手稿。粗略地翻看他的一些文章，虽说只是草草几眼，已好像比过去看时，认识得深刻了些。在某些方面，譬如古代诗人探讨、作家作品的分析；再广泛一点，如中国小说发展史，父亲都有独到观点与见解。也有某些自己认为不大正确的学术思想，夹带在精辟之论中间。

（《日记·1955 年 4 月 5 日》）

不过，睹物思人，只是翻看、缅怀一番而已，半大孩子，还能做啥！

◆爸爸精心搜集的河南鼓子曲辞、谱，仅在 1947 年自费出版《鼓子曲存》《鼓子曲谱》各一册。近年协助母亲将《鼓子曲谱》二、三集编竣，却无力出版。中国曲艺研究会王亚平闻讯，前年派刘大海来汴，将两集《鼓子曲谱》稿本携去北京，信誓旦旦说"第二季度可以出版"。刘某一去，杳如黄鹤；两年过去，音信全无。分明是在捉弄人。我须去北京曲研会讨回曲稿，交省人民出版社出版。

（《日记·1957 年 8 月 11 日》）

其时正值反右运动高潮，各单位疏于"业务"；随后风暴相踵，终致人亡事寝。可惜一掬先父心血，不知伊于胡底。

当初"打工"在父亲身旁，常闻耳提面命："读些文学史，了解中国文学发展的轮廓。"璘璘视此为又一任务。遂出没于市文化馆（原省图），附高、女高图书馆之间，借读王瑶、李长之、刘绶松、叶丁易诸教授著作；浏览先父藏书。

◆在家藏书中检出父亲 30 年前置下的木刻版《离骚》。顺手翻看，略晓其意，未知确解。但记住了"朝饮木兰之坠露兮，夕餐秋菊之落英"。

（《日记·1955 年 9 月 4 日》）

检出了父亲过去的讲本《传奇小说选》，虽是文言文，却很有意思。看一篇《意歌传》之后，不忍释手，就拿了来读。《李娃传》等篇也很好。

（《日记·1955 年 12 月 26 日》）

翻看爸爸留下的书。发现一册日文书，钤有铭章，购自内山完造书店。内容看不懂，将来总会懂的。还有很多珍贵的书，要妥为保存。翻了几本梁昭明太子《文选》，里面的好文章、诗、乐府、赋等，颇多。

（《日记·1956 年 11 月 1 日》）

其实，璘璘执着于践行遗愿，倾心于整理遗稿，循教诲去读书，不过是深挚眷念的移情、曾有梦想的追怀；是对逝水年华的凭吊、对未知生涯的窥探。

更是用自以为成熟的姿态，向懵懂、青涩岁月，致以最后礼敬与告别！

［附］读“燕大四师”致父函

【导语】 太平洋事变后，北平寇兵侵入燕大，抓捕师生。父亲化装商人，自平返豫，承乏河大。此后，无论豫西、陕南流徙，还是光复后返汴，他情系师友，往还修书，互通音问。数年间，竟至书信盈箧。回到开封，为方便保存、检阅，母亲找来白粗布，缝了个信袋，挂在墙上。大约两尺见方，上中下三排，每排5个，共15个插袋。璘璘清晰记得：这个信袋随家走，在财神庙街、北门大街、花井街、平等街、学院门诸宅屋壁，都挂过；信插按人归档，满叠师友信函。

1961年夏，璘璘回汴探望母亲，最后一次看到这个信插。其时母亲发遣东郊某公社喂羊，床铺支在羊厩角落。假满回京前，母亲从床下取出一布卷。打开来看，正是这个信袋。袋上爬满水渍，布面老旧变黄，袋中扔插着些信。璘璘取出，逐一展视，喜不自胜：燕大四位导师陈援庵、顾颉刚、冯友兰、郭绍虞致先父大札，赫现其间！

“你带到北京保存吧。”母亲说。

“信俺带去，信袋还是妈留下。”

璘璘将信函妥为收存，将信袋叠好递给母亲。十几件珍品随璘璘莅京，细心呵护，历经危难，又是半世纪风涛远去。如今每值闲暇，静夜临窗，虔心捧上，沐手展读，好似同先师、先父对谈，总会有新颖启悟。

万千感慨，恍如隔世！

"学术为公器"与"学术报国"
——读陈垣先生函

陈垣先生（1880—1971）致先父信尚存6封，都写于20世纪40年代，信封已佚，只剩信瓤儿安卧信袋。谨按时间顺序，先将6信全文移录、简注于下。

函一（1942年8月11日）①

常工仁弟惠鉴：

别后倏忽半载，忽奉手书，藉悉近况安吉，至以为慰。承询今本葛洪《神仙传》②、干宝《搜神记》③，虽非后人伪撰，亦未必尽是元书。苟其中史料有见于范蔚宗书④者，自可以范书为主，而说明并见今本《神仙传》或《搜神记》。因范书为历来学者承诵，其保存元本部分较葛、干二书为多。故可引用。至其事实之可信与否，则时代知识及风俗问题，而非本书之真伪问题矣。高明以为何如？专复即颂

著安

垣　谨上　八月十一日

简注：

①《陈垣来往书信集》（三联书店增订本。下文简称《书信集》）页674置此信于1944年，误。说见下文。

②葛洪（284—364或343），东晋道士，所著《神仙传》十卷，取

材于正史、百家书，人物事迹或有增益。

③干宝（？—336），东晋史学家，所著《搜神记》从史著、笔记和神话传说中搜集古今神祇灵异人物故事。原本散佚，后人缀集为二十卷，含故事454个。

④范蔚宗即范晔（398—445），南朝刘宋史学家，有关灵异故事见所著《后汉书·方术传》。

函二（1945年2月28日）

长弓仁弟史席：

十月六日大函，敬悉近状，至以为慰。本届校中①寒假甚长，凡两越月，因省煤也。兹定明日上课，知念，谨闻。余近作一书《通鉴胡注表微》，大致已就，写定尚须时日，仅将《提要》寄呈，藉知近况而已。牟君②闻在商丘，尚佳。晤知旧时，代为致候一切。即颂 台祉

垣　谨上　二月廿八日

简注：

①援老时为辅仁大学校长。

②牟润孙，史学家，燕大国学所1929—1932年受业。

函三（1945年12月23日）

长弓仁弟史席：

十月廿日函虽曰航空，今始接到，可知交通之不便。函中言十二月初返沪①，恐未必能实现，兹特复一函，将以试探弟之已否返沪也。《表微》日内付印，篇目分合与春间所定稍有异同，《小引》一纸呈阅，尚是敌人降服前手笔。又旧著《道教考》②，吾弟似尚未见，邮寄不易，只可将《目录》《后记》伴函，幸察正。宝鸡奎娄③所聚，知旧当不

少，晤时能代致意为感。专复。即颂台祉，不一一。

陈垣　谨上　十二月廿三日

简注：

①抗战后期辗转迁至宝鸡的河南大学，于 1945 年 12 月末迁返开封。

②《南宋初河北新道教考》，1941 年 7 月《辅仁大学丛书》第八种。

③奎娄：《淮南子·天文训》划西方白虎七宿之壁、奎、娄三宿为西北幽天分野。将河大所在的宝鸡喻为"奎娄所聚"，意为"西北多士"。

函四（1946 年 1 月 20 日）

长弓仁弟：

去年十二月廿三日接到十月廿二日来函，当即复一函寄宝鸡。兹接十二月廿三日由开封来函，知寄宝鸡之函不能收到矣①。年君前在商丘张岚风军幕，未必近日如何，久不得消息。余近状尚好。八年杜门习惯②一旦打破，故比敌人降服前为忙，想有所述作，亦不如日前之静。始知敌人之困我，未必非福我也。太史公言"西伯拘而演《周易》"③云云，至今乃知其言之有味。油印二纸④附上，前函未到，阅此亦可略知近况也。专复，即颂

台祉

垣　谨上　卅五年一月廿日

简注：

①援老十二月廿三日寄宝鸡函（即函三）未失，1946 年年初从宝鸡转至开封。

②北平沦陷时期，援老处理校务之外，多于兴化寺街5号寓所杜门著述。

③司马迁《报任安书》："盖西伯拘而演《周易》；仲尼厄而作《春秋》；屈原放逐，乃赋《离骚》；左丘失明，厥有《国语》；孙子膑脚，《兵法》修列；不韦迁蜀，世传《吕览》；韩非囚秦，《说难》《孤愤》；《诗》三百篇，大抵圣贤发愤之所为作也。此人皆意有所郁结，不得通其道，故述往事、思来者。"

④即《通鉴胡注表微·小引》。

函五（1947年4月7日）

长弓老弟文几：

接三月十九日书，知《通鉴胡注表微》尚未收到，拟再寄奉一册，亦未知何时到也。交通不便可叹。日前寄来《小说珍存》①等早收到。但《珍存》封面用大黑边，见者皆诧异，不知何以不拘如此？鄙意仍以避俗为是。润孙时有信，但未提及论文事。窃以为不堪有此也。专复，即颂 著安，不一一。

垣　谨上　四月七日

简注：

①《小说珍存》，即《中国古代小说选编》（油印本），先父为授课所编参考书。

函六（1948年2月29日）

常工仁弟文几：

十六日手书敬悉。姚校长①到平，晤谭甚欢。足下课余著述不倦，至可感佩，惜仆于文学为门外汉耳。承询生活状况，甚感关怀。然仆向不事家人生产，好在习惯淡泊，子女又皆成立，是以不觉困难。关于介绍拙著文，曾见《文讯》②七卷四期登过一篇相类之文，因此不再登未定。可否寄津，请酌。既是他来约稿，寄去似亦无妨，但登否之权，仍操诸人耳。专复，即问近佳。

垣　谨上　二月廿九日

简注：

①姚从吾，史学家，1946—1948 年任河南大学校长。

②《文讯》，1942 年创刊于贵阳，1947 年迁上海，1948 年 12 月停刊，共出九卷三期。

（一）"学术为公器"理念

援老六函之中，前两函写于抗战期间，后四函写于胜利后。1942 年夏末援老回函一之时，北平沦陷已久，抗战正处于最艰苦阶段。"别后倏忽半载，忽奉手书"，竟给援老带来意外惊喜。原委是 1941 年年底日军查封燕大，先父被迫远遁河南，行前悄悄进城，趋兴化寺街 5 号府上向援老告辞。待到再致援老函报平安，是半年之后；回望结缘援老门下问学，更是 13 年前事了。

难忘同援老的初会。那是 1929 年 10 月 30 日，燕大国学所为欢迎第一届研究生入学设宴。宴会地点在容庚教授府上。容庚、顾颉刚、郭绍虞、黄子通四位教授做"主"（宴金或四人分摊，非关公帑）；张长弓、张寿林两位新生（白寿彝、牟润孙、班书阁三位新生未到）做"客"；还有一位特殊的"客"——援老。这次公宴有"两怪"：师比生多——五比二；援老是教授、所长，却以"客"的名分与诸生同列。这名分可烘托援老的"尊长"仪范；而座间举手投足、言谈话语却告诉学生：这是位博学多闻、平易亲和的蔼然长者。

师生席间的交流亲切热络，充盈着家庭式温馨。其间援老有几段话，给父亲留下长久记忆。援老说，你们五位同学分别念文、史、哲，是三个专业，这和"老国学"（经史子集）有点不一样，是"新国学"的分类，是新时代（指五四以后）的新专业、新学问。又说，做新学问，观念也得"新"，做学问不再只是个人的事，更是为社会、为大众，学问是"公器"了；做学问的方法也得"新"，文、史、哲要"通"，不能各顾各，不能分家。还亲切地说，他们四位（教授）还有我，是你们的老师，又都是朋友，读书写文章遇到问题，找他们、找我，找谁商量都行，不用客气。一席话说得父亲心中热流涌动。

父亲由此得闻并服膺"学术为公器"理念——所谓学术，不再只是个人名山事业，乃是国人大众汲取新知、探求真理的途径。父亲后来知道，这个新理念的首倡者，是援老的新会老乡兼老友梁启超。五四时期，梁先生首次响亮地提出："夫学术者，天下之公器也。"（《欧游心影录》）。援老亦倡言"文章天下公器"（《书信集》第 328 页）。父亲以为，在二三十年代，援老应是这一学术理念的最佳践行者和诠释者。这一认识的形成，来自先父对援老学行的长期追随与观察，也得自援老的教诲。

去北平读书前，父亲知道援庵所长曾任京师图书馆馆长、故宫图书馆馆长，主持清点文津阁《四库全书》，整理馆藏敦煌遗书，编就《敦煌劫余录》等，认为援老这些工作具有鲜明的整理服务性、社会公益性，而这类事情通常非学人所愿为。来到燕大，读书问学、耳濡目染，日渐感受到援老学行的两大特色：一是引领带动同仁关注、参与学术研究；二是重视将学术成果推向同好、大众。他 1920 年前后做"古教四考"（也里可温教、犹太教、火祆教、摩尼教），一时吸引那么多同仁、同好的关注，纷纷应邀或主动提供线索、代查资料、代考遗址，耸动南北学界。1930 年校补《元典章》，傅增湘先后为援老借得并邮来涵芬楼旧钞本、于厂肆访得松芸阁旧钞本，用供校勘，为一时佳话。

援老是位杰出的史学家，人称他的考据之业"神乎其技，空前绝后"（柳诒徵语）。尤其难能可贵的是，他老数十年如一日，以渊博的学识、有求必应的精神，竭诚帮助同仁、提携后进，遍为学界传颂。寓居青岛的张星烺治中西交通史而乏书，援老代他索书、查找和抄录资料，持续数年；还为他在北平代销《马可孛罗游记导言》（刊于《史地学杂志》）。寓居上海的岑仲勉治《元和姓纂》，所引《校记》下缺一页文字，函请援老代钞补苴，援老自校库本录出寄奉。寓居昆明的方国瑜为《四译馆考》致函求助，援老觅得《四译馆则》差近，自日据北平先邮香港，再辗转寄至昆明。援老的名著《二十史朔闰表》《中西回史日历》等，一再刊行、大量奉赠，文史学者置为"案头秘籍"（《书信集》第 614 页），学界期以"中夏学术且利赖之"（《书信集》第 228 页），嘉惠学林，泽被后世。弟子柴德赓撰文《谢三宾考》，援老赞为"第一流文字"，不拘师生名分，主动推介、寄赠友人，共览公评。1947 年在开封，父亲将随河大迁徙间编就的《中国古代小说选编》（即《小说珍存》）油印本汇报援老请益。如函五所示，以《珍存》封面带大黑边，"见者皆诧异，不知何以不拘如此？"坦率给予批评；"鄙意仍以避俗为是"，督促改进。国人以黑边不吉，故宜"避俗"；"见者皆诧异"，是在向编者传递"公众风评"了。凡所知见援老学行，在在展示源自"公器"理念的胸襟、怀抱与原则。

三四十年代，国内传媒未臻发达，学术信息传递不畅，学界与学人创造性地利用各种纸媒——在报纸的专栏、边角、中缝，以及刊物、书籍的封底、封底里、页间空白等处，大量刊登著作纲目、论文摘要、学术通信、新书介绍、新书预告等，其文鲜有长篇大论，多为百十字简讯，甚至十数字补白，藉此见缝插针，将种种学术信息，公开而及时地传布学界与社会各界，以求繁荣学术，蔚成风气。援老甚是注意运用这类学术信息传递方式。他的专著在北平出版的消息，1926年曾贴进南京某高校图书馆的宣传橱窗。前揭函六是援老对先父应天津《益世报·副刊》之约，撰文介绍援老著作的回应。他老似乎更愿在可信任的出版物上刊登此类信息，不悻"登否之权操诸人"。有位当今学者，看到当时书籍的封底、封底里印满各种讯息，以为有辱学术"纯洁"，颇为不屑。其实这种传播方式，内容虽或良莠不齐，但为当时学人及各界所欢迎，它蕴含"学术为天下公器"理念，既为时所需，又含敦请公众监督之意。君不见如今传媒上，各类商业广告充斥，人们视若无睹；而昔日纸媒所载内容，至少还属于学术与文化范畴吧。

"学术为公器"理念乃附丽"新国学"运动倡行于世。所谓"新国学"运动，实为鸦片战争以来，屡遭外敌毁劫的吾华民族文化，在"五四"新文化运动科学与民主精神感召下，由学术精英群体发起的一场传统文化革故鼎新、自我救赎运动。1921年年底，北京大学研究所首创国学门；1923年4月，东南大学国文系拟设国学院；1925年，清华大学、厦门大学先后筹建国学研究院。到1929年燕大国学所之设，已值"新国学"运动的尾声了。在南北高校兴起"新国学"热潮中，援庵老、颉刚老以及沈兼士、林语堂、周作人等，赴各校兼任国学教授，成为倡扬"新国学"之中坚。"新国学"运动虽不久即告消歇，"学术公器"理念却由此飙起华夏，常存不废。

燕大问学一载，"公器"理念为父亲一生术业校正航向。1930年初夏寄至北平的一封家信，却又迫使他改变人生航程。年迈的双亲已不堪务农劳作，幼弟也有待扶助，不再允许父亲继续燕大校园的问学生涯。业师虞老得知此情，报告援老。所里研议可改取校外研修方式完成学业。后由援老亲自出面，介绍父亲去广州岭南大学研修，同时在岭大附中兼职国文教员。所得一份薪资既可奉亲，亦可维持学业。父亲感激地接受了恩师的安排。8 月初离平之前，父亲赴西城翊教寺街 2 号援老府上辞行兼谢师恩。50 岁的援老，送两条赠言给这位 25 岁的学生：（1）离校后，专业别轻言放弃，坚持做好学问；（2）往后进入社会，就做中学老师，为国家作育人才吧。援老说，他早年还做过小学老师呢。父亲是怀着新的憧憬南下赴粤的。

1942 年夏，父亲于别后初致援老那封平安信，又是求教信。他从小说史的角度请教《神仙传》《搜神记》和《后汉书》中相关记载的版本价值。如函一所示，援老览信既得告慰，遂直笔专就此一学术问题详予解析，别无词费。如果只从形式和内容看，此信同师生间通常往还书函没有两样；如果连及通信时各自置身情境，又不免让人心动。

原来，父亲是在豫西山村农家小桌的一盏油灯下，给援师写信的。当年春自平返豫，即应河大之聘来到嵩县潭头镇。全家被安置在一户布姓乡亲的厢屋。村中一座土地庙改作教室给学生上课。学校工友王喜每晚提着油桶串户，给每位教师的油灯碗里添一两桐油，供备课、写作。父亲为《中国古代小说史》课程准备讲稿，于是依惯例向援师请益。在北平城内的援老，则五年来历经辅仁运作的艰辛和生活的磨难。他老曾卖书买粮以维持生计，还被迫购买敌伪配售的粗劣的混合面。

在写于艰危困顿情境的函一中，援老但谈学术，不涉其余，对危境里时刻承受的纠结与煎熬，不著一字，益见心静如水，别无旁骛。捧读此信的父亲自然懂得，援老复函展示的术业特质，源自他一贯倡扬的理念——"学术为公器"。父亲在豫西深山的油灯下，致信远方的老师，同样是淡怀眼下境遇，专为千年前之古籍评骘请益，其所秉持，与老师属同一理念。"以学术为公器"之理念，大致从二三十年代起，已然化为南北学人的群体共识了。

执着实践"公器"理念的援老，甚为当时学界共仰。胡适曾为《史讳举例》做两篇长文，竭诚推介，为《元典章校补释例》做《长序》；陈寅恪为《元西域人华化考》做《序》、为《敦煌劫余录》作《序》、为《明季滇黔佛教考》做《序》；傅斯年为《元典章校补释例》做《序》等，均含认同景仰之意。1929 年，中央研究院历史语言研究所所长傅斯年驰函援老称：

> 斯年留旅欧洲之时，睹异国之典型，惭中土之摇落，并汉地之历史言语材料，亦为西方旅行者窃之夺之，而汉学正统有在巴黎之势。是若可忍，孰不可忍！幸中国遗训不绝，典型犹在。静庵先生驰誉海东于前，先生鹰扬河朔于后。二十年来，承先启后，负荷世业，俾异国学者莫我敢轻，后生之世得其承受，为幸何极！
> （《书信集》第 407 页）

不吝赞誉之词，显示当时中华学术界，对援老道德学问的敬重与推崇。

爰为《公器铭》曰：

互通资讯，共参奥义。公览撰著，风评可期。

各骛其学，学学互济。通而竟融，式铸公器。

（二）"学术报国"之道

九一八事变后，援老的治学观念发生变化。首先是讲课内容变了。事变前多讲钱大昕的传统考据之学；事变后多讲顾炎武《日知录》、讲益时经世之学；北平沦陷后，进而选讲全祖望《鲒埼亭集》，表彰抗清英雄，倡扬民族气节。在援庵校长的领导下，艰难坚守的辅仁大学，赢得"抗日大本营"的赞誉。治学宗旨也变了。身居危城，杜门八载，"风雨鸡鸣，各行其素"，其间援老所著"宗教三书"——《明季滇黔佛教考》《清初僧诤记》《南宋初河北新道教考》，"皆外蒙考据宗教史之皮，而提倡民族不屈之精神"（援老致杨树达函，见《书信集》第274页）。

先父赴粤之后，谨遵援老教导，边在岭大和省图书馆研修，边在附中教课，奔波于珠江两岸。1931年完成研究生学业返乡，谨遵师嘱，先后在省立师范、安阳高中、淮阳高中等校做教员。其间每借信函问安请益，同援老互通声息。1932年寒假，父亲从安阳赴北平看书查资料，顺便赴米粮库胡同1号寓所看望援老。虽只是两年暌隔，时值九一八之后，明显感到援老心境大变。交谈中，他老忧国事，忧民生，忧学子，忧思满怀；对笼罩青年学子的彷徨与无助，尤其忧心。父亲深受震动。他觉得自己这个中学教员，也应该追随老师，为青年们做些什么。

以后两三年间，父亲在国难日深的氛围中，抓紧教学间隙，跑开封，跑北平，到各图书馆搜集资料。1936年，编撰完成《先民浩气诗选注》（1937年7月，南京正中书局出版）。该书《自序》称：

> 我以为国文教学最重要的一点，是灌输青年向上的思想和焕发的精神。……因之数年来，我在国文施教的时候，常常补充较有思想有意识的材料，藉以补养一般患贫血症的青年，我想要他们都成为个个身心健康的青年。
>
> 这部诗选是以思想意识为前提，作品艺术为次要。……自毛诗至最近作古之诗人，凡有国家民族意识的，有服务君主精神的，

有博大胸怀的，有向上志愿的，总之有人生积极态度的篇什，都合于我选取的标准。

全书共选 159 人、336 首诗。屈原《国殇》、陆游《示儿》等名篇入选；还选有洪秀全的《失题》（“手扶三尺定河山”）、秋瑾的《感愤》（“莽莽神州慨陆沉”）、宋教仁的《哭铸三尽节黄冈》等。这部诗选恰值“七七事变”爆发当月出版；赠本也及时寄奉援老手下。

援老最后一部名著《通鉴胡注表微》，完成于抗战后期。书名“表微”，盖为阐发元胡三省（1230—1302）《通鉴注》中所隐“有感于当时事实，援古证今”而不便明言的微言大义，揭橥注家爱国之情、亡国之痛、故国之思。援老以卓越的史识、同注家相似的遭遇及情怀，使长隐 640 年的注家心迹得发其覆。在援老致先父函中，有四函涉及《表微》——

函二（1945 年 2 月 28 日）称：“余近作一书《通鉴胡注表微》，大致已就，写定尚须时日，仅将《提要》寄呈，藉知近况而已。”《提要》内容，系援老当年春初所拟《表微》前十篇与后十篇的篇名及叙录。

函三（1945 年 12 月 23 日）称：“《表微》日内付印，篇目分合与春间所定稍有异同，《小引》一纸呈阅，尚是敌人降服前手笔。”《小引》为油印，系援老写于日寇投降前夕，提示春间所拟《表微》篇目分合变动情况。

函四（1946 年 1 月 20 日）称：“油印二纸附上，前函未到，阅此亦可略知近况也。”援老误以为月前所寄《表微小引》邮失，故再赐寄一份。

函五（1947 年 4 月 7 日）称：“接三月十九日书，知《通鉴胡注表微》尚未收到，拟再寄奉一册，亦未知何时到也。交通不便可叹。"
《表微》前十篇和后十篇，分别刊于《辅仁学志》第 13 卷第 1、2 合期
（1945 年 12 月出版），第 14 卷第 1、2 合期（1946 年 12 月出版）。1947
年年初，援老惠赠先父《表微》前、后篇两册，竟遭邮失，援老再度
补寄两册。

援老称《表微》为自己"学识的记里碑"，以为"（学术）报国之
道止于此矣"。从赐函与赐书中，父亲深切感知援老对《表微》的珍
视，更深切感受到援老的关爱之情。父亲以为，援老频以《表微》相
示，有着对十年前的《浩气诗注》，认同并追随其"学术报国之道"的
肯定与赞许。

在十数年的逆境中，援老用宣讲与笔墨指斥外敌汉奸，发抒爱国
情怀，振奋斗争精神，开拓特定情境下的"学术报国"之道。"学术报
国"，可以说是援老早年秉持的"学术公器"理念，在国家存亡、民族
危难之秋的逻辑发展和思想升华；又是这位当年学界领袖，留给后人
的一份珍贵的精神遗产。

"寂处寡欢"的岁月
——读郭绍虞先生函

郭绍虞先生这封给先父的信，写于 1943 年 6 月 11 日。其时郭先生
全家滞留日寇盘踞的北平，父亲则携家人跟随河南大学，流亡至嵩县
潭头镇（今属栾川县）的深山。信的全文分段移录并简注如下。

常工兄：

惠书欣悉，近况安善为慰。春间得宗乾[①]书，曾寄一复函，言以后

寄信可寄上海开明书店，不知收到否？并不知他有信寄开明否？亦念。

我于去年冬间返苏过旧历年，新正到申，开明同人即相邀在沪襄任编辑。我以此间中大②事尚未结束，所以返平料理一切。孰知摒挡就绪，预备以阴历三月间上道，而三个小小孩均患脑膜炎症，以是耽误，实至现在。中大教课，本请顾美季③、郑因百④等代理，后以不能成行，重行上课。最近课务即将结束，拟于六月二十五日动身返苏，七月到沪。

此次小孩病，损失殊大，此间币殆逾二千，合以上海中储钞⑤且一万余。差幸都能治愈，尚能自慰。惟第三女孩有桢，右眼或成残废，预备回苏以后，再行疗治。请将此情形转告宗乾，以彼亦殊惦念近况也。

河大情形盼告知一二。嵇文甫⑥兄是否在彼？亦念。尚有旧时相识否？闻燕校在蓉⑦，复遭火灾，确否？寂处寡欢，亦盼本所见闻，告知一二。《庄子》所谓"闻足音者跫然而喜"⑧也。此颂

著祺

弟绍虞　六月十一日

复书寄苏州平江路新桥巷二十三号

或上海四马路开明书店

简注：

①赵宗乾（1915—?），河北深泽人氏，1939 年燕大国文系毕业并留校任教。日寇封校，流亡大后方。1946 年复校后重返燕大任教。1951 年调至北京政法学院任教。

②私立北平中国大学。

③顾随（1897—1960），字美季，河北清河人氏，1920 年北大英文系毕业，曾在燕大国文系任教。

④郑骞（1906—1991），字因百，奉天铁岭人氏，1930 年燕大国文系毕业，1938—1941 年在燕大国文系任教。

⑤汪伪中央储备银行发行的货币，主要在江南日占区使用。

⑥嵇文甫（1895—1963），河南汲县人氏，1919 年北大哲学系毕业，初曾在燕大哲学系任教；后任河南大学教授，兼文史系主任、文学院院长。

⑦1942 年年初，燕大在校师生暂迁成都，1946 年夏复返燕园。

⑧见《庄子·徐无鬼》。

提笔写此信时，郭先生羁留沦陷后的北平已近六载；如果从 1927 年应燕大之聘北上算起，寓居北平将 16 载了；写就此信两周以后，他又将告别京华、携眷南下返沪履新。由此看来，这封信该是一篇临行前写给弟子兼挚友的"真情告白"。此时此刻，面对着这座熟悉而又陌生的城市，回想起频年遭际和故人往事种种，先生不免五味杂陈。在信笺上，他将这心底波澜浓缩为四个字——"寂处寡欢"。

那么，先生此刻究竟想些什么？

首先是寂寞。回想燕大自 1926 年迁址燕园，先生次年即应聘北上，偕同系主任吴雷川诸先生，共襄国文系草创；1929 年国学所招生，先生又膺任首届导师。仰赖校方同侪勠力运作，当时文坛学界的名士如钱玄同、沈兼士、沈尹默、周作人等，陈援庵、顾颉刚、容庚、黄子通等，并赴专兼之邀，讲堂上各界名师，一时灿若星辰。然而自日寇封校至今，千百师生星散：或流亡后方，或转趋江南，或囚羁，或归隐，个别附逆。偌大燕园，不复"繁花著锦"之盛。其时，先生以家眷之累不克离平。起初坚拒伪立北大邀聘，继而为生计去私立中大执教。海淀成府路赵家胡同一号府上，往日每见学人往来、高朋满座，如今却门可罗雀，掩翳于荒烟蔓草，徒唤奈何！

又日夕为生计所迫，为变故所苦。授课中大，钟点有限，不敷所需是肯定的。年初在沪，蒙开明书店旧友相助，谋得编辑一职；返平约会顾随、郑骞二友，敦请代课中大，亦蒙慨允。诸事安排停当，只待阴历三月南下履职开明，讵料三个孩子一齐染患脑炎。虽救治资费不菲，幸能俱得痊愈；唯小女右眼恐残，特为忧心。

在先生内心深处，最难排遣者，依旧是对故人的怀念。自日寇封校后，宗乾、长弓这两位弟子兼同仁，为躲避搜捕，仓促作别，远遁后方，暌违一年有半。是他们的先后来鸿，禀报"近况安善"，又勾起先生刻骨铭心的怀旧之思。春间曾复书宗乾，告以上海新通信处，未知收到否，又曾向新址寄信否，因宗乾是跟随某省府机关流亡，居无定所，只能托长弓代为打听并顺便转告近况了。

豫西深山中的河南大学，亦颇与先生有缘。1923 年先生初执高校教鞭，即在开封的河大前身——中州大学讲堂任教；如今的河大教授嵇文甫，1928 年从莫斯科回国，曾初开讲席于燕大哲学系，与先生为友。"河大情形如何？""文甫兄还在么？""尚有旧时相识否？"——并为先生关切。

继而是对故园的牵挂。尽管旧雨星散，燕园荒寂，让人魂牵梦萦的燕大，却已然在成都、借华美女中的校园浴火重生，先生是知道的。虽然那里房屋狭小、墙壁斑驳，但琳琅满目贴满校园的社团通告、标语漫画，似乎让人如沐春风——那该是自未名湖畔挟来的自由民主之风。忽听说"燕校在蓉，复遭火灾"，先生竟向这位"在豫"的懵然门生，询问"确否"。真切的忧心，皎然可见。

信的末尾，先生干脆进而请求"本所闻见"以相告——你再说点儿啥都好，我都想听，都欢喜。仿佛一位孤独园长者，寂然自处，默然而立，万籁俱寂中，在凝心谛听，并期待着。

生命逆境中的孤寂，又何尝不意味着士人志节的告白、民族尊严的坚守呢。

父辈的"乡党情愫"

——读冯友兰先生函

信袋里珍藏一封冯友兰先生给先父的信。两人三十年交往，几多书信往还，白云苍狗，迭经变故，仅得此孑遗幸存。录如下：

> 长弓学兄：前见报载兄已脱险至豫，甚慰。近奉来书及《河南学报》均收到。惟目前自北平寄来之抽印本则未接到。弟近状如恒，惟昆明物价日涨，同人生活多不能维持，殊可虑耳。顺颂
> 　近安
>
> 弟　冯友兰启　十一月廿五日

这封信写于 1942 年 11 月 25 日，先生时任昆明西南联大哲学系主任兼文学院院长。父亲原在燕京大学国文系任教。1941 年 12 月 8 日珍珠港事件突发，驻北平日军进占燕园，查封燕大，抓捕囚禁部分师生。九一八事变后，国难日深，父亲为"灌输青年向上的思想与焕发的精神"，期能"有益于危难临头的国家"，曾编选出版《先民浩气诗选注》一书；课上课下每以坚守民族节操勉励青年学生，此时亦不免被敌伪搜寻。遂于 1942 年春化装商人，逃离北平，南渡黄河至豫。嗣后来到嵩县山区，被流亡中的河南大学聘为国文系副教授。"脱险至豫"即指此事。初在燕大、继在河大，父亲均开《文学导言》课。所撰讲义，往往先以分篇论文形式，在北平相关学刊及《河南（大学）学报》发表（后于 1946 年 12 月结集为《文学新论》，由世界书局出版）。随时将所撰致送冯先生，是多年的习惯，兼有"请益"并"汇报"之意。

此信所说 1941 年从北平寄出的学刊"抽印本"、1942 年从嵩县寄出的《河南学报》，当是这类论文。

冯先生是著名的哲学家，同先父专业本不交集；又年长先父整 10 岁。然而，先父敬仰师事先生，先生也提携引领先父，数十年师友情谊，澹泊而淳厚，其间"奥秘"，盖为"乡党情愫"。先父新野人氏，冯先生唐河人氏，两县于南阳盆地东南相毗邻；先父故里新甸镇同冯先生故里祁仪镇，恰又隔唐河相望，相距仅数十公里。南阳地区，是荆楚文明与河洛文明接合部，自古文脉绵长，风物昌明，多元共融；民俗尤重耕读传家。20 世纪二三十年代，不知从哪一年起，模仿四川眉山著名"人文家族"——"三苏（父洵，子轼、辙）一小妹"的誉称，所谓"三冯一小妹"誉称，在南阳乡里间传开。"三冯"，指冯父台异公（前清进士）及友兰、景兰（地质学家）兄弟；"小妹"，指沅君（作家、学者）。"三冯一妹"，一时成为南阳地区少长学子，景仰追慕的标志性"乡党人物"；我自孩提时，屡从父母口中听熟了这誉称，甚觉有趣。

母亲曾经说，她初始迷恋作家沅君。十六七岁时读淦女士小说集《卷葹》，感动得热泪奔涌，后来知道淦即沅君。父亲也爱沅君小说，自己同时也写小说；心仪友兰先生却更早几年，是在信阳省立第三师范读书时。父亲是农家子弟，痛恨社会黑暗。偶尔读到冯先生的刊物《心声》，推介新思潮，颇感受用。1924 年春，已经念到三年级，却带头闹学潮被开除，怕父亲责骂，不敢回乡，只身流亡开封。就在这年秋，哥伦比亚大学新科哲学博士冯先生回到开封，执教中州大学。此时刚考取省立一师音乐科插班新生的父亲，闻讯大喜，唐突往访，自报家门。一位洋博士、一位土学子，偶然晤面，居然是"南阳乡党"！"亲不亲，故乡人"，相谈甚欢。此后，直至父亲辞世，"小乡党"礼敬"长乡党"，"长乡党"关注"小乡党"，谊缘持续 30 载。这年，父亲

19 岁，冯先生 29 岁。

1927 年年末，母亲违抗父命，自主与父亲结婚，情节颇类《卷葹》。新婚未久，共同决定：母亲自河南大学国文系二年级退学，谋职小学教师，供给父亲去北平求学深造。其时冯先生在北平燕大执教，遂致函冯先生相商。"就报考燕大吧。"先生帮父亲做出选择。1929 年秋，父亲以中师学历考取燕大国学所。其时冯先生已改聘清华。父母颇疑冯先生或向燕大有所推荐，但无凭据，不得而知。入学燕园，毗邻清华，真是奇缘难逢：等于来到冯先生身边！在就读燕园一年间，宅居"圆明园南墙下"的父亲，不时前趋清华问安，或请益治学之道，或报告研习心得，亲聆先生教诲。最难忘 1930 那年春节，母亲从开封来探亲，陪同父亲一起探望先生。"还特意给先生捎去两瓶开封小磨香油呢。"先母回忆说。这一年初秋，父亲辞别燕园，赴岭南大学研修。此后同先生虽书信往还如常，却再也没有频密亲近的机会了。

据母亲回忆，此后 20 多年间，师友二人仅见过三次面。1932 年，执教于安阳高中的父亲，为撰写《中国文学史新编》，趁春节放寒假，赴北平收集资料。他顺便去清华园看望先生，请益《中国文学史新编》体例，并获赠先生新作《中国哲学史》（上卷）。1948 年 9 月 27 日，先生在南京出席院士会议后专程赴苏州，看望自开封暂迁来苏的河大师生乡亲；29 日晨，先生应邀到三元坊河大文学院做学术演讲，父亲参与接待，陪同数小时。1954 年年初，父亲为工作拟有调动而赴京，再次顺便赴北大探访先生。其时父亲已罹患重病。北大之会，遂成最后一聚。

回味二位父辈一生交往，觉得同寻常人伦情谊颇有不同：两人学思常有交流，却未必深作探讨；著作每或互赠，又不必期待评骘；虽具乡缘之亲，始终摒绝功利之念。所以会如此，或许因为两人的术业专攻不同；然而又感到其间情状，颇同一般"乡党"交酬往还相悖。

方值困惑之际，念及冯先生每倡"横渠四句"——"为天地立心，为生民立命，为往圣继绝学，为万世开太平"　（见《新原人·自序》）——以自期许，豁然而顿悟：吾华数千年以农立国，固华人多不免"地缘乡党"情结；然而扰攘天下，芸芸众生，毕竟情致分文野，襟怀有高下；华夏人间习见的"乡党情愫"之所以异趣，道理在此吧。

一帧题签和一封信

——记顾颉刚先生与先父情谊

适逢顾颉刚先生诞辰 120 周年（2013），不由回忆起 80 多年前在燕园，先父同顾先生的亦生亦友情谊。一直珍藏身边的两件"文物"——一幅颉刚师封面题签书影和一封刚师来信，便是这段师友情谊的见证。

《名号的安慰》题签

先说《名号的安慰》题签。

这是先父的一部短篇小说集。封里一行竖文"顾颉刚先生题字"，说明封面那五个妍美圆润、光昌流丽的行书，是顾先生赐题墨宝；与封里相对的扉页上，是作者笔名"常工""景山书社"和"1930（年）"字样。一段真实的故事，就"隐藏"在这薄薄的小书中。

《名号的安慰》扉页

那是1929年秋，先父考取燕京大学国学所研究生。当时国学所初设，名师乍聚，招生还不多。父亲怀揣梦想从开封来到燕园，师从郭绍虞教授；亦遵信"转益多师"之训，如饥似渴地旁听着、请益着。渐渐地，与四位同窗张寿林（文学）、白寿彝（哲学）、牟润孙（历史）、班书阁（历史）君相熟了，也同国学所诸师陈援庵、顾颉刚、黄子通、容庚等相熟了。很快来到1930年春节，第一学年已然过半。其时家庭给父亲的接济一时未畅，生活陷于困境。虞师得知此情，给父亲出主意，建议他把以前发表的短篇编个小说集出版，换点

儿稿费救急；又同刚师相商，得到赞同。父亲聆得指点，很快选出
11 篇小说，选其中《名号的安慰》篇为书名，全稿交给虞师，后又
转致刚师。虞师欣然赐《序》，《序》后日期：十九（1930）年五月
二十六日；刚师亲笔特为题签，又亲自安排出版。出版者——景山书
社（蒙顾潮同志相告：书社当时设在景山东街 17 号马神庙内），同刚
师主持的著名的朴社是同一个编辑班子。这一缘起与过程，当年 5 月
20 日父亲在"记于京西圆明园之南墙下"的《后记》中，作有简要
记述：

> 三个月前，在我已发表的小说稿中，要选出来这一个集本的
> 缘故，那是我业已屈服在生活鞭子之下了。郭绍虞先生知道我足
> 迹走不到出版界，惠然把她绍介到景山去，这是《名号的安慰》
> 未出世前的一点重要的消息。

《后记》没有提及刚师特为题签，是因为《后记》在前，题签在
后，宅居圆明园南墙下的父亲，并不知书稿送至景山东街以后发生的
事情；自然也不会提及景山书社与刚师的关系，该是"尽在不言中"
吧。

"景山出书"那年，虞、刚二师均 37 岁，先父 25 岁。师生相处，
就年岁而论，亦师亦友，还算般配。但就学问成就而言，两师英年才
俊，声名正隆。刚师古史之辨、层累之说，发吾华国史千年之覆，震
动内外学界；加以刚师秉性敦朴，宅心仁厚，凡少长无不垂注，为学界
同仁共推共仰。那时节，刚师道德文章焕发的气场，强烈吸引着同侪；
位于海淀成府蒋家胡同三号的顾府，也自然成为学界友朋常年聚会之所，
一时间"群贤往来"之盛，与东城北总布胡同三号梁思成、林徽因之

"太太的客厅"，并为京华雅舍。1930 年秋即"景山出书"不久，钱穆经顾颉刚推荐来燕大任教。且看钱穆先生写他做客顾府的情景：

> 余初到校即谒颉刚。……其家如市，来谒者不绝。……然待人情厚，宾至如归。常留客人与家人同餐。其夫人奉茶烟，奉酒肴，若有其人，若可无其人。然苟无其人，则绝不可有此场面。盖在大场面中，其德谦和，乃至若无其人也。余见之十余年，率如此。（《师友杂忆·北平燕京大学》）

"其家如市，来谒者不绝"，该是何等盛况；"待人情厚，宾至如归"，该是何等亲切。送往迎来，折冲樽俎，游刃有余，而又悄无声息——偌大场面的真正"导演"顾夫人，"十余年，率如此"，又该是何等儒雅谦和！在刚师《日记》中，可查得先父拜访顾府的记载 14 条。先父亦曾躬逢其盛吗？

该说到刚师致先父的信。

此信写于 1946 年 11 月 21 日，已是抗战光复次年、"景山出书" 16 年之后了。全文录如下。

顾颉刚函（尾页）

长弓吾兄：久不相见，思念如何。年来累接来函，而刚迄未作答，实缘公私交迫，经年无一息之闲。遂致朋好来书均经搁置，歉何可言，幸见恕也。大著《南阳曲言》一稿，刚因其篇幅较多，

《文史杂志》未能刊出，送至文通书局。白寿彝兄任职文通，经其决定，一时亦难刊出，故将原稿邮还。而兄至今尚未接得，必是邮误，或贵校自宝鸡迁汴，一时未上轨道，致被遗落，亦未可知。兹已函告寿彝，请其查明径复。渠住昆明光华街文通书局编辑所；此稿则系重庆神仙洞文通书局总办事处所寄出。当兹复员之际，任何机关都不上轨道，邮局固不能例外。独恨吾兄数年心血，徒以厚惠见赐之故，致遭浮沉，此则刚之罪也。刚现住苏州悬桥巷顾家花园十号，上课之地则在上海复旦及苏州国立社会教育学院，而又不能不常至南京。孔席不暖，大有此概。匆复即祝课祺   颉
刚拜启

（1946 年）十一月廿一日

　　刚师此信专为答复《南阳曲言》一稿的处理情况。《南阳曲言》即《鼓子曲言》。抗战时期，父亲携全家随河南大学长年流转豫西群山间，利用授课与逃难间隙，在民间搜集曲子词、谱，整理研究，撰成此书。1945 年 12 月，随校自宝鸡返回开封铁塔校园不久，父亲即将书稿邮寄刚师，一则请益，再则恭请协助发表。《鼓子曲言》稿二十余万字，实为一部专著，刚师主持的《文史杂志》和文通书局，均"因其篇幅较多"未能刊出，故将原稿自重庆退寄开封。刚师信中甚为书稿"浮沉"自责。其实书稿并未遗失，只因邮路未畅而致延宕。父亲接得师信时，书稿业已安抵校园。

　　刚师自谓"常至南京"，是因为其时兼任上海大中国图书局总经理兼编辑部主任，须赴南京履职。1948 年 8 月，《鼓子曲言》终得在南京正中书局出版。先母亦深知先父"足迹走不到出版界"，她认为《鼓子曲言》最后能在南京出版，实为刚师从中玉成。是否如此，先父早逝，

不得而知了。正中书局迁台后,《鼓子曲言》于 1966 年 8 月又得再版。台湾南华大学郑阿财教授告诉我,20 世纪六七十年代,他所就读的台湾中兴大学国文系,曾以《鼓子曲言》做教材,开设地方曲艺课。这是后话。

1948 年 7 月,我家随河南大学自开封南迁苏州、寄寓十梓街 74 号。粗得安顿之后的一天,刚师登门造访。目睹双亲拖带四个儿子蜗居陋室的窘状,刚师心甚凄然。他到苏州东吴大学,为父亲谋得教职两课时(每周);虞师同时在上海同济大学为父亲谋得教职两课时。获此接济,我家远途迁徙的困顿稍得纾解。父亲生前对家人忆及刚、虞二师一再急难相助的往事,动情地说:"都是雪中送炭啊!"

有关 20 世纪 40 年代的家庭记忆中,先父同师友通信甚勤,奉接来信亦甚多,一并储之信袋。可惜变故频发,大多散佚,如今传至手边,仅剩十余封了。每至夜深人静,偶或展读先贤墨宝,往往唤醒些许儿时的回忆,激起同天堂父辈们的心灵感应,试图在想象中捕捉他们的心境。如今重温刚师来信,觉得它还展示出父辈学人可亲的一面。请看,导师致信学生,却称弟子"兄台"、名讳空格,自己的名讳反而缩写。此一情景,犹如孔子当年偕弟子"讲乎杏坛之上","游乎缁帷之林",真正是"视徒如友"!而一旦涉及"正事",该咋办咋办——稿子不能发就不发、该退就退;转过身去,继续为弟子书稿的出路费心。诚挚相交,襟怀坦荡;声息相通,相濡以沫。此之谓也。

父辈学人真是可敬的一群!彼此无须逢迎,也无须戒备。会有误会但不会冷漠,会有激辩但不会攻讦构陷。面对种种艰难境遇,不自馁,不阿附。心无旁骛,义无反顾,坚守志业的尊严,坚持中华文脉薪火传续的使命。我想,这该是那时代学人的群体风范吧!回望前贤,追昔抚今,禁不住扼腕慨叹。

在世事艰难年代，学人群体除了舌耕与著述，频密书信往还，仿佛是又一种生存方式。本就是除了学术志业、别无长技的知识一群。在扰攘纷乱的岁月，在长夜如磐的当下，躲在书斋，给师友修书一封，发抒思虑，沟通信息，调适心绪，寄托情怀；三不五时，回书交至，又带来同道友朋的嘤嘤情谊、拳拳关切。当此时刻，尤其对那些既无权力依傍、又无财富蓄势、常陷困顿无奈如先父者，又真不啻一丝温存的慰藉、一股温热的暖流、一缕熹微的亮光。

令人难忘的师友之情！令人思念的父辈们！

后　记

　　"兵火命、洪灾命、饥荒命"，又列"首批红领巾"，这两段人生亮点，的确让"三八娃"璘璘"经历不凡"。早岁闲暇时，常同父母兄姐忆聊幼年趣事、奇事、险事；不觉间若干忆聊话题，磨砺为一粒粒"斑斓串珠"，储存脑海。如今，这些记忆的"珍珠"，串联成为本书《序卷》了。

　　写《正卷》所依凭的14册、110万字《日记》，大多是晚饭后回到宿舍、趴在叠被上、昏暗灯光"烛照"下写的。俺十分珍爱这批参差不齐的日记本。1957年夏赴京上学，郑重托付母亲保管；1961年毕业回汴，母亲郑重交给俺。携来北京又57年了，它一直静守身边。

　　写这本书的动念，起自2008年秋。那时已摆脱课题、公务种种牵绊，"闲"了下来。把《序卷》敲入电脑，较为顺利。《正卷》各层次大小题目，则是2012年至2013年两年间，在通读《日记》过程中，反复试拟、权衡、调整，方才初步敲定；近四年边写边改完稿。

　　其间曾随写随送些片断给亲友请益。有朋友说："《正卷》选摘《日记》编为系列专题，如同嚼饭给人；《日记》是原生态，不如直接把《日记》拿给人看。"如以烹调为喻,《日记》只能算"原粮",会含些稗子、灰沙,不加工拣净、依食谱做熟,不宜上桌的。

如今已接近人生边缘。百余万字"陈年原粮",毕竟反映着"三八兵火命""首批红领巾"那代人的青涩年华,是份鲜活的"初心实录"。我想,它不该属于个人,它的最后"归宿",不该是个人书斋,而应是某个适宜的"庋藏"。如果有这样的去处,我愿意欣然送它前往;如果适宜,那份填写于1950年4月的《中国少年儿童队登记表》原件,那条佩戴、珍藏近70年的粗布红领巾原物,也愿一起奉上。

张厹弓

2018 年 10 月 20 日